HEYNE
BÜCHER

Das Buch

Nachdem er sich während eines abenteuerlichen Lebens auf den Schauplätzen erbitterter Glaubenskämpfe in Europa immer wieder aus allen Gefahren befreien konnte, scheint für den Engländer John Smith nun in den neuen amerikanischen Kolonien das Ende gekommen zu sein: Er ist in die Hände von Indianern gefallen, die ihn töten wollen. Da wirft sich im allerletzten Moment die junge Tochter des Indianerhäuptlings, die temperamentvolle Pocahontas, dazwischen und beansprucht John als ihren Sklaven, um ihm so das Leben zu retten.

Obwohl sie aus völlig unterschiedlichen Welten stammen, entwickelt sich zwischen Pocahontas und John eine innige Liebe. Aber dann droht das Schicksal sie zu trennen. Eine mitreißende Abenteuer- und Liebesgeschichte vor einem schillernden historischen Panorama.

Die Autorin

Die Amerikanerin Eleanor Bufford Hibbert wurde 1907 geboren. Unter dem Pseudonym Jean Plaidy machte sie sich einen Namen als vielgelesene Autorin historischer Romane. Darüber hinaus schrieb sie unter zwei anderen Pseudonymen, Victoria Holt und Philippa Carr, zahlreiche weitere erfolgreiche Romane.

Im Januar 1993 starb sie im Alter von 86 Jahren während einer Kreuzfahrt.

Die meisten ihrer Romane liegen im Wilhelm Heyne Verlag vor.

JEAN PLAIDY

DIE FREMDE PRINZESSIN

Roman

Aus dem Englischen
von Dr. Ingrid Rothmann

Deutsche Erstausgabe

WILHELM HEYNE VERLAG
MÜNCHEN

HEYNE ALLGEMEINE REIHE
Nr. 01/10964

Titel der Originalausgabe
THE KING'S ADVENTURER

Umwelthinweis:
Das Buch wurde auf
chlor- und säurefreiem Papier gedruckt.

Redaktion: Birgit Groll

Printed in Danmark 1999
Umschlagillustration: Archiv für Kunst und Geschichte, Berlin
Umschlaggestaltung: Atelier Ingrid Schütz, München
Satz: Pinkuin Satz und Datentechnik, Berlin
Druck und Bindung: Nørhaven, Viborg

ISBN 3-453-15226-3

http://www.heyne.de

1.
Rastlose Knabenjahre

Zu Johns frühesten Erinnerungen gehörte der Tag, an dem sein Onkel zu Besuch gekommen war, nachdem er an der Schlacht gegen die Spanier teilgenommen hatte. Beim Anblick der bläulich roten Flammen im großen offenen Kamin glaubte der kleine John das Geschehen vor sich zu sehen – spanische Galeonen, siegessicher auf Kurs gegen England, und wendige englische Schiffe, die sich ihnen zum Kampf stellten.

Alle lauschten atemlos und gebannt, da man die Geschichte von Drakes Sieg über die spanische Armada nicht oft genug in voller Länge und Ausführlichkeit hören konnte.

Erst wenige Monate waren vergangen, seitdem das Land der Nachricht entgegengefiebert hatte; zwar glaubte man an den Sieg, war sich jedoch der Stärke der Spanier ebenso eingedenk wie der Tatsache, daß die Schiffe, mit deren Unbesiegbarkeit sich der spanische König brüstete, nicht nur beutegierige Krieger und Seeleute brachten, sondern auch Männer der Inquisition, mit Folterbänken und *bilboes* ausgerüstet, entschlossen, den besiegten Engländern ihre Lebensweise und ihren Glauben aufzuzwingen.

Doch die göttliche Vorsehung hatte eingegriffen und sich dabei englischer Seeleute wie Drake, Effingham und John Smiths Onkel bedient.

Ach, hätte er doch einer von ihnen sein können! John haderte mit dem Schicksal, das ihn dazu verdammte, zur Zeit von Englands größter Seeschlacht ein kleiner Junge zu sein.

»Eines Tages wird aus dir sicher ein großer Seemann«, tröstete ihn sein Onkel. »Keine Angst, England wird auch noch Feinde haben, wenn du alt genug bist, gegen sie in den Kampf zu ziehen.«

Sein Onkel, ein sehr fröhlicher Mann, hatte es augenzwinkernd gesagt, weil er wußte, daß Johns Vater Gespräche dieser Art nicht schätzte. John, der als ältester Sohn das bäuerliche Anwesen erben würde, war zu einem ruhigen Leben im heimatlichen Willoughby bestimmt, und diese Verpflichtung würde er wiederum an seinen Sohn weitergeben, damit auch in den nachfolgenden Generationen stets ein John Smith in Willoughby sein Stück Land bestellte.

Doch an jenem Tag, als sein Onkel kam und von seinen Abenteuern mit der spanischen Armada berichtete, hatte John einen anderen Entschluß gefaßt.

Auch Johns jüngerer Bruder Francis lauschte den Erzählungen des Onkels, doch seine Augen leuchteten nicht annähernd so wie die des älteren Bruders.

»Wenn ich ein Mann bin«, sagte John, »werde ich zur See gehen, und niemand wird mich aufhalten. Francis kann den Besitz erben.«

Sein Onkel lachte und verzog sein sonnengebräuntes Gesicht, woraufhin es so runzlig aussah wie eine Walnuß.

»Du bist ganz dein alter Onkel, John«, sagte. »Wenn du in acht Jahren auch noch so abenteuerlustig bist, dann wird aus dir kein Bauer in Lincolnshire.«

Sein Onkel war in seinen Berichten fortgefahren und hatte geschildert, wie ihm zumute war, als er den spanischen Feind am Horizont sichtete, hatte von Schlachten und ihrer Beute berichtet und von der Liebe der Königin zu kühnen Abenteurern.

»Ja, das ist das richtige Leben für mich«, sagte John.

Und Francis nickte still dazu, ebenso wie die kleine Alice, die Schwester der beiden. Die Erwachsenen mochten in ihrem Bruder John einen kleinen Prahlhans sehen; *sie* aber wußten, daß er immer meinte, was er sagte.

John, der auch im Klassenzimmer der Alford Grammar School, zwei Meilen vom elterlichen Hof entfernt, seinen Träumen von Abenteuern nachhing, brachte seine Lehrer zur Verzweiflung. Nicht weil er dumm gewesen wäre, ganz im Gegenteil. Klug und von rascher Auffassungsgabe hätte er ihnen Ehre machen können. So zeichnete er sich zwar in Erdkunde und Kartenlesen besonders aus, brachte aber den meisten anderen Fächern nicht das geringste Interesse entgegen. Er saß in der Schule nur seine Zeit ab, bis zu dem Tag, an dem er alt genug sein würde, um zur See zu gehen.

Eines Tages, nicht lange nach dem Besuch seines Onkels, schlenderte er mit dem Ranzen auf dem Rücken von der Schule nach Hause, als er zwei Jungen auf sich zukommen sah.

»Achtung!« rief der eine. »Aufgepaßt! Hier kommt ein Spanier.

»Selber Spanier!« rief John. »Ich bin ein englisches Kriegsschiff. Gott schütze die Königin!«

»Das ist ein Täuschungsmanöver«, übertönte ihn einer der Jungen. »Er ist ein Pirat, der unter englischer Flagge segelt.«

Die zwei Jungen stürmten zum Angriff los und riefen einander im Laufschritt ihre Strategie zu. »Ich gehe sofort an Bord. Das Schiff trägt reiche Beute …«

Der Feldweg wurde in ihrer Fantasie zur hohen See, auf der zwei große Schiffe sich einander zum Kampf stellten. Wild gestikulierend und unter lautem Geschrei spielten sie weiter, bis einer von ihnen ausrief: »Mein Vater ist aus dem Kampf gegen die Ungläubigen zurückgekehrt.«

John, in diesem Moment Anführer einer eigenen Truppe gegen die Türken, hielt inne, so daß die anderen, die ihn umsprangen, ihn überrumpelten. »Du bist tot. Ich habe dir meine Klinge durch den Leib gebohrt. Du blutest und kommst nicht wieder auf die Beine.«

John gab keine Antwort und ließ zu, daß sie sich unter lautem Triumphgeschrei auf ihn stürzten. Aber was war dieses Kinderspiel gegen einen echten Kampf mit den Türken!

Noch zwei Knaben gesellten sich zu ihnen, wohlerzogene Franzosen, die mit den Bertie-Kindern im Haus ihres Vaters Lord Willoughby aufwuchsen und von John und den anderen längst nicht mehr schief angesehen wurden, obwohl sie keine Rauhbeine waren und ihr Englisch ein wenig seltsam klang.

Nun saßen alle am Ufer und sprachen von den Kämpfen, an denen Lord Willoughby teilgenommen hatte. Robert Bertie, der ältere Bruder, trug sogar eine Ballade vor, in der die Heldentaten seines Vaters gepriesen wurden. Peregrine, der jüngere Bertie, lauschte voller Stolz und die Franzosen mit höflicher Aufmerksamkeit. John aber begeisterte sich besonders an dem Gehörten

»Den letzten Teil noch einmal!« rief er aus. »Man glaubt mit eigenen Augen zu sehen, wie Seine Lordschaft in den Kampf zieht und große Taten vollbringt!«

Sein Blick ruhte dabei neiderfüllt auf Robert und Peregrine. Wie sehnlich er sich wünschte, sein eigener Vater wäre nicht nur ein einfacher Bauer auf dem Besitz der Willoughbys, sondern ein großer Abenteurer wie Lord Willoughby!

Der ältere der französischen Jungen, der Comte de Plouha, sagte darauf: »In meiner Heimat herrscht ständiger Kampf. Dort heißt es Franzose gegen Franzose. Katholiken gegen Hugenotten.«

»Deshalb schickte unser Vater uns zu Lord Willoughby«, warf sein Bruder ein, »damit wir im Frieden aufwachsen. Friede. Wer möchte im Frieden aufwachsen?«

»Ja, wer?« rief John aus. »Sobald ich alt genug bin, werde ich die Meere befahren. Ich werde kämpfen und für die Königin neues Land gewinnen.«

Die anderen sahen ihn an. Die französischen Jungen waren zu artig, und die Berties mochten John zu gern, als daß sie ihn daran erinnert hätten, daß er als Bauernsohn wenig Aussicht hatte, das abenteuerliche Leben von Edelleuten, wie sie es waren, zu führen.

Robert Bertie, der Älteste der Runde, fand dies jammerschade, da John Smith unbestritten zum Anführer geboren war.

An jenem Tag verspätete John sich nach der Schule, und als er endlich zu Hause ankam, empfing seine Mutter ihn mit bekümmertem Kopfschütteln.

»John«, sagte sie. »Du solltest deinem Vater helfen. Ich wünschte mir sehr, du würdest etwas mehr Interesse für den Hof zeigen. Francis ist nicht halb so alt wie du und viel hilfsbereiter.«

»Mutter, Francis wird der Bauer in der Familie«, antwortete John. »Ich werde in die Fußstapfen meines Onkels treten.«

Seine Mutter wandte sich wortlos ab. Immer waren es die Erstgeborenen, die den Besitz erbten. Es hatte eine Zeit gegeben, als es ihr schmeichelte, daß ihr Sohn John die Söhne eines Edelmannes zu Spielgefährten hatte. Nun war sie nicht mehr so sicher, ob dies von Vorteil war. Strebte John über seinen Stand hinaus? Sie waren anständige, redliche Leute guter Herkunft; Eigentümer ihres Anwesens, wenn auch nur dank einer Verfügung Lord Willoughbys, des Grundherrn. Und die Jahrespacht war nur ein symbolischer Zins, Zeichen der Wertschätzung für Lord Willoughby.

Die Smiths waren ehrenwerte, fromme Menschen, die die Obrigkeit achteten und wußten, wohin sie gehörten – nur John schien aus der Art zu schlagen.

Als John zu seinem Vater auf die Felder ging, sah George Smith seinem Sohn entgegen: ein kräftiger Bursche, der durch Kraft wettmachte, daß er für sein Alter ein wenig klein geraten war; auch war er ein hübscher Junge, der trotz seiner von der Mutter geerbten Locken nichts Weibisches an sich hatte. War John erregt oder zornig, nahmen seine blauen Augen die Farbe von Saphiren an. Als er übers Feld schritt, verriet die Haltung des Jungen so viel Stolz, daß sie eher zu einem der Willoughbys gepaßt hätte als zum Sohn eines Bauern. George Smith, den Willoughbys mit einer an Verehrung grenzenden Hochachtung ergeben, mußte sich eingestehen, daß niemand, der John im Kreis dieser Familie sah, geahnt hätte, daß er nicht dazugehörte. John war mit einer natürlichen, fast königlich anmutenden Würde geboren worden.

»Nun, John?« sagte George freundlich.

»Mutter schickt mich, damit ich dir helfe.«

Es war nutzlos, ihn zu fragen, ob er die Ziegen festgemacht, die Butter aus der Molkerei geholt und das Geflügel gefüttert hätte. George wußte, daß John nichts davon getan hatte. John schien immer nur zu träumen.

»Sohn«, sagte George, »du solltest wissen, was von dir erwartet wird. Francis erfüllt seine Pflichten, ohne zu fragen.«

»Francis wurde zum Bauern geboren, Vater.«

»Du auch, John.«

»Nein, Vater. Ich wurde geboren, um die Meere zu befahren und um für die Königin zu kämpfen. Wußtest du, daß Lord Willoughby aus dem Feldzug gegen die Türken heimgekehrt ist? Und schon wird er in einer Ballade besungen.«

»Und du träumst davon, eines Tages an der Seite Seiner Lordschaft zu kämpfen, so ist es doch? Du träumst von großen Abenteuern fern der heimatlichen Scholle?«

John nickte. Ein Lächeln legte sich um seine Lippen.

Da legte George seine Hand auf die Schulter seines Sohnes. »Mein Sohn, du bist kein Kind mehr, und es wird Zeit, ein ernstes Wort mit dir zu reden. Du bist mein Ältester und wirst eines Tages dieses Land bestellen müssen. Du tust daher gut daran, dir jetzt möglichst viel Wissen anzueignen. Es wird dir später sehr zugute kommen. Du wirst staunen, wie rasch dir die Zeit vergeht. Und noch etwas möchte ich dir sagen.«

George hielt inne, bewegt von der Schönheit seines Sohnes, hingerissen von dessen Zauber. Nein, dachte er. Ich will ihn noch träumen lassen. Es ist noch Zeit. Soll er noch eine Weile seinen wilden, unerfüllbaren Träumen nachhängen. Zu schnell wird die Zeit kommen, da er seine kindischen Flausen ablegen muß, um sich den grausamen Realitäten des Lebens zu stellen.

Doch mit dem Vergehen der Jahre wurde Johns Ehrgeiz drängender. Da ihm das ruhige und gelassene Wesen von Francis und Alice nicht gegeben war, wurde er von seiner Ungeduld fast verzehrt.

Mit vierzehn faßte er sich ein Herz und beschloß Vater und Mutter zu bitten, sie sollten ihn Seemann werden lassen.

Es war in der Wohnstube des Bauernhauses, die jüngeren Kinder waren schon zu Bett gegangen. Auch John hätte längst im Bett sein sollen, doch er hatte sich wieder heruntergeschlichen, die Kerze in der Hand, um eine Aussprache mit seinen Eltern zu erzwingen.

»Vater«, bat er flehentlich, »laß mich zur See gehen. Francis soll der Bauer in unserer Familie sein. Ich konnte es nie.«

»Komm her, mein Junge«, sagte George, und John ging zu seinem Vater, dessen graue Gesichtsfarbe er nicht wahrnahm, so eindringlich war er darauf bedacht, den Eltern sein Anliegen nahezubringen.

»John«, fuhr George Smith fort, »du bist jetzt vierzehn, also fast schon ein Mann. Viele Jungen deines Alters müssen schon arbeiten. Aber wir sind keine gewöhnlichen Pachtbauern, das Anwesen gehört uns, wie du weißt. Wir sind Grundbesitzer, mein Sohn. Eines Tages wird dies alles dir gehören.«

»Vermache den Hof Francis und laß mich zur See gehen.«

»Du willst dein Erbe für ein Leben als Schiffsjunge aufgeben?«

»Nur zu gern, Vater.«

»Du weißt nichts von den Härten der See. Es ist wahrhaftig nicht so, daß Seeleute andauernd lustige Lieder singen und im Kampf gegen die Spanier Ruhm und Ehre gewinnen.«

»Das weiß ich, Vater.«

»Du hast keine Ahnung von der Seefahrt. Du weißt nur das, was du von deinem Onkel und aus diesen Balladen erfahren hast.«

»Ich weiß, daß dieses Abenteuerleben für mich wie geschaffen ist.«

»Du redest wie ein dummer Junge.«

»Sag es ihm, Vater«, drängte Mistreß Smith. »Sag ihm endlich die Wahrheit. Die Zeit drängt.«

John sah von einem zum anderen. Dann starrte sein Vater ins Feuer und sagte leise: »John, ich bin ein kranker Mann. Meine Tage sind gezählt.«

John starrte seinen Vater an, fassungslos und unfähig, sich ein Leben ohne seinen Vater vorzustellen.

»Es ist die Wahrheit«, sagte seine Mutter. »Dein Vater ist krank und wird nicht mehr lange leben. John, es liegt nun an dir, ihn in der Zeit, die ihm noch verbleibt, ein Trost zu sein wie wir alle.«

»Aber Mutter, was kann ich tun? O Vater, mein lieber Vater!« Der Junge warf sich ihm in die Arme, und sein Vater umfing ihn.

»Nun, nun«, tröste er ihn. »Ich wußte, daß es dich tief treffen würde. Das darf nicht sein. Wir alle müssen einmal gehen, und meine Zeit ist näher als die der anderen. Das ist alles. Ich danke Gott dafür, daß ich eine gute Frau habe, zwei wackere Söhne und eine brave Tochter. John, du bist fast ein Mann. Du bist derjenige, der in meine Fußstapfen treten und sich um die Familie kümmern wird.«

»Komm und setz dich«, sagte seine Mutter. »Du darfst deinen Kummer nicht zeigen, damit du die Jüngeren nicht ängstigst. Sie sollen unbeschwert sein, solange es geht. Aber du, John, bist jetzt ein Mann, und die Sorge um uns alle liegt nun bei dir.«

Sie ging hinaus, um gleich darauf mit einem Humpen Ale zurückzukommen, den sie ihrem Sohn reichte. Und er saß mit ihnen beisammen, starrte ins Feuer, sehr bemüht, tapfer zu sein, und mußte doch feststellen, daß er an nichts anderes denken konnte als daran, daß sein lieber, guter Vater sie bald verlassen würde.

Als der Junge wieder zu Bett gegangen war, blieben seine Eltern vor dem Feuer sitzen. »George, es hat ihn schwer getroffen«, sagte Alice Smith.

»Es tut mir leid, daß wir es ihm sagen mußten.«

»Soll er es ruhig wissen. Sobald er begreift, daß diese Heldenabenteuer nichts für Bauernsöhne sind, wird er zur Ruhe kommen. Ich möchte wetten, daß er einen tüchtigen Bauern abgeben wird.«

»Ja, Weib, es ist für ihn eine arge Prüfung, mit den Willoughby-Jungen und diesen Franzosen Umgang zu haben und sich ihr Gerede anhören zu müssen.«

»Er muß begreifen lernen, daß er nicht ihrem Stand angehört.«

»Das ist viel verlangt. Er spielt ihre Spiele und glaubt, er wäre einer von ihnen. Ich erwäge deshalb schon eine ganze Weile, ihn fortzuschicken. Es wird ihm guttun. Er könnte bei seiner Tante und seinem Onkel in Louth bleiben und sich um den kleinen Besitz kümmern, den wir dort haben. Ich werde ihm beibringen, was er dort zu tun hat. Und während er in Louth ist, kann er auf die höhere Schule gehen. Ja, Weib, ich glaube, das ist es, was unser John braucht. Auf diese Weise wird er erstens lernen, Verantwortung zu übernehmen, des weiteren wird er Heim und Familie schätzen lernen – und er wird von seinen vornehmen Freunden getrennt.«

»Vermutlich hast du recht, Vater«, sagte Alice Smith. »Wann willst du ihn fortschicken?«

»Gleich morgen bringe ich ihn hin. Je eher desto besser, dann kann er Francis oder der kleinen Alice auch nicht verraten, was wir ihm heute anvertraut haben. Ich möchte kein trauriges Haus. Also, morgen dann.«

Und während John in seinem Bett lag und an den Mut seines Vaters dachte sowie an die offenkundige Unabänderlichkeit einer Zukunft, die ihm zuwider war, kamen seine Eltern überein, ihn nach Louth zu schicken.

Das Leben in Louth war für John unerträglich trübsinnig. Er vermißte Bruder und Schwester, sein Zuhause und die Eltern. Der Unterricht an der Louth Grammar School ödete ihn ebenso an wie jener in Alford. Onkel und Tante zeigten weniger Geduld mit ihm als seine Eltern, vor allem aber fehlte ihm die Gesellschaft der Willoughbys und ihrer französischen Freunde.

Seinen Trost fand er in Tagträumen. Über die neu entdeckte Welt las er alles, was ihm in die Finger geriet, und er träumte davon, die Meere auf der Suche nach neuem

Land zu befahren. Er wußte, daß König Philipp von Spanien große Teile der Neuen Welt beherrschte, und daß es das erklärte Ziel der englischen Seefahrer war, ihre Königin mächtiger zu machen, als es der spanische Monarch war. Sein größter Wunsch war, einer von ihnen zu sein, und er malte sich aus, wie es sein würde, die Themse aufwärts zu segeln, um von der Königin persönlich empfangen und mit Ehren überhäuft zu werden. Aber größer als alle Ehren, die ihm zuteil werden konnten, würde die Freude an der Entdeckung selbst sein. Zu den größten Augenblicken seines Lebens würde es zählen, wenn er die Segel setzen und in See stechen konnte, von der salzigen Brise ebenso beflügelt wie von seinem Ehrgeiz.

Er vergaß, daß sein Vater ein kranker Mann war. Selbst war er so jung und voller Leben, daß er nicht an die Realität des Todes glauben konnte. An jenem Abend, als seine Eltern ihm die Krankheit des Vaters offenbarten, hatte er daran geglaubt, doch das hielt nicht lange an, und wenige Wochen nach seiner Ankunft in Louth war er fester denn je zu einem Abenteuerleben entschlossen, das ihn weit weg vom elterlichen Anwesen in Lincolnshire führen würde.

Francis soll den Hof erben, sagte er zu sich. Der gute Francis, für ihn wird es wunderbar sein … und für mich auch. Ja, Francis muß alles erben.

Sein Entschluß stand fest. Um seinen Eltern Kummer und Auseinandersetzungen zu ersparen, wollte er sich eines Morgens einfach davonstehlen und sich auf den Weg zur Küste machen, anstatt in die Schule zu gehen.

Kaum hatte er diesen Plan gefaßt, als das Schicksal eingriff und ihm die Entscheidung abnahm.

Eines Morgens begegnete er auf dem Schulweg einem Mann mit einem Sack auf der Schulter.

Es war ein herrlicher Morgen, blühende Heckenreihen prangten in strahlendem Weiß. An einem Morgen wie diesem wäre es geradezu eine Sünde gewesen, in einem Klassenzimmer zu hocken und sich mit lateinischen Satzkonstruktionen zu plagen.

»Guten Tag, junger Herr«, sagte der Mann. »Was für ein schöner und sonniger Tag.«

»So ist es, und ich beneide Euch, daß Ihr Euer eigener Herr seid, um ihn zu genießen.«

»Du bist, dem Ranzen auf deinem Rücken nach zu schließen, wohl auf dem Weg zur Schule? Nun, hast du auch ein paar gute Bücher darin? Ich möchte es wissen, da ich mit Büchern handle.«

»Es sind Schulbücher«, sagte John. »Mein Vater hat viel Geld dafür bezahlt. Ich muß gut auf sie achten, da sie auch für meinen Bruder Francis bestimmt sind, wenn die Reihe an ihm ist.«

»Komm, zeig mir, was du hast«, sagte der arme Hausierer. Sie ließen sich am Straßenrand nieder, und John holte die Bücher hervor und zeigte sie dem Alten.

»Liest du gerne Bücher?«

»Nein, lieber würde ich Abenteuer erleben, über die dann geschrieben wird. Ich möchte zur See gehen.«

»Warum wanderst du dann nicht zur Küste anstatt in die Lateinschule?«

»Weil ich muß.«

»Dann geschieht es dir recht. Gehorchst du Befehlen, wird aus dir nie ein Abenteurer, da ein Abenteurer jemand ist, der selbst befiehlt. Keiner, der zur See möchte, würde in deinem Alter noch zur Schule wandern, Junge.«

Diese Worte ließen Johns Herz schneller schlagen.

Der Hausierer fuhr fort: »Du bist ein Träumer, Junge, und zwischen einem Träumer und einem Mann der Tat ist ein riesengroßer Unterschied. Wäre dein Tatendrang unbezähmbar und hätte ich dir einen guten Preis für deine Bücher geboten, wärest du mit dem Geld schon unterwegs zur Küste und zu einem Schiff, und keiner könnte es dir verbieten. Aber du bist ein Träumer, Junge, deshalb schulterst du deinen Ranzen und gehst zur Schule und erlebst in der Fantasie, was du in Wirklichkeit nie erleben wirst.«

»Was gebt Ihr mir für die Bücher?« fragte John langsam.

Der Tag wurde ihm lang, da er sich draußen auf Feldwegen herumtreiben mußte, denn wie hätte er ohne seine Bücher zur Schule gehen sollen? Das Geld in seiner Tasche verlieh ihm ein Hochgefühl und erfüllte ihn zugleich mit Scham. Das Geld würde ihn zur Küste bringen und auf ein Schiff führen, doch hatte er es bekommen, indem er stahl, was ihm nicht gehörte.

»John Smith«, sagte er, »du bist kein Träumer. Du faßt Entschlüsse und schreitest zur Tat. John Smith, du bist ein Dieb. Du hast etwas verkauft, das nicht dir gehörte.«

Aber nun war es geschehen. Er hatte es einem Impuls folgend getan, und es gab kein Zurück.

»Wenn ich Schätze entdecke«, gelobte er sich, »werde ich meinem Vater alles zurückzahlen … nein, ich werde ihm den zwanzigfachen Wert der Bücher geben. Er wird es verstehen. Ich habe nicht gestohlen. Ich habe es mir nur geborgt, bis zu dem Zeitpunkt, an dem ich ihm den Betrag zurückzahlen kann!«

Sein Entschluß stand fest. Er wollte zum Haus seines Onkels gehen und so tun, als käme er von der Schule zurück. Sodann wollte er seine Habseligkeiten zusammenpacken, sie zu einem Bündel schnüren und in einem Nebengebäude verstecken. Am nächsten Morgen wollte er dann so tun, als ginge er zur Schule, sein Bündel holen und sich davonmachen. Damit würde er einen Tag Vorsprung gewinnen, ehe man merkte, daß er das Weite gesucht hatte.

Es war ein Betrug, wenn auch ein unumgänglicher. John wußte, daß er zu einem Abenteuerleben bestimmt war, und daß es höchste Zeit war, damit zu beginnen.

Beim Haus seines Onkels angelangt, kam seine Tante herausgelaufen. Sie war außer sich, und wußte sofort, daß etwas geschehen war. Er war ganz leise gekommen, den Ranzen hinter dem Rücken verborgen, damit man nicht merkte, daß dieser leer war. Seine Tante achtete jedoch gar nicht auf den Ranzen.

»John«, rief sie ihm zu, »komm sofort herein in die Stube. Es gibt schlechte Nachrichten.«

Ganz elend vor Schuldgefühlen und Angst, folgte John ihr ins Haus, wo einer der Knechte seines Vaters ihn erwartete.

»Master John, schlechte Nachricht«, empfing ihn der Mann.

»Mein Vater ...«, setzte der Junge stockend an.

»Er ist sehr krank. Er liegt im Sterben, Master John. Und er möchte, daß Ihr ohne Verzug mit mir kommt.«

»John, du gehst am besten gleich los«, sagte seine Tante.

Und John nahm verwirrt und unglücklich seinen leeren Ranzen ab, vergaß die klingenden Münzen in seinen Taschen und machte sich bereit, nach Hause aufzubrechen.

Als John die Schlafkammer seines Vaters betrat, war ihm, als sei er als Knabe fortgegangen und als Mann zurückgekehrt. Der Mann, der im Bett lag und dessen Miene sich erhellte, als sein Blick auf seinen Ältesten fiel, lag im Sterben. Johns Mutter, die neben dem Lager saß, sah abgezehrt und krank aus, Alice kniete neben der Liegestatt, das Gesicht im Federbett vergraben, um ihr Schluchzen zu dämpfen. Und Francis stand neben dem Krankenlager und kämpfte mit seinen Tränen.

Die Tragödie stand John nun klar vor Augen, und er haßte sich für seine Gefühllosigkeit, weil er erwogen hatte, seine Familie im Stich zu lassen. Er dankte Gott dafür, daß er dem Händler nicht schon einen Tag zuvor begegnet war und sein sterbender Vater und seine gramgebeugte Mutter nichts von seiner Missetat erfahren hatten.

Einige Nachbarn waren gekommen, um Abschied zu nehmen und als Zeugen ihre Unterschrift unter das Testament zu setzen, das der Vater gemacht hatte. John sah die Pergamentrolle auf dem Bett liegen und ahnte, was es war. Tränen stürzten ihm in die Augen.

»Mein Sohn John«, sagte George und streckte eine Hand aus, »ich bin froh, daß du rechtzeitig gekommen bist. Es ziemt sich, daß mein Ältester zugegen ist, wenn ich gehe. Die Zeit ist gekommen, und ich wußte, daß sie kommen würde. John, von diesem Tag an darfst du kein Junge mehr sein. Du bist ein Mann und wirst bald Herr des Hauses sein. Ach, John, sind deine Schultern auch breit genug? Ich denke schon. Sie müssen es sein, um die Bürden zu tragen, die auf dich zukommen.«

»Ja, Vater, ich bin stark genug.«

»Guter Junge. So kann ich leichten Herzens scheiden. Ich bin ein glücklicher Mensch. Ich hatte die beste aller Frauen und drei gute Kinder. Und ich habe auch gute Nachbarn.«

Bei diesen Worten trat George Mettham, dessen Land an jenes der Smiths grenzte, einen Schritt näher ans Bett heran.

»Hier bin ich, alter Freund«, sagte er.

»Ich danke dir. Ich sehe dich. Master Mettham hat versprochen, dir hilfreich zur Hand zu gehen, bis du alt genug bist, um dir selbst zu helfen, John. Er hat versprochen, dir ein sehr guter Freund zu sein. Ich habe ihn zu deinem Vormund bestellt.«

»Wir werden keinen Vormund brauchen, Vater«, sagte John. »Ich bin doch schon alt genug, um alles allein zu schaffen.«

George Mettham bedachte John mit einem Lächeln, das dem Sterbenden wohl nachsichtig erscheinen mochte, John jedoch ein wenig beunruhigte. Er wollte George Mettham nicht als Vormund, und wäre sein Vater nicht so krank gewesen, hätte er es ihm deutlicher zu verstehen gegeben.

»John«, fuhr sein Vater fort, »ich habe mein Testament gemacht. Der Besitz wird bald deiner Mutter gehören und nach ihr fällt er an dich als meinen ältesten Nachkommen. Dann wäre da noch das Stück Land in Great Carleton – sieben Morgen. Francis, bist du da, mein Sohn?«

Francis war sofort an der Seite seines Vaters. »Hier bin ich, Vater.«

»Francis, du mußt nun deine Kindereien ablegen und deinem Bruder helfen. Das Anwesen muß der Familientradition gemäß an den Ältesten fallen, doch sollst du nicht vergessen werden. Dir hinterlasse ich meinen Besitz in Louth. Sei ein guter Junge, Francis. Jetzt wirst du deinem Bruder gehorchen müssen, da er das Oberhaupt der Familie ist. Aber du mußt auch deinem Vormund gehorchen.«

George Mettham legte eine Hand auf Francis' Schulter, und da brach dieser plötzlich in Tränen aus und warf sich auf das Bett seines Vaters.

»Komm, komm«, ermahnte George Mettham ihn, »du darfst dich von deinem Kummer nicht überwältigen lassen, das regt deinen Vater nur auf.«

John nahm zwischen seinem Vater und dem ihnen zugedachten Vormund Aufstellung.

»Mein Vater weiß von unserem Kummer«, sagte er. »Er hat uns immer gelehrt, ehrlich in Worten und Taten zu sein. Soll mein Bruder doch auf seine Weise zeigen, wie sehr er seinen Vater liebt.«

Aus Johns Worten sprach sein angeborener Stolz, und George Mettham zügelte seinen Unmut und nahm sich vor, Master John zu einem günstigeren Zeitpunkt die eine oder andere Lektion zu erteilen.

»Alice«, murmelte John Smith. »Wo ist meine kleine Alice?«

»Hier, Vater.« Alice hob ihr tränenüberströmtes Gesicht von der Bettdecke.

»Nun, Kleines«, sagte John Smith, »du darfst nicht um mich weinen. Trockne deine Tränen, Kind, denn ich habe viel Schmerzen gelitten, von denen ich bald erlöst sein werde. Daran solltest du denken. Für dich, mein Töchterchen, gibt es zehn Pfund in Gold als Mitgift. Dazu sollst du meine zweitbeste Liegestatt samt Federbett, Leinenzeug, Kissen und die Hälfte meiner Zinn- und Messingsachen bekommen.«

»Danke, Vater«, sagte Alice. »Aber mir wäre lieber, du würdest uns nicht verlassen.«

»Das, meine Lieben, liegt nicht in unserer Hand. Und jetzt sagt Lebewohl, denn mir ist nur mehr wenig Zeit vergönnt.«

Die Kinder kamen nun, eines nach dem anderen, um den

Vater zu küssen. Alice und Francis mußten unter Tränen fortgeführt werden, aber John blieb. Er, seine Mutter und George Mettham.

Die Nacht, in der John ein neues Leben beginnen wollte, verbrachte er am Sterbebett seines Vaters.

An eine Rückkehr nach Louth war nicht zu denken, da auf dem Bauerngut zu viele Pflichten auf ihn warteten. Und John, der seine Träume von der Seefahrt keineswegs aufgab, erwies sich als sehr tüchtig. Er konnte gar nicht anders, als sich für das Gedeihen von Vieh und Ernte zu interessieren. Von Natur aus praktisch veranlagt, entdeckte er in sich nun das Bestreben, das, was es zu machen galt, auch sehr gut zu machen.

Kaum aber war sein Vater auf dem Friedhof von Willoughby zur letzten Ruhe gebettet worden, als John bemerkte, wie gebrechlich seine Mutter geworden war. Von der Pflege ihres Mannes erschöpft, brach sie nach der Beerdigung zusammen. Sie hatte sich bei ihm angesteckt, und die Symptome seines Leidens sollten sich sehr bald auch bei ihr zeigen.

John übernahm ohne zu zögern die ganze Verantwortung und stürzte sich förmlich in die Arbeit. Von Francis forderte er dasselbe, während die kleine Alice sich der Pflege ihrer Mutter widmete.

George Mettham kam sehr häufig zu ihnen herüber. Als tüchtiger Bauer geizte er nicht mit guten Ratschlägen, John aber war nicht entgangen, mit welcher Habgier sein Blick auf der Kranken lag. Er wußte, daß George Mettham nur darauf wartete, Herr des Anwesens und alleiniger Vormund der Smith-Kinder zu werden.

Lange mußte er nicht warten. Als Alice eines Morgens in die Kammer ihrer Mutter ging, fand sie diese tot im Bett liegend. So kam es, daß die jungen Menschen im Verlauf weniger Monate nicht nur den Vater, sondern auch die Mutter verloren.

Nun zog George Mettham auf dem Anwesen ein und übernahm die Leitung. John, der für seine Mutter schwer gearbeitet hatte, verlor nun jegliches Interesse am Bauerngut, obwohl es ihm gehörte.

Francis und Alice, beide sehr fügsam, hatten an ihrem Vormund nichts auszusetzen. Nur John mochte ihn nicht. Zwischen ihnen gab es ständig Streit, und Johns Verlangen, Seemann zu werden, war größer denn je.

Eines Tages rief George Mettham ihn in den kleinen Raum, in dem er seine Buchhaltung machte, und sagte: »Ich glaube, es ist Zeit, daß wir beide uns über deine Zukunft unterhalten. Mir ist klar, daß du für die Scholle wenig Interesse hast und ein ganz anderes Leben ersehnst.«

»Ihr wißt, daß ich zur See möchte«, sagte John.

»Dein Vater hat mich zu deinem Vormund bestimmt«, gab Mettham zurück, »und ich kann nicht zulassen, daß du ohne Rücksicht auf deine gute Herkunft als gemeiner Seemann zur See gehst. Doch will ich dich zu einem Schiffskaufmann nach King's Lynn schicken, wo du alles über Schiffe und über Seefahrt lernen wirst.«

»Wann darf ich fort?« fragte John.

»Du kannst dich unverzüglich bereitmachen«, lautete die Antwort.

John rannte zu Francis und Alice, um ihnen zu sagen, daß er fortginge.

Alice brach in Tränen aus. »Alle geht ihr, einer nach dem anderen«, klagte sie. »Bald werde nur ich hier übrigbleiben.«

Francis tröstete sie. »Alice, ich bleibe bei dir. Wir werden immer zusammensein.«

»Und wenn ich ein großer Seefahrer bin«, sagte John, »werde ich dir das Gut übergeben, Francis. Und Alice kann immer bei dir bleiben – du hast dann das Gut und Alice ihre zehn Goldpfund und das zweitbeste Bett.«

»Und du wirst uns besuchen, sooft du kannst?« fragte Alice unter Tränen.

»Ja«, beruhigte John sie, der sich vorstellte, wie sein Onkel am Feuer zu sitzen, um Francis und Alice und deren Sprößlingen von seinen großartigen Abenteuern zu berichten. Es würde ihm viel Freude machen, den Kindern – von denen eines vielleicht Neigung zeigen würde, in die Fußstapfen seines Onkels zu treten – Geschichten zu erzählen und ihre Augen zum Leuchten zu bringen, wenn sie voller Bewunderung lauschten, welche Heldentaten der große John Smith vollbracht hatte.

Mit welch großen Hoffnungen John nach King's Lynn kam! Nie würde er seinen ersten Blick auf das alte Städtchen an der Mündung des Ouse vergessen. Ein hübscher Ort, dachte er, als er die Stadttore durchschritt und dem Haus von Mr. Thomas Sendall, des Schiffskaufmannes, zustrebte, bei dem er seine Laufbahn beginnen sollte.

Thomas Sendall war in King's Lynn ein sehr bedeutender Mann, dem ein großes Unternehmen mit ausgedehnten Lagerhäusern und Docks gehörte.

Als John, der bei den Sendalls wie ein Familienmitglied aufgenommen wurde, erfuhr, daß er als Lehrling anfangen sollte, wollte er sich in dieses Los freilich nur fügen, wenn man ihm erlaubte, seine Lehrzeit auf See zuzubringen.

»Alles zu seiner Zeit«, lautete Thomas Sendalls gutgemeinte Antwort. »Man soll nicht rennen, ehe man gehen kann, Junge.«

John mußte sich also in Geduld fassen und bemühte sich, an den Schönheiten seiner neuen Umgebung Gefallen zu finden und sich einzuleben. An den Sonntagen begleitete er die Familie Sendall in die St. Margaret's Church, übte sich auf dem Marktplatz neben der Getreidebörse im Bogenschießen, ließ sich den Anblick nicht entgehen, wenn Missetäter an den Pranger gestellt wurden, und versäumte es auch nicht, sich am Valentinstag auf dem Rummelplatz zu vergnügen.

Thomas Sendall begegnete ihm mit großer Güte, und seine Frau, die in ihm nur den armen mutterlosen Knaben sah, hatte es sich zum Ziel gesetzt, ihn aufzupäppeln – ihm zu Kräften zu verhelfen, wie sie es nannte. Nach den harten Monate, die dem Tod seiner Mutter folgten, war ihm ihre Fürsorge nicht unwillkommen, aber sehr bald war John der an Einfalt grenzenden Güte Thomas Sendalls überdrüssig und der Hätschelei seiner Frau ebenso. Norfolk-Klöße – Teigkugeln, vor jeder Mahlzeit mit Tunke serviert – so köstlich sie auch sein mochten, waren kein Ersatz für ein Leben auf See. Und wenn er im Kontor der Sendalls am Schreibtisch saß, erschienen ihm die Annehmlichkeiten des sendallschen Haushalts nur öde und langweilig.

Eines Tages fragte der gütige Thomas ihn, warum er sich so gräme. War er denn in Lynn nicht glücklich? Gab es etwas, das er und Mistreß Sendall für ihn tun konnten?

»Nur eines«, sagte John. »Laßt mich zur See fahren.«

Thomas schüttelte den Kopf. »John, das kann ich nicht zulassen. Du bist ein Gentleman und kannst nicht als gemeiner Seemann zur See fahren, und um etwas anderes zu sein, fehlt es dir an Erfahrung und Jahren.«

»Ich bin bereit, auch als gemeiner Seemann zu gehen.«

Thomas schüttelte den Kopf. »John, ich bin nicht dein Vormund.«

»Und deshalb muß ich trotz aller Versprechungen meine Zeit hier als Schreiber vergeuden!«

»Bis du dir mehr Wissen über Seefahrt und Schiffe angeeignet hast.«

»Ich verstehe«, sagte John leise.

Am nächsten Morgen packte er seine spärlichen Habseligkeiten in ein Bündel, schulterte es und schlich auf Zehenspitzen aus dem Haus, ehe sich darin jemand regte.

Es gab nun zwei Möglichkeiten: er konnte direkt an die Küste gehen, oder er konnte George Mettham kühn mit dem Vorwurf, dieser hätte ihn getäuscht, als er ihn nach King's Lynn schickte, gegenübertreten und seinen Anteil am Vermögen fordern, um endlich ausziehen und Abenteuer suchen zu können.

Er entschied sich für letztere Möglichkeit. Er war nicht unbemittelt und wollte nicht einsehen, warum Master George Mettham Vorteil daraus ziehen sollte, daß er, John Smith, dumm genug war, nicht zu fordern, was ihm rechtmäßig zustand.

Also machte er sich auf den Weg nach Willoughby.

Alice, die das Geflügel fütterte, als er ankam, ließ die Schüssel fallen und lief ihm mit einem freudigen Ausruf entgegen, um ihn zu umarmen.

»John! Wie schön, dich zu sehen! Francis! Komm schnell, unser Bruder ist da!«

Francis, der in der Nähe auf einem Acker arbeitete, hörte sie und kam auf den Hof gelaufen.

»John! Das ist ja wunderbar. Aber was ist geschehen? Wir wußten nichts von deinem Kommen.«

»Kommt herein, und ich will euch erklären, was mich zu euch führt.«

Sie gingen ins Haus, und Alice lief, um Ale und Fleischpastete für ihren Bruder zu holen.

John saß in der alten Stube und erklärte: »In King's Lynn war ich ohne jede Hoffnung, da man mich hinters Licht geführt hatte. Es war keine Rede davon, daß ich zur See fahren durfte. Ich sollte ein einfacher Schreiber bleiben.«

»Waren die Sendalls nicht gut zu dir?« fragte Francis.

»Doch, sie waren sehr gut, aber ihre Güte und ihre Klöße genügten mir nicht. Deshalb bin ich ausgerissen. Aber jetzt muß ich unseren Vormund sprechen. Eigentlich verwunderlich, daß er nicht da ist. Hm, sicher ist er zu Hause, und bis dorthin ist es nur eine Meile weit.«

»Nein, John«, erklärte Francis ihm. »Er mußte geschäftlich nach London. Du wirst warten müssen, bis er zurückkommt.«

John schlug sich mit der Faust aufs Knie. »Daß auch jede Wendung eine Enttäuschung bringen muß! Wie ich das Warten satt habe.« Doch plötzlich erhellte sich seine Miene. »Dann werde ich eben nach London gehen und ihn dort aufsuchen.«

»Es wäre klüger zu warten«, schlug Francis vor.

»Wann wollte er zurückkommen?«

»Das hat er nicht gesagt«, erklärte Alice. »Aber bleibe doch, lieber John. Es wäre wunderbar, wenn wir alle wieder zusammensein könnten, und sei es auch nur für ganz kurz.«

»Meine liebste Schwester«, gab John liebevoll zurück, »ich möchte jede weitere Verzögerung vermeiden. Ich kann nicht bleiben und viele Wochen, vielleicht sogar Monate, warten. Nein, meine Lieben. Ich weiß, wo er in London Quartier nimmt und will mich sofort dorthin auf den Weg machen.«

Alice ging seufzend daran, für ihren älteren Bruder eine Wegzehrung zurechtzumachen, und Francis, der John zulächelte, dachte bei sich, daß das Leben für diesen viel leichter gewesen wäre, wenn er sich mit den Gegebenheiten abgefunden und seine abenteuerlichen Neigungen bezwungen hätte.

Da sich die Strecke nach London unendlich in die Länge zu ziehen schien, wenn man auf Schusters Rappen unterwegs war, wünschte John sich ächzend und stöhnend ein gutes Pferd herbei. Seine Mittel waren so spärlich, daß er gezwungen war, in Scheunen und gelegentlich auch unter Hecken zu nächtigen. Einmal hatte er das Glück, einem Fuhrmann zu begegnen, der ihn einen ganzen Tag mitnahm. Dann trennten sich ihre Wege, und John mußte wieder zu Fuß weiterziehen.

Seit Tagesanbruch war er nun auf den Beinen und schon sehr müde. Vor einem Wirtshaus angekommen, mußte er sich fragen, ob er sich noch einen Humpen Ale und ein Stück Brot und Käse leisten konnte, nur um nach reiflicher Überlegung zu entscheiden, daß er sein letztes Geld nicht besser anlegen konnte. Sein kleiner Imbiß wurde ihm vom Wirt mit einer Herablassung serviert, die John zu verstehen gab, daß er kein Gast war, dem Achtung gebührte.

John, der es sich nicht verdrießen ließ und sich einen Platz im Freien suchte, um sich an Brot, Käse und Ale gütlich zu tun, entdeckte, daß ihm die Klöße von Mistreß Sendall niemals auch nur halb so gut gemundet hatten. Während er dasaß und sich stärkte, kam eine Gesellschaft hoch zu Roß daher, und der Wirt eilte beflissen herbei, um sie willkommen zu heißen, da es sich ohne Zweifel um Personen von Stand handelte. Es waren ein junger Gentleman in Begleitung seines Hauslehrers und einiger Bedienter.

»Edle Herren«, rief der Wirt, »willkommen ... willkommen. Sagt an, welcher Dienste ihr bedürft und sie werden Euch erwiesen. Weib! Weib! Wo bist du, Weib?«

Die Frau des Wirtes war sofort zur Stelle, ebenso diensteifrig wie ihr Ehegespons.

John fand es erheiternd, wie sehr sich der Empfang dieser Gäste von jenem unterschied, dem man ihm bereitet hatte. Und während er mit einem Lächeln dasaß, sprangen die Gentlemen aus dem Sattel, warfen die Zügel den wartenden Stallknechten zu und wollten ins Haus. Da sah John ihre Gesichter und stieß schon im Aufspringen einen Freudenschrei aus.

Die Gentlemen hielten inne und starrten ihn an, worauf der jüngere auf ihn zulief und ausrief: »Sieh an, wenn das nicht John Smith ist. He, John, was treibst du hier?«

»Perry! Bei allen Heiligen! Was für ein glückliches Zusammentreffen!«

Im anderen Gentleman, der sich im Hintergrund gehalten hatte, erkannte John Peregrine Berties Hauslehrer. Peregrine wandte sich nun an diesen und erklärte: »Das ist mein alter Freund John Smith! Erst vor wenigen Tagen haben Robert und ich von ihm gesprochen. Wie froh bin ich jetzt, daß wir hier angehalten haben. Wir sind hungrig. John, du hältst doch mit?«

Die Miene des Wirtes verriet Beschämung, weil er John behandelt hatte, als sei er nicht wohlgeboren – obwohl er es doch augenscheinlich war. Aber John war zu glücklich und aufgeregt über die Begegnung mit seinem alten Freund, um es dem Wirt nachzutragen. Als er Arm in Arm mit Peregrine die Gaststube betrat, galten seine Gedanken einzig und allein dem glücklichen Zufall, der sie zusammengeführt hatte.

Spanferkel, gefolgt von Wildbret und einer Süßspeise waren ein guter Ersatz für Brot und Käse, insbesondere wenn er mit gutem Honigwein hinuntergespült wurde.

»Wohin des Weges, John?« wollte Peregrine wissen. »Mir war zu Ohren gekommen, du seist in Lynn bei einem Schiffskaufmann in der Lehre.«

»Das stimmt, Perry, aber dort nahm ich Reißaus. Wäre ich geblieben, hätte ich mein Leben als Schreiber zubringen oder Ballen von diesem oder jenem zählen müssen. Das war nicht das Leben, wie es mir vorschwebte.«

»Wie gut ich das verstehen kann. Du bist also auf und davon.«

John nickte. »Ich will nach London und dort mit meinem Vormund sprechen. Sei versichert, daß wir zu einer Einigung gelangen werden, wenn ich ihn zur Rede stelle, warum ich ein Schreiber werden sollte, obwohl man mir einen Platz auf einem Schiff versprach. Und wohin willst du, Perry?«

»Zunächst nach London und dann nach Orleans zu meinem Vater und zu Robert. Mein Vater hat nach mir geschickt, ich soll zu ihm kommen.«

»Was für ein glückliches Los dir beschieden ist!« bemerkte John seufzend.

Seine Ellbogen auf den Tisch gestützt, studierte Perry seinen Freund. Er und Robert waren sich immer einig gewesen, wie jammerschade es doch sei, daß John nicht in einen höheren Stand hineingeboren worden war. Bei all ihren Spielen hatte es sich immer ganz natürlich ergeben, daß John sich zu ihrem Anführer aufschwang; unter seiner Anleitung wurde Fantasie auf wundersame Weise Wirklichkeit, da John ein Träumer mit stark ausgeprägter Neigung fürs Praktische war. Fochten sie ihre Fantasie-Seeschlachten mit den Spaniern aus, dann war es John, dessen Ideen und Anweisungen ihren Spielen Realität verliehen. Machte John nicht mit, verloren diese Spiele allen Zauber, wie Robert und Peregrine sich eingestehen mußten.

Jetzt sagte er: »Und was willst du mit deinem Vormund besprechen?«

»Ich werde ihn um Geld bitten und ein Schiff suchen.«

Nun trat eine kurze Pause ein, ehe Peregrine einem Impuls folgend sagte: »Komm mit mir nach Orleans.«

Johns Gesicht lief vor Erregung rosig an. »Wäre das denn möglich?«

»Ich denke schon. Du könntest in meinem Gefolge reisen. Du würdest auf diese Weise etwas von der Welt sehen, ohne daß es dich etwas kostet. So kannst du dir alles noch einmal in Ruhe überlegen und brauchst keine vorschnelle Entscheidung zu treffen. Nun, kommst du mit?«

»Und ob!« rief John aus. »Ach, was für ein Glück, daß ich just in diesem Wirtshaus einkehrte.« Er lachte laut. »Ich zögerte lange, weil meine Börse fast leer ist. Wie geringfügig die Entscheidungen sein können, auf denen unser Schicksal beruht. Siehst du nicht, Perry, daß es solche Episoden sind, die uns lehren, welch erregendes Abenteuer wir aus unserem Leben machen können?«

Peregrine schlug seinem Freund auf den Rücken. »Komm, wir müssen aufbrechen. Du bekommst ein Pferd von uns. Auf dessen Rücken reist es sich bequemer, als auf deinen müden Füßen.«

Er bedeutete seinem Hauslehrer, er solle die Rechnung begleichen, und trat dann Arm in Arm mit John aus der Schenke hinaus auf die Straße, die nach London führte.

John trat seinem aufgebrachten Vormund in dessen Quartier gegenüber.

George Mettham breitete die Hände in einer Geste der Hilflosigkeit aus. »Ich sehe jetzt, daß mit dir nichts zu machen ist. Mit großer Mühe habe ich für dich eine Möglichkeit in der großen Schiffahrtsfirma Sendall gefunden – der größten an der Ostküste, Und wie dankst du es mir? Du nimmst einfach Reißaus.«

»Ich habe nie Schreiber werden wollen, und ich werde es auch nie sein.«

»Seit dem Tod deines armen Vaters hast du mir nur Verdruß bereitet. Hätte ich geahnt, was mir abverlangt wird, ich hätte mich gehütet, die Vormundschaft zu übernehmen. Deine Geschwister sind brav und folgsam, nur du machst immerzu Ärger.«

»Dann gebt mir, was mir zusteht, und laßt mich ziehen. Mir bietet sich die Möglichkeit, mit dem Ehrenwerten Peregrine Bertie nach Orleans zu gehen, da er sich dort mit Seiner Lordschaft und dem Ehrenwerten Robert trifft.«

George Mettham schwieg einige Sekunden, bemüht, sich seine Erleichterung nicht anmerken zu lassen, da sich die Chance ergab, das lästigste seiner Mündel loszuwerden. Er wäre nur allzu bereit gewesen, den Jungen zur See fahren zu lassen in der Hoffnung, er würde bald Stürmen oder Piraten zum Opfer fallen, aber George Mettham, der in ganz Lincolnshire als redlicher und aufrechter Mann gelten wollte, befürchtete, man würde ihn beschuldigen, seine Pflicht dem Jungen gegenüber zu vernachlässigen, wenn er John erlaubte, Seemann zu werden. Was gab es nun Besseres, als daß er in Begleitung des jungen Bertie außer Landes ging?

George Mettham hoffte inständig, er würde John nie wiedersehen.

»Nun«, sagte George sinnend, »da du in die Dienste der Willoughbys eintreten willst, darf ich es dir wohl nicht verweigern.«

»Nein, das dürft Ihr nicht«, erwiderte John. »Da ich jedoch knapp bei Kasse bin, muß ich Euch bitten, mir etwas von dem zu geben, was mir zusteht, damit ich mich ausstatten kann, wie es sich für einen Gentleman ziemt, der in den Dienst eines großen Lords tritt.«

»Das ist nur recht und billig«, gab George zurück. Er ließ John allein, um in den angrenzenden Raum zu gehen und gleich darauf mit Münzen im Wert von zehn Shilling wiederzukommen, die er John mit gönnerhaftem Lächeln aushändigte.

John starrte das Geld an. »Zehn Shilling! Das ist doch nicht mein ganzes Erbteil. Mein Vater hat mir Pfunde hinterlassen, und Ihr speist mich mit Shillings ab!«

»Zehn Shilling sind eine sehr große Summe«, erwiderte George Mettham. »In deinem Alter wären sie für mich ein Vermögen gewesen. Denke daran, daß du noch nicht alt genug bist, um dich meiner Vormundschaft zu entziehen, Noch bin ich es, der sich deiner Angelegenheiten annimmt, und ich würde nicht im Traum daran denken, dir mehr als zehn Shilling für deine irrwitzigen Pläne zu geben.«

»Das nennt Ihr irrwitzige Pläne? In das Gefolge Lord Willoughbys einzutreten?«

George Mettham zog die Schultern hoch. »Mehr bekommst du von mir nicht«, antwortete er.

»Was für ein Unglück, vaterlos zu sein ... der Obhut jener anvertraut, die nur den eigenen Profit vor Augen haben.«

»Du Frechling! Wie kannst du es wagen, mir so unrecht zu tun?«

»Ich tue Euch unrecht?« erwiderte John. »Stellt Euch diese Frage selbst, Sir. Mein Vater hat mir Land und Geld hinterlassen. Ihr behütet es gut und profitiert davon. Und mir gebt Ihr schäbige zehn Shilling für mein neues Leben mit und behauptet auch noch, es sei ein großer Betrag. Aber keine Angst, ich werde selbst zu Vermögen kommen.«

Mit diesen Worten schlenderte John lässig hinaus und suchte Peregine in dessen Unterkunft auf.

Noch immer vor Wut kochend, berichtete John nun alles seinem Freund, wobei er George Mettham so komisch nachahmte, daß Peregrine sich vor Lachen bog.

»Pfeif auf deinen Vormund, John«, rief er aus. »Solange du bei uns bist, brauchst du kein Geld, da du deine Kleidung von mir bekommst. Du wirst stattlich ausgerüstet werden, mein Freund, und ein Pferd kannst du auch haben. John, vergiß deinen Ärger. Freuen wir uns lieber gemeinsam über deinen Entschluß, dein letztes Geld für einen Humpen Ale und ein Stück Brot und Käse hinausgeworfen zu haben!«

Ach, was für Chancen das Leben doch bietet! dachte John, der seinen Ärger nun vergessen hatte. Seine Augen glänzten, als er an das neue Leben dachte, das vor ihm lag; jenes Leben voller Abenteuer, das zu finden ihm endlich geglückt war.

2.
Abenteuer in Frankreich

Im Bauernhaus zu Willoughby herrschte große Aufregung, Alice hatte ihre Mägde angewiesen, die alten Binsen, die den Boden deckten, zu entfernen und neue zu streuen. In der Küche warteten schon die fertigen Pasteten, und von den Deckenbalken hingen Speckseiten und Schinken. Volle Milcheimer standen auf dem Steinboden der Molkerei, wo die Mägde Butter machten. Der Duft von frischem Brot und Kuchen durchzog das ganze Haus.

Es war ein seltener Anlaß, da Bruder John nach dreijähriger Abwesenheit nach Hause kommen sollte.

Alice ging hinauf ins Obergeschoß und sah aus einem Fenster über Wiesen und Felder. Sie wußte, welchen Weg er von London her reiten würde. John hatte einen Boten vorausgeschickt und seine Ankunft für den heutigen Tag ankündigen lassen.

Der Gedanke, was für ein glücklicher Tag es hätte sein können, wenn ihre Eltern noch am Leben gewesen wären, trieb Alice die Tränen in die Augen. Wie Francis, so glaubte auch sie, daß ihr Bruder John ihnen haushoch überlegen war. Eines Tages würde er eine große Tat vollbringen, die seinen Ruhm um die ganze Welt tragen würde. Davon waren sie und Francis fest überzeugt.

Ans Fenster gelehnt, betete sie still: ›Lieber Gott, laß es mich noch miterleben.‹

Dann lächelte sie ein wenig traurig. Was machte es schon aus, ob sie es miterleben würde oder nicht? Was könnte es der Größe ihres Bruders anhaben?

Vor kurzem war sie mitten in der Nacht in kalten Schweiß gebadet aufgewacht. Und als sie hustete, hatte sie Blut in ihrem Taschentuch entdeckt. Da sie ihre Mutter gepflegt hatte, wußte Alice sehr wohl, daß sie Johns Ruhm vielleicht nicht mehr erleben würde. Allerdings konnte es sich bei ihr auch um ein schleichendes Leiden handeln wie bei ihrem Vater und nicht um die galoppierende Form wie bei ihrer Mutter. Sie wußte nur, daß sie ihr schlimmes Geheimnis vor ihren Brüdern verbergen mußte. Francis würde es vielleicht eines Tages ohnehin entdecken. Nicht aber John.

Sie beschattete ihre Augen, als sie Hufschlag vernahm. Ja, ein Reiter hielt auf den Hof zu. Sie blieb am Fenster stehen und beobachtete ihn. Ja, das war er – eine kühne Erscheinung, einem edlen Ritter gleich, so hob er sich vor dem Himmel ab. Sein Mantel wehte hinter ihm her, seine ganze Haltung drückte Stolz aus, und sein Bart – üppig und gekräuselt – berührte seine modische Halskrause.

Alice lief die Treppe hinunter.

»Mein Bruder, euer Herr, ist da«, rief sie ihren Mägden zu.

Er betrat die Stube – ein stattlicher Mann und nicht mehr der Knabe, der sie verlassen hatte; damals war John erst sechzehn gewesen, jetzt war er neunzehn. Sein Auftreten verrät, daß er das Befehlen gelernt hat, dachte Alice.

»Wo ist meine Familie?« hörte sie ihn fragen. Seine Stimme war tief und wohlklingend, aber auch gebieterisch. Alice spürte Tränen in ihren Augen. Ach, wenn Mutter ihn jetzt sehen könnte, dachte sie. John als Soldat, Abenteurer und Gentleman.

»John, hier bin ich.«

»Alice! Meine kleine Schwester ist ja erwachsen ... ach, und hübsch obendrein!« Er faßte nach ihrer Hand und setzte nach einem Blick darauf hinzu : »Noch kein Ehering?«

»Nein, John, mir genügt es, mich um Francis zu kümmern.«

John ließ in gespieltem Spott ein Zungenschnalzen hören. »Nun, du bist ja noch jung und wirst eines Tages zweifellos unter die Haube kommen.«

»Und du, John, du bist auch noch unvermählt, obwohl dir viele schöne Mädchen begegnet sein müssen.«

»Ach, ich bin mit einem Abenteuerleben in fernen Ländern verheiratet«, entgegnete John.

»Man hört oft, die Ehe sei auch ein Abenteuer«, warf Alice ein.

»Nicht für mich. Meine Abenteuer liegen auf den Schlachtfeldern fremder Länder, in Entdeckungen jenseits der Meere. Sei versichert, daß ich es lieber mit den Türken aufnehme als mit einer Ehefrau. Und wie steht es mit unserem Francis? Ist er schon im heiligen Ehestand gelandet?«

»Er ist noch zu jung und hat zu viel zu tun. Aber er wird mit der Zeit sicher eine Frau finden.«

John hielt seine Schwester auf Armeslänge von sich weg und sah ihr lächelnd ins Gesicht. Dann gab er ihr einen Kuß auf die Wange.

»Mein hübsches Schwesterchen«, sagte er, um sie im nächsten Moment mit einem freudigen Ausruf loszulassen: »Ach, da ist ja Bauer Francis persönlich!«

Francis ergriff die Hand seines Bruders. »John ... Bruderherz ... es tut gut, dich hier zu sehen.«

»Von Alice habe ich gehört, daß es manche Neuigkeit gibt.«

»Bruder, deine Neuigkeiten sind interessanter als alles, was wir zu berichten haben. Unsere ganze Verwandtschaft will morgen kommen, weil alle dich sehen möchten, heute aber wollen wir dich für uns haben. Wir möchten aus deinem eigenen Mund und ganz unter uns hören, was du in den Jahren deiner Abwesenheit erlebt hast.«

Eine der Mägde trat ein, um zu melden, daß zur Ankunft des Hausherrn der Tisch in der großen Küche gedeckt und das Essen fertig sei.

Die Magd war ein ansehnliches, keckes Ding, und Alice sah, daß Francis' Augen ein wenig aufleuchteten, als er sie ansah. Nicht, daß dies unbedingt Interesse angezeigt hätte. Sein Blick war wie der eines jeden jungen Mannes, der ein hübsches weibliches Wesen ins Auge faßt.

Und John? Der sah an dem Mädchen vorbei, so als wäre sie gar nicht vorhanden. Womöglich ist er Frauen begegnet, dachte Alice, mit deren Anmut und Charme es die ländliche Bess nicht aufnehmen kann. Es sah aus, als würden John Frauen gar nicht interessieren.

»Komm, laß uns gehen«, sagte Francis. »Bei Tisch kann John uns erzählen, was er so getrieben hat.«

»Du bist nicht lange bei den Berties in Orleans geblieben«, bemerkte Alice, als sie bei Tisch saßen.

»Es war ein viel zu müßiges Leben«, erklärte John. »Und ein langweiliges obendrein. Ich glaube nicht, daß ich zum Höfling bestimmt bin. Aber ich erkundete das Land und erlernte die Sprache, und das machte mir viel Freude. Alice, du solltest mich mit den Franzosen parlieren hören. Jetzt spreche ich fast schon wie ein Einheimischer.«

»Das solltest du auch«, gab Francis zurück, »nachdem du so lange dort warst.«

»Erzähl uns, warum du Lord Willoughbys Dienste verlassen hast«, bat Alice.

»Hauptsächlich, weil Seine Lordschaft es sich nicht mehr leisten konnte, mich zu erhalten.«

»Ach was, das kann doch nicht sein. Die Willoughbys sind sehr wohlhabend«, wandte Francis ein.

»Reichtümer sind wie alles andere relativ«, sagte John. »Hier auf dem Land sind die Willoughbys im Vergleich zu Bauern wie uns sehr reich. In Orleans, wo der Adel den halben Tag und die ganze Nacht am Spieltisch verbringt, sind sie längst nicht so vermögend. Oder wenn sie es sind, können sie auch sehr rasch verarmen. Und so kam es denn auch. Seine Lordschaft und Perry mußten mir zu ihrem großen Leidwesen eröffnen, daß sie sich meine Dienste nicht mehr leisten könnten. Mir tat es zwar leid, sie zu verlassen, doch hatte sich bei mir schon ein wenig Langeweile eingestellt. Der Kampf der Liga war zwar noch im Gange, obwohl Henri IV. fast allgemein als König von Frankreich anerkannt wurde, in Orleans war es jedoch sehr ruhig, so daß ich von Kämpfen wenig sah. Perry und Robert statteten mich mit einer Börse aus, die es mir erlaubte, bequem nach England zu reisen, was ich ihnen nie vergessen werde, da sie wirklich wenig erübrigen konnten.«

»Aber du bist nicht nach England gekommen«, tadelte Alice ihn.

»Natürlich nicht«, rief John aus. »Was hätte unser ehrenwerter Vormund wohl gesagt, wenn ich wie ein geprügelter Hund mit eingezogenem Schwanz zurückgekehrt wäre? Ich beschloß daher, mir Paris anzusehen und machte mich dorthin auf den Weg. In der Hauptstadt angekommen, traf ich einen Edelmann aus Schottland, der sich in finanzieller Verlegenheit befand. Da ich nicht mitansehen konnte, daß ein Landsmann – oder ein Beinahe-Landsmann – sich im Ausland in einer solchen Klemme befand, überließ ich ihm einen großen Teil meiner Börse.«

»Unser Vormund hat recht«, sagte Francis. »Er sagte immer schon, daß man dich vor deiner närrischen Großzügigkeit schützen müßte. Du verschenkst, was du selbst brauchen würdest, und glaubst dann, andere würden dasselbe für dich tun.«

»Ja, es war dumm von dir, John«, rügte Alice ihn, »das Geld zu verschenken, das dich sicher nach Hause hätte bringen sollen.«

»Das war kein richtiges Geschenk. Als Gegenleistung bekam ich nämlich ein Empfehlungsschreiben für den schottischen Hof.«

»Der schottische Hof!« rief Francis aus. »Nun, es heißt, der nächste König würde ein Schotte sein, falls unsere Königin sterben sollte – was Gott verhüten möge.«

»Dann wäre es also zu deinem Besten gewesen, wenn du nach Schottland gegangen wärest und deine Dienste König James angeboten hättest«, sagte Alice.

»Das war auch meine Absicht, doch war mir der Gedanke unerträglich, nach Hause zurückzukehren, ohne wenigstens etwas von dem erreicht zu haben, dessentwegen ich ausgezogen war. Deshalb änderte ich meine Absicht, kurz nachdem ich Paris verlassen hatte. Ich beschloß, das Kriegshandwerk zu erlernen. Ich war in Frankreich, und die Franzosen brauchten Soldaten. So schlug ich mich auf König Henris Seite, um gegen die katholische Liga zu kämpfen, denn damit konnte ich mir des Beifalls unserer Königin sicher sein.«

Francis nickte. »Die Königin ermutigt ihre Untertanen,

die Katholiken überall zu bekämpfen, wo sie auf sie treffen. In den Niederlanden sollen die spanischen Inquisitoren Männer und Frauen, die den katholischen Glauben nicht annehmen wollen, verbrennen oder lebendig begraben.«

»Ach ja, unsere Königin tut recht«, fuhr John fort. »Sie bekämpft die Katholiken dort und überall, hält aber England aus dem Krieg heraus. Wir Soldaten kämpfen mit ihrer Billigung, kämpfen aber für die protestantische Sache und nicht in Englands Namen. So kam es, daß ich eine Zeitlang für König Henri focht, und als in Frankreich Friede geschlossen wurde, ging ich in die Niederlande und kämpfte auch dort, allerdings gegen die Spanier.«

»Was für Abenteuer du erlebt haben mußt!« rief Alice aus.

John zog die Schultern hoch. »Etliche Male sah ich dem Tod ins Auge – doch das Erzählen solcher Abenteuer wird langweilig. Die holländischen Protestanten mochte ich gar nicht, weil sie so freudlos sind. Und mich hielten sie für gottlos, weil ich nicht zu jeder Stunde des Tages auf den Knien lag und betete.«

»John, ich hoffe, du bist nicht gottlos geworden«, sagte Alice enttäuscht.

»Niemals«, rief John aus, »ich spreche meine Gebete, aber dazwischen möchte ich das Leben genießen. Deshalb verließ ich Holland, ging nach Schottland und stellte mich in Edinburgh bei Hof vor. Dank der Empfehlungsschreiben, die ich bei mir hatte, machte ich die Bekanntschaft einiger kluger Köpfe. Leider bin ich aber nicht aus dem Stoff, aus dem Höflinge sind, und erkannte rasch, daß das Leben an einem Königshof für mich so bedrükkend sein würde wie das Leben hier auf dem Land. Deshalb bin ich nach Hause gekommen, um neue Pläne zu schmieden.«

»Verrate uns diese Pläne«, drängte Francis.

»Sie sind noch unausgegoren«, sagte sein Bruder. »Ich träume davon, die Meere zu befahren und das neue Land zu erkunden, das Christoph Columbus entdeckt hat. In einem solchen Land muß es große Reichtümer geben. Ich möchte mit einer Gruppe gleichgesinnter Abenteurer dorthin fahren und es ebenso zum Herrschaftsgebiet der Königin machen, wie unser heimatliches Lincolnshire es ist. Ich möchte dich, Francis, und auch dich, Alice, mitnehmen. Ich möchte das Land urbar machen und es Neuengland oder ähnlich nennen.«

Francis' Augen leuchteten, als er seinem Bruder lauschte, aber Alice, die es sah, dachte sich: Francis, dein Herz ist hier, auf dem Stück Land, das deinem Vater gehörte. Und was mich betrifft, so würde ich die lange Reise gar nicht überleben. Aber John ist endlich da, und seine Träume sind wunderschön.

Einige Wochen waren vergangen. Es war Sommer und das Wetter ungewöhnlich schön. Täglich kamen Vettern und Tanten und Onkel nach Willoughby, um John zu sehen. Und immer wieder mußte John von seinen Abenteuern berichten. Alice hielt die Mägde in Trab, damit Pasteten und Kuchen für die Gäste nicht ausgingen. Es gab Picknicks in den Wäldern und fröhlichen Tanz in Haus und Garten.

Francis hatte John gezeigt, wie das Gut gedieh, und wie er sich mit jedem Monat ein wenig mehr der Obhut George Metthams entzog.

»Ich führe die Farm für dich«, sagte Francis, »denn du darfst nicht vergessen, daß unser Vater den Hof dir hinterließ.«

»Er hätte ihn lieber dir vermachen sollen, Bruder. Und eines Tages wird er dir auch gehören. Francis, wenn ich mein Glück gemacht habe, werde ich dir den Hof übereignen.«

»John, laß uns sofort das Thema wechseln, damit du mir den Besitz nicht auf der Stelle überläßt. Das wäre typisch für deine gedankenlose Großzügigkeit – und was, wenn ich in einem schwachen Augenblick dein Angebot annehmen würde?«

»Der Besitz gehört dir, Francis!«

»Nein. Wenn du dich schon zu einem Abenteurerleben

entschlossen hast, ist es besser, wenn du kein mittelloser Abenteurer bist. Sprechen wir von etwas anderem.«

»Nun gut«, sagte John. »Als ich gestern den Wald durchstreifte, fand ich ein zauberhaftes Fleckchen. Eine Lichtung, von Bäumen so umstanden, daß sie ein Dach bilden. Da dachte ich mir, ich könnte mir aus den Ästen eine kleine Hütte bauen und dort eine Weile bleiben.«

»John! Du bist deiner Geschwister schon überdrüssig!«

»Nein, das wird nie der Fall sein, aber das Verlangen, allein zu sein, ist sehr groß. Bei meinen Wanderungen durch fremde Länder habe ich sehr bedauert, daß ich kein fleißigerer Schüler war. Als ich meine Lektionen hätte lernen sollen, habe ich meine Zeit mit Träumereien vertan, und jetzt muß ich entdecken, daß ich ein unwissender Mensch bin.«

»Du bist in der Kriegskunst sehr bewandert.«

»Da irrst du dich. Ich weiß viel zu wenig. Auf meinen Reisen habe ich ein Buch gekauft – *Die Kriegskunst* von Machiavelli. Das möchte ich nun durchstudieren.«

»John, du willst mir doch nicht im Ernst einreden, daß du unseren Hof gegen eine Waldhütte eintauschen möchtest?«

»Bruder, du mußt dich mit mir abfinden. Laß mich meine Lebensweise selbst wählen, und wenn die Einsamkeit im Wald alles gegeben hat, was ich erwartete, werde ich auf den Hof zurückkehren.«

»Du wirst zu deinen Reisen zurückkehren«, erwiderte Francis erbittert.

»Francis«, sagte John mit liebevollem Lächeln. »Übernimm das Anwesen. Sei froh und dankbar, daß du einen Bruder hast, der sich damit zufriedengibt, dir alles zu überlassen. Laß mich mein Leben nach meiner Art führen. Wir können einander nicht ummodeln, wie es dem anderen gefällt. Jeder muß seine eigene Bestimmung finden.«

»Und was ist deine Bestimmung, John?«

»Das kann ich dir nicht sagen, da ich sie erst finden muß. Aber ich weiß, daß sie nicht hier in der Heimat liegt, sondern irgendwo jenseits der Meere.«

»Ich weiß gar nicht, was Alice sagen wird, wenn sie erfährt, daß du uns wieder verlassen willst, um als Wilder in den Wäldern zu leben.«

»Sei unbesorgt. Alice fügt sich rasch in Unvermeidliches.«

»Und wann willst du in die Waldhütte ziehen?« fragte Francis.

»Jetzt gleich.«

So ging er daran, sich ein Haus unter den Bäumen zu bauen, und lebte dort von dem Wild, das er im Wald erlegte. Das Wasser holte er sich aus einem Bach unweit seiner improvisierten Behausung. Hier las er Mark Aurel und Machiavellis *Kriegskunst.* Und täglich kamen Freunde und Verwandte zum Gehöft, um John zu sehen und aus erster Hand von seinen Abenteuern zu hören.

»Was er wohl als nächstes vorhat?« riefen sie aus. »Wann hat man je von solchem Unfug gehört! Was für eine Idee – wie ein Wilder im Wald zu hausen!«

»Vielleicht möchte er verstehen, wie Wilde leben«, erwiderte Alice. »Ich glaube, er hat die Absicht, zu ihnen zu gehen und deren Land für die Königin urbar zu machen.«

»Wir müssen ihn heimholen«, hieß es sodann. »Er war lange in der Ferne und hat sicher viele schöne Geschichten zu berichten. Man darf nicht zulassen, daß er sich im Wald versteckt. Überläßt das uns. Wir holen ihn zurück.«

Alice schüttelte den Kopf. »Ihr kennt John nicht.«

John saß am Bach, nur mit seiner Hose bekleidet und in ein Buch vertieft. Sein schönes Leinenhemd hatte er gewaschen, und so saß er nun mit nacktem Oberkörper in der Sonne. Er gähnte. Mark Aurel langweilte ihn schon, und allmählich wurde er sogar Machiavellis überdrüssig. Er war ein Mann der Tat, einer der durch eigene Erfahrung lernen wollte.

Plötzlich vernahm er Hufschlag. Er sprang auf und gewahrte einen dunkelhäutigen, schwarzäugigen Reiter in eleganter Aufmachung. Er saß im Sattel eines der edelsten Araberpferde, das John je gesehen hatte.

»Guten Tag zu wünschen«, sagte der Mann.

»Guten Tag«, gab John zurück, aus dessen Augen Bewunderung leuchtete, als er Pferd und Reiter musterte.

»Ich weiß, daß Ihr John Smith seid«, sagte der Reiter. »Ich bin Theodore Palaloga, Bereiter des Earl of Lincoln.«

»Das erklärt Euer edles Roß.«

»Eine Schönheit, nicht wahr?« Lange dunkle Finger liebkosten das Pferd. »John Smith, mir ist zu Ohren gekommen, daß Ihr in den Niederlanden manch Abenteuer erlebt habt, und ich würde hier im Wald gern gegen Euch zum Wettkampf antreten – zu einem kleinen Wettstreit der Geschicklichkeit. Ihr habt viele Kämpfe bestanden, und Euch ist viel Ehre zuteil geworden. Es könnte sein, daß wir einander ebenbürtig sind.«

John, der einer Herausforderung noch nie hatte widerstehen können, ging zur Hütte und holte seine Lanze. Dann führte er den Italiener zu der Stelle, wo er sein eigenes Pferd angebunden hatte.

Es war eine anregende halbe Stunde, da die beiden einander durchaus gewachsen waren. Schließlich sagte Theodore Palaloga, daß er nicht länger bleiben könne und am nächsten Tag wiederkommen wolle, um den Wettstreit fortzusetzen.

John hatte der Zweikampf so viel Spaß gemacht, daß es ihm den ganzen Tag über schwerfiel, sich wieder ruhig in seine Bücher zu vertiefen. Schließlich mußte er sich die Wahrheit eingestehen. Er war kein Einsiedler, sondern ein Mann der Tat; und er erwartete voller Ungeduld das Erscheinen Palalogas, dessen Reitkunst, die er auf Tattershall, dem Schloß des Earls, ausübte, berühmt war.

Am nächsten Tag erschien der Italiener zur verabredeten Zeit.

»John Smith«, sagte er, »ich überbringe Euch eine Einladung. Als der Earl hörte, daß wir aufeinandergetroffen sind und unsere Geschicklichkeit gemessen haben, trug er mir auf, Euch zu bitten, mit mir nach Tattershall zu kommen und dort eine Zeitlang zu bleiben. Der Earl möchte uns unbedingt im Zweikampf sehen.«

John schüttelte den Kopf. »Dankt dem Earl an meiner Stelle, aber ich muß hier im Wald bleiben.«

Palaloga zog die Schultern hoch, und sie setzten den Wettkampf fort. Als am nächsten Tag die Einladung wiederholt wurde, gab John abermals eine abschlägige Antwort. Nach einer Woche aber konnte er dem Angebot nicht mehr widerstehen. Seine Freunde waren sehr froh, denn sie waren es gewesen, die Palaloga gebeten hatten, John aus dem Wald hervorzulocken.

John blieb einige Wochen auf Tattershall und begeisterte die Familie sowie die Gäste des Earls mit seinen großartigen Reitkünsten.

Eines Tages nach den Darbietungen, als die Gesellschaft sich bei Tisch zusammenfand, kam die Rede auf die Kriege, die in Europa wüteten.

»Die Türken greifen Ungarn erneut an«, sagte der Earl. »Wenn man nichts unternimmt, um diesen Barbaren Einhalt zu gebieten, werden sie bald den ganzen Osten Europas in ihren Besitz gebracht haben.«

Daraufhin sagte John bedächtig: »Hier in der christlichen Welt bekämpfen Christen sich gegenseitig, während die Ungläubigen gleich einer mit aller Gewalt anbrandenden Sturmflut immer tiefer in christliches Territorium eindringen. Warum bekämpfen die Christen einander, wenn doch die Ungläubigen vor der Tür stehen?«

Die Blicke aller richteten sich auf John. Obwohl erst zwanzig Jahre alt und nicht gewöhnt, mit Adligen an der Tafel zu sitzen, führte er doch selbstverständlich in jeder Gesellschaft das große Wort.

In diesem Moment war er der Träumer in der Alford Grammar School, der Junge, der auf der Straße in Louth einem Krämer begegnet war und diesem seine Schulbücher verkauft hatte. Er vergaß die Anwesenheit des edlen Earls, vergaß Speis und Trank und den silbernen Teller vor sich. Johns Entschluß stand fest.

»Morgen breche ich nach Europa auf«, sagte er. »Ich werde einen Weg finden, gegen die Türken zu kämpfen.«

Es war Winter, und John saß mit ein paar Regimentskameraden um das behagliche Feuer einer Schankstube geschart. Nachdem er das gastliche Haus des Earl of Lincoln verlassen hatte, waren die Niederlande sein erstes Ziel. Sein ehrgeiziges Vorhaben, sich den Truppen anzuschließen, die gegen die Türken ins Feld zogen, hatte er bis jetzt noch nicht erreicht.

Er hoffte, diese Truppen auf ihrem Zug nach Ungarn einzuholen und seine Dienste dem Duc de Mercoeur, einem kaiserlichen General, anbieten zu können.

Er hatte allen seinen Kameraden erklärt, daß er es überdrüssig sei, gegen Christenbrüder zu kämpfen.

»Ich bin nicht der Mensch, der Dogmen verteidigt«, sagte er. »Die Katholiken beharren auf einem Standpunkt und die Protestanten auf einem anderen, ohne zu bedenken, daß die Ungläubigen immer tiefer in christliches Territorium vordringen. Anstatt gegeneinander zu kämpfen, sollten die Christen sich lieber gegen die Türken verbünden. Ich wünschte, ich könnte Gleichgesinnte finden, die mit mir nach Ungarn ziehen.«

Er blickte in die Runde. Das Regiment war aufgelöst worden, allen stand es frei zu gehen, wohin es ihnen beliebte. Da die Kämpfe in den Niederlanden jedoch noch nicht ausgestanden waren, würden sie mühelos in anderen Regimentern ein Unterkommen finden.

Einer aus der Runde sagte: »Ich teile deine Ansicht. Sicher wird es dir nicht schwerfallen, im Dienst des Herzogs Aufnahme zu finden.«

John wandte sich interessiert dem Mann zu, der gesprochen hatte. Es war ein Franzose, dessen feine Manieren ihm seitens der englischen Söldner den Namen ›Milord of France‹ eingetragen hatten. Er hatte ständig drei Freunde an seiner Seite, und die englischen Soldaten waren überzeugt, daß er ein Edelmann sein mußte. Er war als Monsieur de Preau bekannt, aber in Frankreich wurden schließlich alle Herzöge und Grafen Monsieur genannt. Bei Monsieur de Preau mußte es sich mindestens um einen Grafen handeln, das stand fest.

»Wie könnte man das bewerkstelligen?« fragte John.

»Ach, ganz einfach.« Monsieur de Preau breitete die Hände aus. »Monsieur le Duc de Mercoeur selbst befindet sich auf dem Weg nach Ungarn, aber seine Gemahlin ist zufällig eine gute Bekannte meiner Familie. Ich selbst würde mich zu gern den Truppen Monsieur le Ducs anschließen. Ich wünschte nur, ich hätte die Mittel, mich für die Reise nach Ungarn auszurüsten. Leider herrscht in meiner Heimat so große Not, daß die Reichen nicht mehr reich sind. Meine Freunde und ich beschlossen daher, zur Herzogin zu gehen und ihr zu erklären, daß wir zu ihrem Gemahl stoßen werden. Sicher wird sie uns die dafür nötigen Mittel zur Verfügung stellen. Monsieur Smith, es wäre uns ein großes Vergnügen, wenn Ihr mit uns kommen würdet.«

»Das scheint mir eine hervorragende Idee zu sein«, rief John aus.

»Dann erlaubt mir, Euch meine Freunde vorzustellen. Das ist Monsieur Montferrat, Monsieur Cursell und Monsieur La Nélie. Wenn Ihr rasch Eure Sachen packt, könnten wir auf der Stelle aufbrechen. Keine Angst, Monsieur Smith, die Herzogin greift jenen, die in die Dienste ihres Gemahls treten wollen, nur zu gern unter die Arme.«

Es war dunkle Nacht, als das Schiff mit John und seinen neuen Freunden im Hafen Valéry-sur-Somme eintraf. Dort sollten sie von Bord gehen und auf dem Landweg zum Schloß der Duchesse de Mercoeur gelangen.

John sah der Begegnung freudig entgegen. Es würde ihm ein Vergnügen sein, sich in den vornehmen Gewändern zu präsentieren, die er in seinem Gepäck mit sich führte. Er war schon immer eigen gewesen, was seine Kleidung betraf, und wenn Francis ihn deshalb auslachte, hatte John sich damit gerechtfertigt, daß man einem Gutgekleideten mehr Respekt entgegenbrächte als einem Mann in ärmlicher Aufmachung. Doch es steckte mehr dahinter. Präsentierte John sich mit feinem Batisthemd und elegant herausgeputzt, so wurde er unweigerlich für einen Aristokraten gehalten. Und die Achtung seiner Mitmenschen war ihm sehr wichtig. Zwar war es beklagenswert, daß die Kleidung eines Menschen für manche wichtiger war als sein Charakter, aber John hatte nicht vor, die Welt zu verändern. Er wollte sich den Umständen anpassen und das Beste daraus machen. Und er war zuversichtlich, daß er in guter Kleidung auf die Herzogin einen günstigen Eindruck machen würde.

John stand an Deck und sah zu, wie sein Gepäck auf das Beiboot geschafft wurde. Neben ihm stand Monsieur de Preau.

»Man behandelt unser Gepäck nicht mit der nötigen Sorgfalt!« rief Monsieur de Preau aus. »Ich will hinunter ins Boot und dafür sorgen, daß man vorsichtiger damit umgeht. Wartet hier, Monsieur Smith, während ich ins Boot steige.«

John rief ihm nach: »Aber Cursell, Montferrat und La Nélie sind schon unten.«

»Sie sind zu leichtsinnig«, rief de Preau ihm über die Schulter zu. »Alle drei. Überläßt das mir.«

John spähte in die Dunkelheit hinunter, während sein gesamtes Gepäck, das seine Garderobe und sein Geld enthielt, ins Boot verladen wurde. Er war erstaunt, als er sah, wie wenig Gepäck die Franzosen mit sich führten. Das auf dem Wasser tanzende Boot war nur undeutlich auszumachen, und als das ganze Gepäck verladen war, wollte er die Leiter hinunterklettern.

Der Kapitän stand vor ihm. »Einen Moment, Sir«, sagte er. »Ich steige als erster hinunter. Ich fürchte nämlich, daß das Boot ein wenig überladen ist. Ich muß es erst ausprobieren.«

Der Kapitän kletterte hinunter, und nach einigen Minuten sah John das Boot in der Finsternis verschwinden. »Ihr habt mich vergessen«, rief er ihm nach. »Ich, John Smith … ich bin nicht mitgekommen.«

»Wir haben zu schwer geladen«, rief der Kapitän zurück. »Ich bringe die Fracht ans Ufer und hole Euch anschließend.«

John blieb an Deck und wartete. Als der Morgen kam, wartete er noch immer.

John lief aufgebracht auf Deck auf und ab. Seine Besorgnis wuchs immer mehr, während er sich den Inhalt seines Gepäcks in allen Einzelheiten ins Gedächtnis rief.

»Mein Brokatwams«, murmelte er vor sich hin, »die Satinhose, der Samtumhang ... meine feine Wäsche ...« Trotz seiner Vorliebe für feine Kleidung aber galt seine größte Sorge der Börse voller Goldmünzen, die sich in einem Koffer befand.

Während er wartete, kam ein Soldat an Deck und fragte, was ihn bekümmere. John kannte den Mann ein wenig, da sie miteinander gereist waren, seit sie Holland verlassen hatten. Es war Monsieur Curzianvere, ein französischer Abenteurer.

»Ich bin in Sorge«, sagte John, »weil der Kapitän schon vor Stunden an Land gegangen ist. Er versprach, mich zu holen, ist aber bis jetzt nicht gekommen.«

»Vielleicht verhindert der hohe Seegang seine Rückkehr in dem kleinen Boot. Ihr werdet sehen, daß er über kurz oder lang kommen wird.«

John war erleichtert, und Monsieur Curzianvere fuhr fort: »Es ist wundervoll, in die Heimat zurückzukehren. Bald werde ich in der Bretagne sein, wo ich zu Hause bin. Leider muß mein Besuch ein Geheimnis bleiben, da ich aus Frankreich verbannt wurde.«

»Ihr begebt Euch mit Eurer Rückkehr in große Gefahr«, warnte John ihn.

»Das weiß ich sehr wohl. Aber wer würde nicht ein wenig Gefahr auf sich nehmen, um Familie und Freunde wiederzusehen?«

Sie schwiegen eine Weile, bis Curzianvere sagte. »Wie ich höre, haben unsere vier Spitzbuben uns verlassen.«

»Vier Spitzbuben?«

»Die Herren de Preau, La Nélie, Cursell und Montferrat.«

»Ihr nennt sie Spitzbuben?«

Curzianvere zog die Schultern hoch. »Haben Sie sich nicht als Edelleute ausgegeben? Habe ich de Preau nicht sagen gehört, er sei mit der Duchesse de Mercoeur befreundet? Ein Freund der Herzogin! Ich glaube, er war der nichtsnutzige Sohn eines Advokaten. Und die anderen sind Halunken wie er. Was ist mit Euch? Habe ich etwas gesagt, das Euch aufregt?«

»Mich aufregen!« rief John. »Diese vier sogenannten Edelleute sind mit meinem Gepäck an Land ... mit meiner gesamten Habe ... und das seit Stunden. Ich muß ihnen sofort folgen. Und der Kapitän muß mit ihnen im Bunde sein.«

»Erzählt, wie sie es geschafft haben, Euer Gepäck in die Finger zu bekommen.«

John berichtete ihm alles genau. Der alte Haudegen schüttelte den Kopf. »Ein uralter Trick. Hätte ich nur geahnt, was sie vorhaben ... wir müssen sofort an Land.«

»Wie das?«

»Der Kapitän ist mit ihnen gefahren, sagt ihr, und hat das einzige Boot genommen. Nun, dazu müßt Ihr Euch leider in Geduld üben. Er wird sicher zurückkehren, da er sein Schiff nicht Eures Gepäckes wegen im Stich lassen kann.«

»Diese Diebe sind längst über alle Berge, während ich hier praktisch ein Gefangener bin«, erwiderte John wutentbrannt.

Andere Passagiere gesellten sich zu ihnen. »Wo ist der Kapitän?« wollten sie wissen. »Warum sind wir noch an Bord?«

John und Curzianvere erklärten es ihnen.

»Ahnte ich es doch, daß die vier Spitzbuben etwas im Schilde führen«, sagte ein anderer französischer Soldat. »Ich kenne de Preau gut. Er ist aus seinem Vaterhaus in Mortagne ausgerissen, um Abenteurer zu werden. Er zog es vor, seine Mitmenschen nicht vor Gericht, sondern auf den Straßen und auf hoher See auszurauben. Ihr, mein Freund, seid also hereingelegt worden? Kommt, sagt uns, was Euer Gepäck enthielt.«

John drehte sich ungeduldig um, und als jemand ausrief, das Boot kehre wieder, lief er zur Leiter und ergriff unsanft den Arm des Kapitäns, kaum daß dieser das Deck erklommen hatte.

»Wo sind diese Halunken?« fuhr er ihn an und schüttelte ihn. »Wo ist mein Gepäck?«

»Sir ... Sir«, rief der Kapitän aus. »Eure Koffer sind bei Euren Freunden in Sicherheit. Ich will es Euch erklären ...«

»Wo habt ihr so lange gesteckt?« wollte Curzianvere wissen.

»Da der Seegang für das kleine Boot zu rauh war, konnte ich nicht eher zurückkommen.«

»Und mein Gepäck?«

»Wie ich schon sagte, ist es in der Obhut Eurer Freunde. Sie sind schon unterwegs nach Amiens, wo Ihr Euch schleunigst mit ihnen treffen sollt, damit Ihr mit ihnen die Reise in die Pikardie zur Duchesse de Mercoeur antreten könnt.«

John wartete nicht länger. Er ließ den Kapitän los und stieg eilends über die Leiter ins Boot hinunter. Unten angekommen sah er, daß Curzianvere ihm folgte.

»Ich möchte mit Euch reden«, sagte der alte Haudegen.

»Nun?« sagte John, als sie an die Küste gerudert wurden.

»Ich bin älter als Ihr und bitte Euch, nicht übereilt zu handeln. Haltet inne und überlegt.«

»Mein einziger Wunsch ist, meine Finger um de Preaus Kehle zu legen und ihm das Leben abzudrücken, ehe ich mir meine Koffer hole«, rief John aus.

»Das wäre sehr unklug. Dann hättet Ihr einen Mord begangen und Eure feine Garderobe würde Euch wenig nützen. Ich brenne vor Scham, weil Euch von meinen Landsleuten so niederträchtig mitgespielt wurde und möchte es wiedergutmachen.«

»Nie im Leben würde ich einem ganzen Land das Verhalten von vier Bürgern vorwerfen. Seid versichert, daß ich trotz meiner Jugend kein solcher Narr bin.«

»Dann hört auf meinen Rat und geht nicht nach Amiens. Die Halunken haben Amiens nur als Ziel genannt, um eine falsche Fährte zu legen.«

»Das dachte ich mir.«

»Ich hörte, wie gesagt wurde, de Preau stamme aus Mortagne. Dieser Ort liegt auf meinem Weg in die Bretagne. Laßt uns gemeinsam gehen. Ich möchte wetten, daß Ihr heute schon ein wenig ärmer seid als gestern um diese Zeit.«

»Ich besitze im Moment nicht mehr als eine oder zwei Münzen und wäre Euch nur eine Last.«

»Aber ich sagte schon, daß ich das schäbige Verhalten von vier Franzosen wiedergutmachen möchte, und werde das Wenige, das ich besitze, mit Euch teilen.«

Als sie kurze Zeit später an Land gingen, schwang John seinen feinen Mantel, nunmehr sein einziges Kleidungsstück von Wert, um die Schultern. Obwohl er nichts mehr zu verlieren hatte, zögerte er.

»Es steht zu befürchten, daß Ihr einem Franzosen nur ungern traut«, sagte Curzianvere.

»Ich bin jetzt klüger«, sagte John, dessen Zorn durch sein nachsichtiges Wesen gemildert wurde. »Und ich danke Euch aus ganzem Herzen für Euer großherziges Angebot. Kommt … wir wollen uns auf den Weg nach Mortagne machen.«

Es vergingen viele Tage, bis sie das Städtchen Mortagne erreichten. John hatte seinen Mantel verkauft, um sein Scherflein zum Reiseproviant beizusteuern, denn so sehr er schöne Kleidung schätzte, so bedeutete seine Unabhängigkeit ihm doch viel mehr. Meist waren sie nachts unterwegs, da Curzianvere Angst hatte, als Verbannter erkannt zu werden, auf den der Kerker und womöglich der Tod warteten, falls man seiner habhaft würde. Sie gelangten sicher durch Dieppe und Honfleur und erreichten schließlich Mortagne.

Curzianvere wagte es nicht, sich dort blicken zu lassen, aber John konnte seine Ungeduld nicht zügeln, so daß sein Gefährte erklärte, er wolle vor den Toren warten, während John sich in der Stadt nach de Preau und seinen Freunden umsehen sollte.

John setzte sich in eine Taverne und stärkte sich dort, wobei er sich Zeit ließ, um die Gespräche zu belauschen, die um ihn herum geführt wurden. Er erwog, sich nach den Vieren zu erkundigen, da aber seine fremdländische Erscheinung zu auffällig war, hielt er es für klüger, den Mund zu halten, da es den vier Gesuchten bald zu Ohren kommen würde, falls er laut den Wunsch nach einem Wiedersehen äußerte.

Da es ein sehr kleiner Ort war, wollte es sein Schicksal, daß er sich de Preau und dessen drei Freunden gegenübersah, als er aus der Taverne trat.

Alle vier sahen durch John hindurch, als hätten sie ihn nie zuvor gesehen.

»Ich bin gekommen, um mein Gepäck zu holen«, sagte John.

»Was soll das?« entgegnete de Preau.

»Das Gepäck, das Ihr mir entwendet habt. Los, meine Zeit ist knapp. Ich will es … jetzt gleich.«

»Ein Irrer, ganz klar«, sagte de Preau, mit einem Achselzucken zu seinen Freunden gewandt. »Armer Kerl, überlassen wir ihn seinem Wahn.«

John packte seinen Arm. »Ich möchte mein Gepäck. Los, wo ist es? Ihr vier Halunken habt es mir gestohlen.«

De Preau wandte sich an die anderen. »Habt ihr diesen Mann schon einmal gesehen?« fragte er.

»Nie im Leben«, rief La Nélie aus, und die anderen pflichteten ihm bei, während sich einige Neugierige vom lauten Wortwechsel aus der Taverne locken ließen.

»Ein verrückter Ausländer«, sagte Cursell.

»Man sollte ihn in Ketten legen«, setzte Montferrat hinzu. »Wer weiß, vielleicht wird er noch gefährlich.«

In der Menge erhob sich Murren. »Ein gefährlicher Irrer, der Gott weiß was anstellt. Womöglich ist das Leben unserer Frauen und Kinder in Gefahr.«

John war klar, daß er sich als Fremdling in einer fremden Stadt einer feindlichen Front gegenübersah.

De Preau raunte ihm mit zynischem Lächeln zu: »Mein Lieber, am klügsten wäre es, Ihr würdet verschwinden … und zwar schnell, wenn Ihr nicht längere Zeit in Gesellschaft von Irrsinnigen in Ketten verbringen wollt.«

Ein paar Jahre eher hätte John ihm einen Schlag ins Gesicht versetzt. Doch hatte er in kürzester Zeit sehr viel gelernt. Zorn brachte einem nur selten zum Ziel, und schon gar nicht, wenn die äußeren Gegebenheiten gegen einen waren.

Er wandte de Preau den Rücken zu und bahnte sich energisch seinen Weg durch die Menge.

Sonderbar genug, man ließ ihn gehen. Es waren ihrer viele, und er war allein, doch auch unter diesen Umständen fand sich kaum einer, der sich mit ihm auf Händel einließ.

Er sah zu, daß er schleunigst die Stadt hinter sich ließ und zurück zu Curzianvere gelangte, der ihn schon erwartete.

Als sein Begleiter von dem Zwischenfall hörte, war er bestürzt.

»Ich muß weiter«, sagte er, »wir müssen uns trennen. Ihr werdet hierbleiben wollen. Ehe ich gehe, will ich Euch die Adresse eines Freundes in Mortagne geben. Geht zu ihm und sagt, daß ich Euch schicke. Sagt ihm auch, daß vier unserer Landsleute Euch betrogen haben. Monsieur Colombier, so heißt er, wird Euch in seinem Haus aufnehmen.« John merkte sich alles genau und sagte dem alten Soldaten, den er während des gemeinsam zurückgelegten Weges schätzen gelernt hatte, Lebewohl.

Kaum hatte Curzianvere sich von ihm verabschiedet, als John zurück nach Mortagne ging und auch rasch das Haus fand, das sein Freund ihm genannt hatte.

Es war ein großes, von der Straße zurückgesetztes Haus in einem schönen Garten, und als John an die Tür klopfte, wurde ihm von einer älteren Magd geöffnet.

John verbeugte sich und fragte, ob er Monsieur Colombier sprechen könnte.

»Das könnt Ihr nicht«, antwortete die Magd.

»Ein alter Freund von Monsieur Colombier schickt mich. Bitte, führt mich zu ihm. Es ist wichtig.«

Die Magd zögerte, ehe sie sagte: »Bitte, tretet ein. Monsieur Colombier könnt Ihr jedoch nicht sprechen. Aber ich will sehen, was sich machen läßt.«

Sie führte ihn in einen schön eingerichteten und auffallend ordentlichen Raum und bot ihm auf einem Stuhl Platz an. Einige Minuten vergingen, bis die Tür wieder aufging, und eine andere Frau eintrat. Einige Jahre älter als John – etwa Mitte oder Ende Zwanzig – war sie eine äußerst reizvolle Erscheinung.

»Ihr wollt meinen Mann sprechen?«, sagte sie. »Offenbar wißt Ihr nicht, daß er schon einige Zeit tot ist.«

John konnte seine Enttäuschung nicht verbergen, da Monsieur Curzianvere in ihm die Hoffnung geweckt hatte, er könne mit Monsieur Colombiers Gastfreundschaft rechnen und sich in Mortagne so lange verbergen, bis er sein Gepäck zurückbekommen hätte.

Die Frau war näher getreten und sah ihn an. Seiner schäbigen Kleidung wegen hatte sie ihn auf den ersten Blick für einen Bettler gehalten, doch hatte sein Benehmen ihr rasch verraten, daß dieser junge Mann nichts von einem Bettler an sich hatte. Obschon nicht auf herkömmliche Weise hübsch, war er doch unbestritten sehr stattlich. Seine klaren und offenen blauen Augen gefielen ihr. Und ihr fiel auf, daß sein lockiges Haar fast golden schimmerte, als Licht darauf fiel.

»Bitte, macht kein so bekümmertes Gesicht«, sagte sie. »Falls ich Euch helfen kann, werde ich es gern tun. Sagt mir, warum Ihr meinen Mann aufsuchen wolltet. Seit seinem Tod nehme ich seine Angelegenheiten wahr.«

John schilderte ihr nun, wie er sein Gepäck verloren hatte und sprach von seiner Freundschaft mit Curzianvere.

»Monsieur Curzianvere war mit meinem Mann eng befreundet«, rief Madame Colombier aus. »Als er ins Exil mußte, war mein Mann sehr betrübt. Ich weiß, daß es der Wunsch meines Mannes wäre, Euch zu helfen, da Monsieur Curzianvere Euch empfiehlt. Ihr könnt hier bleiben, solange es Euch beliebt – und jetzt müßt Ihr sehr hungrig sein. Meine Magd soll Euch etwas zum Essen zubereiten, Ich werde auch eine Kammer für Euch zurechtmachen lassen, da Ihr sicher einige Zeit in der Stadt bleiben wollt.«

»Ihr seid zu gütig.«

»Ich komme nur den Wünschen meines Mannes nach«, sagte sie bescheiden und mit gesenktem Blick, vielleicht, weil sie glaubte, in ihren Augen läge zuviel Glanz, zuviel Hoffnung und Verheißung für eine Frau, die noch nicht lange Witwe war. John fiel das nicht auf. Er hatte mit Frauen bisher wenig zu schaffen gehabt.

Das Leben im Hause Colombier erschien John geradezu luxuriös, und Madame Colombier scheute für ihren Gast keine Mühe. Tag für Tag ging sie in die Stadt, um etwas über die vier Diebe in Erfahrung zu bringen, doch diese zogen es vor, sich nach der Begegnung mit John in der Stadt nicht mehr blicken zu lassen. John selbst ging nur nach Einbruch der Dunkelheit außer Haus, da seine Anwesenheit sich nicht herumsprechen durfte, wenn er die Vier fassen wollte. Ihm war es indessen sehr angenehm, in einem behaglichen Haus bei einer so aufmerksamen Gastgeberin wohnen zu dürfen.

Sie tat nichts lieber, als ihm eine Freude zu machen, und ihre Art, seine Schwächen ans Tageslicht zu bringen, war John fast unheimlich.

»Ihr habt Eure Kleider verloren«, sagte sie am Tag nach seiner Ankunft zu ihm. »Sie wurden Euch von Franzosen gestohlen. Nun ... ich habe bestimmte Kleidungsstücke meines Mannes nie verkauft. Sie gehörten zu seinen besten Sachen. Ich möchte, daß ihr Euch davon etwas aussucht.«

»Daran ist nicht zu denken!« erklärte John.

»Ihr müßt. Franzosen haben Euer Gepäck gestohlen, also laßt bitte zu, daß eine Französin den Schaden ein wenig gutmacht. Kommt, ich werde Euch die Sachen zeigen.«

John konnte nicht anders, als den feinen Samtmantel zu bewundern, das Wams mit den geschlitzten Ärmeln, die fein gefältelte Spitze. Die Sachen waren ein wenig raffinierter, als englischer Geschmack es zuließ, doch fand er sie deshalb nur um so faszinierender.

Sie sah das Leuchten in seinen Augen und hob lachend den Umhang auf, um ihn ihm um eine Schulter zu werfen. »Ein schöner Mantel«, flüsterte sie. »Dieser Schwung! Ich weiß noch, wie mein Mann darin mit mir tanzte.« Ihr Blick verdunkelte sich, aber bald war sie wieder heiter. »So haben wir getanzt ...« Und sie ergriff seine Hand und vollführte auf den Zehenspitzen eine Drehung. Dazu summte sie eine Weise, und John ertappte sich dabei, daß er mit ihr tanzte. Sich an den Händen haltend, verbeugten sie sich. Und sie war vor Vergnügen errötet. Plötzlich hielten sie inne. »Aber das ist ja skandalös. Ich ... eine Witwe ... so zu tanzen! Kommt, vergessen wir meinen Leichtsinn.«

»Unsinn«, sagte John, »Das Tanzen tut Euch gut.«

»Ja ... das Tanzen mit Euch.«

John, der dies für eine französische Schmeichelei hielt, lächelte. In diesem Haus mußte er sich ständig vor Augen halten, daß englische Manieren im Vergleich mit französischen ziemlich ungehobelt waren und daß französischer Charme für englische Ohren oft übertrieben und unnatürlich klang.

Sie wandte sich von ihm ab, griff nach dem Wams mit den Ärmelschlitzen und hielt es ihm an. Er spürte ihre Hände auf seinen Schultern, während ihre schönen Augen zu ihm aufblickten.

»Ich bitte Euch, legt die Sachen an«, sagte sie. »Ich möchte Euch darin sehen.«

John zauderte. Etwas warnte ihn, die Kleider nicht zu nehmen, doch seine Eitelkeit flüsterte ihm ein, daß es Torheit gewesen wäre, sie in den Schubfächern vermodern zu lassen.

Er nahm sie und ging in seine Schlafkammer, um sich umzuziehen.

Er hatte kaum Zeit gehabt sich umzuziehen, als sie auch schon zu ihm kam.

Sie schien ganz atemlos vor Erregung.

»Sie passen Euch wie angegossen ... John«, sagte sie und trat ganz nahe an ihn heran, daß er sich ihrer Nähe wieder deutlich bewußt wurde. »Ihr müßt sie behalten«, fuhr sie fort. »Sie gehören Euch.«

»Aber sie haben Eurem Mann gehört ...«

»Er wäre ebenso froh wie ich«, sagte sie, »da er nun nicht mehr da ist, um sich an ihnen zu erfreuen.«

Dann stellte sie sich auf die Zehenspitzen und küßte Johns Lippen, und als sie ihn in einer heißen und hungrigen Umarmung an sich riß, ertappte John sich dabei, daß er bereitwillig auf sie reagierte. Sie war leidenschaftlich und erfahren, und er empfand das große Verlangen, seine Hand in die ihre zu legen, damit sie ihn zu neuen und bislang ungeträumten Abenteuern führte.

In den Tagen darauf hätte Johns Verwirrung nicht größer sein können. Bis zu diesem Zeitpunkt wäre es ihm nicht in den Sinn gekommen, daß auch er jene Begierden haben könnte, von denen er seine Kameraden immer sprechen gehört hatte. Für John hatte es immer nur einen einzigen allgegenwärtigen Traum gegeben, der sein Leben beherrschte. Und obwohl dieser Traum im Moment an Konturen verloren hatte und er selbst nicht wußte, welche Gestalt er schließlich annehmen würde, trug er ihn doch ständig in seinem Herzen.

Er spürte undeutlich, daß es ihm bestimmt war, für England Großes zu vollbringen, so daß es auch nach vielen hundert Jahren noch heißen würde: »Das hat John Smith vollbracht.« Und er wußte, daß seine Tat gut und ehrenvoll für sein Land sein würde.

Er war ein Kind gewesen, als Männer wie Drake und Hawkins die Fantasie der Engländer beflügelt hatten, und er wollte, daß sein Name im Zusammenhang mit ihren genannt würde. Er wußte, daß sich eines Tages eine Gelegenheit bieten würde, und für diese wollte er bereit sein, um sie dann zu ergreifen.

Frauen hatten zu seinen Träumen nie Zugang gehabt, und er hatte immer angenommen, daß es so bleiben würde. Und jetzt war er hier gelandet, im Haus einer Witwe, die an ihm großen Gefallen fand und er an ihr.

Als er Monsieur Colombiers Wams und Mantel probiert hatte, war es deutlich zutage getreten. Und jetzt war es so weit, daß er zeitweise den Grund vergaß, der ihn nach Mortagne geführt hatte. In dieser merkwürdigen und verwirrenden Woche träumte er sogar davon, für immer in diesem Haus zu bleiben und darin den Platz einzunehmen, den einst Madame Colombiers Mann innehatte.

Und was Madame Colombier betraf, so schien sie wieder ganz jung zu werden. Sie war leidenschaftlich und sehnte sich nach Liebe. Sie hätte schon längst einen Liebhaber genommen, wäre da nicht die Angst vor Klatsch in einer Stadt gewesen, wo jeder alles über seinen Nachbarn wußte. Johns Ankunft erschien ihr wie ein Geschenk des Himmels. Madame Colombier war so glücklich und so dankbar, daß es nichts gab, was sie nicht getan hätte, um alle Launen des schmucken jungen Engländers zu erfüllen.

Als sie eines Nachts beisammenlagen und miteinander flüsterten (da sie ängstlich darauf achtete, ihr Gesinde nicht merken zu lassen, daß John ihr Liebhaber war), sagte sie. »John, ich möchte, daß du für immer hierbleibst.«

Er erschrak, sagte aber nichts.

»Warum auch nicht?« fragte sie. »Ich habe Geld. Wir könnten hier sehr behaglich leben. Du bist Protestant, ich Katholikin, aber das soll nicht zwischen uns stehen. John, du darfst nie fortgehen.«

Ihre Lippen waren nahe an seinem Ohr. Ihr warmer sehnsüchtiger Körper preßte sich an ihn. John war zwanzig, es war seine erste Liebschaft; und mit seiner Geliebten in den Armen glaubte er, daß es sehr vergnüglich sein könnte, ewig in diesem glückseligen Zustand dahinzuleben.

John erwachte in den frühen Morgenstunden, kalt vor Entsetzen. Er hatte geträumt, eine Falle schlösse sich um ihn, eine Falle, aus der es kein Entrinnen gäbe, sobald sie ganz zugeschnappt wäre.

Er sah, daß er sich in dem ihm vertrauten Raum befand. Madame Colombier lag neben ihm. Er konnte die Umrisse ihrer üppigen Gestalt ausmachen, die diesmal jedoch keine Sehnsucht in ihm weckte, sondern ihn abstieß, weil er erst halb wach war und die Nachtmahr noch zu frisch.

Das war die Falle. Dieser Raum, diese Frau mit ihren ihn umschlingenden Armen und ihrer unersättlichen Begierde nach seinem Körper.

Was ist mit mir geschehen? fragte John sich. Was tue ich hier im Haus eines Toten, in dessen Bett ich schlafe und dem ich nehme, was sein war?

Er wußte, daß er so rasch wie möglich fortmußte.

»John, was ist denn?« Madame Colombier streckte einen warmen runden Arm aus und zog ihn in ihre sinnliche Umarmung. Er spürte, wie ihm sein Wille ausgesogen wurde und hörte eine innere Stimme, die ihn fragte, wie er nur so dumm sein könne, eine Heirat mit einer reichen Witwe auszuschlagen.

Doch der Ruf des Schicksals war stärker als die Lust, so daß er sich aus ihrer Umarmung löste und sagte: »Ich sollte längst wieder unterwegs sein.«

Jäh aus ihrem Halbschlaf gerissen, fragte sie erschrokken: »Was meinst du damit, John?«

Er drehte sich zu ihr um und strich ihr, auf seinen Ellbogen gestützt, das lange schwarze Haar aus der Stirn.

»Ich habe hier schon zu lange verweilt.«

Sie sah ihn vorwurfsvoll an, doch er fuhr fort: »Und du warst zu gut zu mir.«

»Wie kann man zu jemandem, den man liebt, zu gut sein?«

»Du verdienst jemanden, der dich glücklicher machen kann, als ich es jemals könnte. Du solltest einen geachteten Bürger von Mortagne heiraten. Deine Trauerzeit ist vorüber. Ich würde nie einen guten Ehemann abgeben.«

»John, du irrst dich. Du würdest den allerbesten Mann abgeben, da du der einzige bist, den ich möchte.«

»In mir ist eine Sehnsucht«, sagte John, »die mich nie ruhen lassen würde. Ich muß dich verlassen, um die Meere zu befahren. Und du, meine Liebe, bist keine Frau, die man verlassen sollte.«

Sie war verstört und vergoß ein paar Tränen, woraufhin er sie tröstete, so gut er konnte, doch vermochte er ihr nicht zu geben, was sie brauchte, nämlich sein Versprechen, nie fortzugehen.

Sie spürte, daß sein Entschluß feststand. Als praktische Frau wußte Madame Colombier, daß es nutzlos war, ihn halten zu wollen, wenn er ja doch nicht bleiben wollte. Ein zögernder Liebhaber war ein schlechter Liebhaber.

Sie war traurig, weil er ihr gut gefallen hatte – männlich, doch unschuldig, herrisch, doch bescheiden. Und sie würde ihm mit großem Bedauern Lebewohl sagen; da er sich von seinem Entschluß jedoch nicht abbringen ließ, rüstete sie ihn für seine Reise aus. Sie umarmte ihn zum Abschied voller Wärme, und als er das Haus verlassen hatte, fand er eine gefüllte Börse in seiner Tasche vor.

Erst als er sich umdrehte, um einen letzten Blick auf das Städtchen Mortagne zu werfen, fiel ihm der eigentliche Grund seines Kommens wieder ein. Seine Absicht, die vier Spitzbuben der Gerechtigkeit zuzuführen, hatte er völlig vergessen.

Da mußte er über sich selbst lachen. Jene Episode war Vergangenheit. Und den samtenen Fesseln zu entfliehen, mit denen die leidenschaftliche Madame Colombier ihn an sich gebunden hatte, war zwingende Notwendigkeit gewesen. Er konnte sich zu seiner Willenskraft nur beglückwünschen. An sein Gepäck durfte er jetzt nicht mehr denken. Er mußte nun direkt an die Küste und ein Schiff finden, das ihn in den Osten bringen würde, wo er gegen die Türken zu Felde ziehen konnte.

Der Winter war bitter kalt. Die Winde, die von Norden und Osten her über Frankreich hinwegfegten, brachten schwere Schneefälle, und viele Straßen wurden unpassierbar.

John hatte sich in etlichen bretonischen Häfen auf der Suche nach einem Schiff umgetan, doch seine Suche war vergebens geblieben.

Das Geld, das Madame Colombier ihm mitgegeben hatte, war bis auf einen allerletzten Sou verbraucht. Sehr oft blickte er über die See in die Ferne, in Gedanken bei Francis und Alice, die in Willoughby reichlich zu essen und ein Dach über dem Kopf hatten.

Wenn er nicht gewillt war, diese Härten auszuhalten, blieb ihm nichts anderes übrig, als heimzufahren. Francis hatte in seinem ganzen Leben keinen einzigen Tag Hunger leiden müssen. Sein Vormund hätte gesagt: Francis ist klug, und du bist ein Narr.

Viele hätten seinem Vormund recht gegeben. Das blühende Bauerngut, in dessen Küche es Fleisch und Getränke in Hülle und Fülle gab, war Johns Eigentum. Und doch befand er sich nun müde und mit knurrendem Magen auf der Wanderschaft in Frankreich. Warum?

»Eines Tages werde ich den Weg zu den Türken finden«, machte er sich Mut.

Als er an die Spiele dachte, die er mit den Berties gespielt hatte, fiel ihm ein, daß die Ländereien ihrer französischen Gefährten in der Bretagne lagen und von seinem jetzigen Standort nicht weit entfernt sein konnten. Schaffte er es bis zum Comte de Plouha, würde er Hilfe bekommen, die es ihm ermöglichte, nach Ungarn oder sonstwohin zu gelangen, wo er sich einem Regiment anschließen und gegen die Türken ins Feld ziehen konnte. Er entschloß sich also, möglichst rasch das Gut des Comte de Plouha aufzusuchen und erkundigte sich nach dem Weg.

»Der Comte de Plouha, Monsieur? Ach, Ihr meint das Château de Tonquedec. Das liegt ein paar Meilen südlich von St. Malo. Genauer gesagt, zwischen St. Malo und Dinan. Zu Pferd kann man in einem Tag dorthin gelangen.«

»Da ich kein Pferd und nur zwei Beine habe, wie lange brauche ich dann?«

»Monsieur, es ist kein gutes Reisewetter. Und der Weg führt durch den Wald.«

John ging los und war nicht weit gekommen, als Schneetreiben einsetzte, so dicht, daß die Flocken ihm die Sicht nahmen und er plötzlich knietief in Schneewächten steckte, während er sich bei heulendem Wind weiterkämpfte.

Tapfer weiterstapfend, geriet er immer tiefer in den Wald, überzeugt, schließlich auf eine menschliche Behausung zu stoßen, wiewohl er keine Ahnung hatte, wo er sich befand. Bei diesem Wetter konnte ihm niemand Unterkunft verwehren, dessen war er sicher. Sein einziges Bestreben war es nun, irgendwo Obdach zu finden.

Er war sehr müde, und als er im Schnee einen Baumstamm liegen sah, schleppte er sich hin, um sich ein paar Minuten Rast zu gönnen. Erst als er sich setzte, merkte er, wie erschöpft er war. Und im nächsten Moment fiel ihm ein, daß er in den letzten Tagen kaum etwas zu sich genommen hatte.

Hier darf ich nicht bleiben, sagte John zu sich. Das wäre zu gefährlich. Ich muß ein schützendes Dach finden.

Seine Glieder waren steif vor Kälte, und zu seinem Entsetzen gaben seine Beine unter ihm nach, als er aufzustehen versuchte. Als er zurücksank, umklammerte er verzweifelt den Baumstamm und schaffte es, sich hinaufzuziehen. Dann blieb er völlig entkräftet liegen.

Wieder setzte Schneefall ein. Aber John merkte nichts davon, da ihn der Schlaf der Erschöpfung überfallen hatte.

Als er wieder zu sich kam, fühlten seine Glieder sich angenehmer an, und er sah, daß der Schnee ihn einhüllte wie eine Decke. Erschrocken versuchte er aufzustehen, besaß aber nicht die Kraft dazu. Und in einem Augenblick der Wahrheit wurde ihm seine Lage klar. Schwach und erschöpft, weit entfernt von anderen Menschen, der Witterung auf Gedeih und Verderb ausgeliefert, würde er hier liegenbleiben und erfrieren, und das würde das Ende seiner Träume bedeuten. Genausogut hätte er zu Hause bleiben und Bauer werden können. In diesem Moment hätte er sich in den warmen und liebevollen Armen seiner französischen Geliebten befinden können. Er war dem Leben entflohen, das sein Vater ihm zugedacht hatte. Er hatte das behagliche Heim verlassen, das ihm Madame Colombier geboten hatte. Und wofür? Damit er hier im Schnee sein Leben ließ.

Er konnte es nicht glauben. Er wollte es nicht glauben. Er war sich seiner Bestimmung so sicher.

Dann verlor John wieder das Bewußtsein, und die Schneeflocken umschwebten ihn wie weiße Falter – ließen die weiße Decke immer höher werden und vervielfachten sie.

Als John die Augen wieder aufschlug, lag er vor einem warmen Feuer, und ein Mann und eine Frau beugten sich über ihn. Der Mann massierte seine gefrorenen Glieder, die Frau hielt eine Schüssel mit heißer Brühe an seine Lippen.

»Wo bin ich?« fragte John. Der Mann und die Frau schüttelten die Köpfe, da er englisch gesprochen hatte. Ihm fiel sofort ein, wo er sich befand, und er stellte seine Frage nun auf französisch.

»Wir haben Euch im Schnee gefunden«, sagte der Mann. »Noch eine halbe Stunde länger, und es wäre Euer Ende gewesen, mein Freund.«

»Deshalb haben wir Euch in unser Haus geschafft. Es geht Euch schon etwas besser«, fügte die Frau leise hinzu.

»Mein tiefer Dank ist Euch sicher«, sagte John, dem die Armseligkeit seiner Umgebung immer stärker bewußt wurde. Da die Behausung, in der er sich befand, wenig mehr als eine Hütte war, nahm er an, daß die beiden, die sich seiner erbarmt hatten, bretonische Bauersleute sein mußten.

»Was wir für Euch getan haben, hätten wir auch für einen Hund getan, so ist es doch, Armand?« sagte die Frau.

Der Mann wiederholte: »Habe ich ›eine halbe Stunde‹ gesagt? Noch eine Viertelstunde länger im Schnee hätte Euer Ende bedeutet.«

»Ich muß Euch sagen ...« setzte John an, »daß ich ein armer Wanderer bin. Seit Tagen habe ich nichts zwischen die Zähne bekommen, weil ich kein Geld habe.«

Der Mann nickte. »Die Zeiten sind schwer«, sagte er.

John ließ sich ins Stroh zurücksinken, das sein Lager bildete, und schloß die Augen. Doch die Frau kniete neben ihm nieder und drängte ihn, die Brühe zu sich zu nehmen.

Er lächelte ihr zu und ihre Erwiderung war so warm und freundlich, daß sofort eine Erinnerung in ihm erwachte. Er war jedoch zu müde, als daß ihm eingefallen wäre, an wen.

Ein wenig später sollte es ihm einfallen

Der Mann war hinausgegangen, um einen Hasen oder ein Kaninchen für den Kochtopf zu fangen, und John war mit der Frau allein.

»Ihr braucht reichlich gutes, warmes Essen, damit Ihr wieder zu Kräften kommt«, sagte sie zu ihm.

»Sobald ich wieder auf den Beinen bin, ist alles gut«, erwiderte John.

»Ich sehe, daß Ihr ein starker Mann seid.« Lächelnd rückte sie ein Stück näher zu ihm heran.

»Mir ist nicht wohl bei dem Gedanken, daß mir die Mittel fehlen, Euch Eure große Güte zu vergelten«, sagte er.

»Redet nicht davon«, sagte sie, und wieder sah er ihr warmes Lächeln. Nun wußte er, an wen sie ihn erinnerte. An Madame Colombier, und seine kürzlich gemachten Erfahrungen mit jener Dame lieferten ihm einen Hinweis auf die Absichten der Bauersfrau, die nun fortfuhr: »Es ist uns eine Freude, daß wir Euch vor dem Erfrieren retten konnten. Bleibt eine Weile bei uns. Es gibt Möglichkeiten, wie Ihr meinem Mann ... und mir helfen könnt.«

John stand auf und ging in der Hütte auf und ab.

»Ihr solltet Euch lieber schonen«, sagte die Frau leise. »Denkt daran, was hinter Euch liegt.«

»Madame«, sagte John, »Ihr und Euer Mann habt mir das Leben gerettet, und mein Dank ist Euch gewiß. Aber ich kann nicht bleiben, sondern muß weiterziehen. Ich ziehe nicht zum Vergnügen durch Frankreich. Es war meine Absicht, mich der Armee des Duc de Mercoeur anzuschließen, als ich Halunken in die Hände fiel, die mir meine gesamte Habe stahlen. Und auf dem Weg zum Château des Comte de Plouha fiel ich den Unbilden der Witterung zum Opfer. Ihr seht also, Madame, daß ich meinen Weg fortsetzen muß, sobald mein Zustand es zuläßt.«

Die Erwähnung des Comte de Plouha jagte der Frau Respekt ein, und ihr Verhalten änderte sich. Aber John, der nun ein wenig klüger war als vor seiner Begegnung mit Madame Colombier, war sicher, daß die Frau ihre momentane Scheu vor einem Mann mit adligen Beziehungen bald überwinden würde.

Kaum war ihr Mann zurückgekehrt, erklärte ihm John, er wolle rasch aufbrechen. Wenn er den Landsitz des Comte de Plouha erreichte, würde sein alter Freund ihn mit Kleidung und Geld ausstatten, damit er seinen Weg fortsetzen könne.

»Es täte Euch gut, noch einen Tag oder zwei zu ruhen, Monsieur«, lautete der Rat des Bauern. »Hättet Ihr mehr auf den Rippen, so wäret Ihr dem Wetter nicht zum Opfer gefallen. Bleibt noch eine Weile bei uns, und wenn Ihr von Monsieur le Comte bekommt, was Ihr erhofft, könnt Ihr es uns zurückzahlen. Wenn nicht … nun, dann teilen wir dennoch gern mit Euch, was wir haben.«

John dankte dem Mann herzlich und beschloß, noch einen Tag und eine Nacht zu bleiben.

In der Hütte herrschte Enge. John lag auf seinem Stroh und lauschte den Atemzügen des Mannes und der Frau am anderen Ende der Hütte. Er wußte, daß die Frau wach war und an ihn dachte.

Sie hatte ihre Gefühle bereits zu erkennen gegeben, und John schwante Böses. Das Wetter war zwar noch schlecht, doch wußte er, daß er nicht noch einen Tag und eine Nacht in der Hütte bleiben durfte.

Er lag da und dachte an Madame Colombier, an ihre Wärme, ihre fast überwältigende Hingabe, doch war sie schon länger verwitwet und keine Frau, die zum Alleinsein bestimmt war. Aber diese Bauersfrau? Sie hatte einen Mann. Doch war er, John, jünger, und sein fremdländisches Aussehen mochte anziehend auf sie wirken.

Auf ihrer Seite des Raumes gab es Bewegung.

Die Frau hatte sich erhoben, und er hatte das deutliche Gefühl, daß sie sich zu ihm schleichen wollte.

John spürte, wie ihm der Schweiß auf die Stirn trat.

»He! He«, rief er laut.

Der Bauer fuhr auf. »Was ist Euch?«

»Mir war, als hörte ich, wie sich etwas bewegt«, sagte John.

»Ich wollte mir etwas zu trinken holen«, sagte die Frau. »Was für einen leichten Schlaf Ihr doch habt.«

»Das macht seine Schwäche«, sagte ihr Mann und rekelte sich wieder auf seinem Strohsack zurecht.

John lag reglos in der Dunkelheit.

Am Morgen sagte er zu den Bauersleuten: »Ich kann nicht länger bleiben. Noch heute muß ich mich auf den Weg machen. Seid versichert, daß ich nach Möglichkeit nicht vergessen werde, Euch zu vergelten, was Ihr für mich getan habt.«

»Nachdem Ihr Monsieur le Comte besucht habt, müßt Ihr wiederkommen«, sagte die Frau. »Wir werden Euch willkommen heißen.«

Ihr einladender Blick hielt seine Augen fest, und John, der wußte, daß er bald weit von ihr entfernt sein würde, sagte mit gewinnendem Lächeln: »Ich werde es nicht vergessen.«

Am nächsten Tag hatte sich das Wetter gebessert, wenn es auch noch bitterkalt war. Es schneite nicht mehr, und der Schnee knirschte unter den Füßen. John hatte Dinan hinter sich gebracht und befand sich auf der Straße nach Tonquedec, als er einen Mann in Lumpen auf sich zukommen sah. Ein Bettler? überlegte John und hoffte, daß das nicht der Fall sein möge, da er dem Mann kein Geld geben konnte. Bettler oder nicht, dachte John, ärmer als ich kann er nicht sein.

»Elendes Wetter, Monsieur«, sagte der Mann im Näherkommen.

»Wahrlich elend«, gab John zurück, dem Stimme und Haltung des Mannes irgendwie bekannt vorkamen.

John musterte ihn genauer. Seine Kleidung war einstmals gut gewesen, an seiner Seite trug er ein Schwert. Es sah aus, als sei der Mann wie er selbst ins Unglück geraten.

Da fiel John auf, daß ihm an der Kleidung etwas bekannt

vorkam. Ja, er hatte sie schon zuvor gesehen. Kein Wunder, das Wams war ja sein eigenes. Und diese braune Samtjacke war seine zweitbeste gewesen. Konnte das ein Irrtum sein? Nicht in seinem Fall, da ihm Kleidung viel bedeutete. John hätte diesen Mantel überall erkannt – obwohl er aussah, als wäre er jahrelang sehr strapaziert worden, seitdem er selbst ihn das letzte Mal getragen hatte.

Der Mann stieß einen leisen Ausruf des Erschreckens von sich, als er John in dem Moment erkannte, als dieser ihn erkannte.

»Cursell!« rief John aus. »Habe ich Euch endlich erwischt. Wo sind die anderen?«

»Ich weiß es nicht«, antwortete Cursell.

John hatte sein Schwert gezogen.

»Ich flehe Euch an, handelt nicht übereilt«, bat Cursell. »Ich habe mich von de Preau und den anderen getrennt. Ich wollte bei ihren Schurkenstreichen nicht mehr mitmachen.«

»Aber Ihr habt Euch an dem Raub an mir beteiligt und tragt nun meine Kleider«, erwiderte John. »Ich habe Rache für alles geschworen, was Ihr und Eure Spießgesellen mir angetan habt, und ich werde sie üben. Achtung!«

»Hilfe!« schrie Cursell. »Ein Überfall! Mörder! Hilfe!« Doch er zog sein Schwert.

John war ein erfahrener Fechter, und Cursell ebenso. Aber beide Männer waren körperlich geschwächt und kämpften eine Zeitlang, ohne daß eine Entscheidung gefallen wäre. Auf Cursells Hilferufe hin kamen aus dem nahen Dorf Menschen herbeigeeilt.

Johns Geschicklichkeit war größer, und so war er es auch, der einen Schwertstreich landen konnte, der Cursell zu Boden schickte. John stand über ihm, während die Zaungäste sich um die Kämpfenden drängten und ein Mann ausrief: »Das ist ein Fremdling. Was macht er hier … greift er einen Franzosen an?«

Einige Augenblicke lang schien die Menge in Rage zu geraten, aber John stellte sich ihr kühn, indem er sagte: »Dieser Mann gehört zu einer Räuberbande, die mir meine

Kleider raubte. Die Sachen, die dieser Halunke trägt, gehören mir. Ich habe die Bande gesucht und habe nun einen von ihnen gefunden.«

»Er lügt«, rief ein anderer der Umstehenden aus.

Aber Cursell gestand zu Johns Erstaunen: »Er spricht die Wahrheit. Er wurde von Männern beraubt, in deren Gesellschaft ich mich befand. Aber ich wollte mit ihren Spitzbübereien nichts zu schaffen haben. Die anderen teilten das Geld dieses Mannes untereinander, und ich bekam nichts davon. Sein Zorn ist gerechtfertigt. Ein Jammer, daß er ihn an mir ausläßt und nicht an den anderen, denen er gebührt.«

»Aber Ihr tragt meine Kleider!« hielt John ihm vor.

»Mein Anteil – mehr wollten sie mir nicht geben, und es sind die einzigen, die ich habe, um dem Winter zu trotzen.«

Da lachte John unvermittelt auf und sagte zu der Menge gewendet: »Bin ich in der Nähe von Tonquedec, dem Anwesen des Comte de Plouha?"

»Ein paar Meilen weiter liegt St. Malo«, erfuhr er. »Dort ist Tonquedec.«

»Dann sehe ich diese Bagatelle als erledigt an«, rief John aus. »Ich habe das Blut eines der Schurken gesehen, die mich betrogen haben. Das soll mir genügen.«

Die Menge gab ihm den Weg frei, und er setzte seinen Weg fort, zum Landsitz seines alten Freundes.

Als John nach seinem angenehmen Aufenthalt auf Tonquedec südwärts ritt, tat er es als ein Mann von Stand. Seine französischen Jugendfreunde, die ihm unzählige Fragen über die Berties und über das Leben in England stellten, hatten ihn nicht vergessen. Entzückt, ihn zu sehen, hätten sie ihn gern als Gast bei sich behalten, aber John vergaß sein eigentliches Ziel nicht, das ihn nach Europa geführt hatte. Er wollte sich einer Armee anschließen, um gegen die Türken zu kämpfen. »Sehr gut«, sagte der Comte de Plouha, »am besten versucht Ihr es in Marseille. Dort werdet Ihr sicher ein Schiff finden, dessen Ziel Italien ist. Und von Italien könnt Ihr nach Ungarn und Transsylvanien gelangen, Länder, die von den Türken leider hart bedrängt werden.«

Sie statteten ihn großzügig aus, und John, überglücklich, wieder gut gekleidet zu sein, brach frohen Herzens auf und zog weiter. Doch ehe er sich zur Küste wandte, suchte er die Bauersleute auf, die ihn so freundlich aufgenommen hatten.

Ein Schiff zu finden, war nicht einfach. Auch nach mehreren Tagen Aufenthalts in Marseilles war er noch immer auf der Suche nach einer Passage.

Als er eines Tages wieder im Hafen Umschau hielt, sah er eine Gruppe von Männern mit wunden Füßen und offensichtlich am Ende ihrer Kräfte auf sich zukommen.

Er blieb stehen, um sie näher zu betrachten, und ihr Anführer kam auf ihn zu und fragte ihn, ob dies der Hafen von Marseille sei.

John bestätigte es.

»Wir sollen hier ein Schiff vorfinden, das uns nach Rom bringt«, sagte der Mann.

»Ihr wißt von einem Schiff, das nach Italien segelt?«

»Aber ja. Wir sind von weither gekommen, um an Bord des Schiffes zu gehen, das bald hier eintreffen muß.«

»Glaubt Ihr, ich könnte ebenfalls einen Platz auf dem Schiff bekommen?«

»Daran zweifle ich nicht, sofern Ihr Geld habt, um zu bezahlen.«

Johns Lebensgeister regten sich. Endlich eine Chance, nach Italien zu gelangen, der erste Schritt auf dem Weg nach Ungarn!

Andere aus der Gruppe scharten sich um ihn.

Der Anführer erklärte: »Er möchte sich uns auf der Fahrt nach Rom anschließen.«

»Wie ein Pilger sieht er nicht aus«, sagte jemand aus der Schar.

»Ach, es gibt alle möglichen Pilger«, sagte der Anführer. »Es genügt, daß er mit uns nach Rom möchte, um dort den Segen des Papstes zu erlangen.«

John nahm sich vor, am nächsten Tag frühzeitig im Hafen zu sein. Als er ankam, war das Schiff wirklich eingetroffen, und einige Pilger gingen schon an Bord. John suchte den Kapitän auf und bekam ohne weiteres eine Passage, als er zeigte, daß er bezahlen konnte.

An jenem Tag trat John in Marseille seine Fahrt an.

Kaum hatten sie die Küste hinter sich gelassen, als sich ein Sturm erhob und der Kapitän gezwungen war, den Hafen von Toulon anzulaufen.

Einer der Pilger näherte sich John und fragte: »Wo ist Eure Heimat?«

»Meine Heimat ist England«, gab er zurück.

Der Mann starrte ihn verwundert an und entfernte sich dann vor sich hinmurmelnd.

Die stürmischen Winde machten es viele Stunden lang unmöglich, den Hafen von Toulon zu verlassen, und während dieser Zeit spürte John die merkwürdigen Blicke einiger Pilger auf sich.

Der Mann, der ihn zuvor schon angesprochen hatte, näherte sich ihm mit einem Gefährten.

»Ihr sagt, daß Ihr Engländer seid«, sagte der zweite.

»Das stimmt.«

»England ist ein Land der Ketzer. Und die größte lebende Ketzerin ist Eure Königin.«

»Die Königin meines Landes ist die größte Königin der Welt.«

Die Männer sahen einander an. »Sie ist das Scharlachrote Weib«, sagte der eine zum anderen. »Sie ist Hugenottin oder steht zumindest auf der Seite der Hugenotten und gewährt ihnen Zuflucht in ihrem Land. Sie entfliehen der Gerechtigkeit nach England, wo sie und ihre Sündigkeit willkommen sind.«

John sagte kühl: »Ich kann meine Königin und mein Land nicht von Euch beleidigen lassen.« Und schon war seine Hand am Schwertgriff, doch ertönte in diesem Moment ein Ruf vom Deck her.

»Der Wind schlägt um. Wir laufen aus.«

Sofort schienen die beiden Pilger John vergessen zu haben, denn sie ließen ihn stehen und liefen zu ihren Gefährten, während John, der sich ebenfalls nicht mehr um sie kümmerte, dastand und zusah, wie die Küste zurückblieb. Sie waren auf See, und er war seinem Ziel ein wenig näher.

Der Wind hatte sich mit plötzlicher Gewalt erhoben, und wieder mußte der Kapitän zu seinem Bedauern eingestehen, daß er sich nicht aufs offene Meer hinauswagte. Sie segelten daher die Küste entlang und kamen bis in die Nähe von Nizza, als er sich entschloß, im Schutz der kleinen Insel St. Mary zu ankern.

John hörte, was die Pilger untereinander sprachen. »Warum schickt der Herr uns solche Stürme und verhindert, daß wir unsere Pilgerfahrt vollenden? Befinden wir uns nicht auf dem Weg nach Rom?«

»Es sieht aus, als wolle der Teufel verhindern, daß wir unser Ziel erreichen.«

»Nein, mit dem Teufel hat das nichts zu tun. Gott ist es, der uns zürnt.«

»Und aus welchem Grund?« Die Pilger hätten nicht verwunderter sein können. »Wenden wir nicht viel Zeit und Geld für die Pilgerfahrt auf? Gott wäre doch unvernünftig, wenn er uns deshalb zürnte.«

»Und doch müssen wir nach einem Grund suchen.«

Die Blicke etlicher fanatischer Augenpaare blieben an John hängen.

»Gehört er der heiligen katholischen Kirche an?«

»Ist er nicht ein Hugenotte – oder fast einer, so daß es keinen Unterschied ausmacht? Er ist Engländer und dient einer Königin, die das Scharlachrote Weib ist.«

»Das ist die Anwort! Er ist der Grund für Gottes Zorn. Solange wir ihn unter uns beherbergen, ziehen wir unweigerlich Gottes Zorn auf uns.«

John, der einige Gesprächsfetzen aufgeschnappt hatte, sah nun ein paar der Männer auf sich zukommen.

»Hugenotte!« rief einer.

Johns Finger lagen auf seinem Schwertgriff.

»Pirat!« schrie ein anderer.

»Ich bin kein Pirat.«

»Ihr seid Engländer. Alle Engländer sind Piraten.«

John zog sein Schwert. »Zu Euren Diensten«, rief er aus. »Ich bin bereit, die Ehre der Engländer zu verteidigen.«

Doch war er nur einer gegen viele. Sie umzingelten ihn, sein Schwert wurde ihm aus der Hand geschlagen. Er selbst landete alle viere von sich gestreckt auf dem Boden.

»He!« rief einer der Pilger. »Vergeßt nicht, daß wir uns auf heiliger Pilgerfahrt befinden. Wir wollen unsere Hände nicht mit dem Blut dieses Mannes besudeln, mag er auch ein Pirat sein.«

»Was! Du würdest ihn unter uns lassen, obwohl Gott uns klar gezeigt hat, daß er uns zürnt, weil wir den Ketzer auf einem Pilgerschiff aufgenommen haben?«

»Nein«, rief der erste. »Über Bord mit ihm.«

John wurde hochgehoben. Und in den nächsten Sekunden tauchte er in die brodelnden See ein.

Ein Freudenschrei der Pilger ertönte.

»Soll die See ihn verschlingen. Soll er des Todes sein. So sollten alle Ketzer enden.«

Eine Weile glaubte John schon, sein letztes Stündlein hätte geschlagen und daß er so viele Abenteuer überlebt hätte, nur um sein Leben kurz vor Erreichen seines Zieles zu lassen. Trotz seiner schlechten Chancen regte sich jedoch sofort sein Überlebenswille. Hatte er nicht immer gewonnen, wenn er mit den Berties oder Francis um die Wette geschwommen war? So wie er sie damals geschlagen hatte, würde er jetzt auch das Meer schlagen.

Ihm fiel ein, daß die Insel St. Mary nicht weit sein konnte, und da er die Richtung kannte, hielt er darauf zu.

Dann begann sein Kampf gegen Wind und Wogen, bei dem er von seinem Mantel sehr behindert wurde, doch war es ein schöner Mantel, den er nicht verlieren wollte, so daß für ihn sogar dieser Mantel zur Herausforderung wurde. Er wollte die Insel unbedingt mit dem Mantel erreichen. Alle seine übrigen Habseligkeiten hatte er auf dem Pilgerschiff zurücklassen müssen. Nun wollte er nicht auch noch sein letztes Stück einbüßen.

Innerlich lachend kämpfte er sich durch die Wogen.

Eine Zeitlang blieb er erschöpft am Strand liegen. Es war noch nicht ganz dunkel, so daß der grasbewachsene Hang, der sich zum Wasser neigte, auszumachen war. Schließlich riß er sich von der gierigen See los, die seine Fußknöchel umspülte, als zögere sie, ihn freizugeben.

Unwillkürlich mußte er daran denken, wie er um ein Haar einem Schneesturm zu Opfer gefallen wäre und von einem Bauern und dessen Weib gerettet worden war.

Damals hatten ihn seine Kräfte im Stich gelassen, während er jetzt gesund und stark war, da sein Aufenthalt auf dem Château Tonquedec ihm Genesung gebracht hatte. Seine Lage aber war ähnlich. Er war mit großem Glück dem Tod entronnen, jedoch war er auf einer unbewohnten Insel gestrandet, ohne Nahrung oder Geld. Die Kleider, die er am Leibe hatte, waren durch das Meerwasser so gut wie ruiniert. Es war März, eine sehr ungünstige Zeit, um seine Kleider auszuziehen und zu trocknen. Der Sturm tobte noch immer mit aller Heftigkeit, und auf der winzigen Insel gab es weder eine Hütte noch sonst eine menschliche Behausung.

Er schleppte sich bis zu einer Strauchgruppe und nahm den Mantel ab, der sein Weiterkommen so sehr behindert hatte. Ein Blick, und er sah, daß er nie wieder so sein würde wie früher. Der Samt war verdorben, die Farben der Stikkerei ausgelaufen.

Was tun? fragte er sich. Wie lange kann ich es bei diesem Hundewetter hier aushalten?

Mit zunehmender Dunkelheit legte sich der Sturm, und John lag ausgestreckt neben dem Busch und fragte sich, was die Zukunft ihm bringen mochte.

Wie schon so oft dachte er daran, daß er in diesem Moment in einem warmen Bett an der Seite der liebevollen Madame Colombier hätte liegen können. Dann fiel ihm die Bauersfrau ein. Und er fragte sich, ob er über eine Eigenschaft verfügte, die ihn für Frauen anziehend machte oder ob diese Abenteuer jedem Mann hätten begegnen können.

Die ganze lange Nacht hindurch fand er keinen Schlaf. Oft dachte er an Alice und Francis und malte sich aus, wie es in den kommenden Jahren sein würde, wie sie an Winterabenden am Kamin sitzen und von ihm sprechen würden – von John und seinen unausgegorenen Träumen von Ruhm, vom Bruder, der irgendwo in den Ländern jenseits der Meere verschollen war.

Aber auch diese Nacht konnte nicht ewig dauern, und als John die Sonne in aller Pracht aufgehen sah, bot sich ihm zugleich ein Anblick, der sein Herz noch mehr erwärmte. Zwei Schiffe lagen nahe der Insel vor Anker. Wie das Pilgerschiff mußten sie hier Zuflucht vor dem Sturm gesucht haben.

John griff nach seinem Mantel, wobei er sich überschwenglich ob seiner Eitelkeit beglückwünschte, die ihn bewogen hatte, das gute Stück nicht aufzugeben. Verzweifelt winkte er und hörte nicht auf, bis er fast schon glaubte, man würde ihn niemals sichten. Endlich aber wurde ein Boot zu Wasser gebracht, das die Insel ansteuerte.

Man hatte auf seinen Hilferuf reagiert. Wieder einmal war sein Leben auf wundersame Weise gerettet worden.

Nachdem man ihn mit warmem Essen und Kleidung versorgt hatte, wurde John vor den Kapitän des Schiffes geführt.

»Wer seid Ihr?« fragte der Kapitän. »Und wie seid Ihr auf die Insel St. Mary gekommen?«

John erklärte es ihm.

»Und was führte Euch nach Frankreich?«

»Ich bin unterwegs nach Ungarn oder Transsylvanien«, gab John zur Antwort. »Dort hoffe ich mich einem Regiment anschließen zu können. Leider war ich vom Pech verfolgt. In St. Valéry wurde ich meiner Habe beraubt und mußte mich dann zu Freunden nach St. Malo durchschlagen.«

»Das ist meine Heimat. Wer sind dort Eure Freunde?«

»Der Comte de Plouha.«

»Wie … der ist auch mein Freund.«

»Nennt mir bitte Euren Namen.«

»De la Roche.«

»Jetzt entsinne ich mich … ich hörte den Comte von Euch sprechen.«

Der Kapitän war erfreut. »Ich werde alles in meiner Macht Stehende tun, um einem Freund des Comte zu helfen. Leider kann ich Euch nicht nach Ungarn bringen, da mein Ziel das Berberland in Nordafrika ist. Wenn Ihr mitkommt, werde ich Euch auf der Rückfahrt an der italienischen Küste absetzen. Von dort aus wird es Euch ein leichtes sein, nach Ungarn zu gelangen.«

»Wie kann ich Euch nur danken?« rief John aus.

»Ich möchte die ruchlose Tat meiner Landsleute wieder gutmachen«, gab der Kapitän zurück.

Und als sie die Segel setzten, konnte John sich nicht genug wundern, daß er abermals dem Tod entronnen war. Nun hatte er immer mehr Grund zu glauben, daß sein Traum von der großen Zukunft, die ihn erwartete, kein leeres Fantasiegebilde war.

3.
Die drei Türkenköpfe

Er hatte viele Abenteuer erlebt, seitdem Kapitän de la Roche ihn von der Insel St. Mary aufgelesen hatte. Die Fahrt, die John auf dem Schiff des Kapitäns unternahm, sollte sich in doppelter Hinsicht als sehr profitabel erweisen. Er hatte nicht nur viel über Navigation und Schiffsführung gelernt, der Kapitän hatte auch darauf bestanden, daß John einen Anteil an der Beute erhielt, als sie in ein erfolgreiches Scharmützel mit einem venezianischen Schiff verwickelt wurden.

Als John auf seinem Weg nach Transsylvanien an Land ging, war er daher um den Gegenwert von etwa fünfhundert Pfund reicher. Das waren für ihn wahre Reichtümer, so daß John der Versuchung nicht widerstehen konnte, sich ein wenig von der Welt anzusehen. In Italien hatte er seine alten Freunde, die Berties, getroffen und erfahren, daß Robert nun Lord Willoughby war, da sein Vater das Zeitliche gesegnet hatte. Sie baten ihn, sich ihnen anzuschließen, John aber hatte seinen Plan, gegen die Türken in den Kampf zu ziehen, noch immer nicht aufgegeben.

Er gelangte in die Steiermark, wo er Lord Ebersbaught traf und durch diesen die Bekanntschaft mit Baron Kisell machte. Dieser empfahl ihn, nachdem er von Johns Kampfgeschick und Erfahrungen in den Niederlanden erfahren hatte, sofort an Oberst Meldritch weiter, einen Edelmann aus Transsylvanien, der in der Armee Kaiser Rudolfs, der gleichzeitig auch König von Ungarn war, einen hohen Rang innehatte.

Meldritch war hocherfreut, die Dienste eines Mannes wie John für sich zu gewinnen, und John hatte endlich sein ehrgeiziges Ziel erreicht und konnte gegen die Türken ziehen, die inzwischen große Teile Transsylvaniens ihrem Herrschaftsbereich einverleibt hatten.

Zu dieser Zeit konnten sich die Türken so überragender Erfolge rühmen, daß die Schreckensmeldungen ihrer Siege sich in Windeseile in der gesamten Christenheit verbreiteten. Endlich hatte John das Gefühl, an einem lohnenden Kampf beteiligt zu sein, da Kriege zwischen den Christen ihm angesichts der akuten Bedrohung durch die Ungläubigen als frevelhafte Vergeudung von Menschenleben erschienen waren. Transsylvanien war bereits zur Gänze von ihnen erobert, und Ungarn war unmittelbar bedroht. John, der Gefahr für das Habsburgerreich heraufziehen sah, fragte sich, wie Italien, die Schweiz und jene christlichen Länder, die einander wegen ihrer abweichenden Lehren bekämpften, so blind sein konnten, die drohende Gefahr nicht zu sehen.

Da er sich mit dem ihm eigenen Elan in den Kampf stürzte, blieb es nicht aus, daß er seinen vorgesetzten Offizieren bald auffiel. Er erfand eine Methode der Signalübermittlung mittels Leuchtfackeln, die getrennten Truppenteilen von Nutzen war, und klügelte eine Kriegslist aus: Schießpulversäcke, an etwa dreißig Seilen von zweihundert Zoll Länge hängend und an Pfosten in fünf Fuß Höhe befestigt, wurden bei Einbruch der Dunkelheit zur Explosion gebracht, so daß der Eindruck vorgetäuscht wurde, Hunderte von Musketen würden abgefeuert. Der Feind bekam es dermaßen mit der Angst zu tun und ging so überstürzt zum Angriff über, daß sein Lager unbefestigt blieb. Diese List verschaffte den Truppen Oberst Meldritchs einen ungeheuren Vorteil.

So kam es, daß Johns Name der Generalität zur Kenntnis kam und er zur Beförderung vorgeschlagen wurde. Man hielt es nur für recht und billig, den findigen Engländer zum Captain zu machen und ihm das Kommando über zweihundert Reiter zu übertragen.

Dies war der Stand der Dinge, als Meldritchs Armee mit Captain Smith und seiner Reiterei vor der in türkischer Hand befindlichen Stadt Regal in Stellung ging, um sie für die Österreicher zurückzuerobern.

Die Belagerung zog sich so in die Länge, daß auf beiden

Seiten der Eindruck entstand, die Entscheidung würde nie fallen. Regal war auf einem hohen Felsvorsprung, dem letzten Ausläufer einer Bergkette, gelegen. Moses Tzekely, der die kaiserlichen Truppen befehligte, kam mutlos von einer Lagebesichtigung zurück angesichts der Schwierigkeiten, denen er sich gegenübersah. Er wußte nun, daß er auf einen Sieg nur hoffen durfte, wenn Truppenverstärkung einträfe und die Wetterlage sich für ihn günstiger entwickelte.

Die belagerten Türken verhöhnten ihn seines Zögerns wegen und überschütteten ihn von den Höhen der Stadtmauern mit Schmähungen.

Eines Tages kam ein Bote aus der türkischen Festung geritten und überbrachte einen an den General gerichteten Brief des Gouverneurs der Stadt, der als Lord Turbashaw bekannt war.

General Tzekely las das Schreiben, in dem Lord Turbashaw beklagte, er und seine Leute seien des Nichtstuns überdrüssig. Besonders den Damen würde die Zeit lang, da sie gehofft hatten, von ihren Türmen aus aufregende Kämpfe mitzuerleben. Und was hatten sie statt dessen zu sehen bekommen? Eine Armee, zu faul zum Kämpfen. Ob der General ihm helfen würde, den Damen Abwechslung zu verschaffen? Er, Lord Turbashaw, wolle jedem Christen im Zweikampf entgegentreten, der es mit ihm aufzunehmen wagte, vorausgesetzt, er hätte mindestens den Rang eines Captains inne. Der Preis sollte sein Kopf oder jener seines Gegners sein.

General Tzekely nahm die Herausforderung im Namen seiner Truppen an, und als der Bote zu Lord Turbashaw zurückkehrte, bemächtigte sich große Aufregung des Lagers, und es wurde spekuliert, wer wohl zu diesem Kampf auserwählt würde.

Einige kühne Krieger meldeten sich bereits beim General und baten um die Chance, die Christenehre zu verteidigen, so daß der General erklärte, die einzig gerechte Auswahl könne nur durch das Los ermittelt werden.

Kaum war John die Herausforderung zu Ohren gekommen, als er sich ohne Verzug gemeldet hatte. Und er war nicht erstaunt, als sich herausstellte, daß sein Name ausgelost worden war.

Vor den Mauern Regals herrschte Waffenruhe.

Auf den Wehrmauern saßen die verschleierten Damen mit den Honoratioren der Stadt, und an jedem Wachturm hatten türkische Krieger Posten bezogen. Auf der Ebene vor der Stadt waren General Tzekelys Männer angetreten.

Der Kampf sollte auf der Aufmarschfläche zwischen den Armeen stattfinden, damit alle zusehen konnten. Die Türken waren ungeheuer von sich eingenommen, da sie das in ihren Augen schmähliche Verhalten der Christenarmee mitangesehen hatten und ihren Lord Turbashaw für unbesiegbar hielten.

Die Stunde war gekommen. Von den Stadtmauern erschollen die Fanfaren, als der große Herr in farbenprächtigen Gewändern, an den Schultern Schwingen aus Adlerfedern, mit Edelsteinen, Gold und Silber geschmückt, auf dem freien Feld zwischen den Armeen erschien. Vor ihm ging ein Sklave einher, der seine Lanze trug, während zwei weitere Sklaven an seiner Seite gingen. Ein lauter Jubel erhob sich aus den Reihen der türkischen Zuschauer – ein Jubel, der Bewunderung und die Zuversicht ausdrückte, daß ihm der Sieg zufallen würde.

Alsdann erschien Captain John Smith als Vertreter des Christenheeres.

Trompetenstöße kündigten sein Kommen an, als er sich nur in Begleitung eines Lanzenträgers präsentierte.

Auf beiden Seiten herrschte gespannte Stille, als die Kombattanten sich voreinander und vor den Zuschauern verbeugten, ihre Lanzen ergriffen und dann aufeinander zuritten.

John konnte es an Prächtigkeit mit seinem Gegner nicht aufnehmen, dafür aber war er sich seines Zieles sicherer. Nicht lange, und er hatte einen Schwachpunkt in der Rüstung Lord Turbashaws entdeckt. Seine Lanze drang in den Helm ein und durchstieß Auge und Kopf des Gegners, daß der Türke aufstöhnend vom Pferd sank.

John stieg gelassen aus dem Sattel, nahm Lord Turbashaw den Helm ab und schlug ihm den Kopf ab. Den Schädel an den Haaren haltend, trat er vor General Tzekely und präsentierte ihm seine Trophäe, worauf sich frenetischer Jubel unter den Christen erhob, während bei den Türken Totenstille herrschte.

»Bravo, Captain Smith«, lobte General Tzekely. »Das nenne ich ein gutes Tagewerk. Ich werde es nie vergessen. Geht und nehmt Eure Trophäe mit. Diese blutbefleckten Schwingen starren vor Juwelen und können Euch ein Vermögen einbringen.«

Aber John gab zurück: »Das war nicht ausgemacht, General. Nein, die Edelsteine sollen an seine Leuten fallen. Ich nehme sein Haupt und sein Araberpferd, wie es abgemacht war. Das reicht.«

Die Waffenruhe war abgelaufen, und aus der Stadt Regal war das Wehklagen der Trauernden zu vernehmen, während bei den Christen Jubel und Freude herrschten.

Am Tag darauf kam abermals ein Bote ins Lager der Christen geritten, ein gewisser Grualgo, der mit Lord Turbashaw befreundet gewesen war. Er forderte Captain Smith zu einem Kampf auf Leben und Tod heraus. Sollte er, Grualgo, Sieger sein, würde er den Kopf John Smiths und jenen Lord Turbashaws, der sich nun in den Händen der Christen befand, an sich nehmen. Sollte jedoch John der Sieg zufallen, würde Grualgos Kopf samt dessen Roß und Rüstung an ihn gehen.

Beide Seiten harrten gespannt des Zweikampfes. Es herrschte die gleiche Spannung wie am Tag zuvor, und auf den Stadtmauern hatten sich dieselben Zuschauer eingefunden. Das Christenheer hatte abermals in Reih und Glied Aufstellung genommen, und die Waffen blitzten in der Frühjahrssonne.

Grualgo kam herausgeritten, fast so prächtig anzusehen wie vor ihm Lord Turbashaw. Ängstlich von seinen Freunden beobachtet, ritt John ihm entgegen. War es Glück gewesen, das Turbashaw so prompt in seine Hände hatte fallen lassen? Konnte er erwarten, daß sein Glück anhielt?

Die Kämpfer sprengten aufeinander zu. Klirrend stießen ihre Lanzenspitzen aufeinander und zersplitterten, ein Aufprall, der Grualgo beinahe aus dem Sattel warf. Der Kampf war jedoch noch nicht vorüber. Da ihre Lanzen nutzlos geworden waren, zogen die Kontrahenten nun ihre Pistolen. John wehrte Grualgos Schuß mit seinem Schild ab und rettete damit sein Leben nur um wenige Zoll. Das Christenheer atmete erleichtert auf, während die Türken enttäuscht mitansehen mußten, daß Johns Schuß Grualgo in den Arm traf und dieser die Herrschaft über sein Pferd verlor.

Der Türke wurde abgeworfen und war John nun auf Gedeih und Verderb ausgeliefert. Es dauerte nur wenige Sekunden, und er verlor seinen Kopf, den John seinem General feierlich präsentierte.

In der Stadt Regal herrschte tiefe Trauer. Die Menschen hatten mitansehen müssen, wie Turbashaw und der edle Grualgo geschlagen worden waren. Weitere Herausforderungen schickten sie nicht. Die Frauen hatten den Engländer beobachtet, der, obschon nicht groß von Gestalt, über eine merkwürdige Anziehungskraft zu verfügen schien, die sie alle spürten und sie während des Kampfes fast alle auf seiner Seite stehen ließ.

»Es ist nur, weil er der Sieger ist«, sagten einige. Andere meinten, daß seine Faszination darauf beruhe, daß er ein Fremdling sei.

General Tzekely ließ John zu sich kommen.

»Eure zwei Siege haben den Kampfgeist unserer Truppen sehr gehoben«, sagte er. »Ich bin Euch sehr dankbar, doch gibt es noch sehr viel zu tun, ehe ich zum Angriff auf die Stadt bereit sein werde, und dazu brauche ich Eure Hilfe. Ihr habt zwei der edelsten Türken im Zweikampf geschlagen. Man wird Euch keine Herausforderung mehr schicken. Aber wenn Euch ein dritter Sieg gelänge, so würde der Gegner wahrhaftig glauben, wir hätten einen gottähnlichen Kämpfer unter uns.«

John war bereit. Allmählich hielt er sich selbst schon für unbesiegbar.

»Ich selbst werde die nächste Herausforderung überbringen«, sagte er zum General. »Laßt uns den nächsten Zweikampf sehr bald veranstalten.«

Er ging fort und verfaßte ein Schreiben, das er ins Türkische übersetzen ließ. Es war an die Damen von Regal gerichtet und lautete:

»Ich, Captain John Smith, bin von den Köpfen Eurer Diener nicht so hingerissen, als daß ich ihnen nicht noch eine Möglichkeit böte, sich mein Haupt anzueignen. Wenn Ihr mir daher noch einen Kämpfer schickt, werde ich mich freuen, ihm im Zweikampf entgegenzutreten. Sollte er siegen, möge er meinen Kopf und jene, die ich gewann, behalten.«

Dieses Schreiben wurde überbracht, und sehr bald kam die Antwort eines moslemischen Offiziers namens Bonny Mulgro. Bonny Mulgro, der im Zweikampf unbesiegt war, blieb die Wahl der Waffen überlassen. Er entschied sich für Pistolen, Streitäxte und Schwerter.

Nie hatte im Verlauf der vorangegangenen Zweikämpfe eine solche Aufregung geherrscht.

Die Kombattanten traten an, und die Pistolen wurden abgefeuert, ohne daß einer der beiden zu Schaden gekommen wäre. Das bedeutete, daß sie nun mit den veralteten Streitäxten und danach mit ihren Schwertern kämpfen mußten.

Es gab einen Moment in diesem Kampf, als John sich schon geschlagen wähnte. Bonny Mulgro hatte einen so heftigen Hieb gegen John geführt, daß John seine Streitaxt entglitt und er momentan unbewaffnet war und fast aus dem Sattel gefallen wäre.

Von den Stadtmauern ertönte Triumphgeschrei.

»Sieg, Sieg für Bonny Mulgro!«

Einige Frauen aber schwiegen still. Sie waren froh, daß sie ihre Augenschleier trugen, damit ihre Männer nicht sehen konnten, wie leid ihnen der kühne Engländer tat, der bereits zwei Siege errungen hatte.

General Tzekely flüsterte: »Das also ist das Ende, John. Mein tapferer Captain, hätte ich doch keinen dritten Kampf vorgeschlagen.«

Doch war es nicht das Ende. Als hervorragender Reiter fing John sich im Sattel und zog gleichzeitig sein Schwert. Bonny Mulgro griff ihn hitzig mit erhobener Streitaxt an, aber ehe sie ihr Ziel treffen konnte, hatte Johns Schwert den Panzer des Gegners durchbohrt. Die Klinge drang unterhalb der Rippen ein, und Bonny Mulgro glitt mit einem Aufschrei aus dem Sattel.

Die Christen gerieten in einen Freudentaumel. Rasch formierte sich eine Prozession, und die Türken mußten mitansehen, wie die grausigen Köpfe der Unterlegenen auf Lanzen gesteckt und in einer Parade zur Schau gestellt wurden. Dann kamen die Pferde, auf denen die Türken in den Kampf geritten waren, und ihnen folgte John, bejubelt und geehrt von allen Kriegern der Christenarmee.

Sechstausend Soldaten bildeten seine Leibwache, als er vor den wartenden General geführt wurde.

Tzekely umarmte John und belohnte ihn mit einem Araberpferd, einem Krummsäbel und dreihundert Dukaten.

Kurz darauf fiel die Stadt Regal an die Christen, und als Fürst Sigismund Bathory seinem Heer einen Besuch abstattete, ließ er sich den berühmten John Smith vorstellen und machte diesem eine goldgerahmte Miniatur von sich zum Geschenk und dazu ein seidenes Banner, auf dem drei Türkenköpfe eingestickt waren.

»Mein Freund«, sagte Fürst Sigismund, »Euer Ruhm eilt Euch voraus. Es sei Euch daher heraldischem Gesetz gemäß die Gunst gewährt, auf Eurem Schild drei Türkenköpfe als Emblem tragen zu dürfen.«

John nahm mit Freuden an. Nun verfügte er über Ehren und Reichtümer. Und damit verbunden war der Gedanke, daß es Zeit war, nach Hause zurückzukehren, um Francis und Alice von seinen Abenteuern zu berichten.

4.
Die Edle Charatza

John kehrte jedoch nicht sofort nach England zurück, eine Verzögerung, die er sehr bald bereuen sollte. Oberst Meldritch und seine Truppen sollten Rodol, dem Herrscher der Wallachei, der bei den Österreichern um Beistand gegen die Türken und deren Verbündete, die Krim-Tataren, angesucht hatte, Verstärkung bringen.

Es kam zu zahlreichen Gefechten, aus denen die Christen siegreich hervorgingen, ehe sie vor der Festung Rothenturm von den Krim-Tataren völlig umzingelt wurden. Meldritch durchschwamm mit einigen Getreuen den Fluß und konnte sich retten. John aber blieb als vermeintlich Toter auf dem Schlachtfeld zurück.

Die Nacht war kalt, und John lag halb bewußtlos und in Erwartung seines Endes unter den Gefallenen.

Er hörte Stimmen. Da er sich während seines Kriegsdienstes einige Kenntnisse in der Sprache seiner Feinde angeeignet hatte, verstand er gewisse Worte, die ihn ahnen ließen, was nun folgen würde.

Als die Krieger darangingen, die Gefallenen nach Beute zu durchsuchen, war ihm klar, daß sie bald auf ihn stoßen würden. Er mußte befürchten, rasch ins Jenseits befördert zu werden, wenn sie entdeckten, daß er noch lebte. Man würde manches bei ihm finden, das wertvoll war, da er seit seinem Triumph über die drei Türken ein reicher Mann war, der seiner Vorliebe für kostbare Garderobe ungehindert gefrönt hatte. Seine Kleider waren mit Edelsteinen besetzt und aus feinstem Material angefertigt.

»Ach, hier liegt ein großer Herr«, sagte eine Stimme in seiner unmittelbaren Nähe.

Ein anderer sagte: »Er ist noch nicht tot. Seht, seine Lider zucken. Machen wir ihm rasch ein Ende. Der Mantel soll mir gehören, das Wams dir.«

»Nein, nein, nicht so schnell. Seine Kleidung verrät, daß er ein großer Herr sein muß. Für ihn wird sicher ein Lösegeld zu erzielen sein, das viel höher sein wird, als die paar lumpigen Juwelen bringen können, mit denen er in den Kampf zog.«

»Recht hast du. Komm, wir wollen ihn ins Lager tragen und sehen, was wir mit ihm anfangen können.«

John zuckte vor Schmerzen zusammen, als starke Arme ihn hochhoben. Dennoch schmunzelte er insgeheim, wenn auch ein wenig grimmig. Obwohl er nur halb mitbekam, was mit ihm geschah, wußte er doch, daß seine Eitelkeit ihn hier unter den Krim-Tataren ebenso gerettet hatte wie damals, als die Pilger ihn in den Ozean warfen und er nicht von seinem schönen Mantel lassen wollte.

Nachdem John vom Schlachtfeld bei Rothenturm weggeschafft worden war, verband man seine Wunden sorgsam und flößte ihm Nahrung ein.

Er wunderte sich, daß Menschen, die er immer als schlimme Barbaren betrachtet hatte, ihn so behandelten – bis er den Grund entdeckte.

Eines Tages betrat ein Tatar, in dem John einen Händler vermutete, das Zelt, in dem John mit ein paar anderen lag, die ebenfalls auf dem Schlachtfeld aufgelesen worden waren und die gleiche sorgsame Behandlung erfahren hatten wie er, und ging auf die Gefangenen zu.

Ein Dolmetscher befand sich in seiner Gesellschaft.

Zuerst mußten die Gefangenen aufstehen. Dann faßte der Händler sie an und prüfte ihre Muskeln. Als hätte er es mit Vieh auf dem Markt zu tun, dachte John. Ein treffender Vergleich, wie er entdeckte, denn genau das waren die Gefangenen.

Der Dolmetscher stellte ihnen ein paar Fragen, die sie beantworteten und die der Händler kopfnickend begleitete, danach wurden sie alle zusammengetrieben, und es begann der lange Marsch.

Man trieb sie nicht allzu hart an, und sie bekamen genug zu essen, da der Händler entschlossen schien, sie nicht übermäßig zu strapazieren. Wenn er den Eindruck hatte, einer der Männer sei auch nur ein wenig erschöpft, bekam er ein Maultier.

»Diese Ungläubigen behandeln ihre Gefangenen sehr gut«, flüsterte einer der Mitgefangenen John zu.

John lächelte schief. »Warten wir ein wenig, ehe wir uns darüber zu sehr freuen«, sagte er.

»Was meinst du, wird mit uns geschehen?«

»Es ist gut möglich, daß man uns auf dem Marktplatz als Sklaven verkauft«, sagte John. »Damit wäre ihre große Fürsorge erklärt. Sind wir in guter Verfassung, werden für uns höhere Preise erzielt.«

Das brachte die anderen zum Schweigen, und John tat es leid, daß er ihrem Optimismus einen gehörigen Dämpfer aufgesetzt hatte. »Laßt nicht den Kopf hängen«, sagte er. »Nichts dauert ewig. Und es ist immer am besten, wenn man auf alles gefaßt ist.«

Da stand er nun, angekettet wie ein wildes Tier, während man seine Fähigkeiten und Eigenschaften abschätzte. Daß er diese tiefste aller Erniedrigungen erdulden mußte! Wie konnte ein stolzer Mensch dergleichen ertragen!

Die heiße Sonne erhöhte Johns Unbehagen noch. Er roch den strengen Geruch ungewaschener Körper und verschmutzter Kleidungsstücke, während die turbangeschmückten Ungläubigen ihn und seine Leidensgefährten unverschämt musterten und untereinander besprachen, wer sich als Sklave am besten eignen würde.

Das Haus in Willoughby schien Welten entfernt. Werde ich Francis und Alice jemals wiedersehen? fragte John sich. Dachten sie in diesem Moment an ihn, so wie er an sie dachte? Wenn das der Fall war, dann war ein türkischer Sklavenmarkt wohl der allerletzte Ort, wo sie ihn vermuteten.

Gesprächsfetzen durchdrangen sein Bewußtsein. »Dieser da! Er sieht stolz aus. Der muß die Peitsche auf den Schultern fühlen, damit er den Kopf nicht so hoch trägt.«

John spürte, wie ihm der Schweiß über den Rücken lief. Mit geballten Fäusten lechzte er nach einer Gelegenheit, zuschlagen zu können. Er fürchtete körperliche Qualen weniger als die meisten anderen, doch die Beleidigung seiner Menschenwürde war mehr, als er ertragen konnte.

Ein bedeutender Mann, ein Pascha, blieb vor ihm stehen. John erkannte seine Bedeutung an seinem prächtigen Gefolge. Der Pascha selbst war mit einem purpurnen Gewand angetan, in seinem Turban funkelten Edelsteine. Zwei Sklaven fächelten ihm Kühlung zu, während er vor den schweißüberströmten Sklaven stand. Sein Gefolge lauschte unterwürfig, als er zu sprechen anfing, und John sah, daß sie seinen Worten Beifall spendeten, als wäre er ein Prophet.

»Dieser Mann da«, sagte der Pascha. »Er sieht stolz aus. Welchem Volk gehört er an?«

Der tatarische Händler trat eilig an die Seite des Paschas und rief mit einer tiefen Verbeugung aus: »Ach, hochgeehrter Pascha, hochwürdigster Herr, es ist kein Wunder, daß Eure edlen Augen den wertvollsten Sklaven auf dem Marktplatz entdecken.«

»Ich fragte nach seiner Herkunft.«

»Seine Herkunft, mächtiger Herr? Er ist ein hoher Herr aus dem Böhmerland. Wenn man in seiner Heimat erfährt, daß er als Sklave verkauft wurde, wird man ein hohes Lösegeld für ihn zahlen. Ach, mächtiger Pascha, in ihm werdet Ihr einen würdigen Sklaven haben. Ein edler Herr ... ja, ein König unter den Seinen, wird er Eurer Herrlichkeit dienen. Wie es sich ziemt, edler Herr. Und wenn Ihr seiner überdrüssig werdet, winkt das Lösegeld. Ach, Mächtiger, Allah verleiht Euch Weisheit vor allen anderen, die heute den Sklavenmarkt aufsuchen. Ihr werdet den Tag segnen, an dem Euer Blick auf diesen böhmischen Edlen fiel.«

»Still jetzt!« gebot der Pascha und hob eine juwelenglitzernde Hand. »Mir sagt sein Aussehen zu.« Er wandte sich an sein Gefolge, das ihn umdrängte. »Ich halte ihn für einen großen Herrn. Was meint ihr, meine Freunde?«

»Wir denken wie Ihr, o Allmächtiger.«

»Wo ist mein Wesir?«

»Hier, o Herr, bereit, in Euren Diensten sein Leben zu lassen.«

»Dann kaufe diesen Sklaven für mein Haus.«
»Ich lebe, um Eurer Herrlichkeit zu dienen.«
So gelangte John in den Besitz des Paschas Bogall.

Der Pascha Bogall war mit einer edlen Türkin in Konstantinopel verlobt, die er bald zu seiner Gemahlin zu machen hoffte. Als Schwester Timors von Nalbrits in der Tatarei, eines der mächtigsten Herren im Lande, verfügte sie über große Reichtümer.

Sie war nicht nur sehr reich, sondern auch wunderschön und daher von zahlreichen Freiern belagert. Ihre Mutter hütete sie wie ihren Augapfel, doch war der Pascha Bogall der Meinung, sein Rang und sein Reichtum würden sie für ihn einnehmen.

Ständig suchte er Mittel und Wege, die junge Dame zu erfreuen, doch wollte er sich nicht die Mühe einer Reise nach Konstantinopel machen, ehe er nicht sicher sein konnte, von ihr erhört zu werden. Gäbe sie ihm einen Korb, würde er sich von seinem Gesichtsverlust bei den Seinen nie wieder erholen, so groß wäre die Demütigung einer Abfuhr.

Er hoffte daher, die junge Türkin durch die Pracht und Vielfalt seiner Geschenke für sich gewinnen zu können. Und was, so fragte er sich, konnte ein passenderes Geschenk für eine junge Dame sein, die alle Geschmeide besaß, die sie sich nur wünschen konnte, als ein Sklave – ein Sklave wie jener, den er jüngst auf dem Markt gekauft hatte, da auf den ersten Blick zu sehen war, daß er kein gewöhnlicher Sklave, sondern in seiner Heimat ein hoher Herr war.

Die Augen des Paschas blitzten tückisch. Der Sklave war nicht nur ein höchst passendes Geschenk für die Dame seines Herzens. Er sollte daneben noch einem anderen Zweck dienen. Der Pascha wollte dem Mädchen weismachen, er hätte den Mann im Kampf erobert. Eine solche Beute würde seine Anziehungskraft gewiß steigern, da seine Angebetete damit einen Beweis seines Mutes und seiner Kühnheit vor Augen hätte.

Die Idee gefiel ihm so gut, daß er keine Zeit verlor und sich hinsetzte, um einen Brief an die Edle Charatza Tragabigzanda, die Dame seines Herzens, zu verfassen:

»Allerschönste
ich bin aus den Kämpfen zurückgekehrt, die mich in letzter Zeit in Anspruch nahmen. Im Verlauf meiner Feldzüge nahm ich diesen Sklaven gefangen, den ich Euch schicke. Ich vertraue darauf, daß Ihr einen guten Diener an ihm haben werdet, und daß er Euch ständig an mich und meine Hingabe gemahnt. Er ist ein böhmischer Edelmann, dessen Gefangennahme langwierige und heftige Kämpfe vorangingen. Wie Ihr seht, ist er ein kühner Mann und ein tapferer obendrein – der außergewöhnlichste aller Sklaven, die mir auf meinem Feldzug in die Hände fielen. Aus diesem Grund schicke ich ihn Euch – ihn, der vielleicht würdig ist, Euer Sklave zu sein …«

Der Pascha lachte gutgelaunt. Wie klug er doch war! Er zweifelte nicht daran, daß die Edle Charatza von seiner Tapferkeit überwältigt sein würde. Ja, der Christensklave würde seine kleine Rolle spielen, indem er ihn, Pascha Bogall, der Dame ins Gedächtnis rief.

Dann wird er den hohen Preis wert sein, den ich für ihn zahlen mußte, sagte sich der Pascha. So kam es, daß John Smith nach Konstantinopel und ins Haus der Edlen Charatza Tragabigzanda gelangte.

John hatte keine Ahnung, wohin er gebracht wurde. Die beiden Bewacher, die ihn begleiteten, verrieten ihm nichts und taten so, als verstünden sie ihn nicht, wenn er versuchte, sie in ihrer Sprache anzureden. Und John, der rasch merkte, daß seine Sprachkenntnisse sehr unzulänglich waren, war nicht sicher, ob ihr Schweigen darauf zurückzuführen war, daß sie nichts verstanden, oder daß sie Befehl hatten, nicht mit ihm zu sprechen.

Er wußte nicht, daß die Stadt mit den engen Gäßchen und Holzhäusern Konstantinopel war, und er staunte, als sie vor einem Haus haltmachten, das der engen Straße seine kahle Mauer zuwandte.

Einer seiner Bewacher klopfte an eine niedrige Tür, die sofort von einem Wachposten in farbenfroher Uniform und mit edelsteingeschmücktem Turban geöffnet wurde.

»Wir kommen von Pascha Bogall.«

»Tretet ein«, sagte der Posten, und John wurde in einen Hof geführt.

Erst als sie eingetreten waren, erkannte er, wie prächtig das Haus hinter der kahlen Mauer war. Um den Innenhof zogen sich Arkaden, an die sich die Wohnräume anschlossen. Die Weitläufigkeit verriet John, daß er sich in einem Haus befand, dessen Besitzer ebenso reich sein mußten wie Pascha Bogall.

Er wurde in einen Raum geführt, dessen Boden ein dikker, farbiger Teppich deckte. An den Wänden prangten kunstvoll bestickte Tapisserien. Im Raum standen Diwane mit Seidendecken. Hier wartete er, bis ein Vorhang beiseite gezogen wurde, und eine Frau erschien.

Ihre Fülligkeit ließ John vermuten, daß sie mittleren Alters sein mußte, wiewohl ihr Gesicht von einem Schleier verdeckt wurde.

Einer der Bewacher händigte ihr den Brief aus. Nachdem sie ihn gelesen hatte, nickte sie und schaute John an. Seine Begleiter bedeuteten ihm, er solle sich um die eigene Achse drehen, damit sie ihn von allen Seiten mustern konnte. Als sie ihn in den Arm kniff, um seine Muskeln zu befühlen, runzelte John unwillig die Stirn. Nie würde er sich daran gewöhnen, wie ein Ochse auf dem Viehmarkt abgeschätzt zu werden.

Als die Frau in die Hände klatschte, erschienen zwei Diener. Sie sprach ein paar Worte, und seine Bewacher folgten ihnen hinaus. Dann bedeutete sie John, er möge ihr folgen, und gefesselt, wie er war, tat er, wie ihm geheißen.

Sie schob die Vorhänge beiseite, und er folgte ihr durch eine Veranda in einen Garten, in dem Blumen in allen Farben zwischen Kräutern und Zypressen wuchsen.

Er folgte der Frau zwischen den Bäumen hindurch zu

einem runden kleinen Pavillon, der ihn an ein englisches Gartenhaus erinnerte.

Aus dem Inneren dieses Pavillons waren hohe Stimmen und Gelächter zu hören. Ein Händeklatschen der Frau ließ das Gelächter verstummen. Sie blieb in der Tür stehen und sagte einige Worte. Dann drehte sie sich um und winkte John zu sich.

Der Anblick, der sich ihm bot, war der zauberhafteste, der ihm je vor Augen gekommen war: etwa zwanzig Mädchen waren hier versammelt, alle waren verschleiert, alle in anmutig fließende Gewänder gehüllt, und alle waren sie jung.

Einige waren den Kinderschuhen kaum entwachsen. Sie saßen auf dem Boden, ihre hübschen braunen Füße waren bloß, die Knöchel mit Gold- und Silberreifen geschmückt. Eine hielt ein lautenähnliches Musikinstrument in Händen. Sie saß im Mittelpunkt der Gruppe, und John glaubte, sie singen gehört zu haben. Auf einem kleinen Diwan lagerten drei Mädchen, mit Stickarbeiten in den Händen. In der Mitte des Raumes plätscherte ein Springbrunnen.

Pluderhosen und drapierte Oberteile der Mädchen trugen die Farben der Blumen im Garten, und ihre Augen, durch raffinierte Anwendung von Kajal groß und geheimnisvoll wirkend, glühten durch die Schleier, als sie den Neuankömmling fixierten.

»Komm, meine Tochter«, sagte die Matrone, die ihn hierhergeführt hatte. Und eines der Mädchen, das unweit der Gruppe um die Lautenspielerin gesessen hatte, stand auf und kam zu ihrer Mutter.

John sah, daß sie schöner gekleidet war als die anderen und sich anmutiger bewegte. Zwischen den hauchdünnen grünen und violetten Seidenfalten blitzten Ziermünzen. An Armen und Händen, die braun und schlank waren, funkelten Diamanten und Rubine. Ein Blick genügte, um ihm zu sagen, daß dieses Mädchen die Tochter des Hauses sein mußte.

»Der Pascha Bogall schickt dir diesen Brief und diesen Mann«, sagte die Frau,

Das blutjunge Mädchen drehte sich lachend zu den anderen um, die sich um sie scharten, und gab, immer wieder auf John deutend, einen aufgeregten Redeschwall von sich. Ganz nahe an ihn herantretend, berührte sie seinen Bart mit ihren blitzenden Fingern. Dann sprang sie lachend zurück, und alle anderen stimmten in ihr Lachen ein.

Nun umdrängten ihn alle und schauten mit ihren großen, dunklen, staunenden Augen zu ihm auf.

»Wie heißt er?« fragte eine.

John antwortet: »John Smith.«

»John Smith.« Sie versuchten, seinen Namen nachzusprechen und schienen die Mühe überaus amüsant zu finden

Die Edle Charatza war die erste, der aufging, daß er die Frage verstanden hatte.

»Du sprichst unsere Sprache«, sagte sie.

»Nur ganz wenig«, gestand er.

»Aber du kannst genug … um ein wenig zu verstehen.«

Die anderen lauschten, und mit ihnen die Mutter.

»Der Pascha Bogall ist wahrlich großzügig«, sagte sie zu ihrer Tochter. »Dieser Sklave wird uns sehr nützlich sein. Ich will ihn jetzt zu den anderen Sklaven schicken, die ihm seine Pflichten erklären werden.«

»Ach, er ist doch *mein* Sklave«, rief Charatza aus. »Ich möchte ihn hierbehalten und mich mit ihm unterhalten.

»Du törichtes Ding! Weißt du denn nicht, daß du einen männlichen Sklaven nicht hier in den Frauengemächern behalten kannst? Und jetzt vergnüge dich weiter mit deinen Freundinnen und Sklavinnen.« Sie winkte John. »Komm«, sagte sie. Damit verließ sie den Pavillon und trat hinaus in den Garten.

John blickte Charatza an und glaubte sie hinter ihrem Schleier lächeln zu sehen. Ihre Augen waren warm und zärtlich.

Da er wußte, daß er gehorchen mußte, trat auch er hinaus in den Garten. Nach ein paar Schritten drehte er sich um. Charatza stand noch immer in der Tür und blickte ihm nach.

John erfuhr rasch, daß er sich in Konstantinopel im Haus der Mutter der edlen Charatza Tragabigzanda befand, die der Pascha Bogall heiraten wollte.

Er merkte auch, daß sie zurückgezogen in den für Männer verbotenen Frauengemächern lebte und ihre Zeit mit ihren Dienerinnen und den tscherkessischen Sklavinnen verbrachte, die für sie singen und tanzen mußten, wann immer ihr der Sinn danach stand.

Was John betraf, so hatte er sich um den Innenhof zu kümmern. Er mußte den Sklaven höheren Ranges gehorchen, und da diese ungewöhnlich mild behandelt wurden, wurde die gleiche Behandlung auch den ihnen unterstellten Sklaven zuteil.

Zu essen gab es genug – alles was die Damen bei Tisch übrigließen, bekamen die Sklaven –, und täglich wurde ein Topf mit Ragout – dessen Inhalt John nie enträtselte – gekocht, und wenn die höhergestellten Sklaven sich daran gesättigt hatten, durften sich die unteren an den Resten gütlich tun.

Für John war es ein sonderbares Leben, da er das Gefühl bekam, in einen parfümierten Käfig geraten zu sein. Wäre er durch seine Verwundungen nicht geschwächt gewesen, er hätte schon längst damit begonnen, Fluchtpläne zu schmieden. Er wußte jedoch, daß ihm für deren Durchführung noch eine Zeitlang die Kräfte fehlen würden und daß er einige Wochen lang Ruhe brauchte.

In der Zwischenzeit begnügte er sich damit, alles in seinen Kräften Stehende über die Stadt und das Haus, in dem er sich befand, in Erfahrung zu bringen. Er erfuhr, daß Charatza unter der wachsamen Obhut ihrer Mutter lebte, die sich für sie eine glänzende Partie erhoffte, wobei sie vor allem an Pascha Bogall dachte.

John tat die reizende Kleine leid, die er hinter ihrem Schleier erspäht hatte, da er überzeugt war, daß der Pascha, ein Maulheld und Heuchler, dieses schöne Mädchen nicht verdiente.

Alle Mädchen standen unter sehr strenger Bewachung. Die fensterlose Mauer verhinderte, daß jemand von außen einen Blick in ihre auf der Gartenseite des Hauses gelegenen Gemächer werfen konnte. Hin und wieder verließen sie das Haus, entweder um sich ins Bad zu begeben oder die Gräber ihrer Ahnen zu besuchen. Im Bad schwatzten sie mit ihren Freundinnen, an den Gräbern betrauerten sie die Toten. Bei diesen Ausgängen hüllten sie sich in lange Umhänge, die ihre Körper völlig verbargen, so daß man nicht unterscheiden konnte, ob sie dick oder dünn, alt oder jung waren.

Ein paar Wochen nach seiner Ankunft erschienen zwei Eunuchen, große, starke, im Kampf gewonnene Äthiopier, im Sklavenquartier und fragten nach dem neuesten Sklaven, dem Christen mit den blauen Augen.

John stand auf und einer der Äthiopier sagte: »Komm mit. Du sollst vor der Edlen Charatza erscheinen.«

John wurde in den Garten geführt, und wieder durfte er einen Blick auf das anmutige Gartenhaus tun, das mit seinen im Sonnenlicht schimmernden Wänden aus feinstem vergoldeten Schnitzwerk ein zauberhaftes Bild bot. Dort waren die Mädchen versammelt, und als er sich näherte, hörte er den von Lautenklängen begleiteten Gesang der tscherkessischen Sklavinnen.

Am Eingang des Gartenhauses wurde er von einer der kleinen Tscherkessinnen empfangen. Sie verbeugte sich und nahm ihn an der Hand, um ihn zur Mitte des Raumes zu geleiten, wo Charatza auf einem Kissen lagerte, die Beine in hellblauen, mit Ziermünzen geschmückten Hosen vor sich gekreuzt, die schmalen Hände im Schoß.

Er sah, daß ihre Mutter nicht zugegen war, und fragte sich, ob sie ihm, einem Mann und Sklaven, gestattet hätte, die abgeschiedenen Gemächer aufzusuchen.

»Setz dich«, forderte Charatza ihn auf, und eines der Mädchen legte hastig ein Kissen neben sie, tief scharlachrot und mit goldenen Halbmonden bestickt.

Nachdem John sich gesetzt hatte, bildeten die farbenfroh gekleideten Mädchen um ihn und Charatza einen Halbkreis.

»Ich möchte deine Augen sehen«, sagte Charatza.

Er wandte sich ihr lächelnd zu.

»Sie sind von der Farbe des Himmels«, verkündete sie, und die kleinen Mädchen wiederholten: »Seine Augen sind von der Farbe des Himmels.« Die Lautenspielerin griff in die Saiten und sang »Seine Augen sind des Himmels.«

»Böhmischer Edelmann sagte Charatza.

»Ich bin Engländer«, gab John zurück.

»Engländer«, wiederholte Charatza mit großer Mühe.

Nun trat Schweigen ein, da den Mädchen dieses Wort unbekannt war.

Dann fing Charatza so rasch zu sprechen an, daß John ihr unmöglich folgen konnte. Als sie dies merkte, setzte sie von neuem an. Aber noch immer konnte John nichts verstehen. Wieder versuchte sie es, und da merkte er, daß sie in verschiedenen Sprachen sprach, in der Hoffnung, eine zu finden, die beide verstanden. Und dann sagte sie auf Italienisch: »Du bist im Krieg verwundet worden.«

Sofort antwortete er in jener Sprache. »Ja. Ich fiel auf dem Schlachtfeld in Gefangenschaft und wurde auf dem Markt an Pascha Bogall verkauft.«

Charatza legte ihre Hände auf die Knie und lachte aus vollem Hals. An die Mädchen gewendet, sagte sie rasch etwas zu ihnen, worauf alle lachten und die Lautenspielerin in die Saiten griff und sang. Ihr improvisiertes Lied reizte die anderen noch mehr zum Lachen.

Charatza klatschte in die Hände, worauf sich ihr eine Tscherkessin mit einem Tablett voller Süßigkeiten näherte.

Charatza wählte eine aus, und die anderen sahen atemlos zu, als sie die Leckerei John in den Mund schob, ein Vorgang, der bewirkte, daß die Mädchen sich auf ihren Kissen vor Lachen bogen.

Charatza sagte zu John: »Du magst Süßigkeiten … John?«

Er sagte, daß ihm seit langem nichts mehr so gut geschmeckt hätte.

Da steckte sie ihm wieder eine in den Mund und bedeutete ihm dann, seine Taschen zu füllen, während er schon glaubte, die Mädchen würden vor Lachen überschnappen.

»Erzähl mir von deiner Heimat«, sagte sie.

Er suchte nach Worten, um England auf Italienisch zu beschreiben. Er sprach glühend von seinem Land, von der großen Königin, die darüber herrschte, von seinen Feldern, die grüner waren als alle Felder der Welt. Er sprach mit Gefühl und voller Sehnsucht. Er sprach von der Ebene um Lincoln, von seinem Bauerngut, von Francis und Alice. Und obwohl Charatza nicht die Hälfte von dem verstand, was er sagte, konnte sie den Blick nicht von seinem Gesicht abwenden. Immer wieder berührte sie seinen Bart mit einem Finger, und ihre schwarzen Augen blickten lange in die seinen.

So ertappte ihre Mutter sie, und sofort trat betretenes Schweigen im Gartenhaus ein. Einige der kleinen Sklavinnen suchten Zuflucht hinter dem Springbrunnen, wo sie niederknieten und die Hände vors Gesicht schlugen, als glaubten sie, man würde sie nicht sehen, wenn sie ihre Augen verbargen.

Arme Charatza! Sie wird heftig gescholten, dachte John. Es war kein Wunder. Sie, eine hochgestellte türkische Edle, hatte einen Sklaven aufgefordert, sich neben sie zu setzen, hatte mit ihm geplaudert, ihn mit Naschwerk verwöhnt und ihn in ihrem drolligen Italienisch *Occhio Celeste* genannt!

John stand daneben, als die scheltende Stimme von Charatzas Mutter das Gartenhaus erfüllte.

Charatza widersprach hartnäckig, und John hörte sie sagen: »Aber er gehört mir. Er ist mein Sklave. Wurde er mir nicht zum Geschenk gemacht? Warum kann ich dann nicht nach Belieben mit ihm umgehen?«

Doch ihre Mutter fand in ihrer Schelte kein Ende, und alle Mädchen ließen die Köpfe hängen wie geknickte Blumen nach einem Gewitter.

Eine von ihnen wurde hinausgeschickt, und wenig später erschienen die zwei Äthiopier.

John wurde zurück ins Sklavenquartier geführt.

Charatza aber war entschlossen, ihren Willen durchzusetzen und ihren Sklaven weiterhin zu sehen.

Manchmal übertrug man ihm eine Arbeit im Garten. Dann richtete sie es so ein, daß sie auf einem der Türmchen erschien, von dem aus man den Bereich überblickte, wo er arbeitete.

»John ... Smith«, rief sie dann leise, und wenn er aufblickte, lachte sie ihm zu. »Ich bin hier, John Blauauge«, sagte sie.

»Das ist meinen blauen Augen nicht entgangen, Gnädigste.«

»Haben in England alle blaue Augen?«

»Nein. Meine Landsleute haben auch braune und graue Augen, mitunter auch solche, die fast so dunkel sind wie Eure.«

»Nur die besten haben blaue Augen«, sagte sie darauf. »Nur Edelleute.«

»Ich bin kein Edelmann«, widersprach er,

»Kein Edelmann?« Sie schien ein wenig enttäuscht.

»Nur ein gemeiner Soldat. Ich hätte Bauer werden sollen und wurde statt dessen Soldat.«

»Ihr seid ein Edelmann, ein großer Herr«, sagte sie, »für den man Lösegeld zahlen wird.«

»Gnädigste, für mich wird niemand Lösegeld schicken. Ich kenne niemanden, der so reich ist, daß er es täte.«

Ihre Enttäuschung war von kurzer Dauer, da sie gleich darauf ausrief: »Da bin ich aber froh, John *Occhio Celeste* ... sehr froh. Dann wirst du für immer hier bleiben und mein Sklave sein.«

Andere erschienen im Garten, und sie trat vom Turmfenster zurück.

Sie dachte ständig an ihn. Er war anders als alle anderen, doch waren es nicht nur seine Augenfarbe, seine helle Haut und sein lockiger Bart, die ihn unterschieden. Er war jung und stattlich. Er war sanft und höflich, und sein Gang war nicht eingebildet und gestelzt wie bei anderen, sondern würdevoll. Sie konnte nicht glauben, daß er kein Edelmann war und mußte sich Gewißheit verschaffen.

Sie beauftragte eine ihrer Dienerinnen, über den fremden blauäugigen Sklaven möglichst viel in Erfahrung zu bringen. Und nach einigem Herumfragen entdeckte die Frau, daß unter dem Gesinde anderer Familien Sklaven waren, die gegen John Smith gekämpft hatten. Diese wußten zu berichten, wie er im Zweikampf drei Türken erschlagen hatte, und daß das ihm ehrenhalber verliehene Wappen drei Türkenköpfe aufwies. Charatza erfuhr nun, daß er ein großer Kämpfer war, dessen Name allein genügte, um Türken und Tataren gleichermaßen in Angst und Schrecken zu versetzen.

»Ich wußte es ja«, sagte Charatza. »Mein blauäugiger John ist kein gewöhnlicher Mensch.«

Sie ließ nun keinen Tag verstreichen, ohne eine Begegnung mit ihm herbeizuführen, und entdeckte, daß ihr größtes Vergnügen seine Gesellschaft war. Und wenn sie diese nicht genießen konnte, verbrachte sie ihre Zeit damit, sich auszudenken, wie sich ein Beisammensein herbeiführen ließ.

Sie war nicht glücklich, wenn sie nicht mit oder von John Smith sprechen konnte. Da sie wußte, daß es in Konstantinopel viele Engländer gab, glaubte sie, durch diese mehr über ihn erfahren zu können.

Ein in der Stadt lebender Jude, der für sie schon manchen Auftrag übernommen hatte, erschien ihr für diesen Zweck sehr geeignet.

Charatza war viel zu raffiniert, um nicht zu wissen, daß sie den wahren Grund ihres Interesses an diesem jungen Mann nicht verraten durfte und daher einen Vorwand finden mußte.

»Von Pascha Bogall hörten wir, daß der blauäugige Sklave in Böhmen ein großer Herr sein soll«, sagte sie. »Wenn dem so ist, müßte er doch viel Lösegeld wert sein?«

»Und du möchtest dieses Lösegeld bekommen?« fragte ihre Mutter sie.

»Ich möchte wissen, was er wert ist. Er schreitet einher wie ein Herr. Er sieht auch aus wie einer. Sicher würde er eine stattliche Summe einbringen.«

Ihre Mutter lächelte. Sie hatte sich schon ein wenig Sorgen gemacht, weil ihre Tochter so großes Interesse an diesem Sklaven zeigte. Nun hörte sie mit Entzücken und Erleichterung, daß ihr nur am *Lösegeld* gelegen war.

»Wir werden den Juden damit beauftragen«, sagte sie.

»Ich möchte den Juden selbst sehen, nachdem er seine Nachforschungen angestellt hat«, sagte Charatza.

Ihre Mutter lächelte nachsichtig. Sie hatte ihre schöne Tochter immer mehr geliebt als ihren wilden Sohn Timor. Und die Tatsache, daß so viele reiche und mächtige Herren um sie warben, erhöhte in den Augen der Familie ihren Wert. Daß sie von launischem und eigenwilligem Wesen war, mußte man hinnehmen. Gab man ihren Wünschen nach, war sie noch am ehesten zu zügeln.

»Du sollst den Juden sehen«, bekam Charatza zu hören. Man schickte nach dem Mann und erteilte ihm seinen Auftrag. Rasch machte er Engländer in Konstantinopel ausfindig – Gefangene, Händler der English Turkey Company und Reisende. Und auch diese bestätigten die Tatsache, daß John Smith Sohn eines freien Bauern war, ein erfahrener Soldat, hoch geschätzt von seinen Vorgesetzten, gewiß, doch niemand, für den ein großes Lösegeld zu erwarten war.

Charatza sprach mit dem Juden. Sie bombardierte ihn mit Fragen und wollte jede Einzelheit wissen, die er über John Smith entdeckt hatte, und in dem Juden, einem klugen Mann, der der jungen Edlen gern jeden Gefallen getan hätte, regte sich Besorgnis. Es erschien ihm bemerkenswert, daß eine Dame von Charatzas Rang sich in diesem Ausmaß für einen Sklaven interessierte – insbesondere, nachdem sie erfahren hatte, daß er nicht der Edelmann war, für den sie ihn zunächst gehalten hatte.

Der Jude sprach bei ihrer Mutter vor und deutete an, daß Charatza sich für diesen Mann mehr interessierte, als ratsam sein mochte.

Die beschloß daraufhin, ihre Tochter sorgfältig zu überwachen.

Charatza schien an einer Krankheit zu leiden. Sie wurde träge, und ihre Freude an Gesang und Tanz erlosch. Im Gartenhaus erklang ihr Lachen nicht mehr.

Ihre Mutter machte sich keine allzu großen Sorgen. Das Kind wächst zu rasch heran, sagte sie sich. Ein Jammer, daß wir bald ihre Hochzeit planen müssen und sie mich verlassen wird.

Sie zeigte Nachsicht mit ihrer Tochter, gab ihren Launen nach und trachtete, sie mit Süßigkeiten in Versuchung zu führen. Charatza aber reagierte gleichgültig und zog das Alleinsein vor.

Wenn die Damen sich in ihre alles verbergenden Umhänge hüllten, um die Bäder oder die Ahnengräber aufzusuchen, sagte Charatza, daß sie lieber zu Hause bleiben und ruhen wolle. Ihre Sklavinnen betteten sie daraufhin liebevoll auf ihren Diwan und deckten sie mit Seidendecken zu. Und wenn sie zurückkamen, trafen sie sie ruhend an, in Gesellschaft einer ihrer kleinen Tscherkessinnen, die ihr Kühlung zufächelte oder sie mit Zuckerwerk fütterte.

Ihre Mutter ahnte nicht, daß Charatza, kaum allein gelassen, von ihrem Lager aufsprang und nach John Smith schickte, der sich neben sie setzen und ihr von seiner Heimat und seiner Familie erzählen mußte, vor allem aber von sich und seinen Abenteuern. Immer wieder wollte sie diese Geschichten hören, und nie wurde sie ihrer überdrüssig.

»Wir gehen ins Bad«, kündigte Charatzas Mutter an. »Meine Tochter, es ist lange her, seitdem du dort warst. Möchtest du nicht mit uns kommen?«

»Nein, Mutter«, erwiderte Charatza. »Ich fühle mich heute zu ermattet. Nächstes Mal will ich euch begleiten, heute aber muß ich ruhen.«

»Dann soll es so sein«, gab ihre Mutter zurück.

Charatza lag auf ihrem Diwan und befahl zwei kleinen Sklavinnen, zu beiden Seiten mit ihren Fächern Aufstellung zu nehmen. Als sie allein war, wies sie die eine an, sie solle sich vergewissern, ob alle anderen schon gegangen wären.

Kaum hatte die Kleine ihr gemeldet, daß alle das Haus verlassen hätten, als Charatza dem Mädchen auftrug, John Smith zu holen.

Charatza saß mit angezogenen Knien auf ihrem Diwan.

Ihre durchsichtige Pluderhose in Hellgrün und Silber umspielte anmutig ihre Beine, und ihre Füßchen steckten in bestickten Seidenpantoffeln mit aufgebogener Spitze. Ihren Schleier hatte sie abgenommen, weil die Frauen in seiner Heimat unverschleiert waren und sie einer Engländerin möglichst ähnlich sehen wollte. Ihre dunklen, von Natur aus schon großen, aber durch den geschickten Gebrauch von Kajal riesigen Augen leuchteten vor Erregung. Ihr Haar, blauschwarz wie Vogelschwingen, mit Perlenschnüren durchflochten, fiel ihr lose über den Rücken.

Als John eintrat, empfing sie ihn mit ausgestreckter Hand. Er ging auf sie zu und kniete nieder, um galant einen Kuß darauf zu drücken, wie er es zuerst in Orléans bei den Berties, dann im Haus des Earl of Lincoln und später auf seinen Reisen in fremden Ländern gelernt hatte.

Wie immer von ihm bezaubert, ließ ihn Charatza neben sich auf dem Diwan Platz nehmen. Sie konnte sich an seinen blauen Augen gar nicht satt sehen.

»Man berichtete mir, daß du kein mächtiger Edelmann bist«, flüsterte sie.

»Das sagte ich doch«, erwiderte er lächelnd.

»Doch bist du ein zu guter und großer Mann, als daß du Sklave sein könntest.«

Er glaubte, sie wolle von ihm wieder eines seiner Abenteuer hören, aber heute war sie in ganz anderer Stimmung.

»Sag, ob ich so schön wie eine Engländerin bin?« fragte sie.

»Ja«, erwiderte er.

»So schön wie deine Schwester … Alice?«

Der Vergleich der ruhigen kleinen Alice mit diesem glitzernden Geschöpf entlockte ihm ein Auflachen. »Alice ist ein wildblühendes Gänseblümchen auf einer englischen Wiese«, sagte er. »Ihr aber seid eine exotische Blume.«

»Ich möchte aber wie dieses Wiesengänseblümchen sein.«

»Nein, Ihr könnt nur das sein, was Ihr seid.«

»Occhio Celeste«, flüsterte sie. »Wie kann ein Mann wie du ein Sklavenleben ertragen?«

»Es wird nicht ewig dauern.«

»Das sagst du so eindringlich. Planst du deine Flucht?«

»Würdet Ihr mich verraten, wenn ich es täte?«

Leidenschaftlich wandte sie sich ihm zu. »Niemals würde ich dich verraten!«

Ihre schwarzen Augen waren seinen ganz nahe. John spürte jetzt, daß sie ihn liebte. Und ihr war es ebenso bewußt.

Auf dem Diwan kniend, verkreuzte sie die Hände über ihrer Brust. »Ich bin eine Dame von Stand, und du bist ein Sklave«, sagte sie. »Ich bete zu Allah und du zu einem seltsamen Gott, genannt Christus und Heiliger Geist, und daneben noch zu einem dritten. Das begreife ich nicht. Aber ich würde es gern versuchen.«

Sie legte eine Hand in seine.

»Ihr werdet das Haus Eurer Mutter bald verlassen«, sagte er »Pascha Bogall erwartet Eure Ankunft voller Sehnsucht.«

»Zu Pascha Bogall werde ich nicht gehen«, sagte sie aufgebracht.

»Was werdet Ihr dann tun?«

»John, du wirst nicht immer Sklave sein.«

»Nein, ich werde nicht immer Sklave sein.«

Vor dem Gartenhaus waren Schritte zu hören. John sprang vom Diwan auf, während Charatza auf den Knien blieb, doch ihre mit schwarzer Farbe stark umrandeten Lider zitterten über ihren glühenden Augen, als ihre Mutter eintrat.

Es folgte ein bedrohliches Schweigen. Die kleinen Tscherkessinnen fächelten sich vor Verlegenheit heftig zu, weil sie nicht wußten, was sie sonst hätten tun sollen.

John verbeugte sich vor der Dame des Hauses, diese aber beachtete ihn nicht. Sie hatte nur Augen für ihre Tochter, die sich in Gegenwart eines Mannes, noch dazu eines Sklaven, schamlos unverschleiert präsentierte.

Das Schweigen hielt sekundenlang an, dann wurde es gebrochen.

»Geht! Holt die Eunuchen!« rief die Edle Tragabigzanda

aus. Und die kleinen Sklavenmädchen, heilfroh ihr zu entkommen, liefen, um ihrer Anweisung nachzukommen.

Bis die zwei Äthiopier kamen, wurde kein Wort gesprochen. Dann deutete die Edle Tragabigzanda auf John. Sie gingen zu ihm, nahmen ihn in die Mitte und eskortierten ihn aus dem Gartenhaus.

Die Edle Tragabigzanda wandte sich nun ihrer Tochter zu.

Charatza brach in Tränen aus. Sie weinte nicht laut, sondern leise und hoffnungslos.

Ihre Mutter sagte nichts. Sie hatte begriffen.

Es kam zu einer letzten Begegnung, die Charatzas Mutter erlaubt hatte und die im Gartenhaus stattfand. Diesmal trug Charatza tiefpurpurne Pluderhosen. Ihr einziger Schmuck waren goldene Arm- und Fußringe. Sie war dicht verschleiert.

»John Smith«, sagte sie, »du gehst fort. Es ist der einzige Ausweg. Meine Mutter wollte dich auf dem Markt feilbieten, aber das konnte ich nicht zulassen. Du hast mir gehört. Du wurdest mir geschenkt, und ich konnte es nicht zulassen.«

»Sagt, was aus mir werden soll«, bat John sie.

»Du sollst zu meinem Bruder gehen. Ich habe ihm geschrieben, und du wirst ihm den Brief aushändigen. Meine Mutter soll nicht wissen, daß ich diese Nachricht geschrieben habe. Ich bitte ihn darin, dich so gut zu behandeln, wie er mich behandeln würde, denn wenn er dir weh tut und dich demütigt, verletzt und demütigt er mich. Ich möchte, daß er dich bei sich behält. Du wirst ihm deine Geschichten erzählen, wie du sie mir erzählt hast, und er wird dich mit der Zeit liebgewinnen, wie ich dich liebgewonnen habe – weil alle dich lieben müssen, blauäugiger John Er wird es für mich tun, da er ein sehr mächtiger Mann ist. Nimm dieses Schreiben. Verstecke es und gib es keinem anderen als Timor.«

»Mylady, Ihr seid so gut zu mir«, sagte John. »Ich werde Euch nie vergessen.«

»Nein, du darfst mich nicht vergessen. Eines Tages werde ich zu meinem Bruder kommen. Ich werde ihn besuchen, und dann werden wir zusammen in deine Heimat ziehen … du und ich. Und ich werde niemals wieder einen Schleier tragen. Ich werde sein wie die kleine Alice … ich werde ein englisches Gänseblümchen sein.«

»Mylady … Mylady …« flüsterte John, dem seine Stimme nicht mehr gehorchte. Charatza bewegte ihn zutiefst. Tiefer als Madame Colombier es vermocht hatte. Er spürte, daß sie seines Schutzes bedurfte, und er wußte, falls sie je zu ihrem Bruder käme und ihn bäte, sie mitzunehmen, würde er es tun.

Flüchtig trat ihm eine Szene vor Augen – er und eine türkische Braut bei der Ankunft in Willoughby. Ein unpassendes Bild, das er sich als Realität nicht vorzustellen vermochte.

»Vielleicht wäret Ihr glücklicher, wenn Ihr versuchen würdet, mich zu vergessen«, sagte er.

Sie schüttelte den Kopf, und in ihren Augen schimmerten Tränen. »John, für mich gibt es nur ein Glück. Deshalb habe ich meinem Bruder geschrieben und ihn angewiesen, dich zu lieben, wie er mich liebt. Ich befehle ihm, dir die Freiheit zu schenken, dich aber bei sich zu behalten, mit dir von Allah und unseren Sitten zu sprechen und dich zu einem von uns zu machen. Und wenn es ihm nicht glücken sollte, dann werde ich eine der euren werden. Und jetzt mußt du gehen, John. Mein *Occhio Celeste.*«

So sagte John Charatza Lebewohl. Das Schreiben, das sie ihm für ihren mächtigen Bruder Timor von Nalbrits mitgegeben hatte, trug er am Leib mit sich.

5.
Timor von Nalbrits

Als John nach Osten aufbrach, war er in Hochstimmung, da das Reisen immer schon seine Leidenschaft gewesen war. Dazu kam die Tatsache, daß er in Charatzas Nähe auf eine höchst brisante Situation zugesteuert wäre. Das Leben im Haus ihrer Mutter war angenehm gewesen, sein Geist aber lehnte sich gegen jede Art von Gefangenschaft auf, und während der langen Reise, erst über Land, dann übers Meer, hielt er ständig Ausschau nach einer Fluchtmöglichkeit.

Allerdings fragte er sich auch, wie Charatza reagieren würde, falls ihm die Flucht gelänge. Was für ein süßes Kind, überlegte er, ihr war nicht klar, daß es das Beste war, was beiden zustoßen konnte. Sie hatte sich romantischen Träumen hingegeben, von denen sie nie hoffen durfte, daß sie sich jemals verwirklichen würden. Er würde jedoch immer ihre Anmut im Gedächtnis behalten, ihren Zauber, ihre Süße und ihre Zuneigung zu ihm, und er wünschte, er hätte sie vor dem Schicksal bewahren können, das ihr als Gemahlin des Pascha Bogall aller Wahrscheinlichkeit nach blühte.

Eine Fluchtmöglichkeit sollte sich ihm jedoch nicht bieten. Er trug schwer an seinen Fesseln, Ketten, die ihn im Falle seines Entkommens sofort als Sklaven verraten hätten.

Die erste Station war Varna, und von dort ging es weiter übers Schwarze Meer. Man sichtete die Krim, fuhr ins Asowsche Meer ein, bis schließlich Nalbrits, das Herrschaftsgebiet von Charatzas Bruder Timor, erreicht war.

John studierte das Gebiet, durch das er zog, mit wachem Interesse. Auf der langen Reise hatte man ihn sehr gut behandelt, doch erfuhr er, daß man mit allen Sklaven so verfuhr, die verkauft oder verschenkt werden sollten, damit sie ihr Ziel in guter Verfassung erreichten.

Das Land, in dem er sich gerade befand, war zwischen

Don und Wolga gelegen, und er sah, daß dessen in bedrükkender Armut lebende Bewohner schwer unter der Tyrannei der Türken litten, die das Gebiet erobert hatten. Die Arbeit auf den fruchtbaren Feldern wurde von Timors Sklaven geleistet, die unbarmherzig angetrieben wurden und dafür nur so viel Nahrung erhielten, daß sie nicht verhungerten. Als einzige Kleidung trugen sie Schaffelle, mit Fibeln zusammengehalten. Ihre Behausungen waren elende, stickige Holzhütten, in denen es entweder bitter kalt oder drückend heiß war.

Nalbrits war eine Festung, und als sie sich ihr näherten, konnte John Timors Palast erkennen, den die armseligen Holzhütten, in deren Mitte er aufragte, um so prächtiger aussehen ließen. Und es war ein wahrhaft stattlicher Bau aus weißem Stein errichtet, mit hohen Mauern und flachem Dach. Die zwei massiven Tore, durch die man ins Innere gelangte, waren aus Eisen.

Timor war Herrscher über das gesamte Gebiet. Die in der Festung stationierte Streitmacht unterstand seinem Kommando. Der geringfügigste seiner Wünsche kam einem Befehl gleich, Ungehorsam war gleichbedeutend mit einem grausamen Tod.

Die Eisentore öffneten sich für John und seine Bewacher, und als sie einen Innenhof durchquerten, auf dem Türken und Tataren Wache hielten, ging einer der Posten auf John zu und sagte: »Der hohe Herr Timor erwartet dich. Er hat von deinem Kommen vernommen.«

John wurde durch einen Gang zwischen den Mauern in einen anderen, kleineren Hof geführt, sodann durch eine Tür in einen Raum, in dem Timor von Nalbrits umgeben von Höflingen wie ein König thronte.

John genügte ein Blick, um in ihm den Bruder Charatzas zu erkennen. Timor war groß, seine Augen waren schwarz und seine Züge schön geformt. Daß ihm die Sanftheit Charatzas fehlte, durfte einen nicht verwundern, schoß es John durch den Kopf. Charatza war ein junges Mädchen, das hinter Haremsmauern lebte, während Timor ein großer Kriegsherr war und über viel Land gebot.

Als John näher kam, sagte er: »Das also ist der Christensklave.« Er schaute John an. Sein Mund war ein grimmiger, von Grausamkeit kündender Strich. Aus seinen Augen sprach Spott. »Wir haben Kunde von dir, Sklave«, sagte er. »Du hast gewagt, deine unverschämten Augen zu meiner Schwester zu erheben.«

Da wußte John, daß Charatzas Mutter ihrem Sohn geschrieben hatte, daß sie seine Ankunft angekündigt und ihn vermutlich gebeten hatte, dafür zu sorgen, daß der Christensklave nie wieder in die Nähe von Konstantinopel käme.

»Ich habe ein Schreiben für Euch«, sagte John, und zog Charatzas Brief hervor, den er die ganze Zeit über sorgsam gehütet hatte.

Timor schien erstaunt, nahm das Schreiben aber in Empfang und las es. Seine Miene blieb unverändert hart, und als er zu Ende gelesen hatte, lachte er auf.

Er trat einen Schritt näher an John heran, und dieser sah, daß seine geballten Fäuste heftig zitterten, so daß er schon glaubte, Timor würde ihn niederschlagen, während seine funkelnden Augen ihn zornig musterten.

»Die Edle Charatza möchte, daß du gut behandelt wirst«, sagte Timor fast im Flüsterton. »Sie möchte, daß du lernst, ein guter Türke zu sein, ehe man dich zurück nach Konstantinopel schickt. Sie leidet an einem Wahn, und es ist ein Wahn, den du aus deiner verderbten Heimat mitgebracht hast. Wir werden dir zeigen, Sklave, wie wir einen guten Türken aus dir machen!«

Er faßte nach Johns Bart und riß heftig daran. Wäre John nicht gefesselt gewesen, er hätte ihn niedergeschlagen.

»Entkleidet ihn«, rief Timor. »Bis auf die Haut. Und holt den Barbier.«

Als John nackt vor Timor stand, schmähten die Türken seine weiße Haut, und da er noch immer gefesselt war, mußte er ihre Schmähungen ertragen. Man zwang ihn auf einen Hocker nieder, und mehrere Bewacher hielten ihn fest, während ihm Haare und Bart geschoren wurden.

»Bringt ihm Sklavenkleidung«, rief Timor. Ein vor Schmutz starrendes Stück Ziegenfell mit einem Loch in der

Mitte, durch das man seinen Kopf zwang, wurde ihm angezogen und mit einem Lederriemen um seine Mitte gebunden.

»Seht, was für ein stattlicher christlicher Edelmann er ist!« rief Timor aus, und alle Umstehenden lachten pflichtschuldig.

»Wir müssen ihn noch als Sklaven kennzeichnen, der er ist und immer sein wird«, rief nun Timor. Er blickte John an, der noch immer hocherhobenen Hauptes dastand und diese Prüfung mit Würde über sich ergehen ließ. »Christenköter«, fuhr Timor fort, »du wirst auf meinen Feldern arbeiten, daher werden wir dich nicht in Ketten legen, aber glaube ja nicht, daß du uns entkommen könntest. Wir werden dich schmücken, Sklave … damit alle wissen, wer du bist, wohin du auch gehen magst. Hier gibt es keine Damen, die an dir einen Narren fressen und dir das Leben erleichtern könnten.«

Der Schmied war erschienen und hatte einen mit Stacheln bewehrten eisernen Halskragen mitgebracht, den er nun um Johns Hals festmachte. Er war dick und schwer, so daß John unter dem Gewicht fast ins Taumeln geriet. Dem Eisenkragen war Timors Zeichen aufgeprägt.

»Wo immer du hingerätst«, drohte Timor, »man wird dich aufgreifen und wieder zu mir bringen. Wenn du klug bist, versuchst du erst gar nicht zu flüchten. Ich habe Mittel und Wege, jenen das Leben sehr unangenehm zu machen, die mich zu hintergehen versuchen.«

John sagte nichts darauf. Die Behandlung, die ihm hier zuteil wurde, drohte seinen ansonsten unbezwingbaren Lebenswillen zu vernichten. Das übelriechende Ziegenfell reizte seine Haut. Der Eisenreifen schnitt ihn in Hals und Schultern. Er fragte sich, wie er es schaffen würde, mit diesem Gewicht die schwere Arbeit zu leisten, die man ihm vermutlich abfordern würde.

Er verspürte den Drang, in das spöttische Gesicht zu schlagen, das jenem Charatzas so ähnlich und dennoch so anders war und er hätte es getan, wären seine Hände nicht noch immer im Rücken gefesselt gewesen.

»Führt ihn ab!« befahl Timor. »Bringt ihn zu den anderen Sklaven und sagt ihnen, daß er auf meinen Befehl hin der geringste unter ihnen sein soll.«

John wurde unter dem Gejohle aller Anwesenden aus dem Raum geführt und über eine Wendeltreppe hinunter an einen Ort gebracht, der aussah wie ein finsteres Loch unter der Festung. Der Boden war blanke Erde. Es roch ekelhaft nach ungewaschenen Körpern, nach verdorbenem Essen und Exkrementen. Auf dem Boden kauerten Geschöpfe, in denen er zu seiner Verwunderung Menschen erkannte. Alle trugen um den Körper gebundene Schaffelle und um den Hals geschmiedete Reifen.

Ein Wachposten entfernte die Ketten, die seine Hände banden, und stieß John unter die anderen, nicht ohne ihnen Timors Befehl zu verkünden.

»Ihr Hunde!« rief er. »Dies ist der dreckigste Köter von euch allen. Behandelt ihn als solchen. Es ist der Befehl meines Herrn, des großen und mächtigen Timor. Hütet euch davor, diesen Christenhund zum Freund zu gewinnen.«

Dann gingen die Wachposten, und John blieb in dem dunklen Verlies zurück, belauert von zahllosen wachsamen und durchtriebenen Augenpaaren.

Schlimmer kann es nicht mehr kommen, dachte John gottergeben.

Auf allen seinen Wanderungen hatte er noch nie solch Ungemach erleiden müssen. Er mußte Schwerstarbeit verrichten, und da es ringsum der Festung viel Land zu bestellen galt, fiel es ihm und seinen Mitsklaven zu, die Felder zu bestellen und abzuernten. John war dankbar dafür. Die schwere Arbeit nahm er hin. Er war froh, die langen Stunden des Tages im Freien verbringen zu können, da er die übrige Zeit in die dunkle Höhle verbannt wurde. Seine Mitsklaven hatten versucht, ihn dem Befehl Timors entsprechend als *ihren* Sklaven zu behandeln, doch so einfach war das nicht. Ein kalter Blick aus seinen blauen Augen genügte, um den meisten gehörige Angst einzujagen.

Tagelang nahm John nichts zu sich. Er war dem Verhungern nahe, ehe er sich überwinden konnte, das ekelerregende Zeug zu essen, das ihnen als tägliche Nahrung vorgesetzt wurde.

Vollends unerträglich wurde der Fraß durch den Anblick der köstlichen Speisen, die Timor und seinen hohen Offizieren aufgetischt wurden. Sklaven halfen bei der Schlachtung von Pferden, Schafen und Ziegen und auch bei der Zubereitung für Timors Tafel. Versuchten sie, etwas von den guten Speisen zu kosten, wurden sie an einen Pfahl gebunden und zu Tode gepeitscht. Timors bevorzugtes Getränk war Stutenmilch, und es war Aufgabe bestimmter Sklaven, die Stuten zu melken. Die Versuchung, von diesem köstlichen, als *Kumys* bekannten Getränk zu trinken, war eine zusätzliche Folter.

Doch am hartnäckigsten hafteten in den Sklavennasen die anregenden Düfte, die aus der Küche drangen, wenn für Timor ein ganz besonderer, Kaffee genannter Trank aus braunen gerösteten und gemahlenen Bohnen hergestellt wurde.

John hatte von diesem Trank noch nie gehört, doch das Aroma machte die Sklaven fast wahnsinnig, so groß war ihr Verlangen, es zu kosten.

Waren die delikaten Speisen für Timors Tafel zubereitet, gingen die Sklaven daran, für sich jenes Mahl herzustellen, das immer aus denselben Zutaten bestand: Innereien von Ziegen und Pferden wurden gehackt und mit einem weißen Getreide gekocht, das *Kuskus* hieß.

Dieses Gericht war für Johns Gaumen ekelhaft, noch widerwärtiger aber war die Art und Weise, wie es verspeist wurde.

Wenn es in einem großen Kessel gar gekocht worden war, kamen als erste die höheren Sklaven und ließen sich ringsum nieder. Sie steckten Hände und Arme in den Kessel und holten sich die leckersten Stücke heraus. Waren sie gesättigt, kamen die Christen unter den Sklaven an die Reihe.

Hände und Arme, verschmutzt vom Schweiß vieler Wochen und erdig von der Feldarbeit, wurden in den Kessel gesteckt.

Es dauerte lange, bis John sich dazu überwinden konnte. Erst als seine Kräfte schwanden, zwang er sich, von dem ekligen Zeug zu essen, da er nicht Hungers sterben wollte.

Nach Tagen ohne Nahrung aß er mit jenen, die als letzte an die Reihe kamen.

Während er auf dem Boden des höhlenartigen Verlieses lag, dachte er voller Heimweh an Francis und Alice, die friedlich in ihren Betten im Vaterhaus schlummerten. Seine Lage war so elend, daß er sämtliche Hoffnungen auf ewigen Ruhm gern fahren gelassen hätte, wenn er nur bei ihnen hätte sein können.

Könnte ich diesem Leben entfliehen, sagte er zu sich, dann würde ich gern Bauer sein, gelassen meine Felder bestellen, tagaus, tagein mein gleichförmiges Leben führen und darüber hinaus nichts fordern. Ach, Francis, du warst der Klügere von uns beiden.

Zuweilen aber, meist draußen auf den Feldern, dachte er an Flucht, und seine Lebensgeister regten sich. Dann spürte er, daß es ihm nicht bestimmt war, dieses Leben ewig zu erdulden.

Der schwere Eisenkragen um seinen Hals jedoch rief ihm unweigerlich in Erinnerung, daß es Tollheit gewesen wäre, einen Fluchtversuch zu wagen, falls sich ihm nicht eine einzigartige Chance böte.

Schon längst zählte er die Tage nicht mehr und glaubte, schon mehrere Monate in Knechtschaft verbracht zu haben. Die christlichen Sklaven hatten es aufgegeben, ihn zu drangsalieren, da sie ihn unter ihresgleichen als Anführer ansahen.

Zuweilen wurde in der Finsternis der Höhle geflüstert.

»Gibt es denn keinen Ausweg?« wurde gefragt. »Sollen wir den Rest unseres Lebens in diesem Elend verbringen?«

John antwortete: »Es gibt einen Ausweg, doch kann ich ihn noch nicht sehen.«

Sie kannten ihn als John Smith, den Helden, der drei Türken im Zweikampf bezwungen hatte, und blickten zu ihm auf und erwarteten Führung von ihm.

Allmählich fand er das Leben erträglicher. Er ersann Fluchtpläne, dachte sie durch und verwarf sie wieder. Die Chancen mußten sehr gut stehen, wenn die Flucht glücken sollte. Er wußte nicht einmal, in welcher Gegend er sich befand, ebensowenig wie er wußte, welche Richtung er einschlagen sollte, selbst wenn ihm die Flucht glückte. Und wie weit würde er mit dem Halseisen Timors kommen?

»Und doch gibt es einen Weg«, sagte John. »Ich weiß es, und eines Tages werde ich ihn finden.«

Timor hatte den geringsten seiner Sklaven nicht vergessen und konnte nicht umhin, John zu beobachten. Ritt er über die Felder, um zu sehen, ob es mit der Arbeit voranging, dann suchte sein Blick John heraus, und es war ihm ein besonderes Vergnügen, ihm die schwersten Plackereien aufzubürden.

Timor entging nicht, daß John den Respekt seiner Mitsklaven errungen hatte, und er argwöhnte, daß auch die Moslems unter ihnen ihm einen gewissen Respekt entgegenbrachten.

Als Timor erfuhr, daß dieser John Smith der legendäre Held war, der drei Türken im Zweikampf erschlagen hatte, wuchs seine Wut auf ihn noch mehr.

Er stolzierte mit der Peitsche in der Hand durch sein Schloß und suchte John Smith. Nie ging er an ihm vorüber, ohne ihm einen Peitschenhieb zu versetzen.

»Christenhund!« rief er immer aus. »Arbeite, fauler Sklave.«

Manchmal hätte er John gern getötet, doch es machte ihm mehr Spaß, ihn zu quälen, und außerdem glaubte er, daß seine Sklaven tot besser dran waren als lebendig.

Die Ernte war eingebracht, das Dreschen des Getreides stand bevor. Die ausgedehnten Felder Timors hatten gute Erträge geliefert, es gab viel zu tun. Die Christensklaven wurden in die Scheuern geschickt, um das Getreide zu dreschen. Dies war ein langwieriger Vorgang, da die Türken keine Dreschflegel kannten und dazu Knüppel verwendeten.

Eines Tages war John einige Meilen von der Festung entfernt an der Arbeit. Er war allein auf der Tenne und fand die Arbeit mit dem Dreschknüppel, an den er sich nicht gewöhnen konnte, sehr mühsam.

Plötzlich bemerkte er, wie still es um ihn herum war, und ihm kam der Gedanke, daß sich ihm nie eine günstigere Gelegenheit, der Knechtschaft zu entfliehen, bieten würde. Er fragte sich, was mit den Sklaven geschehen würde, wenn es keine Arbeit mehr im Freien gäbe, und der Gedanke, den ganzen Tag innerhalb der Festungsmauern leben zu müssen, ließ ihn schaudern,

Flucht! Allein das Wort genügte, um ihn aufzumuntern wie ein Schluck französischen Weins oder englischen Ales. Flucht? Aber wie … in einem schmutzstarrenden Ziegenfell, mit einem dicken Eisenring um den Hals, der ihn als Timors Sklaven kennzeichnete?

Er brauchte ein Pferd. Zu Fuß hatte er keine Chance davonzukommen. Aber selbst wenn er ein Pferd hätte, welche Chance blieb ihm denn, in seiner Kleidung und mit dem Zeichen der Knechtschaft um den Hals?

Plötzlich vernahm er Hufschlag. Er ging an die Scheunentür und sah, daß Timor auf ihn zu geritten kam, auf seinem edlen Roß prächtig anzusehen. In der Hand hielt er die übliche Peitsche.

John war sicher, daß Timor nur kam, weil er wußte, daß er in der Scheune arbeitete. Er empfand keine Angst, sondern ihn erfaßte ein heißer Zorn.

Timor sprang aus dem Sattel, band sein Pferd fest und betrat die Scheune.

Seine dunklen Augen blitzten, als er dastand und John zusah, der mit dem Dreschknüppel an der Arbeit war.

»Hund!« rief er. »Christenhund! So also vergeudest du deine Zeit?«

John gab keine Antwort und fuhr in seiner Arbeit fort.

Timor spielte an die Tür gelehnt mit der Peitsche.

Er fuhr fort: »Das also ist der Hund, der versuchte, meine Schwester zu verführen?«

John spürte, wie sein Herz frohlockte. Wenn Timor nicht

sicher gewesen wäre, daß sich niemand in Hörweite befand, hätte er niemals so von seiner Schwester gesprochen.

Noch immer gab John keine Antwort.

»Das ist der Hund, der vorgab, ihr Freund zu sein. Und sie schickt ihn zu mir, damit ich einen guten Türken aus ihm mache! Ich wünschte, sie könnte dich jetzt sehen, du Hund. Ach, könnte sie dich doch sehen!«

John fuhr in seiner Arbeit fort.

»Das ist der Hund, der die Köpfe der Diener Allahs abschnitt. Das ist der Sklave, der auf seinem Schild die Häupter der Rechtgläubigen trägt. Hund! Elender Sklave! Komm her, damit dein Rücken diese Peitsche zu spüren bekommt!«

John richtete sich auf. Seine Augen begegneten Timors Blick. Hätte dieser sich nicht so sehr in Wut gesteigert, er hätte innegehalten und den kalten, harten Glanz in den blauen Augen richtig gedeutet.

»Komm rasch, du Hund. Eine Verzögerung steigert nur die Zahl der Peitschenhiebe.«

John rührte sich nicht. Er überlegte blitzschnell. Er wußte, daß weit und breit keine Menschenseele war. Er war mit Timor allein.

Von Johns Zögern in rasenden Zorn versetzt, kam Timor näher. Kaum spürte John die sengende Peitsche auf seinen Schultern, sprang er Timor an, um ihm die Peitsche zu entreißen

Trotz seiner Schwäche durch die mangelhafte Ernährung und des schweren Eisenrings um den Hals, entwikkelte er aus Verzweiflung dennoch Bärenkräfte. Er wußte, daß er diesen Kampf gewinnen mußte, wenn er nicht einen langsamen Tod erleiden wollte, dem die qualvollste Folter vorausgehen würde, die ein Mensch ersinnen konnte.

Es glückte ihm, den überrumpelten Timor zu Boden zu werfen, und ehe sich dieser wieder erheben konnte, hatte John nach seinem Dreschknüppel gegriffen und ihm mit aller Kraft einen Hieb auf den Kopf versetzt.

Er schlug auf Timors Kopf ein, bis dessen Gehirnmasse über den Scheunenboden spritzte.

Sekundenlang stand er danach da und betrachtete die Folgen seiner Tat. Dann warf er hastig sein Ziegenfell ab und entkleidete Timor. Nachdem er die Kleider gewechselt hatte, versteckte er den Toten unter einem Strohhaufen in einer Scheunenecke und legte sein Ziegenfell dazu. Nun machte er sich daran, einen Sack mit Getreide zu füllen.

Er trat an die Tür und sah hinaus.

Das Pferd scharrte ungeduldig mit den Hufen, wo Timor es festgebunden hatte. Nirgends ein Anzeichen, daß jemand in der Nähe gewesen wäre.

John band das Pferd los, saß auf und sprengte los. Er wußte nicht, in welche Richtung, er wußte nur, daß er nicht den Weg zurück zur Festung einschlug.

John wagte sein Pferd erst zu zügeln, als es der Erschöpfung nahe war. Er ahnte, daß er viele Meilen zurücklegen mußte, ehe der Herrschaftsbereich Timors hinter ihm läge, und daß er unweigerlich erkannt und verraten werden würde, falls er einem Menschen begegnete.

In Schweiß gebadet, Gebete auf den Lippen ritt er weiter, bis er wußte, daß das Pferd nicht mehr weiterkonnte.

In einem fremdartigen wilden Gebiet, in dem nur Sträucher mit Beeren wuchsen, saß er ab. Das Pferd machte sich über die Beeren her, und John bekam es mit der Angst zu tun, weil er fürchtete, sie könnten giftig sein. Zu seiner großen Erleichterung stieß er in der Nähe auf einen Flußlauf, aus dem er das Pferd trinken ließ. Er fütterte es aus dem mitgebrachten Getreidesack, ehe er sich ausstreckte und sich selbst eine Handvoll Körner gönnte, nachdem er das Pferd an einen Strauch gebunden hatte.

Und die ganze Zeit über dankte er Gott für sein Entkommen, das seine Rettung sein konnte. Er flehte um Hilfe und vor allem um Mut, da er wußte, daß dies erst der Beginn seiner Prüfungen war.

Er hatte Timor getötet und war seinem Kerker entflohen, aber welche Mühen ihm noch bevorstanden, konnte er nur ahnen.

Erstens wußte er nicht, wo er sich befand. Während seiner Gefangenschaft hatte er versucht herauszufinden, wo Timors Festung lag, und hatte erfahren, daß Nalbrits im Land Cambia unweit des Flusses Manytch läge. Er befand sich noch immer auf türkisch-tatarischem Boden und solange er nicht christliches Herrschaftsgebiet erreicht hatte, war sein Leben in Gefahr. Hätte er nicht den Eisenkragen um den Hals getragen, hätte er zuversichtlicher sein können. Wie weitblickend von Timor, seine Sklaven so zu kennzeichnen!

Er zerrte verzweifelt am Kragen und verlachte sich dann selbst als Narren. Um den Eisenring zu entfernen, bedurfte es der Hilfe eines Schmieds.

Daher mußte er seinen Kragen vergessen. Ohne Hilfe konnte er ihn nicht entfernen. Das bedeutete, daß er den Menschen aus dem Weg gehen mußte, damit niemand seinen Kragen sah, solange er sich in der Tatarei befand.

Es wurde dunkel, und er schlief ein. Als er im Morgengrauen erwachte, sah er, daß das Pferd, das sich gut ausgeruht hatte, aufgeregt mit den Hufen scharrte und es kaum erwarten konnte, weiterzulaufen,

Es war ein schönes Pferd, da Timors Stall sein ganzer Stolz gewesen war. Was für ein Glück, daß er für den Ritt zur Tenne eines seiner edelsten Pferde gewählt hatte.

Da die Beeren dem Pferd nicht geschadet hatten, wagte John selbst, einige davon zu verspeisen, und stellte fest, daß sie sehr erfrischend waren. Nachdem er sich zusätzlich mit ein wenig Getreide gestärkt und das Pferd gefüttert und getränkt hatte, saß er auf und ritt weiter.

Immer nach Westen, den Blick ununterbrochen an den Horizont geheftet.

Wieder verging ein Tag. Er befand sich noch immer in der Wildnis, die ihm aber wenigstens durststillende Beeren für sich und sein Pferd bot.

Am dritten Tag veränderte sich die Landschaft ein wenig. Sie war nicht mehr so wild, dafür sah er voller Bedauern, daß hier keine Beeren mehr wuchsen.

Das war der Tag, an dem er in der Ferne ein Lager sah und sofort anhielt.

Er nahm an, daß es sich um ein Lager der Tataren handelte, da diese als Nomadenvolk keine ständigen Siedlungen errichteten, sondern das Land samt Hab und Gut auf ständiger Wanderschaft durchzogen. Vermutlich war er deswegen auf seinem dreitägigen Ritt auf keine Ansiedlung gestoßen.

Dank seiner scharfen Augen konnte er die leicht zu transportierenden Behausungen aus Flechtwerk erkennen, die von den Tataren auf ihren Streifzügen mitgeführt wurden. Ließen sie sich an einem Ort für längere Zeit nieder, stellten sie die Hütten im Halbkreis auf.

Als John Rauch aufsteigen sah, wußte er, daß gekocht wurde. Das Wasser lief ihm im Mund zusammen. Der Sack mit Getreide leistete ihm gute Dienste, und er dankte Gott, daß er so viel Voraussicht besessen hatte, sich die Zeit zu nehmen und ihn zu füllen. Dennoch war sein Hunger so groß, daß er auf das Tatarenlager zuhielt und eine halbe Meile weit ritt, ehe er zögerte. Sein Eisenkragen schien an Gewicht zugenommen zu haben, als wolle er ihn vor einer Torheit warnen. Da blieb er stehen, wendete sein Pferd und sprengte in entgegengesetzter Richtung davon, um rasch eine möglichst große Distanz zwischen sich und die Tataren zu legen.

Doch während des Rittes wurde er nachdenklich. Wie lange konnte er so weiterreiten? Wie lange würde das Pferd es noch schaffen?

Wie würde sein Abenteuer enden? Würde er in der Wildnis verdursten und verhungern? Würde er sich den Feinden der Christen ergeben müssen?

Fast hätte er wieder kehrtgemacht und wäre zum Tatarenlager geritten. Aber er saß ab, band sein Pferd an einem Strauch fest, kniete nieder und betete.

»O Gott«, sagte er, »verleih deinem Diener Mut. Zeig mir den Weg zurück zu meinem eigenen Volk. Gib mir die Kraft durchzuhalten, bis ich den Weg finde.«

Dann stieg er wieder in den Sattel.

Er war nun ganz ruhig, als er weiteritt – wachsam und mit scharfem Blick.

Spät am Tag glaubte er in der Ferne einen holprigen Pfad auszumachen. Kurz darauf hatte er ihn erreicht. Er hatte recht behalten. Es war eine primitive Straße. Er nahm dies als Zeichen. Es mußte ein Weg sein, den vor ihm schon Reisende benutzt hatten.

Er hatte gehört, wie einige von Timors Gefangenen von einem Weg sprachen, den sie Castragen nannten. Befand man sich auf diesem Weg, konnte man leicht feststellen, wohin man ging, da an den Wegkreuzungen Wegweiser standen. Auf diesen Schildern sah man Symbole für das jeweilige Land, in welches die Wegweiser zeigten.

Führte dieser Weg zum Castragen?

Es dunkelte schon, doch wollte er jetzt nicht anhalten. Westwärts reitend legte er noch ein paar Meilen zurück, bis er zu seiner großen Erleichterung schließlich einen Wegweiser erblickte. Das Licht reichte noch aus, daß er die Symbole darauf erkennen konnte. Ein Schild zeigte einen schwarzen Mann und über ihm eine Sonne, das zweite einen Halbmond, das dritte ein Kreuz.

Der Halbmond wies in die Richtung, aus der er gekommen war, und er wußte, daß damit die moslemischen Länder gemeint waren. Der Schwarze und die Sonne mußten Asien bedeuten. Und das Kreuz konnte nur die christlichen Länder anzeigen, deshalb folgte er der Richtung, in die der Pfeil zeigte. Sicher würde er nach Rußland oder ins Moskowiterreich gelangen.

Am liebsten hätte er einen Freudenschrei ausgestoßen. Das Pferd, das laut wieherte, lief weiter, und John sah erleichtert, daß unweit der Wegkreuzung ein Bach floß.

Beide tranken bis zum Überdruß. Danach fütterte John das Pferd und badete im Fluß. Dann kniete er am Ufer nieder und dankte Gott.

Vor ihm lagen noch sechzehn Tage mit mannigfachen Härten. Sein Getreidesack war leer, und er und das Pferd mußten sich von Beeren ernähren und aus Bächen trinken, auf die sie oft im letzten Moment stießen. Oft mußten sie Gras essen. Solange er den Eisenkragen trug und sich in einem moslemischen Land befand, wagte er nicht, sich jemandem zu nähern und um Hilfe zu bitten.

An jeder Abzweigung, an jeder Kreuzung standen Wegweiser und immer folgte er dem Kreuz. Um die Mitte des sechzehnten Tages erreichte er eine Festung. Erschöpft wie er war, wurde er von Hochstimmung erfaßt, da er an der groben Mauer das Kreuzzeichen sah und wußte, daß er christliches Herrschaftsgebiet erreicht hatte.

Er zweifelte keinen Augenblick daran, daß er hier Hilfe finden würde, da er wußte, daß es Ehrensache war, einem Christen, der moslemischer Herrschaft entflohen war, Obdach zu gewähren.

Er vergaß, daß er Timors Kleider anhatte, und als er vor der Festung vorritt, hatte er Schwierigkeiten, sich verständlich zu machen. Nun war er froh, daß er den Eisenkragen trug, denn kaum hatte er die Aufmerksamkeit darauf gelenkt, als sich die Miene des Wachpostens erhellte. Mit einem verständnisinnigen Nicken bedeutete er John, er solle warten.

Schließlich wurde er über einen Hof in ein reich ausgestattetes Gemach geführt, wo ihn der Gouverneur der Stadt empfing.

John äußerte rasch einen Satz auf Englisch, sodann auf Italienisch und Französisch.

Der Gouverneur lächelte. Er sprach ein wenig Französisch, so daß ihrer Verständigung trotz unterschiedlicher Akzente nichts im Weg stand.

John erklärte, daß er Timor von Nalbrits entkommen sei und deutete auf seinen Eisenkragen. Da schickte der Gouverneur nach einem Schmied, der ihn davon befreien sollte.

Und so geschah es. Inzwischen war auch die Gemahlin des Gouverneurs erschienen, eine Frau in mittleren Jahren, und als sie John in seinen zerlumpten türkischen Gewändern sah, mit seinem vom Eisenring aufgeschürften und wunden Hals, erschrak sie.

John wollte etwas zu ihr sagen, doch wurde er so plötzlich von Schwäche übermannt, daß er taumelte und hingefallen wäre, hätte der Gouverneur ihn nicht aufgefangen.

John erwachte in einem Bett, neben dem eine Frau saß. Andere Frauen befanden sich im Raum, und als er die Augen aufschlug, fing die an seinem Bett Sitzende zu sprechen an.

John war momentan unsicher, wo er sich befand. Dann fiel ihm die Gemahlin des Gouverneurs ein.

Sie lächelte ihm zu und nahm einen Teller vom Tisch, den sie ihm reichte. Er nahm ihn in Empfang und aß von der würzigen Speise. Noch nie im Leben hatte ihm etwas so gut gemundet.

Sie beobachtete ihn und nickte beifällig, als sie sah, mit welchem Appetit er aß. Dann winkte sie eine der Dienerinnen heran, die ans Bett trat und ihm Wams und Hose aus feinem Stoff hinhielt. Die Gemahlin des Gouverneurs deutete erst darauf und dann auf John.

Er begriff und nickte lächelnd.

Sie nahm ihm die Schüssel ab und hob einen Finger. Dann brachte sie ihm Trauben und sah mit größtem Vergnügen zu, als er kostete.

Er wollte ihr danken, konnte aber kein Wort Russisch. Ihr Name hörte sich an wie Callamata, und deshalb nannte er sie Lady Callamata. Es schien ihr gut zu gefallen.

Nach einer Weile ging sie, und als sie wiederkam, befand sich der Gouverneur in ihrer Begleitung.

»Meine Frau hat Gefallen an Euch gefunden«, erklärte er John. »Euer Leiden hat ihr Mitgefühl geweckt. Zum Glück besitzt sie Salben, mit denen sie Eure Schürfwunden am Hals heilen kann.«

»Ich bitte Euch, versichert sie meiner Dankbarkeit«, sagte John. »Sie weckt in mir das Gefühl, von den Toten auferstanden zu sein.«

»Euer Pferd, das sich in erbärmlichem Zustand befindet, wird gut versorgt. Da Ihr es eine ganze Weile nicht brauchen werdet, kann es sich lange erholen.«

»Ich muß weiter«, sagte John.

»Meine Frau wird es nicht zulassen, ehe Euer Hals nicht verheilt ist und sie sicher sein kann, daß Ihr reisefähig seid.«

John, der sich vor Dankbarkeit ganz schwach fühlte, brachte momentan kein Wort heraus.

»Ihr sollt Euch hier erholen, bis der nächste Konvoi aufbricht«, fuhr der Gouverneur fort. »Dies hier ist ein rauhes Land, mein Freund, und wer allein reist, begibt sich in Gefahr. Ihr seid sehr kühn – das steht fest – aber Ihr habt viel durchgemacht und seid vielleicht schwächer, als Ihr ahnt.«

John blieb ein paar Wochen in der Festung Aecopolis unter dem Schutz des Gouverneurs. In dieser Zeit pflegte ihn Lady Callamata, versorgte ihn mit Kleidung und überwachte persönlich die Zubereitung der Speisen, die ihm wieder zu Kräften verhelfen sollten.

John erlernte ein paar Worte Russisch, vor allem um ihr seine Dankbarkeit ausdrücken zu können und ihr zu versichern, daß er ihre Güte nie vergessen würde.

Es kam der Tag, an dem der Konvoi zum Aufbruch bereit war. Und John zog mit ihm. Den Bart adrett gestutzt, mit golden in der Sonne schimmerndem Lockenhaar und Rührung in seinen blauen Augen, verabschiedete er sich vom Gouverneur und dessen Gemahlin.

Callamata sah ihm, die Augen beschattend, nach, bis er ihrem Blick entschwunden war. Dann wandte sie sich ab und lief ins Haus. Und ihren Bediensteten fiel auf, daß sie noch lange Zeit nach dem Abschied des blauäugigen Engländers wehmütig dreinblickte.

John erreichte nach einigen Etappen Leipzig, wo Fürst Sigismund Hof hielt. Als der Fürst hörte, Captain John Smith sei eingetroffen, rief er aus: »Der Captain soll unverzüglich zu mir gebracht werden. Wir müssen diesem wakkeren englischen Gentleman, der in meinen Diensten drei türkische Krieger im Zweikampf schlug, die gebührende Ehre erweisen.«

Fürst Sigismund umarmte John und tat kund, daß dieser in seinem gesamten Herrschaftsgebiet als sein Freund geehrt werden sollte.

John blieb eine Zeitlang in Leipzig und genoß die Ehren, die ihm zuteil wurden. Nalbrits schien in weite Ferne gerückt wie ein böser Traum, während dies hier die Wirklichkeit war.

Da Sigismund darauf bestanden hatte, ihn für seine Dienste zu belohnen, spazierte John vornehm gekleidet durch Leipzig, allenthalben als Freund des Fürsten, als kühnster Mann in der Armee, bekannt. Name und Taten von Captain John Smith wurden zur Legende.

John aber wurde wieder von seiner alten Unruhe erfaßt.

»Das ist nur natürlich«, sagte Sigismund. »Eure Heimat ist England. Ihr habt Familie und Freunde lange entbehren müssen.«

»Ja, sehr lange«, sagte John.

»Dann geht«, forderte Sigismund ihn auf, »Aber ehe Ihr scheidet, will ich Euch ein kleines Geschenk geben, eine Belohnung für geleistete Dienste.«

Und John erhielt von ihm fünfzehnhundert Golddukaten als Geschenk.

Aus Timors geringstem Sklaven war ein reicher Mann geworden.

6.
Begegnung mit Gosnold

Auf dem Bauerngut zu Willoughby wurde gefeiert, und alle Dorfbewohner waren gekommen, um der Hochzeit von Francis Smith beizuwohnen.

Die Gäste hatten im Haus und im Freien getanzt, und jetzt sah das strahlende Brautpaar mit seinen Gästen den Moriskentänzern mit ihren Schellen zu.

Peregrine Bertie, der auch gekommen war, um den Jungvermählten Glück zu wünschen, machte sich auf die Suche nach Alice, die er unter den Feiernden nicht gesehen hatte.

Er ging in die Küche, aber auch dort war Alice nicht anzutreffen. Peregrine ließ seinen Blick durch den großen und behaglichen Raum wandern. An dem langen Tisch hatten Francis und seine Schwester und alle Dienstleute gegessen. Die Überreste des Festessens, an dem sich die Gäste gütlich getan hatten, erinnerten ihn an längstvergangene Tage, als er und seine Brüder als Jungen hier mit John gesessen hatten und Mistreß Smith ihnen Suppe oder frisches Gebäck aus dem Ziegelofen auftischte.

Ich wünschte, ich könnte John wiedersehen, dachte er.

Aber wo steckte Alice?

Er ging durch die Küche in die Braukammer, wo er sie fand, auf einem Hocker sitzend, vor sich hinstarrend, ihre Wangen waren gerötet, und als er sie so, in einem unbeobachteten Moment, antraf, fiel ihm auf, wie schmal sie geworden war.

»Alice?« Er sprach ihren Namen leise aus, und als sie sich überrascht umdrehte, vertiefte sich die Röte ihrer Wangen.

»Ich fragte mich, wo du sein könntest, als ich dich unter den Gästen nicht sah.«

»Es ist dir also aufgefallen«, gab sie zurück. »Hoffentlich bist du der einzige.«

»Die anderen glaubten wohl, du wärest in der Küche beschäftigt. Ich kam, um nachzusehen.«

»Danke, Peregrine.

»Bist du müde?«

»Peregrine, mir scheint, daß ich neuerdings ständig müde bin.«

»Du hast so viel zu tun.«

»Nein, nein, machen wir uns nichts vor. Dir kann ich sagen, was ich vor Francis nicht aussprechen darf. Ich habe nur mehr kurze Zeit zu leben.«

»Das kann nicht sein!«

Sie hob die Hand. »Habe ich nicht Vater und Mutter dahinscheiden gesehen? Aber heute bin ich glücklich. Francis hat eine gute Frau. Sie wird ihn versorgen und meine Stelle einnehmen, so daß Francis mich nicht so vermissen wird, wie ich früher befürchten mußte.«

»Am Hochzeitstag deines Bruders solltest du nicht so reden.«

»Es ist immer am besten, der Wahrheit ins Gesicht zu sehen. Ich tue es schon seit langem.«

»Alice, du wirst dich wieder erholen, zumal du jetzt Francis' junge Frau als Hilfe hast. Du hast dir zuviel zugemutet. Was wird John sagen, wenn er nach Hause kommt und dich in dieser Verfassung antrifft?«

»Ach ... John. Ich denke oft an ihn.«

»Ich auch. Robert und ich sprechen sehr oft von ihm. Möchte wissen, was aus ihm geworden ist. Er ist schon so lange fort.«

»Fast fünf Jahre. Wenn er kommt, werden ihm die Veränderungen auffallen.«

»Seit dem Tod der Königin scheint alles anders zu sein.«

Alice nickte. »Ohne sie kann unser Land nicht dasselbe sein. Es herrscht ein anderer Geist. Was John wohl von England halten mag, wenn er heimkehrt?«

»Du glaubst, daß er bald kommt?«

»Ja, das glaube ich. Ich habe um zwei Dinge gebetet. Erstens wollte ich Francis glücklich verheiratet sehen, damit er mich nicht so vermißt, wenn ich gehen muß. Zweitens möchte ich John wiedersehen, ehe ich sterbe. Ich glaube, meine Gebete werden Erhörung finden.«

Peregrine sah das zarte Mädchen neben sich an, und ihn schauderte. Vor kurzem noch hatte er gesehen, wie sie umhergelaufen war, fröhlich, hübsch, voller Leben,

Doch sie hatte recht mit ihrer Behauptung, die alten Zeiten wären für immer vorbei. Die Regierung betrieb eine völlig andere Politik. Die fast schon legendäre Königin war tot, ihr Nachfolger, der schottische James, wenig bemerkenswert – ein Mann, der abenteuerlustigen Engländern keinerlei Inspiration bot.

»Hoffentlich behältst du recht, und John kommt bald nach Hause«, sagte er voller Inbrunst.

Wenige Wochen waren seit Francis' Hochzeit vergangen. Francis war ein glücklicher Ehemann, und Alice konnte zufrieden sein, da die junge Frau lernbegierig und sehr fleißig war.

Da nun die Arbeit im Haus geteilt wurde, schien es Alice ein wenig besserzugehen. Francis freute sich darüber, aber Alice wußte, daß sie an der Krankheit litt, die ihre Eltern dahingerafft hatte, und daß die Besserung nur vorübergehend war.

Sie arbeitete in der Molkerei, als sie auf dem Steinpflaster des Hofes Hufschlag hörte und dann eine Stimme, die ausrief: »Ist denn heute gar niemand zu Hause?«

Sie ließ die Butterform fallen und lief hinaus, wo sie sofort in der heftigen Umarmung eines schmucken Mannes landete.

»Alice!« sagte er. »Du bist doch Alice?«

»Ach, John, erkennst du mich nicht mehr?«

»Mir kommt vor, als seist du kleiner geworden. Kann das sein?«

»Du bist es, der sich verändert hat. Wie prächtig du aussiehst! Wie braungebrannt! Du bist jetzt ein Mann, John. Mir ist, als würde ich ohnmächtig ... Nein, es ist nichts. Es geht mir schon besser.«

»Ich hätte meine Ankunft ankündigen sollen.«

»Es ist wundervoll, daß du da bist. Ich muß sofort Francis und seine Frau rufen.«

»Francis und seine ... *Frau*?

»Ja, er hat eine Frau. Und du?«

»Ich bin noch immer Junggeselle.«

»Sonderbar, daß Francis vor dir Ehemann wurde.«

»Nein, Francis war im Gegensatz zu mir immer schon zum Ehemann bestimmt.«

»Jetzt bist du heimgekehrt und wirst dich vielleicht häuslich niederlassen.«

Er berührte sachte ihre Wange. »Ach, Alice, ich kann mir nicht vorstellen, daß ich das jemals tun werde.«

Als er sie hochhob, erschrak er ob ihrer Schmächtigkeit und dachte bei sich, wenn ich nur wenig mehr wiegen würde wie ein Vögelchen, wäre es verständlich, aber Alice ... Schwesterherz, hat der Tod dir sein Zeichen aufgebrannt wie unseren Eltern?

Er war glücklich über seine Heimkehr und schalt sich, daß er sich nach dem Abschied vom Hof Fürst Sigismunds entgegen seiner ursprünglichen Absicht so viel Zeit gelassen hatte.

Er trug sie ins Haus, das ihm nun kleiner vorkam, als er es in Erinnerung hatte – sonderbar schlicht im Vergleich zum Palast Fürst Sigismunds, jedoch luxuriös und tröstlich, wenn er es mit seinem Quartier in Timors Festung verglich.

»Francis«, rief sie. »Francis! Wo bist du? John ist da ... endlich!«

Nach Johns Rückkehr kam durch die vielen Besucher mehr Leben ins Haus. John hatte viel von seinen Abenteuern zu berichten, und für Freunde und Anverwandte gab es viel von den Ereignissen zu Hause zu erzählen.

Der Tod der Königin, obwohl er schon zwei Jahre zurücklag, war noch immer Hauptgesprächsthema.

Bei einem Besuch bei den Willoughbys diskutierte John über das neue England.

»Du siehst also, John«, sagte Robert, »daß es dem Schotten auf dem Thron an Abenteurergeist mangelt. Weißt du noch, wie entzückt die Königin war, wenn ihre Seefahrer den König von Spanien am Bart zupften? Jetzt ist dieser spanische König tot, und unsere Königin ebenso.«

»Aber es gibt noch immer Spanien und England«, rief John aus. »Und die Rivalität auf den Weltmeeren existiert wie eh und je. Die Spanier kolonisieren die halbe Welt. Will König James, daß wir abseits stehen, während Spanier, Portugiesen, Franzosen und Holländer die Welt untereinander aufteilen?«

»Er verkündet, daß er ein Mann des Friedens ist.«

»Ein Mann des Friedens!« schnaubte John geringschätzig. »Wie kann er das in einer Welt voller Konflikte sein?«

»John, es braut sich etwas zusammen. Viele unter uns sehnen sich nach den alten Zeiten, als in England Abenteurergeist den Ton angab, als königliche Huld den Tapferen und Kühnen galt. Heutzutage aber soll die Gunst des Königs eher hübschen Knaben gelten. Raleigh, den die Königin voller Wohlgefallen ehrte, ist beim regierenden König in Ungnade gefallen.«

»Was? Sir Walter?«

»Ja, Sir Walter. Er ist Gefangener im Tower von London … der Verschwörung gegen den König angeklagt.«

»Aber das ist ja ungeheuerlich. Wenn die Königin das wüßte …«

»Hätte die Königin dies alles vorausgesehen, sie hätte James nie zu ihrem Erben gemacht. Sir Walter Raleigh schmachtet also im Tower und soll mit der Abfassung einer Weltgeschichte beschäftigt sein. Wie du weißt, ist es ihm nicht geglückt, eine Kolonie in dem Land zu gründen, das er der Königin zu Ehren Virginia nannte.«

John nickte. Dann flammte es in seinen Augen auf. »Sein Vorhaben wäre sehr wohl geglückt, hätte er Unterstützung gehabt. Ich kann mich noch an die Aufregung erinnern, als er Kartoffeln und Tabak mitbrachte, und wie merkwürdig uns diese Dinge erschienen – die uns heute fast selbstverständlich vorkommen. Was glaubst du, Robert, warum es ihm nicht geglückt ist, in Virginia eine Kolonie zu gründen?«

»Es heißt, daß das dortige extreme Klima für Engländer unerträglich sein soll. Im Sommer die Hitze, im Winter die Kälte. Vergiß nicht, daß wir hier in gemäßigten Breiten leben. Und viele sind auch den feindseligen Eingeborenen zum Opfer gefallen.«

John kniff die Augen zusammen. »Es könnte auch sein, daß er seine Kolonisten falsch ausgewählt hat. Er nahm Gentlemen mit, die auf Gold und Reichtümer hofften, dazu Spitzbuben, die unser Land loswerden wollte. Robert, würde ich eine Kolonie gründen, würde ich Männer mitnehmen, die bereit sind zu arbeiten. Bauern, die das Land urbar machen ... Schreiner, die Häuser bauen. Und Frauen ... Frauen, die bereit sind, den Männern beizustehen, mit ihnen zu arbeiten und Kinder großzuziehen.«

»Ach, komm, John, laß diese Träume von einer Kolonie. Du hast schon so viele Abenteuer erlebt, daß es für ein ganzes Leben reicht. Du solltest jetzt eine Weile bei uns bleiben, nicht zuletzt Alice zuliebe.«

»Alice«, sagte John und seine Miene nahm einen melancholischen Ausdruck an. »Robert, glaubst du, daß sie denselben Weg gehen wird wie meine Eltern?«

»Sie wird mit jedem Tag schwächer, doch sie ist selig, daß sie dich bei sich hat. Ich glaube, sie wäre überglücklich, wenn du zu Hause bliebest. John, könntest du es einrichten? Es wäre vielleicht nicht für lange.«

John schwieg still, ehe er sagte: »Erzähle mir mehr von England.«

»Ach, früher war es eine Freude, in England zu leben. Damit ist es vorbei. Überall herrscht Unzufriedenheit, die ihre Wurzeln in der Religion hat. Die Katholiken scheinen bereit, uns an die Gurgel zu springen. Neben religiösen Unruhen gibt es aber auch politische. Die Königin wurde vom Volk geliebt, da sie es achtete. Zuweilen mag sie ihre unmittelbare Umgebung mit ihrer Arroganz vor den Kopf gestoßen haben, nie aber hätte sie das Volk gegen sich aufgebracht. James hingegen hält sich für einen Herrscher von Gottes Gnaden und billigt alles, was seine Minister tun – vorausgesetzt, diese Herren sind ihm genehm.«

»Aber England bleibt England. Wir sind ein Volk von Seefahrern. Kein Schotte vermag uns zu ändern. Wir werden immer Engländer bleiben.«

»John, du hast etwas vor.«

»Mir geht immer noch Raleigh im Kopf herum ... und Virginia.«

Aber er dachte auch an Alice und sagte sich, lange wird es nicht dauern. Wie grausam, wenn ich sie verließe und sie sich doch so sehr wünscht, daß ich bleibe.

John blieb den Sommer und Herbst über und half mit, Heu einzubringen und Getreide zu dreschen. War er mit seinem Dreschflegel an der Arbeit, dachte er oft an jene andere Tenne, viele Meilen entfernt im Osten Europas, und er staunte ob des großen Glücks, das er gehabt hatte.

Er fragte sich, was wohl geschehen war, nachdem man Timors Leichnam entdeckte hatte, und wie Charatza wohl reagiert haben mochte, als sie davon hörte. Oft dachte er wehmütig an das Mädchen, eine zarte exotische Gestalt auf bunten Kissen, und er wünschte, ihrer beider Leben wäre so verlaufen, wie sie es geplant hatte – daß Timor ebenso viel Zuneigung zu ihm gefaßt hätte wie seine Schwester, und daß sie auf Besuch zu ihrem Bruder gekommen wäre und sie gemeinsam hätten fliehen können.

Aber das wäre zu fantastisch gewesen, um wahr zu werden.

Charatza war jetzt vermutlich die Braut Pascha Bogalls und hätte ihren blauäugigen Engländer zweifellos vergessen, wenn er nicht zum Mörder ihres Bruders geworden wäre. Ihre Vergebung war ihm gewiß, da sie wissen würde, daß man ihn schlecht behandelt hatte.

Es war lächerlich, an Charatza zu denken, und absurd, sich Erinnerungen an Madame Colombier hinzugeben, die sich inzwischen zweifellos mit einem neuen Liebhaber – wenn nicht gar mit einem Ehemann – getröstet hatte. Wenn er klug war, dann machte er es Francis nach und heiratete. Gemeinsam konnten sie dann das Land bestellen. Während seiner Abenteuer auf dem Kontinent hatte er so oft dem

Tod ins Auge gesehen. Was hinderte ihn daran, sich endlich häuslich niederzulassen und ein beschauliches Dasein zu führen? Hatte er das Abenteuerleben nicht mit allen Höhen und Tiefen voll ausgekostet?«

Und doch wollte ihm Raleigh im Tower nicht aus dem Sinn gehen und ebenso wenig die Kolonie Virginia, die den Spaniern, den Franzosen oder den Holländern in die Hände fallen würde, wenn die Engländer keinen Versuch unternahmen, sie für sich zu behalten.

Alice aber war sehr froh, ihn zu Hause zu haben, und es wurde täglich deutlicher, daß sie nicht mehr lange unter ihnen weilen würde.

An jenen Herbstabenden saß er mit ihnen am Feuer und berichtete von seinen Abenteuer. Auf die Frage, warum er nicht sofort von Leipzig aus die Heimreise angetreten hatte, nachdem er von Fürst Sigismund so reich belohnt worden war, gestand er seinen Geschwistern nun, daß es ihn gedrängt hätte, Deutschland und Spanien kennenzulernen, solange er noch auf dem Kontinent war. Und er erzählte ihnen, was er in diesen Ländern gesehen hatte.

Und nachdem er Spanien bereist hatte, wollte er Nordafrika sehen, obwohl damals in Marokko Krieg herrschte, nachdem der dortige Herrscher Muley Hamet das Zeitliche gesegnet hatte und seine Söhne um den Thron stritten.

Er mußte entdecken, daß die Mauren ein Volk mit eigener Kultur waren, obwohl sie für John als Ungläubige Barbaren blieben, die er zudem für abgefeimte Verräter hielt.

Er schilderte, wie er nach der Ankunft im Hafen von Saffee von einem Kapitän an Bord seines Schiffes eingeladen worden war. Während er die Gastfreundschaft des Kapitäns genoß, war ein Unwetter aufgezogen, so daß man den Anker lichten und in See stechen mußte. »So kam ich, ohne es zu wollen, zu einer Seereise«, sagte er.

Auf dieser Fahrt kam es dann zu einem Kampf zwischen dem Schiff, auf dem John sich befand, und zwei spanischen Kriegsschiffen.

»Viele gaben uns schon verloren«, sagte John. »Zwei mächtige Galeonen hielten direkt auf unser kleines Handelsschiff zu! Aber einige von uns juckte es in den Fingern, den Kampf mit den Spaniern aufzunehmen, und als wir aufgefordert wurden, uns im Namen des Königs zu ergeben, riefen wir zurück: ›Erst schicken wir euch zur Hölle. Wir sind Engländer und lassen uns von spanischen Dons nicht von den Meeren vertreiben!‹«

Die Erinnerung an den Kampf ließ Johns Augen leuchten. »Die Männer jubelten, Trompetenstöße erschollen, und unsere Männer riefen: ›Sankt Georg für England!‹ Dann spien die Geschütze Feuer, und wir fochten wie die Teufel ... oder Götter. Trotz ihrer schweren Kanonen schlugen wir die Dons. Ihre Schiffe waren groß und unbeweglich, unsere kleineren hingegen so flink und wendig, daß wir den Gegner aus dem Konzept brachten und nach dem Kampf wohlbehalten den Hafen von Saffee erreichten. Auf unser Konto gingen über hundert Spanier, während wir selbst nur siebenundzwanzig Gefallene und sechzehn Verwundete zu beklagen hatten.«

»Und im Hafen angelangt, hast du dich dann zur Heimkehr entschlossen?« fragte Francis.

»Ja. Ich dachte an euch und wollte die Heimat wiedersehen. Und ich hatte dem Tod so oft ins Auge geblickt, daß ich nicht hoffen durfte, ihm immer zu entkommen. Deshalb bin ich hier ... wohlbehalten und unversehrt.«

»Wirklich unversehrt, John?« fragte Alice leise. »Mir scheint, du hast dein Herz bei deinen Abenteuern gelassen.«

»Wie meinst du das?« fragte John.

»Ich meine, daß dein Herz nicht hier bei deinem ruhigen Leben schlägt. Du träumst, John, wie du immer geträumt hast.«

»Alice, ich habe dir und mir gelobt, daß ich hier bleibe, bis ...«

»Bis?« warf sie ein.

»Bis sich wieder Reiselust in mir regt.«

Alice lächelte. Sie wußte, daß er bleiben würde, so lange sie leben durfte. Dafür war sie dankbar und sagte: »Ich möchte nicht diejenige sein, die dich hier hält, John, wenn die Wanderlust dich wieder packt.«

»Das weiß ich, Alice«, sagte er.

Doch hatte er sich geschworen, Willoughby nicht zu verlassen, solange sie lebte.

Es verging keine ganze Woche, als eine der Mägde sie wecken wollte und Alice vorfand, wie Alice einst ihre Mutter vorgefunden hatte.

Neben Francis und seiner Schwägerin vor dem zweitbesten Bett des Hauses stehend, konnte John sich nicht genug wundern, daß der Tod dieses Mädchen, das ein so ruhiges Leben geführt hatte, hinwegraffte und ihn, der ihm so oft ins Auge gesehen hatte, immer wieder verschonte.

Er war überwältigt von Kummer und betrauerte sie so tief wie Francis, der sie noch viel mehr vermissen würde.

Doch er wußte, daß das Band, das ihn an den Besitz gefesselt hatte, zerrissen war. Für ihn war wieder die Zeit gekommen, in die Welt hinauszuziehen.

Es war Robert Bertie, Lord Willoughby, dem zu Ohren gekommen war, daß ein gewisser Captain Ley eine Expedition nach Guyana plante.

Er ritt zum Gehöft der Smith', um mit John darüber zu reden.

»Ich habe nicht vergessen, was du über Raleigh und Virginia gesagt hast«, setzte er an. »Nun, da wäre eine Chance. Captain Ley braucht Leute wie dich. Er plant eine Expedition nach Guyana, um das Gebiet für England in Besitz zu nehmen, und sucht Männer, die bei diesem Unternehmen mitmachen wollen. Wenn es ihm glückt, eine Gesellschaft zu gründen und das Geld zur Ausrüstung der Expedition aufzubringen, ist er bereit loszusegeln. Ich dachte mir, dieses Vorhaben könnte dich interessieren.«

John war sehr interessiert, da er darauf brannte, seine Heimat, die für ihn zu viele Erinnerungen an die Toten barg, zu verlassen. Er spürte, daß er hier nur traurig sein würde, und hatte das Gefühl, Francis und seine Frau hielten nach einer Braut für ihn Ausschau.

John durfte gar nicht daran denken ... in eine Ehe hineinzuschlittern und mit einem Schlag seine Freiheit aufgeben zu müssen. Wenn er an die einladenden Blicke der Nachbarstöchter dachte, erschien ihm der Plan, nach Guyana zu gehen, noch viel einladender.

»Warum gehst du nicht nach London und triffst dich mit Captain Ley?« schlug Robert vor. »Ich will dir ein Empfehlungsschreiben mitgeben. Du wirst ja sehen, was von seinem Projekt zu halten ist.«

So kam es, daß John, ausgestattet mit Roberts Empfehlung nach London ritt.

In jenem November gingen in London viele Gerüchte um. Am fünfzehnten war eine Verschwörung aufgedeckt worden, die die Sprengung des Parlaments zum Ziel hatte. Eine mit dem König und seinen Ministern unzufriedene Gruppe von Katholiken hatte geplant, bei der Parlamentseröffnung alle in die Luft zu jagen. Robert Catesby, der Anführer, und andere Verschwörer waren bereits hinter Gittern, darunter auch ein gewisser Guy Fawkes, der gefaßt worden war, als er die Lunte zünden wollte.

John ging naserümpfend durch die kopfsteingepflasterten Straßen, über denen die Hausgiebel fast zusammenstießen. Nach der frischen Landluft erschien ihm der unentrinnbare Gestank der Abfälle in der Gosse um so widerwärtiger.

Er warf einen kurzen Blick auf die in Schaufenstern und auf Marktständen feilgebotenen Waren und erwiderte das Lächeln der Händlersfrauen und -töchter, die prompt in den Eingängen auftauchten, als wollten sie ihn zum Innehalten und zum näheren Betrachten der Dinge bewegen.

Doch immer hielt er die Hand am Schwertgriff, da er sehr wohl wußte, daß man auch bei hellichtem Tag von Halunken überfallen werden konnte, die es auf seine Börse abgesehen hatten.

Er fand das Haus Captain Leys, doch als er sich dort vorstellte, erfuhr er von einem Bediensteten, der Captain säße mit Freunden in der nahen Schenke *The King' s Head.* Wenn John sich dorthin bemühe, würde er zweifellos sein Anliegen vorbringen können.

John eilte also unverzüglich zur genannten Schenke, und als er dort ankam und dem Wirt sagte, daß er Captain Ley suche, wurde er in die Gaststube geführt, wo mehrere Männer um einen Tisch saßen.

»Captain John Smith«, kündigte der Wirt ihn an.

Captain Ley erhob sich, um ihn zu umarmen.

»Ich besitze ein Empfehlungsschreiben von Lord Willoughby«, sagte John als erstes.

»Captain Smith braucht keine Empfehlung«, erwiderte Captain Ley. »Wer würde nicht den Captain kennen, der drei Türken im Zweikampf besiegte.«

Er bedeutete John, sich zu ihm und seinen Freunden an den Tisch zu setzen, und rief nach Ale.

Als dieses gebracht wurde, stellte Captain Ley John seinen Gefährten vor, unter denen sich Richard Hakluyt, Geograf, und Autor von *Seefahrten, Reisen und Entdeckungen der englischen Nation*, sowie Henry Hudson, der Arktisforscher, und Bartholomew Gosnold befanden.

Bald deckten Landkarten und andere Dokumente den Tisch.

John sagte: »Lord Willoughby sprach von Eurem Projekt, einer Expedition nach Guyana, an der ich interessiert wäre.«

»Nichts könnte uns angenehmer sein«, erwiderte Captain Ley. »Männer wie Euch sind uns bei unserem Unternehmen besonders herzlich willkommen.«

John saß still da und lauschte. Hakluyt sprach über Navigation, und Ley erklärte, was er in Guyana vorhatte.

»Die Flagge Englands muß dort weiterhin wehen«, sagte er. »Ich möchte willige Leute mitnehmen … und sie dorthin verpflanzen, könnte man sagen, um in jenem Land ein Stück England zu schaffen.«

»Und wie steht es mit dem Klima?« fragte Captain Gosnold.

»Es unterscheidet sich zweifellos von unserem, aber wo ist auf dem Angesicht der Erde ein Klima zu finden, das so gemäßigt ist wie das englische?«

»Ja, wo wohl?« fragte Gosnold. »Das Klima könnte für

Überraschungen sorgen. Aber das Klima Virginias ist uns bekannt ...«

Captain Ley lächelte. »Gosnold verzehrt sich nach Virginia«, erklärte er John. »Er glaubt, die Fehler Raleighs wiedergutmachen zu können.«

»Ich war nie in Virginia«, sagte John, »aber ich teile Captain Gosnolds Interesse für das Gebiet.«

Captain Ley lächelte. »Virginia kommt vielleicht später, Im Moment wollen wir unsere Überlegungen auf Guyana konzentrieren. Captain Smith, wollt Ihr Euch unserer Expedition anschließen?«

John kannte kein Zögern. »Das will ich«, antwortete er.

John, der im Wirtshaus Quartier genommen hatte und am nächsten und übernächsten Tag mit seinen neuen Freunden beisammensaß, wenn sie sich trafen, um das Abenteuer zu planen, wurde allmählich klar, wieviel Arbeit nötig war, um ein Unternehmen dieser Größenordnung in die Tat umzusetzen. Er selbst war immer allein zu Abenteuern ausgezogen, doch war es etwas ganz anderes, wenn man mit einigen Schiffsladungen Menschen auf große Fahrt gehen wollte. Erst mußte das Geld aufgebracht werden, dann galt es, die Leute auszuwählen. Vorräte mußten angelegt, unvorhergesehene Ereignisse eingeplant werden.

Die Idee der Kolonisation faszinierte ihn. In ihm wuchs das Gefühl, daß er Jahre seines Lebens vertan hatte, indem er in Europa umhergezogen war und das Kriegshandwerk gelernt hatte. Er lechzte förmlich danach, eine Kolonie aufzubauen und die englische Flagge über einem bislang herrenlosen Stück Land flattern zu lassen.

Seine Freundschaft mit Bartholomew Gosnold vertiefte sich. Oft saßen sie schon bei einem Humpen Ale in der Schankstube, ehe die anderen kamen oder auch noch, nachdem diese gegangen waren.

»Ich bin die Küste Virginias entlanggesegelt«, berichtete Gosnold. »Ich kann mir auf Erden keine Gegend vorstellen, die geeigneter wäre, um kolonisiert zu werden.«

»Und das Klima?«

»Wir wären ihm gewachsen.«

»Und die Eingeborenen?«

»Nach allem, was ich von ihnen sah, halte ich sie für ein friedfertiges Volk – kupferhäutig, mit Federkopfschmuck, die Gesichter oft rot, blau und weiß bemalt, wohl um ihren Feinden Furcht einzujagen. Ich glaube, sie werden sich als freundlich und fügsam erweisen, zumal sie nicht sehr viele zu sein scheinen.«

»Es wäre mir nicht unlieb«, sagte John, »wenn Captain Ley sich entschließen könnte, seine Expedition nach Virginia anstatt nach Guyana zu führen.«

Gosnold nickte. Doch war es zwecklos, mit Ley über Virginia zu sprechen. Er hatte sich Guyana in den Kopf gesetzt, und da sie zugestimmt hatten, sich seiner Expedition anzuschließen, mußten sie sich seiner Entscheidung fügen.

Da John und Captain Gosnold die Notwendigkeit unbedingten Gehorsams einsahen, widmeten sie sich voll und ganz der Aufgabe, die Expedition nach Guyana zu einem Erfolg zu machen.

Dann kam ein Tag, an dem sich alle im Schankraum versammelten und Captain Ley nicht erschien. Darüber herrschte ziemliche Betroffenheit, denn er pflegte zu den Zusammenkünften immer pünktlich zu erscheinen.

Das bange Warten dauerte nicht lange, denn während sie noch dasaßen, wurde ein Bediensteter des Captains hereingeführt.

»Meine Herren, ich komme von Captain Ley«, sagte der Mann. »Der Captain wurde in der Nacht von einer schweren Krankheit befallen und kann heute nicht kommen. Er bittet Euch, die Besprechung ohne ihn zu führen.«

Das taten sie denn auch, da jedoch Captain Ley unbestritten der führende Kopf war, wunderte es niemanden, daß die Besprechung nicht allzu erfolgreich verlief.

Zwei Tag später war Captain Ley tot.

Ein paar Wochen lang fanden die Besprechungen weiterhin statt, doch zeigte es sich rasch, daß das Projekt ohne Captain Ley keine Fortschritte machte.

Als die letzte Besprechung aufgehoben wurde, kam der

Moment für Gosnold und John, das zur Sprache zu bringen, was ihnen seit dem Tod Captain Leys keine Ruhe ließ.

»Warum planen wir nicht unsere eigene Expedition?« sagte John.

»Ich sehe keinen Grund, weshalb wir nicht dasselbe tun könnten wie Captain Ley. Unsere Expedition würde freilich nicht nach Guyana führen.«

Die beiden Männer wechselten lächelnd einen Blick, »Sondern nach Virginia!« riefen beide einstimmig aus.

7.
Ein Galgen für John Smith

Das Jahr, das nun folgte, erschien John als das mühsamste, das er je durchlebt hatte. Nie zuvor war ihm so klar geworden, wie schwierig es war, andere Menschen von den eigenen Ideen zu überzeugen.

Er hielt es für selbstverständlich, daß es zum Ruhme Englands eine Kolonie Virginia geben mußte, doch sollte er bald feststellen, daß andere seine Meinung nicht uneingeschränkt teilten.

Auf der Suche nach Freiwilligen zog er durchs ganze Land. Dabei wollte er nicht zu viele hochgeborene Gentlemen, die es nach Abenteuern gelüstete, für seinen Plan gewinnen. Auch wollte er keine Taugenichtse, die einem Land den Rücken kehren wollten, das ihnen wenig zu bieten hatte, und Zuflucht in einem Paradies suchten, von dem sie sich ein Leben in Behagen und Luxus versprachen. Er wollte gute, ehrsame Arbeitskräfte: Schreiner, Schmiede, Bauern, Ärzte, und Männer, die sie führen konnten.

John, der sicher war, selbst diese Führungseigenschaften zu besitzen, sah das ganze Unternehmen schon als sein eigenes an. Das ging auch gut, solange er es allein mit Gosnold zu tun hatte, einem sanftmütigen Menschen und guten Kapitän, der es verstand, sein Schiff sicher über den Atlantik zu segeln, die Führung einer Kolonie jedoch gern anderen überließ.

John brauchte Geld. Er brauchte Unterstützung. Auf ein Abenteuer dieser Größenordnung konnte man sich nicht leichtfertig einlassen, da das Leben und die Zukunft zu vieler Menschen auf dem Spiel standen.

Da kam er auf die Idee, die ›London Virginia Company‹ zu gründen und die Leute aufzufordern, ihr Geld als Aktionäre in dieses Unternehmen einzubringen, worauf ihnen ein Mitspracherecht eingeräumt wurde.

Der König und einige seiner Minister, die zu einem Plan dieser Art ihre Zustimmung geben mußten, ehe er in die Tat umgesetzt werden konnte, reagierten zunächst höchst ungehalten. Man wollte die Spanier nicht grundlos reizen. Spanien sah die Neue Welt als sein Eigentum an, da sie unter Ferdinand und Isabella, den damaligen spanischen Herrschern, von Christoph Columbus entdeckt worden war. König James war gewillt, sich mit seiner kleinen Insel zu begnügen.

Doch der Geist der führenden Männer des Zeitalters der großen Elizabeth war noch lebendig, und es gab viele Engländer, die sich gegen diese Politik der Selbstbeschränkung auflehnten.

Es war bekannt, daß die unendlichen Wälder Virginias wertvolle Hölzer in großen Mengen liefern konnten; man wußte auch, daß dort Tabakanbau möglich war. Warum sollte es nicht auch große Vorkommen von Gold und anderen kostbaren Mineralien geben?

Schließlich gelang es John und seinen Fürsprechern, einige wohlhabende Männer für seinen Plan zu interessieren. Die königliche Charta wurde widerstrebend ausgestellt, und die ›London Virginia Company‹ ins Leben gerufen.

Nun galt es, die Schiffe auszurüsten.

Dazu bedurfte es Zeit, und John, den die Verzögerung erbitterte, nutzte sie zu einem kurzen Besuch in Willoughby bei Bruder und Schwägerin, da er ahnte, daß er ihnen diesmal vielleicht für lange Zeit Lebewohl sagen würde.

Am Tag seiner Ankunft führte Francis ein sehr ernstes Gespräch mit ihm.

»John«, sagte er, »seit ich hier wirtschafte, ist es mir gut ergangen, und ich konnte Geld sparen. Dazu habe ich noch meinen Besitz in Louth, der mir einen schönen Betrag abwirft.«

»Bist du etwa ein reicher Mann, Francis?« murmelte John.

»John, ich bin nicht schlecht dran, und ich weiß, wieviel dieses Abenteuer dir bedeutet. Ich weiß, daß viele ihr Geld darin investiert haben, und daß du bei dem Unternehmen mehr zu sagen hättest, wenn du ebenfalls Geld hineinstekken könntest. Deshalb schlage ich dir vor, daß ich dir diesen Besitz abkaufe. Damit hättest du Kapital für dein Unternehmen.«

John überlegte eine Weile. Dann ergriff er die Hand seines Bruders und schüttelte sie warmherzig und dankbar.

»Ich hatte die Absicht, dir das Gut zu überlassen«, sagte er.

»Ich weiß. Nun, ich werde es kaufen und du wirst Aktionär der ›London Virginia Company‹. Was könnte für dich befriedigender sein?«

»Ich bin einverstanden«, sagte John. »Francis, eines Tage mußt du einen Verwalter einsetzen und nach Virginia kommen. Ich verspreche dir, daß du dort eher zu Wohlstand gelangen wirst als hier. Ich würde dich jetzt schon bitten mitzukommen, aber ich weiß, daß du deine Frau nicht verlassen würdest, und an der ersten Expedition nehmen keine Frauen teil.«

»Dann ist es ja gut, daß du keine Frau hast, andernfalls du England nicht so leichten Herzens verlassen würdest.«

»Ich werde nie heiraten«, sagte John entschlossen. »Bedenke doch, ich bin jetzt sechsundzwanzig Jahre alt und bis jetzt gut ohne Frau ausgekommen.«

»Eine Frau wäre dir vielleicht eine Hilfe.«

»Francis, Virginia wird meine Braut.«

Francis sah seinen Bruder liebevoll an.

Das könnte gut sein, dachte er bei sich.

Die Expedition war bereit, in See zu stechen. Sie bestand aus drei Schiffen. Das größte, die *Susan Constant,* hatte hundert Tonnen und unterstand Captain Newport, der sich im Dienste Drakes und Raleighs ausgezeichnet hatte, das zweite war die *Godspeed,* vierzig Tonnen, unter dem Kommando Bartholomew Gosnolds, und das dritte, die *Discovery,* eine Pinasse von zwanzig Tonnen, fuhr unter Captain John Ratcliffe.

Von den hundertdreiundvierzig Expeditionsteilnehmern waren etwa hundert Kolonisten. Einundsiebzig segelten auf der *Susan Constant,* zweiundfünfzig auf der *Godspeed* und die restlichen zwanzig auf der *Discovery.*

Am achten Dezember des Jahres 1606 versammelten die Pioniere sich in Blackwall als Vorbereitung für den nächsten Tag, an dem sie auslaufen sollten.

An jenem Tag regte sich bei John das erste Bedauern. Er hatte als selbstverständlich angenommen, bei diesem Unternehmen mit einer führenden Stellung betraut zu werden, da er und Gosnold immerhin zu den Initiatoren gehörten und er dank seiner Abenteuer auf dem europäischen Kontinent gelernt hatte zu befehlen. Es gab jedoch eine kleine Gruppe unter den Kolonisten, die entschlossen schien, ihm in allem zu widersprechen. Es waren Männer, die in der Company hochangesehen waren und so gut wie sicher einen Platz in der Ratsversammlung einnehmen würden, die nach ihrer Ankunft in Virginia ernannt werden sollte.

Die Namen der von der Company zu Ratsmitgliedern Bestimmten waren auf einem Blatt Papier festgehalten, das sich in einer versiegelten Schatulle befand, die erst geöffnet werden sollte, nachdem sie an Land gegangen waren. John konnte sich beim besten Willen nicht vorstellen, daß sein Name nicht auf der Liste aufscheinen würde, hielt es aber gleichzeitig für durchaus denkbar, daß sich einer jener Männer, denen er bereits mit großem Mißtrauen begegnete, ebenfalls unter den Genannten befand.

Von diesen potentiellen Widersachern war Edward Maria Wingfield der bedeutendste.

Wingfield, ein hochmütiger und von sich sehr eingenommener Mann, war überzeugter Katholik und dank seiner Verwandtschaft mit der Sippe der Poles von vornehmerer Herkunft als nahezu alle anderen Expeditionsteilnehmer. John wußte sehr wohl, daß diese Familie einst durch enge freundschaftliche Beziehungen mit Spanien verbunden gewesen war. Der einzige andere Kolonist, der sich edlerer Herkunft als Wingfield rühmen konnte, war der Ehrenwerte George Percy, ein Bruder des Earl of

Nothumberland. Percy war jedoch von ruhiger Wesensart und nach Johns Dafürhalten für die Expedition von geringem Nutzen. Da ihm aber der Erfolg der neuen Kolonie sichtlich am Herzen lag und er sich als zurückhaltender Mensch nirgends einmischen würde, war gegen seine Teilnahme nichts einzuwenden.

Bei Master Wingfield hingegen war Vorsicht geboten. Überzeugte Katholiken waren immer verdächtig, und in Johns Augen war es ein Fehler, Wingfield für eine führende Position vorzusehen.

Alle hatten sie gemeinsam das Sakrament empfangen und in der kleinen Kirche zu Blackwall inbrünstig um den Erfolg ihres Unternehmens gebetet. Und als sie an Bord gingen, entschloß John sich, die Vorräte auf der *Susan Constant* ein letztes Mal zu überprüfen.

Dabei traf er auf Wingfield und einen anderen Auswanderer, Captain Gabriel Archer, die ihn zur Rede stellten.

Wingfield sagte mit betonter Lässigkeit: »Und was treibt Ihr hier, Captain Smith?«

John erklärte in seiner energischen Art: »Nun, falls wir noch irgend etwas brauchen, dann ist es besser, wir merken es jetzt, als nach tagelanger Seefahrt.«

»Und woran sollten wir Mangel leiden?« fragte Wingfield.

»Woher soll ich das wissen, ehe ich nachgesehen habe?«

»Captain Smith, ich wußte nicht, daß man Euch die Kontrolle über die Ladung übertragen hat.«

In Johns Augen flammte plötzlich Zorn auf. »Es waren Captain Gosnold und ich, auf die der Plan dieser Expedition zurückgeht. Ich denke, mein Interesse ist daher ganz legitim.«

»Captain John Smith«, sagte nun Gabriel Archer, »ich glaube, den Titel Captain habt Ihr Euch in der Armee verdient. Aber hier sind wir nicht in der Armee. Wir sind an Bord eines Schiffes, und auf einem Schiff gibt es nur einen, von dem Passagiere und Besatzung Befehle entgegennehmen: vom Kapitän.«

»Ich glaube«, erwiderte John, »daß weder Ihr, Captain

Archer, noch Ihr, Master Wingfield, auf der *Susan Constant* das Kommando führt.«

»Ihr wißt sehr wohl, daß es Captain Newport ist.«

»Dann nehme ich Befehle von niemand anderem als Captain Newport entgegen.«

Damit drehte John sich um und fuhr in seiner Kontrolle der Vorräte fort.

Doch der Vorfall war damit nicht aus der Welt geschafft. Er ließ Böses für die Fahrt ahnen, die am nächsten Tag angetreten werden sollte.

Die drei Schiffe wurden drei Wochen lang von ungünstigen Winden im Kanal aufgehalten. Während dieser Zeit verbesserten sich die Beziehungen Johns zu Wingfield und Archer nicht. Überdies wurden viele der künftigen Kolonisten bereits krank und fragten sich, ob sie die lange Reise überhaupt überstehen würden.

Zweifellos hätten einige gebeten, an Land gebracht zu werden, weil sie das Projekt aufgeben wollten, wenn John, der ihnen eindringlich ins Gewissen redete, es nicht geschafft hätte, in ihnen ein wenig von seiner eigenen Begeisterung zu entfachen.

»Die Company schickt euch nicht auf eine Vergnügungsreise«, sagte er. »Wenn ihr nicht imstande seid, Härten mutig zu ertragen, dann kehrt zurück, da ihr dann nicht zu der Sorte Menschen gehört, mit denen wir die neue Kolonie in Virginia bevölkern wollen.«

Von Johns Verhalten, von seinen blitzenden blauen Augen und seiner überschäumenden Vitalität ging etwas aus, das diesen Menschen neuen Mut gab. Kein einziger ging von Bord.

Einer jedoch war darunter, den John selbst zur Rückkehr zu bewegen versuchte. Es war Reverend Robert Hunt, der sich der Expedition angeschlossen hatte, weil man, wie er sagte, die spirituellen Bedürfnisse der Kolonisten nicht vernachlässigen dürfe, wenn sich schon so viele kluge Männer um deren leibliches Wohl annähmen.

John gefiel dieser Mann mit den sanften Augen und einem Wesen von unendlicher Güte. Robert Hunt war eine höchst willkommene Ergänzung der Expedition, während die Schiffe drei nervtötende Wochen im Kanal lagen und man auf das Abflauen des Sturmes wartete, aber John bezweifelte, ob es ratsam war, ihn in die neue Welt mitzunehmen.

Eines Tages traf er Robert Hunt an Deck an, blaß, sichtlich in Schmerzen vornübergekrümmt. An die Reeling geklammert, richtete er den Blick auf die englische Küste.

»Was plagt Euch?« fragte John.

»Mir ist ein wenig übel. Draußen auf hoher See wird es mir bessergehen.«

Die körperliche Schwäche des Mannes war für John ein Alarmsignal.

»Das ist nur ein leichtes Unbehagen verglichen mit dem, was uns später bevorsteht«, sagte er. »Ihr seid klug genug, um das zu wissen,«

»Das fürchte ich«, sagte Robert Hunt. »Aber diese Menschen werden jemanden brauchen, der ihnen im Gebet vorangeht.«

»Aber Ihr seid nicht stark genug, um diese Aufgabe auf Euch zu nehmen.«

»Mich hat Gott berufen«, erklärte Reverend Hunt, »und deshalb bin ich hier.«

»Wir könnten Euch leicht an Land bringen«, sagte John. »Und vielleicht könnten wir einen anderen Geistlichen überreden, Eure Stelle einzunehmen.«

»Ich werde bleiben, da ich eine ganz bestimmte Kraft in mir spüre. Dies ist die mir zugedachte Aufgabe. Gott wird mir die Kraft zum Ausharren geben, solange ich gebraucht werde.«

John richtete seinen Blick unverwandt zur englischen Küste. Das war der Geist, den die neue Kolonie brauchte. Und wenn er an das Gezänk von Männern wie Wingfield, Archer und Ratcliffe dachte, denen vor allem daran zu liegen schien, sich die hohen Stellungen, die sie einzunehmen gedachten, nicht entgehen zu lassen, wußte er, daß Männer wie Hunt auf der Expedition dringend gebraucht wurden.

»Ich werde darum beten«, sagte John ernst, »daß Ihr lange Zeit bei uns bleibt.«

Als die Schiffe nach drei Wochen endlich Kurs auf Virginia nehmen konnten, war die Erleichterung groß.

Auf der Atlantiküberfahrt verstärkten sich die Reibungen, die sich bereits angekündigt hatten, als die Schiffe noch im Kanal lagen.

Viele der angehenden Kolonisten waren noch nie auf See gewesen und hatten keine Ahnung von dem, was ihnen bevorstand. Man sah sie an Deck der zwei größeren Schiffe, mit ausdruckslosen Gesichtern und mit Augen, deren Blicke fast irre wirkten. John und einige andere rechneten schon damit, die Kolonisten würden auf einer Umkehr bestehen.

Besonders das ständige Schlingern der Schiffe schlug sich auf die Stimmung der Leute, von denen viele an akuter Seekrankheit litten. Es trug auch nicht zur Besserung der Situation bei, daß die Besatzung, die sehr wohl wußte, daß die Überfahrt verhältnismäßig ruhig war, die Landratten mit Hohn und Spott übergoß. Stewards und Bootsleute, Köche, Trompeter und Matrosen, ja sogar die jüngsten Schiffsjungen machten sich ein besonderes Vergnügen daraus, ihre Geringschätzung zu zeigen. Und wenn die Kolonisten die rüde Seemannssprache hörten, kamen sie sich erst recht wie Ausgestoßene vor.

Die Besatzung hatte ihren Spaß daran. Ihr würde es auch erspart bleiben, sich in einem fremden heidnischen Land niederlassen zu müssen, da Captain Newport mit den Berichten über Virginia und hoffentlich auch mit wertvoller Fracht für die Company nach England zurückkehren würde.

John wußte, daß Robert Hunt – wenn er nicht gerade an Seekrankheit litt – in diesem Stadium einer der nützlichsten Passagiere an Bord war. Er war allzeit bereit, eine Predigt zu halten, und die Leute hörten aufmerksamer auf ihn als auf jeden anderen.

Seltsamerweise lechzten die Menschen am eifrigsten

nach geistiger Führung, wenn sie sich in Todesgefahr wähnten, dachte John

Sie waren etwa einen Monat auf See, als sich bei John Besorgnis wegen der Vorräte regte.

Sie hatten reichlich Proviant geladen und führten Zukker, Dörrobst, Gewürze und Reis mit, sie hatten in Essig eingelegtes gebratenes Rindfleisch mitgenommen, Hammelfleisch, gewürzt, gegart und in irdenen Gefäßen luftdicht eingelegt. Butter in ähnlichen Gefäßen; Unmengen von Pökelfisch, Zwieback, Hafermehl und Schinken. Wein und *aqua vitae.* Marmeladen neben Mandeln und kandierten Früchten. Viele meinten beim Anblick dieser Vorräte, daß sie damit bis ans Lebensende versorgt wären. John aber wandte dann immer ein, daß ihnen das nur so vorkäme, weil sie so große Mengen an Nahrung noch nie gesehen hätten. Man durfte nicht vergessen, daß diese Vorräte für viele Menschen gedacht waren, und daß man nicht sicher sein konnte, was einen in Virginia erwartete.

Johns Plan sah vor, sich auch in Virginia lange auf die Vorräte stützen zu können. Es mußte für die vielen Monate vorgesorgt sein, während sie das Land auskundschafteten und bestellten, um später ernten zu können. Doch das war den anderen nur schwer begreiflich zu machen.

Wingfield, der wegen seiner edlen Herkunft als einer der führenden Persönlichkeiten der Expeditionen angesehen wurde, ging mit den Vorräten so sorglos um, daß er ihnen Bestände entnahm, ohne darüber Buch zu führen. Und was Captain Newport betraf, so war es sein einziges Bestreben, sein Schiff sicher nach Virginia zu bringen. Um andere Angelegenheiten kümmerte er sich nicht und hatte auch nicht die Zeit dazu.

So kam es zu einem großen Konflikt zwischen John und Wingfield und dessen Parteigängern.

Wingfield berief eine Sitzung seiner Freunde ein, unter ihnen Gabriel Archer.

»Wer ist dieser Mann, dieser Smith?« fragte Wingfield. »Er möchte uns alle unter sein Kommando zwingen. Er soll in Europa große Abenteuer erlebt und drei Türken im

Zweikampf bezwungen haben. Selbst wenn es wahr wäre, was ich bezweifle, würde ihm dies nicht das Recht geben, uns zu kommandieren.«

»Ihr habt Grund zu bezweifeln, daß Smith die Türken besiegte, Master Wingfield?« fragte einer der Anwesenden.

»Ich habe Grund zu der Annahme, daß er ein prahlerischer, anmaßender Mann ist, der vor nichts zurückschreckt, um Ruhm zu erlangen. Gestern ging ich nachts in den Laderaum, um etwas von den Vorräten zu holen und traf ihn dort herumstöbernd an. Auf die Frage, was er da täte, gab er mir eine scharfe Antwort. Und ich glaube tatsächlich, wäre nicht Captain Archer zugegen gewesen, hätte er sein Schwert gezogen und mich getötet – und meinen Leichnam vermutlich über Bord geworfen.«

»Ja, wäre er dazu denn imstande?«

»Was wäre einfacher? Brüstet er sich nicht damit, drei Türken getötet zu haben?«

»Es sieht so aus«, sagte Archer, »als hätten wir einen Verräter und Meuchelmörder in unserer Mitte.«

»Habt keine Angst«, sagte Wingfield. »Die Kolonisten wird er nicht antasten, da sie ihm sehr teuer sind. Sein Zorn wendet sich gegen diejenigen unter uns, von denen er glaubt, sie könnten nach unserer Ankunft zum Ratsvorsitzenden gewählt werden. Er ist entschlossen, den Vorsitz zu führen und über die Kolonie zu herrschen. Aus diesem Grund plant er, uns alle zu töten, die wir ihm im Weg stehen könnten.«

»Und was kann man dagegen tun?« fragte Archer.

»Wir sollten alles tun, um seinen Plan zu vereiteln. Niemand von uns ist seines Lebens sicher, solange John Smith sich auf dem Schiff frei bewegen kann.«

»Was schlagt Ihr vor, Master Wingfield?«

»Daß wir ihn in Eisen legen, bis wir ihn hinrichten können.«

»Ehe man ihn hinrichtet, müßte ihm ein Prozeß gemacht werden.«

»Das stimmt, da wir aber nicht sicher sind, solange er

frei ist, glaube ich, daß er sofort in Ketten gelegt werden müßte.«

»Können wir das ohne Befehl des Kapitäns?«

»Den Kapitän überlaßt mir«, sagte Wingfield. »Captain Archer und ich werden ihm klarmachen, welches Schurkenstück auf seinem Schiff ausgeheckt wird.«

Kurz darauf suchte Wingfield Captain Newport auf.

»Captain«, sagte er, »einige von uns haben einen Meuterer entdeckt. Es ist John Smith, dessen anmaßendes Verhalten Euch zweifellos nicht entgangen ist. Wir mußten erfahren, daß er plant, mich und Captain Archer und andere, von denen er fürchtet, sie könnten ihm im Weg stehen, zu meucheln.«

»Meuterei!« rief der Kapitän aus. »Ich dulde keine Meuterei auf meinen Schiffen! Legt den Kerl in Eisen und belaßt ihn so, bis man ihm seine Heimtücke nachweisen kann.«

»Was ist die Strafe für ein solches Vergehen, Captain … vorausgesetzt natürlich, daß man ihm seine Schuld nachweisen kann?«

»Er wird am Hals aufgehängt, bis der Tod eintritt«, erwiderte der Kapitän voller Ingrimm.

Wingfield nickte befriedigt.

John raste vor Zorn. Hier war er nun, ein Gefangener, wo doch seine Anwesenheit an Bord so nötig war.

Er wußte, daß es um die Vorratshaltung nicht gut bestellt war. Weiter wußte er, daß es unter den Kolonisten Krankheit und Unzufriedenheit gab. Und er lag in Ketten! Überzeugt, ihn seiner Schuld überführen zu können, ließ Wingfield schon einen Galgen aufstellen, und zwar so, daß John das ununterbrochene Gehämmer hören konnte.

»Ein reizender Bursche, dieser Wingfield«, sagte John zu sich selbst.« Ich sehe schon, daß wir in Virginia blendend miteinander auskommen werden.«

Angst hatte er nicht, weil er nicht daran glaubte, daß ihm der Galgen bestimmt war. Er hatte dem Tod schon so oft ins Angesicht gesehen, daß er nicht glauben konnte, er würde ihn jetzt ereilen. Gewiß, er hatte Feinde, aber er hatte auch Freunde.

Reverend Robert Hunt kam, um mit ihm zu sprechen und zu beten, tief bekümmert, weil John dieser Vergehen angeklagt war.

»John, zügelt Euren Zorn«, sagte er. »Man wird Euch dieses Verbrechens niemals überführen können. Der Herr wird Euch jetzt behüten, wie er Euch schon oft behütet hat.«

»Master Wingfields giftige Feindseligkeit erschreckt mich«, sagte John, »aber was mich noch mehr beunruhigt, ist der Gedanke, daß diesen Männern, die sich gegen mich verschworen haben, mehr an ihrer eigenen Macht gelegen ist als am Wohl der Kolonie. Wie sollen wir es mit den Schwierigkeiten aufnehmen, die uns bevorstehen, wenn wir uns gegenseitig bekämpfen?«

»John«, sagte nun Robert Hunt, »vergebt mir die Frage, aber werdet Ihr mir aufrichtig antworten? Ihr seid der geborene Anführer. Das ist nicht als Schmeichelei gemeint, da es allen und vor allem Euch selbst klar ist. Es heißt, daß Ihr alle aus dem Weg schaffen wollt, von denen Ihr befürchtet, sie konnten zum Präsidenten der neuen Kolonie gewählt werden, so daß nur Ihr übrigbleibt, um diese Position zu übernehmen. Es ist töricht zu behaupten, daß Ihr sie töten wollt, aber wieviel bedeutet Euch das Präsidentenamt?«

»Sehr viel«, antwortete John.

»Ich weiß, John. Und jetzt erforscht Euer Gewissen und sagt mir folgendes: Wollt Ihr Präsident werden, weil Ihr die Macht liebt, weil Ihr alles um Euch nach Eurem Willen regeln wollt, weil Ihr führen wollt ... oder weil Ihr insgeheim wißt, daß Ihr für diese Aufgabe der Beste seid und daß nur Ihr der Kolonie das geben könnt, was sie Eurer Meinung nach braucht?«

John schwieg eine Weile. Dann sagte er nachdenklich: »Reverend, ich glaube, daß mein Motiv beide Überlegungen in sich birgt. Ich strebe nach Macht ... ja ... zum Wohle der Kolonie. Ich weiß, daß ich der Mann bin, der die

Kolonie groß machen kann. Aber ich strebe auch nach Macht, weil Machtliebe in mir steckt. Das sind meine Gründe.«

Robert Hunt nickte. »John, Ihr seid ein ehrlicher Mann. Ihr müßt zu Gott beten, um Eure Machtliebe in die rechten Bahnen lenken zu können.«

»Das werde ich«, antwortete John. »Wäre ich der Meinung, daß Wingfield oder Archer, Kendall oder einer der anderen einen besseren Präsidenten abgeben würde, dann würde ich sagen ›John Smith, tritt ab. Allein die Kolonie zählt, und nicht dein Stolz.‹ Das meine ich ganz aufrichtig.«

»John, ich will Euch glauben. Und ich werde darum beten, daß alles sich zum Guten wendet. Virginia braucht Euch.«

Gemeinsam beteten sie, während unweit die Hammerschlage ertönten, die auf das Holz des Galgens fielen, an dem gewisse Mitglieder der Expedition John Smith hängen sehen wollten.

Captain Newport kümmerten die Reibereien zwischen den Anführern der Expedition wenig. John Smith war in Ketten und würde zweifellos hängen, sobald sie die Inselgruppe erreicht hätten. John war ihm natürlich aufgefallen, da es unmöglich war, ihn zu übersehen, und er neigte zu der Ansicht, daß sich John seiner Jugend wegen damit hätte begnügen müssen, auf den Rat Älterer zu hören, die vermutlich klüger waren als er selbst. Der Kapitän hatte jedenfalls nicht zu befürchten, daß seine eigene Aufgabe wesentlich beeinträchtigt würde, falls man John Smith zum Tod am Galgen verurteilte.

Sorgen machte ihm vielmehr der gesundheitliche Zustand der Kolonisten, die sich schon jetzt nach England zurücksehnten. Das Leben auf See traf alle hart, für diejenigen aber, die es nicht gewohnt waren, war es beinahe unerträglich. Einige Jahre zuvor hatte ein gewisser Captain Lancaster durch tägliche Verabreichung von Zitronensaft seine Besatzung auf langen Seefahrten bei Gesundheit gehalten. Doch die London Virginia Company hatte dies weder für die Besatzung noch für die Passagiere auf den drei Schiffen vorgesehen, und da sie nun schon so lange frische Lebensmittel entbehren mußten und auf ihren Proviant angewiesen waren, machten sich allmählich die Auswirkungen bemerkbar.

Da er keine Kranken und Todgeweihten in der neuen Kolonie an Land setzen wollte, entschloß er sich, ihnen eine kleine Erholung zu gönnen und eine der Westindischen Inseln anzusteuern.

Dieser Plan wurde an Bord von allen außer John begrüßt, der in Ketten schmachtend nicht von Bord gehen konnte.

Obschon er für die Notwendigkeit eines kurzen Landganges Verständnis hatte, wuchs in ihm die Besorgnis, als die Zeit verging und Kolonisten wie Anführer der Expedition immer stärker dem Zauber dieser Inseln erlagen.

Auf der Insel Mona wurden von den Schiffen aus Jagdpartien organisiert, und einer der Kolonisten, ein gewisser Edward Brookes, Sproß einer vornehmen Familie, kam auf der Jagd ums Leben.

John hatte seiner Mißbilligung bezüglich dieser Verzögerung so laut Ausdruck verliehen, daß seine Feinde nun entschieden, es sei der Zeitpunkt gekommen, ihm den Prozeß zu machen. Der Galgen stand schon bereit. John Smith, das ständige Ärgernis, sollte hängen.

»Meine Freunde sollen ebenso über mich richten wie meine Feinde«, rief John laut.

»Vielleicht sollte dieser Mann in London gerichtet werden«, sagte Newport. »In diesem Fall bleibt er unser Gefangener, bis die *Susan Constant* zu Hause eintrifft.«

»Nein«, sagte John. »Das wäre Torheit. In Virginia wird die Mithilfe eines jeden fähigen Mannes gebraucht, und wer so weitgereist ist wie ich und so viele Abenteuer erlebt hat, könnte von großem Nutzen sein. Macht mir jetzt und hier den Prozeß. Aber laßt Euch gesagt sein, daß Ihr mich nicht dazu bringen werdet, von Eurem Galgen Gebrauch zu machen.«

Das amüsierte den Kapitän. Es war das erste Mal, daß der junge Mann Eindruck auf ihn machte. Arrogant mochte er ja sein, doch er war geistreich und hatte recht, wenn er sagte, daß man Leute wie ihn in Virginia brauchen würde. Er war jung und ungestüm, aber wenn man ihn zur Räson brachte, konnte er der jungen Kolonie gute Dienste leisten.

John konnte nun mit einer gewissen Unterstützung seitens Captain Newports, des wichtigsten Mannes der Expedition, rechnen.

Beim Gerichtsverfahren boten Wingfield und Archer seine Feinde gegen ihn auf, John aber konnte sich auf seine Freunde stützen, und es zeigte sich, daß ihm nichts nachzuweisen war.

»Da man ihn nicht der Meuterei überführen kann, soll er nicht hängen«, entschied Captain Newport mit strengem Blick. »Er muß aber in Eisen blieben, und seine Freunde werden auf alle drei Schiffe verteilt, damit sie nicht weiterhin konspirieren können, falls doch etwas Wahres an der ganzen Sache sein sollte.«

John tobte. In Eisen war er nutzlos. Und die Schiffe lagen weiterhin vor den Westindischen Inseln.

Auf der Insel Moneta hatte man wilde Vogel entdeckt. Sie kamen dort in solchen Schwärmen vor, daß man sie mit den Händen fangen konnte. Und als der Gipfel einer kleinen Anhöhe erstiegen wurde, fand man auf dem Boden Eier verschiedener Art. Man sammelte sie ein und belud mehrere Boote mit Vögeln und Eiern. Damit war einige Tage lang für eine angenehme Abwechslung des Speisezettels gesorgt.

Das nächste Ziel waren die Jungferninseln. Hier traf man auf merkwürdige Tiere, wie keiner sie jemals gesehen hatte. Die Iguanas jagten den Kolonisten Angst ein, doch fingen sie Fische in Hülle und Fülle, dazu Pelikane und Papageien. Und diese wurden mit Genuß verspeist, so daß sich trotz der beträchtlichen Verzögerung der allgemeine gesundheitliche Zustand gebessert hatte, als sie weitersegelten. Captain Newport konnte beruhigt behaupten, daß die Zeit gut genutzt worden war.

Doch als sie wieder auf hoher See waren, kam starker Wind auf, und die drei Kapitäne Newport, Gosnold und Ratcliffe wußten nicht, wohin sie abgetrieben worden waren.

Ratcliffe war der Meinung, daß sie meilenweit vom Kurs abgekommen waren und Virginia nie erreichen würden.

»Laßt uns nach Hause umkehren«, lautete sein Urteil.

John, der gegen seine Ketten wütete, hörte von Ratcliffes Vorschlag, und sein Zorn war so groß, daß er rücksichtslos versuchte, seine Eisen zu brechen und diese ihm ins Fleisch schnitten. Reverend Robert Hunt beschwor ihn, sich zu fassen und einen kühlen Kopf zu bewahren.

Aber John hörte nicht auf zu toben. Er verfluchte Ratcliffe, der, als er davon hörte, erklärte, daß man John Smith auf Nevis Island hätte aufknüpfen sollen und daß er alles in seiner Macht Stehende tun würde, damit er dem Galgen nicht auf ewig entginge.

Als die Stürme nicht nachließen, wuchs die Angst der Kolonisten. John hörte, wie sie um einen Wind beteten, der sie direkt nach England bringen würde. Er versuchte jene, mit denen er sprechen konnte, mit Vernunftgründen zu überzeugen, doch wollte niemand auf ihn hören.

Eines Nachts konnte John nicht schlafen, da er glaubte, auch die Kapitäne würden den Mut sinken lassen, wenn sie nicht bald Land sichteten. John dachte an die Nahrungsmittelvorräte, mit denen man so sorglos umgegangen war. War noch ausreichend Proviant vorhanden, falls man die Rückfahrt nach England antreten mußte?

Er wünschte sich inbrünstig, er würde den alleinigen Befehl über die Expedition führen. Der Gedanke trieb ihn fast in den Wahnsinn, daß ihm, der so hochfliegende Pläne geschmiedet hatte, nun die Hände gebunden waren, während es in der Macht anderer stand, seinen Traum zu vernichten – just in dem Moment, wo er sicher war, er würde sich erfüllen.

In der Nacht flaute der Sturm ab, und als der Tag graute, lag John da und spähte übers Meer in die Richtung, in der er Virginia vermutete.

Er fuhr erregt auf, denn als es vollends hell wurde, glaubte er Land zu sehen.

Sekundenlang starrte er schweigend zum Horizont. Dann rief er laut aus: »Land! Land in Sicht! Land im Westen!«

Sofort erwachten die drei Schiffe zum Leben.

Vor den Kapitänen und Besatzungsmitgliedern, vor den Führern der Expedition und den Kolonisten erstreckte sich der herrliche Landstrich, den Raleigh nach der jungfräulichen Königin benannt hatte – Virginia.

8.
Den James River aufwärts

John zerrte an seinen Eisen. Noch nie hatte er sich in einer so schmachvollen Lage befunden, noch nie hatte er so gelitten, selbst damals nicht, als er anstatt der Ketten um seine Fußknöchel den Eisenkragen Timors um den Hals getragen hatte.

Dort lag Virginia, das Land seiner Träume, das nun andere erkunden würden, während er in Ketten schmachtete.

Einige gingen an Land, und er lag da, sanft gewiegt von der Dünung, und verwünschte sein Schicksal. Er hätte der erste sein sollen, der seinen Fuß auf dieses Land setzte. Dies war *seine* Kolonie. Hatte er nicht zu Francis gesagt: »Virginia ist meine Frau, meine Kinder, mein Heim?« Und jetzt war er nicht in der Lage, das Land zu erreichen, es in die Arme zu schließen, sich ihm anzugeloben. Das blieb anderen überlassen, die das Land nicht so hoch achteten und es nicht so in Ehren halten würden, wie er, John Smith, es gelobt hatte.

Von weitem hörte er Musketenfeuer. Man konnte doch nicht auf die Eingeborenen schießen! Das war keine Art.

»Ach Gott«, rief er, »wie konntest du mir das antun!«

Später kam sein Freund George Percy zu ihm und setzte sich neben ihn.

»Was ist passiert?« fragte John.

»Wir gingen an Land – eine Abteilung von uns. Ja, es ist ein schönes und reiches Land. Ein Land der Wiesen und hohen Bäume, der Flüsse in dichten Wäldern, ein Land des Sonnenscheins.«

»Ein Land, in dem man Häuser bauen und Getreide anbauen kann?«

Johns Augen leuchteten.

»Ein Land, das es wert ist, ein Teil von England zu werden?«

»Ein Land voller süßduftender Blumen«, fuhr George fort, »der Zedern und Zypressen, der Früchte, größer und schöner als jene in England.«

»Wir müssen mit den Eingeborenen Freundschaft schließen«, unterbrach John ihn. »Das ist wichtiger als alles andere. Man darf nicht vergessen, daß nur sie das Land kennen. Wir sind hier Fremde. Da wir darauf angewiesen sind, mit ihnen Handel zu treiben, müssen wir ihnen klarmachen, daß wir als Freunde und nicht als Feinde kommen. Sag mir, was das Musketenfeuer bedeutete, das ich hörte.«

»Als wir an Land gingen, schossen sie ihre Pfeile auf uns ab.«

»Ihr hättet ihnen zu verstehen geben sollen, daß ihr in friedlicher Absicht kommt.«

»Dazu war keine Zeit. Wir wollten schon zum Schiff zurück, als wir sie gewahrten. Große, ansehnliche Menschen mit kupferfarbener Haut. Sie waren merkwürdig bemalt – rot und weiß. Uns erschienen sie sehr fremdartig, vor allem deswegen, weil sie ihre Schädel auf einer Seite kahl scheren und ihr schwarzes Haar nur auf einer Hälfte tragen, zu einem Knoten hochgebunden – bis auf eine einzige lange, über den Rücken fallende Strähne. Es sah aus, als trügen sie als Kopfputz Federn, doch blieb wenig Zeit zu genauerer Musterung, da sie sich auf allen vieren anschlichen, in den Mündern Pfeil und Bogen.«

»Ihr hättet eine Möglichkeit der Verständigung finden müssen.«

»Wir stellten uns ihnen mit unseren Musketen entgegen.«

John stampfte so ungeduldig mit dem Fuß auf, daß das Eisen von neuem in sein Fleisch schnitt, »Das ist keine Art.«

»Sie überschütteten uns mit einem Pfeilhagel. Es sind gefährliche Waffen.«

»Gab es Verwundete?«

»Archer wurde in den Kopf getroffen, eine leichte Verwundung, wie wir hoffen, aber einer der Matrosen bekam einen Pfeil in den Leib. Er ist schwer verletzt. Daraufhin ließen wir sie unsere Musketen spüren. Du hättest ihre Panik sehen sollen. Sicher haben sie dergleichen noch nie erlebt. Heulend und wehklagend suchten sie schleunigst im Wald Zuflucht. Das wird ihnen eine Lehre sein – sich nicht mit den Weißen einzulassen.«

John schüttelte den Kopf. »Das ist der falsche Weg.«

»Ich habe das starke Gefühl«, sagte Percy, »daß du eines der sieben vorgeschlagenen Ratsmitglieder sein wirst.«

»Nun, gefesselt wie ich bin, hätte ich nicht viel davon«, gab John zurück.

»Heute abend versammeln wir uns auf der *Susan Constant*, um die versiegelte Schatulle zu öffnen.«

»Und ich«, erwiderte John, »werde während dieser höchst bedeutsamen Zeremonie als Gefangener in Ketten liegen.«

»Eines sage ich dir, John«, sagte Percy, »falls dein Name unter den sieben ist, was ich glaube und hoffe, wird man dich nicht länger gefangenhalten können. Wenn du nach dem Willen der Company dem Rat angehören sollst, muß man dich freilassen.«

»Leider befinden sich die Herren der Company in London«, sagte John, »und London ist weit. Wir sind hier in Virginia, und hier sind es meine mächtigen Feinde, die über meine Zukunft entscheiden.«

»John, du selbst bist doch bisher immer der einzige gewesen, den du über deine Zukunft hast entscheiden lassen.«

Da lachte John triumphierend. »Wie recht du doch hast, George«, sagte er.

In der Kajüte der *Susan Constant* hatten sich die führenden Expeditionsteilnehmer unter dem Vorsitz Captain Newports versammelt. John, der noch immer in Eisen lag, war nicht zugegen. Captain Newport wandte sich an die Versammelten.

»Der Augenblick ist gekommen, um die versiegelte Schatulle zu öffnen und kundzutun, wen die Company zu Ratsmitgliedern bestimmt hat«, erklärte er. »Anschließend werden wir den ersten Präsidenten Virginias wählen und feststellen, welche Befehle man uns mitgegeben hat. Aber als erstes wollen wir die Namen der Ratsmitglieder verlesen.«

Er brach das Siegel und alle Blicke ruhten auf ihm, als er der Schatulle einen Bogen Papier entnahm und die Namen verlas. »Edward Wingfield, Bartholomew Gosnold, John Ratcliffe, John Smith, George Kendall, John Martin und für die Dauer seines Aufenthalts in Virginia Captain Christopher Newport.«

Schweigen trat ein, ehe Wingfield hervorstieß: »Ich bin gewillt, mit allen Ratsmitgliedern außer einem aus ganzem Herzen zusammenzuarbeiten. John Smith, der Mann der unter dem Verdacht des Hochverrats in Ketten gelegt wurde, kann nicht Ratsmitglied sein.«

Newport sagte ironisch: »Wir sind Beauftragte der Company. Es ist sehr wichtig, daß wir ihren Befehlen gehorchen.«

»Aber dieser Mann wurde als Meuterer überführt ...«, stammelte Wingfield.

»Nicht überführt«, erwiderte Newport. Der Kapitän hatte sein Schiff sicher ans Ziel gebracht und war nun bereit, sich energisch seiner zweiten Aufgabe zu widmen: die Kolonie vor seiner Rückkehr nach England geordnet zurückzulassen. »Hier wartet viel Arbeit auf uns«, fuhr er fort. »Wir haben schon gesehen, daß die Eingeborenen uns alles andere als freundlich gesinnt sind, und wir jeden fähigen Mann brauchen. Smith mag herrisch und anmaßend sein, doch dürfen wir nicht vergessen, daß er eines der nützlichsten Mitglieder unserer Gemeinschaft sein könnte. Es mangelt ihm nicht an Mut, und ich neige zu der Annahme, daß es allein Übereifer war, was Ihr als Aufwiegelung zur Meuterei gedeutet habt. Er soll in den nächsten Tagen von seinen Ketten befreit werden und seine Freiheit wiedererlangen. Meine Herren, wir müssen unsere Differenzen begraben. Und nun lege ich Euch die Anweisungen der Company vor.«

Die Kolonisten, so hieß es, sollten das Land erkunden und die vier Flüsse, von denen man wußte, daß sie in die

Chesapeake Bay mündeten, erforschen. An der fruchtbarsten Stelle sollte die erste Niederlassung gegründet werden, im Umland sollte nach kostbaren Mineralien geschürft werden, von denen sodann große Ladungen nach England geschickt werden sollten.

»Hier stehen noch viele Anweisungen«, fuhr Captain Newport fort und deutete auf die Schatulle, »aber ehe wir mit ihnen fortfahren, wollen wir unseren ersten Präsidenten wählen.«

Die Sache war rasch erledigt. Da George Percy, der an Geburt vornehmste, kein Amt anstrebte, fiel die Wahl auf jenen, der ihm an Vornehmheit am nächsten kam, sich nach dieser Position verzehrte und zudem einen starken Charakter besaß. So kam es, daß Edward Maria Wingfield zum ersten Präsidenten Virginias gewählt wurde.

Als Präsident hatte Wingfield es nicht eilig, John freizulassen, der nun erleben mußte, daß die Erforschung Virginias ohne ihn in Angriff genommen würde, eine Enttäuschung, die ihn schier wahnsinnig machte.

George Percy, Gosnold und Reverend Robert Hunt versorgten ihn mit den neuesten Nachrichten.

Er erfuhr, daß eine kleine Expedition einige Meilen landeinwärts auf Eingeborene gestoßen war, die um ein Feuer geschart Austern brieten. Die Neuankömmlinge trugen Musketen, und der Ruf dieser Waffen, die den Eingeborenen wie reinste Zauberei erscheinen mußten, war ihnen wohl vorausgeeilt, da sie beim Anblick der Weißen aufsprangen und das Weite suchten.

Woraufhin die Kundschafter ihre Plätze einnahmen und die Austern verspeisten.

»Es waren Austern, wie unsere Männer sie noch nie gesehen hatten«, fuhr Gosnold fort. »Viel größer als die uns bekannten. Und als sie ein Stück weiter vorstießen, entdeckten unsere Leute auf dem Boden weitere Austern und Muscheln, die man nur einsammeln mußte und von denen sie Unmengen mitbrachten. Wir werden uns nach Herzenslust daran delektieren. Es ist ein Land des Überflusses.«

Die Tage vergingen, und John war noch immer ein Gefangener. Inzwischen hatte man sich für den Standort der ersten Niederlassung entschieden. Es war die Mündung jenes Flusses, dem sie den Namen James River gegeben hatten. Nachdem es gelungen war, mit den Eingeborenen Kontakt aufzunehmen, verlangte Captain Newport, der Johns Meinung hinsichtlich des Umgangs mit den Eingeborenen teilte, den Häuptling der Stämme zu sehen, die in der Gegend ansässig waren, wo die Niederlassung entstehen sollte.

Er erfuhr, daß die Häuptlinge als *Werowance* bezeichnet wurden und wie Könige über ihr Gebiet herrschten; daß es viele Werowances gab und daß einer von ihnen als großer König über sie alle gebot.

Die Flüsse, die sich in die Bucht ergossen, hießen bei den Eingeborenen Potomac, Rappahanock, Pamaunke und Powhatan. Das Land, in dem die Kolonisten ihre Ansiedlung planten, trug den Namen Powhatan.

Der Werowance oder Häuptling, von dem Newport dies erfuhr, herrschte über einen kleinen, als Paspahegh bekannten Bereich im größeren Gebiet Powhatan. Als Captain Newport ihm im Austausch gegen das für die Niederlassung benötigte Land ein Beil anbot, war der Häuptling von Paspahegh außer sich vor Freude über den Handel.

Er hatte sich zur Begrüßung der sonderbaren Bleichgesichter mit größter Sorgfalt zurechtgemacht. Auf dem Kopf trug er eine Krone aus blutrot gefärbtem Wildhaar, in der zwei Federn in Geweihform befestigt waren. Sein Körper war ebenso rot bemalt, sein Gesicht blau. In seinen Ohrläppchen steckten Vogelknochen, um den Hals trug er Perlenketten. Ein lederner Lendenschurz war seine einzige Bekleidung. Seine Aufmachung, mit er auf seine Besucher wohl Eindruck machen wollte, erregte bei diesen nur Belustigung.

Doch die Zusammenkunft verlief freundlich, und zum Häuptling von Paspahegh gesellte sich jener von Rappahanock, der es offenbar darauf anlegte, seinen Bruder hinsichtlich der Kostümierung an Pracht zu übertrumpfen.

Captain Newport war sehr froh, daß die Eingeborenen sich so freundlich zeigten. Als nächstes stand nun die Errichtung der ersten Niederlassung bevor, ein Unternehmen, das Geschicklichkeit und Einfallsreichtum erfordern würde.

Captain Newport fiel ein, daß es einen Mann gab, der sich als sehr nützlich erweisen konnte und von dessen Fähigkeiten man noch keinen Gebrauch gemacht hatte.

»Laßt John Smith auf der Stelle frei«, befahl er. »Wir können nicht auf ihn verzichten.«

Nachdem John endlich seine Freiheit wiedererlangt hatte, konnte er seinen Fuß auf den Boden Virginias setzen und seine Rolle beim Bau der ersten Niederlassung übernehmen.

Diese Ansiedlung wurde nach dem König von England Jamestown genannt.

Es herrschte emsige Betriebsamkeit. Alle mußten mit Hand anlegen. Zelte wurden aufgerichtet, Gelände wurde gerodet. Und für den Fall, daß das Entgegenkommen der Eingeborenen ins Gegenteil umschlagen sollte, mußten ein Palisadenzaun und ein mit einigen Geschützen bestücktes Fort errichtet werden. Das war Jamestown in seinen Anfängen.

Eine bestimmte Anzahl von Männern wurde zum Fällen von Bäumen eingeteilt, da Captain Newport als erste Ladung Holz mit nach Hause nehmen wollte.

Er entschied, sich vor seiner Rückkehr noch ein wenig im Land umzusehen, damit er den neugierigen Aktionären etwas zu berichten hatte, und rief John Smith zu sich.

»John Smith, ich bin bekümmert, daß es nötig war, Euch in Eisen zu legen«, sagte er.

»Nicht bekümmerter als ich, Captain«, gab John schlagfertig zurück.

»Es ist ein bedauerlicher Zustand«, setzte der Kapitän hinzu, »wenn an einem Unternehmen wie diesem beteiligte Männer ausfallen. Ich weiß um Eure großen Fähigkeiten, und möchte Euch bitten, Euren Ärger über das Benehmen anderer zu bezähmen. John Smith, Ihr müßt an die Kolonie denken.«

»Ich werde sie nie vergessen«, sagte John.

»Mehr brauche ich wohl nicht zu sagen«, fuhr der Kapitän fort. »Ich werde eine Fahrt flußaufwärts unternehmen und möchte den Ehrenwerten George Percy mitnehmen, dazu Captain Gabriel Archer und auch Master Thomas Wotton, den Arzt. Dazu kommen noch ein paar andere und etwa vierzehn Seeleute. Wollt Ihr mitkommen?«

Johns Augen blitzten, als er entgegnete, daß ihn nichts mehr freuen würde.

»Hm, dachte ich mir's doch, daß Ihr nicht zögern würdet«, sagte Newport lächelnd.

Sie machten sich auf den Weg und segelten den Powhatan hinauf, den sie James River nannten.

Es war Mai, und der Frühling in Virginia zeigte sich in seiner ganzen Pracht. Dies ist ein wunderbares Fleckchen Erde, frohlockte John beim Anblick des hohen Wuchses und der Artenvielfalt der Bäume. Hier gab es Eichen, Buchen, Kiefern, Zedern und üppige Sträucher, deren Blüten in allen Farben leuchteten.

Man sah Amseln mit roten Flügeln, Drosseln, Kolibris und Spechte; des weiteren Truthähne, Eichhörnchen und Kaninchen.

Der Himmel war blau, die Wälder grün, und die Luft von Vogelgezwitscher erfüllt. Die Sonne wärmte sie angenehm.

»Ein Paradies! »rief John aus.

Am ersten Tag gewahrten sie am Ufer Eingeborene, die durch das Laubwerk das ihnen fremde Gefährt und die seltsamen Menschen beobachteten.

»Ich werde es auf meine Art versuchen«, rief John, und Newport, der ihn allmählich zu verstehen begann und eine gewisse amüsierte Nachsicht mit seiner jugendlichen Begeisterung empfand, erwiderte: »Ist in Ordnung, John.«

Und schon war John aus dem Boot gesprungen, in der Hand eine Kette roter, in der hellen Sonne blitzender Glasperlen, die die Eingeborenen näher heranlockten. John hielt ihnen die Kette entgegen und bedeutete ihnen, daß sie ihnen gehören sollte, wenn sie kommen und mit den Fremdlingen sprechen würden.

Nun gingen vier von ihnen auf John zu, blieben aber gleich darauf wieder stehen, während ihre Blicke zwischen ihm und den Perlen hin- und herwanderten.

John händigte ihnen die Perlen aus, und alle drängten sich, um sie zu betrachten. Dann deutete er auf das Boot und zeigte flußaufwärts, Da ihm einer der Eingeborenen durch seinen wachen Blick auffiel, wandte er sich an diesen. Der Mann entblößte seine Zähne und nickte. John hatte den Eindruck, daß er verstanden hatte. Nun winkte er den im Boot Sitzenden zu, und Captain Newport und Gabriel Archer kamen ans Ufer.

Erst wollten die Eingeborenen sich zur Flucht wenden, als sie aber sahen, daß die Männer nicht bewaffnet waren, zeigten sie sich beruhigt.

John nahm Federkiel und Papier und ging daran, Bilder zu zeichnen. Er zeichnete die Eingeborenen und sich selbst. Daraufhin sahen sie einander an, blickten auf das Papier und vollführten ein paar Tanzschritte, die höchste Belustigung anzudeuten schienen. Als nächstes skizzierte John die Bucht, den Fluß und das Ufer, auf dem sie standen.

Drei der Eingeborenen sahen ratlos drein, doch der mit dem wachen Blick fing wieder zu tanzen an. Anscheinend war das ein Zeichen dafür, daß er verstanden hatte. Da deutete John auf das Boot und zeigte an, daß sie flußaufwärts wollten. Da er wissen wollte, was sie dort vorfinden würden, händigte er den Federkiel dem Eingeborenen mit dem wachen Blick aus.

Als dieser die Feder ergriff, traten die anderen angsterfüllt zurück, er aber fing sofort zu zeichnen an und seine Freude war groß, als er sah, daß er das gleiche zustandebrachte wie das Bleichgesicht.

In kürzester Zeit war John im Besitz einer ungefähren Landkarte und hatte eine Ahnung von dem, was ihn auf dem James River erwartete.

John lud den aufgeweckten Eingeborenen ins Boot ein,

da er in diesem offenkundig intelligenten Mann einen brauchbaren Führer und Dolmetscher gefunden zu haben glaubte.

Der Mann zögerte zuerst, dann aber siegte seine Neugierde – wahrscheinlich der Grund seiner ungewöhnlichen Intelligenz – über seine Furcht, und er war zur Verwunderung der Engländer und der eingeborenen Virginier einverstanden, an Bord zu kommen.

Dies war ein Erfolg, der alle Hoffnungen übertraf, und in Newports leicht herablassende Belustigung, die er John entgegenbrachte, mischte sich ein Anflug von Hochachtung. Kein Zweifel, John Smith verfügte über außergewöhnliche Gaben.

John selbst nahm sich nun ihres neuen Führers an und zeigte ihm das Boot und alles, was darin war und von dem er glaubte, es könnte für ihn von Interesse sein. Newport fiel auf, daß er es darauf anlegte, die Freundschaft und das Vertrauen des Führers zu gewinnen. Und er hatte Erfolg damit.

»Nun wird es leichter sein, freundschaftliche Kontakte mit den Eingeborenen zu knüpfen«, sagte John, »und ich empfehle, so rasch wie möglich damit anzufangen.«

Der Zeitpunkt sollte bald kommen. Der Führer, dessen Namen Nauiraus lautete, hatte rasch ein paar englische Ausdrücke gelernt, und John einige Wörter der Eingeborenensprache, so daß er ihm erklären konnte, daß er mit den Stämmen Bekanntschaft schließen wollte. Nauiraus, der ihn verstand, wurde mit Geschenken für den Häuptling eines bestimmten Stammes am Ufer abgesetzt. John wartete nun gespannt auf seine Rückkehr, weil er befürchtete, sein Sendbote könnte, vom Wert der als Geschenk bestimmten Perlenschnüre überwältigt, diese für sich behalten.

Aber Nauiraus kehrte bald zum Boot zurück und erklärte John mittels Zeichensprache und hin und wieder einem Wort, der Häuptling des Gebietes, durch das sie zögen, heiße ihn willkommen. Mit Perlen und farbenfrohem Tand beladen gingen sie nun an Land.

Nauiraus führte sie in ein aus Wigwams bestehendes

Dorf, und vor dem größten dieser Zelte saß der Häuptling – von großer Statur, kupferfarbener Haut, gekleidet mit einem Lendenschurz aus Hirschleder. Sein Kopfschmuck bestand aus Federn, toten Ratten und anderen kleinen Tieren. Sein blaubemaltes Gesicht war mit weißen Streifen durchzogen. Um ihn herum hockten auf Matten die Stammeskrieger.

Die Fremdlinge wurden freundlich empfangen. Der Häuptling trug bereits eine Perlenkette, die ihm John durch Nauiraus hatte überbringen lassen.

Doch die Eingeborenen wollten Geschenke ohne Gegengaben nicht annehmen. Matten wurden für die Besucher gebracht, und als diese sich gesetzt hatten, wurde ihnen Wildbret mit Austern vorgesetzt, ebenso Maulbeeren, Erdbeeren und kleine, wie süße Eicheln schmeckende Nüsse. Sie bekamen Tabakspfeifen, und als sich der Rauch aus den Pfeifen der Kupferhäutigen mit jenem der Bleichgesichter mischte, galt dies als Zeichen des Friedens.

Der Häuptling gab ihnen zu verstehen, daß er süße Nüsse und Bohnen gegen Perlen und anderen Tand zu tauschen bereit wäre.

John war hoch erfreut. Genau das hatte er erreichen wollen: friedlichen Handel mit den Eingeborenen, die die Gewißheit haben sollten, daß der weiße Mann nicht gekommen war, um sie auszurauben, sondern um ein Land des Überflusses mit ihnen zu teilen, das mehr zu bieten hatte, als das, was die bisherigen Bewohner für sich brauchten.

Rasch verbreitete sich die Kunde in den Wäldern: »Die Bleichgesichter sind unter uns.«

Alle Häuptlinge wollten an diesem aufregenden Ereignis teilhaben. Die Bleichgesichter mußten sie aufsuchen, ihnen Geschenke bringen, mit ihnen beisammensitzen, mit ihnen essen und die Friedenspfeife mit ihnen rauchen.

Und als mehrere kleinere Stammesführer sie empfangen hatten, wünschte ein bedeutenderer Häuptling ihren Besuch. Es war Powhatah, der über ein großes Gebiet herrschte und dem die anderen Häuptlinge huldigten.

Die Begrüßungszeremonie beim großen Powhatah unterschied sich etwas von den eher erheiternden Szenen, die

die Begegnungen mit den anderen Häuptlingen dargestellt hatten.

Powhatah empfing die Bleichgesichter nicht so bereitwillig wie die anderen Häuptlinge. Er befürchtete nämlich, sie könnten die Absicht haben, die flußaufwärts liegenden Kupferminen auszubeuten und ihm das für Schmuck und Gerätschaften benötigte Kupfer zu rauben.

Die Perlen und den anderen Tand nahm er zumindest anerkennend in Empfang und revanchierte sich mit Lebensmitteln und Tabak, nicht aber ohne ihnen deutlich zu machen, daß er ein großer Herrscher sei. Er umarmte Captain Newport als Anführer der Bleichgesichter, ein Zeichen dafür, daß er zur Freundschaft bereit war. Und die großen Wasserfälle des James River, zu denen er sie führte, waren so schön und ehrfurchtgebietend, daß die Engländer nur dastehen und sie stumm bewundern konnten. Sie wußten nun, daß sie diese Stelle nicht überwinden konnten, und den Landweg nehmen mußten, wenn sie weiter flußaufwärts vordringen wollen.

»Es ist sehr wichtig, daß wir mit diesem Häuptling freundschaftliche Beziehungen pflegen«, sagte John zu Newport und Archer. »Er ist der mächtigste, dem wir bis jetzt begegnet sind. Er schließt nicht so bereitwillig Freundschaft mit uns wie die anderen. Da ich mir denken könnte, daß er uns ein wenig mißtraut, wollen wir ihn zu einem Festmahl einladen und ihm Schweinefleisch mit Bohnen auftischen. Morgen feiern wir Pfingsten, und wir wollen diesen Tag festlich begehen.«

»Ich bin einverstanden«, sagte Newport, und die Einladung wurde durch Nauiraus überbracht und von Powhatah freudig angenommen.

Beim Festmahl, das an den Wasserfällen stattfand, saß Nauiraus wie gewohnt neben John.

»Sag dem großen Häuptling«, bedeutete John ihm, »daß wir ins Kupferland vordringen wollen.«

Nauiraus gab dies an Powhatah weiter, der dazu eine Zeitlang schwieg, um dann in drohendem Ton etwas zu sagen.

»Nein«, übersetzte Nauiraus. »Nicht gut.« Dann machte er Zeichen, die andeuten sollten, daß es im Kupferland mächtige Krieger gäbe. In der Zeit des Blätterfalls wären sie gegen Powhatah gezogen. Es hätte ein großes Gemetzel gegeben. Sie würden die Bleichgesichter ebenso töten wie die großen Stämme des Powhatah-Landes.

Powhatah wollte das Thema fallenlassen, Newport und John aber nicht. Daher erhob sich Powhatah mit seinem Gefolge und verließ die Engländer, ehe die Pfeife geraucht worden war.

Nauiraus schüttelte den Kopf. »Schlecht. Schlecht«, murmelte er.

John war beunruhigt. »Wir hätten nicht in ihn dringen sollen«, sagte er. »Da er uns klar zu verstehen gab, daß er darüber nicht sprechen will, könnte es sein, daß wir ihn beleidigt haben.«

»Wir sind schon sehr lange fort von unserem Fort«, sagte Newport. »Mein Unbehagen wächst, da ich nicht glaube, daß Wingfield sich auf den Umgang mit den Eingeborenen so gut versteht wie Ihr. Ich könnte mir denken, daß er ihnen zuviel Vertrauen schenkt, nur weil sie ein paar Perlen annehmen und ihm ein, zwei Tabakspfeifen anbieten. Ich glaube, wir sollten zum Fort zurückkehren und bei anderer Gelegenheit tiefer landeinwärts vordringen.«

John sah dies ein und war einverstanden.

»Ehe wir gehen«, sagte Newport, »wollen wir diese Stelle für England markieren.

Die Pioniere umstanden Captain Newport, als er das Holzkreuz mit der Inschrift *Jacobus Rex 1607* in den Boden rammte.

Sie bildeten einen Kreis um das Kreuz, und als Newport die Hand hob, riefen sie einstimmig: »Lang lebe der König! Sankt Georg für immerdar!«

Die Eingeborenen, die aus der Nähe zusahen, konnten sich vor Staunen über das plötzliche Geschrei der Engländer nicht fassen.

Später kamen sie näher, um das Kreuz zu betrachten.

Aber keiner wagte es zu berühren, aus Angst, es könnte ein Zauberding sein.

Sie raunten untereinander und deuteten immer wieder auf das Kreuz. Selbst Nauiraus ließ Argwohn erkennen.

John kam auf die Idee, ihm zu erklären, die zwei Arme des Kreuzes stellten die Bleichgesichter und die Powhatah dar, und das Kreuz sei ein Sinnbild für Liebe und Freundschaft.

Da erhellte sich Nauiraus' Miene, und er beeilte sich, Powhatah zu beruhigen, worauf der große Häuptling sofort darauf bestand, die Zeremonie solle unter seiner Teilnahme wiederholt werden.

Es blieb ihnen also nichts anderes übrig, als das Kreuz aus dem Boden zu reißen und alles zu wiederholen. Powhatah nahm in der vollen Pracht seines Kopfputzes und Mantels aus Truthahnfedern Aufstellung, um den Bleichgesichtern zu imponieren, und als die Engländer ausriefen: »Lang lebe der König und Sankt Georg immerdar«, sprangen der Häuptling und seine Krieger in die Luft und stimmten in die Rufe ein.

Trotz der anfänglichen Mißstimmung wegen des Kupferlandes war es ein sehr gelungenes Fest, obwohl ein Eingeborener beim Diebstahl eines Beils ertappt wurde. Mit einem Wutschrei schlug ihm einer der Seeleute auf den Arm, um ihm das Beil zu entreißen, worauf ein Eingeborener auf den Seemann einhieb.

Es war nur eine Bagatelle, wurde aber von Powhatah und seinen Männern, die sich abermals sichtlich gekränkt entfernten, als grober Verstoß gegen die Etikette angesehen.

»Höchste Zeit, zum Fort zurückzukehren«, sagte Newport.

So traten sie den Heimweg an. Der Häuptling von Arahetec, der sie schon auf ihrem Weg flußaufwärts empfangen hatte, lud sie wieder zu sich ein. Er hätte ihre ›scharfen Getränke‹ sehr genossen, gab Nauiraus ihnen zu verstehen. Und jetzt wollte er sehen und hören, wie die Bleichgesichter ihre Waffen anwendeten.

Diesem Wunsch wurde unter vielem Gestikulieren und Gelächter entsprochen, schließlich wurde eine Muskete abgefeuert, woraufhin der Häuptling sich die Ohren zuhielt und seine Krieger im Wald Schutz suchten.

Danach war es mit der Begeisterung des Häuptlings für die Bleichgesichter nicht mehr weit her, da er den Blick nicht von den Musketen losreißen konnte und man ihm ansah, daß er glaubte, sie würden einen bösen Geist in sich bergen.

Ihre nächste Begegnung hatten sie mit einem weiblichen Häuptling – einer kräftigen Erscheinung, mehr Mann als Frau –, die mit vielen Perlen und Kupferzierat geschmückt war, welche den größten Teil ihres Körpers bedeckten. Sie empfing die Fremdlinge hocherfreut, saß mit ihnen zusammen, aß mit ihnen und rauchte mit ihnen. Auch sie verlangte, das Teufelsding zu hören und zu sehen, doch als die Muskete abgefeuert wurde, zuckte sie kaum mit der Wimper und rührte sich nicht.

Schließlich erreichten sie Pamaunke, das Gebiet eines Häuptlings mit Namen Opechancanough, und Nauiraus machte John verständlich, auch dieser große Häuptling wünsche den Besuch der Bleichgesichter.

Opechancanough gehörte zu den größten Häuptlingen, und unterstand nur dem, der mit seinem richtigen Namen Wahunsanock hieß, aber nach dem Gebiet, das er beherrschte, Powhatan genannt wurde. Opechancanough würde nach dem Tod Powhatans dessen Nachfolger werden, weshalb man ihm mit größter Ehrerbietung begegnen mußte.

Sie verließen ihr Boot und wurden zu seinem Wigwam in der Mitte des Dorfes geführt. Da saß nun Opechancanough, dem man ansah, daß er sich mit äußerster Sorgfalt zurechtgemacht hatte.

Sein Kopfschmuck aus Federn und toten Tieren war Objekt großen Interesses für alle. Sein Gesicht war grellblau bemalt, um seinen Hals lagen Kupferperlen. An einem Ohr hing ein großer Kupferring, am anderen ein totes Tier. Auf einer Matte sitzend, empfing er sie mit einer übertrieben würdevollen Haltung, die er sich so offenkundig anmaßte, um die Fremden zu beeindrucken, daß diese es nur komisch finden konnten.

Als jedoch Nauiraus den Empfang durch andere Häuptlinge schilderte, wurde Opechancanough ein wenig zugänglicher. Es wurde Essen gebracht, man rauchte, und Weiße und Rothäute blickten dem aufsteigenden Rauch nach.

John freilich spürte eine Veränderung in der Haltung der Eingeborenen, die ein gewisses Unbehagen verriet. Er hätte zu gern den Grund dafür gewußt.

Zu Newport gewandt sagte er: »Ich spüre, daß etwas passiert ist, das ihre Gefühle uns gegenüber verändert hat.«

»Ich werde froh sein, wenn ich das Fort wiedersehe«, erwiderte Newport beklommen. »Wir sind schon zu lange unterwegs.«

»Wir werden von Opechancanough rasch Abschied nehmen«, gab John zurück. »Bis Jamestown ist es nur eine Tagesreise.«

Sie verabschiedeten sich von Opechancanough und gingen zurück zu ihrem Boot.

Die Eingeborenen standen am Ufer und sahen ihnen nach, und als sie schon den Fluß hinunterglitten, rief John nach Nauiraus, doch dieser blieb verschwunden.

»Nauiraus!« rief John. »Wo ist Nauiraus?«

Zu seiner Enttäuschung entdeckte er, daß Nauiraus nicht mit ihnen im Boot saß. John, der schon gelernt hatte, sich ein wenig in die Eingeborenen einzufühlen, spürte, daß dies ein Vorfall von einiger Bedeutung war. Nun hatte er es ebenso eilig wie Newport, das Fort zu erreichen.

Wingfield, der sichtlich mitgenommen wirkte, hieß sie mit großer Erleichterung willkommen.

»Die Eingeborenen haben uns angegriffen«, sagte er. »Und es kann kein Zweifel daran bestehen, daß sie wiederkommen werden. Sie schlichen sich unbemerkt an, als die meisten von uns bei der Feldarbeit waren. Die wenigen übrigen mußten das Fort verteidigen.«

»Wie konnte das geschehen?« rief Newport aus. »Wurden denn nicht ständig Wachen aufgestellt?«

Wingfields Miene verriet Verlegenheit. »Wir hielten sie für unsere Freunde. Das waren sie auch … und dann kam plötzlich dieser Angriff. Wie ich schon sagte, haben sie sich unbemerkt angeschlichen.«

John stieß eine Verwünschung aus. »Kein Wunder«, entfuhr es ihm. »Seht Ihr, wie Gestrüpp und Gras um den Palisadenzaun wuchern? Sie konnten ganz nahe herankriechen, ohne gesehen zu werden. Als erste Vorsichtsmaßnahme muß das Gras um die Palisade ganz kurz gehalten werden.«

Wingfield ließ Johns Kritik mit erstaunlicher Ruhe über sich ergehen. Und Newport dachte. ›Dieser Wingfield ist unfähig. Ein Jammer, daß er zum Präsidenten gewählt wurde. Und was John Smith betrifft, so ist er zweifellos der fähigste Mann der Expedition, doch ist er keiner, der Dummköpfe erträgt oder seine Zunge im Zaum halten kann. Das wird noch Ärger geben … viel Ärger.‹

»Laßt das Gras sofort mähen«, befahl Newport. »Wir werden dafür sorgen, daß die Geschütze auf der Palisade ständig bemannt sind.«

Wingfield rief einen der Männer herbei und gab den Befehl weiter.

»Und jetzt berichtet uns die Einzelheiten«, sagte Newport. »Gab es Tote?«

»Einen Jungen. Siebzehn Mann erlitten Pfeilwunden. Ich selbst bin knapp dem Tod entronnen.«

Der Preis der Unfähigkeit! dachte John und die Erwiderung lag ihm auf der Zunge – und er hätte sie geäußert, hätte er nicht einen warnenden Blick Captain Newports aufgefangen.

»Ein Pfeil hat mich erwischt.« Wingfield ließ ein Lachen hören, das ein wenig hysterisch klang. Er strich über seinen Bart. »Der hier war meine Rettung. Der Pfeil ging hindurch und hat mit nicht einmal einen Kratzer verpaßt.«

»Dann laßt uns Gott für diesen Glücksfall danken«, sagte Newport.

»Unser Ende wäre nahe gewesen, hätten die Männer auf der Pinasse nicht gesehen, was sich hier zutrug. Sie feuerten ihre Geschütze ab, und die Wilden liefen voller Angst davon.«

Newport schwieg, und Wingfield fuhr fort: »Ich verstehe gar nicht, warum ihre Haltung uns gegenüber sich geändert hat. Sie waren freundlich und brachten uns Geschenke, und wir gaben ihnen Perlen und Spieltand. Warum war es plötzlich mit ihrer Freundschaft vorbei?«

John konnte nicht mehr an sich halten. »Sie sahen, wie hoch das Gras um die Palisade gewachsen war. Wilde bringen Dummköpfen keine Achtung entgegen.«

Wingfield zuckte leicht zusammen, nahm aber den Tadel widerspruchslos hin.

»Wenn wir mit diesen Menschen friedlich zusammenleben wollen, müssen wir uns ihren Respekt bewahren«, fuhr John fort. »Wir müssen ihnen zeigen, daß wir ihnen in allen Belangen ebenbürtig sind – nein, wir müssen uns als Überlegene beweisen. Das bedeutet, daß wir nicht nur sie, sondern auch uns im Auge behalten müssen.«

»John Smith hat recht«, sagte Newport. »Er ist viel herumgekommen und hat viel gelernt.«

John wandte sich aufgebracht an Newport. »Nauiraus wäre als Bote für uns von unschätzbarem Wert gewesen. Er war das Beste, was die Erkundungsfahrt uns bescherte, und jetzt … ist er für uns verloren. Er wußte, was hier geschehen war und hat uns deshalb verlassen. Aus einer Belanglosigkeit kann sich schnell eine Tragödie entwickeln.«

Damit drehte John sich um und ging. Wingfield und Newport sahen ihm nach.

Wingfield wortlos, da er sich zu sehr schämte. Und Newport dachte daran, daß er bald nach England aufbrechen müsse. Und was sollte dann werden?

9.
Spannung in Jamestown

Der Juni neigte sich dem Ende zu, die *Susan Constant* und die *Godspeed* wurden mit Zedern und Sassafras beladen. Die führenden Männer der Expedition waren zum Abendessen in die Kapitänskajüte an Bord der *Susan Constant* geladen, da Captain Newport am Tag darauf mit den zwei Schiffen die Fahrt nach England antreten wollte.

Allenthalben war Spannung spürbar. Auch die Männer, die nach Hause zurückkehrten, waren besorgt, da sie wußten, daß die aus Virginia mitgebrachte Fracht bei der Company Enttäuschung auslösen würde. Zedernholz und Sassafras waren ein armseliger Ersatz für Gold und Edelsteine, die man erwartet hatte.

Den Zurückbleibenden aber war noch banger zumute.

Die Eingeborenen, die wieder angegriffen hatten, waren als Angehörige des Stammes der Paspahegh erkannt worden. Seitdem man aber das Gras um die Palisade gemäht hatte und die Wilden Geschützfeuer gehört hatten, waren sie weniger dreist.

Einige waren getötet worden, und die Totenklage, die im Anschluß an dieses Ereignis jammervoll aus den Wäldern ertönte, erfüllte nachdenkliche Männer wie John mit bösen Vorahnungen. Er spürte, daß alles, was er auf seiner Fahrt flußaufwärts erreicht hatte, durch das törichte Verhalten der im Fort Zurückgebliebenen zunicht gemacht worden war.

In gewisser Hinsicht freilich war John glücklicher als seit Antritt der Reise. Wingfield, keinesfalls ein schlechter, sondern nur ein von sich eingenommener und manchmal nicht sehr klarsichtiger Mensch, hatte eingesehen, daß es einer Torheit gleichkäme, sich von Johns zuweilen dominierenden unangenehmen Eigenschaften blind gegen seine Vorzüge machen zu lassen. Er teilte nun die allgemeine Meinung, daß die Kolonie Männer wie Smith brauchte, und war bereit, ihre Differenzen zu vergessen; nicht zuletzt, weil er wußte, daß John nicht nachtragend war. Er hatte keine Zeit dafür, da er nur ein einziges Ziel vor sich sah, eine blühende Kolonie. Stellte sich die Erinnerung an erlittene Kränkung diesem Ziel in den Weg, war John der erste, der bereit war zu vergessen.

Auch Newport hatte Johns überragende Fähigkeiten erkannt und war entschlossen, ihn wieder voll zu rehabilitieren, damit der Schandfleck der Meuterei für immer getilgt würde. Er drang darauf, den Fall neu aufzurollen, und als dies geschah, wurde John völlig entlastet und als ehrenwertes Ratsmitglied anerkannt.

Johns Freude war so groß, daß er sich durch besonderen Arbeitseifer hervortat und seine Meinung wieder offen äußerte. Newport verspürte allgemeine Erleichterung.

Wingfield, der nun glaubte, in Gosnold und Archer mögliche Widersacher zu sehen, stellte sich Johns Rehabilitierung nicht in den Weg.

Als man nun bei Tisch saß, war die Stimmung finster.

»In zwanzig Wochen komme ich mit Nachschub zurück«, sagte Newport.

»Unsere Vorräte reichen aber nur für etwa fünfzehn Wochen«, gab Gosnold ernst zu bedenken.

»Ach was!« rief John aus. »Wir werden mit den Eingeborenen ein wenig Handel treiben, und wenn die Vorräte schrumpfen, werden wir sie eben sorgfältig einteilen müssen.

»Das gefällt mir nicht«, wandte Gosnold ein.

Aber John ließ sich nicht beirren. Sie würden mit dem Aufbau der Kolonie fortfahren, bis Captain Newport mit Proviantnachschub wiederkäme.

Sie empfingen das Heilige Sakrament, und dann beteten sie mit Robert Hunt um eine gute Überfahrt und um Sicherheit für die Zurückbleibenden.

»Kommt«, sagte Newport zu Wingfield beim letzten Lebewohl. »Kopf hoch, Mann. Ihr werdet allen Stürmen standhalten, bis ich mit den Schiffen wiederkomme.«

»Ich traue Gosnold nicht und Archer ebensowenig«, murmelte Wingfield. »Gosnold könnte Verdruß bereiten, wenn er es darauf anlegt. Und Archer würde es tun, wenn er könnte.«

»Haltet Euch an John Smith«, riet Newport ihm. »Er ist ein Mann, der Träume hat und zugleich praktische Begabung und Klugheit besitzt. Eine seltene Mischung. Ich verlasse Euch beruhigter, da ich nun weiß, daß er wieder Ratsmitglied ist.«

»Ich habe den Burschen falsch eingeschätzt«, murmelte Wingfield, »aber er wäre brauchbarer, wenn er seine eigenen Tugenden nicht so hoch einschätzen würde.«

»Nein«, sagte Newport. »Er ist ein Mann, der erreichen wird, was andere für unmöglich halten, nur weil er glaubt, daß für John Smith alles möglich ist. Gebt ihm Autorität. Hört auf ihn. Er gehört zu denen, die Virginia für England retten werden.«

Am nächsten Morgen stand ein Grüppchen am Strand und sah zu, wie die *Susan Constant* und die *Godspeed* in See stachen.

Kaum waren die Schiffe losgesegelt, als Unheil über die Kolonisten hereinbrach.

Das Wetter änderte sich. Die Sonne, welche Erinnerungen an die schönsten englischen Sommertage wachgerufen hatte, brannte nun mit unvorstellbarer Glut vom Himmel. Die Frische der Luft war verflogen, als der Frühling von sengender Hitze abgelöst wurde.

Für viele Kolonisten, die körperliche Arbeit nicht gewohnt waren, wäre die schwere Arbeit unter freiem Himmel auch im englischen Sommer eine Plackerei gewesen. Das Klima Virginias hatte ihnen die erste Lektion erteilt.

Tag für Tag wurden die Menschen von der sengenden Sonne geweckt. Der nahezu ausgetrocknete Fluß präsentierte sich als übelriechendes Schlammrinnsal.

John, der seine Gefährten beklommen beobachtete, wußte, daß noch der Rest des Monats und der ganze August vergehen mußten, ehe man im September auf kühleres Wetter hoffen durfte.

Eines Tages ruderte er hinaus zur *Discovery*, um nach den Getreidevorräten im Laderaum zu sehen.

Es war ein heißer Tag, den er nie vergessen würde. Er warf einen Blick zurück zur Küste, die in der Hitze flimmernd dalag, sah die hohen Bäume, die herrlichen Wiesen und die Blumen, die sich nun in leuchtenderen Farben zeigten als jene, die sie bei ihrer Ankunft erblickt hatten.

Er hatte sich Sorgen wegen des Winters gemacht, nie aber war ihm der Gedanke gekommen, daß der Sommer ihnen zum Verhängnis werden könnte.

Nun war ihm klar, daß das Getreide, das sie ausgesät hatten, nicht rechtzeitig geerntet werden konnte, um sie vor Engpässen zu bewahren, und er verwünschte die Torheit der Expeditionsleitung, die die Reise verzögert hatte, während er in Ketten lag. Hätte man auf den Westindischen Inseln nicht so lange verweilt, wäre die Aussaat zu der Zeit erfolgt, in der auch die Eingeborenen säten. Diese würden nun eine reiche und frühe Ernte einbringen, während die Siedler leer ausgingen.

John schätzte Captain Newport und wußte auch, daß viele Passagiere des Todes gewesen wären, hätte der Kapitän ihnen nicht eine Ruhepause und festen Boden unter den Füßen gegönnt. Der Preis dafür war jedoch zu hoch.

Er stieg hinunter in den Frachtraum und öffnete einen der Getreidesäcke.

»Das wird uns viele Monate am Leben erhalten«, murmelte er.

Doch als er hineinsah, bemerkte er, daß sich dort etwas regte, und ein genauerer Blick zeigte ihm, daß der ganze Sack in Bewegung war. Er enthielt mehr Getreidekäfer als Körner.

In fieberhafter Eile riß er die restlichen Säcke auf. In allen wimmelte es vor Käfern.

John stand da und starrte eine Zeitlang blicklos vor sich hin.

Was nun? fragte er sich. Wie können wir bis Newports Rückkehr überleben?

Es gab nur eine Antwort. Man mußte mit den Eingeborenen handeln. Einheimisches Getreide mußte sie bis zur Rückkehr der Schiffe am Leben erhalten.

Er ruderte zur Küste. Sofort berief er eine Ratsversammlung ein, um den anderen von seiner Entdeckung zu berichten. Die Nahrungsmittel mußten ab sofort streng rationiert werden.

Als er an Land ging, sah er, wie zwei Männer einen dritten schleppten. Er ging zu ihnen und fragte, was geschehen sei. Schon befürchtete er, daß wieder einer der Kolonisten einem Eingeborenenpfeil zum Opfer gefallen wäre.

»Er klagte über Übelkeit und Kopfschmerzen«, sagte einer der Männer, »und dann ... dann brach er zusammen.«

John untersuchte den Mann, und neue Furcht überfiel ihn. Ihm waren schon viele untergekommen, die so ausgesehen hatten. Dieser hier war Opfer eines besonders gefährlichen und sehr ansteckenden Fiebers.

Er wußte, daß dies für die Kolonie ein schwererer Schlag war als die Entdeckung, die er im Laderaum der Pinasse gemacht hatte, als er die Säcke öffnete.

Der Tod schwebte über Jamestown. An Arbeit war nicht zu denken. Tag für Tag stieg die Zahl der Fieberkranken. Und mit jedem Tag nahm die Hitze zu.

Die Palisadensiedlung war keine Festung mehr; sie wurde zum Lazarett, als einer nach dem anderen vom Fieber hingestreckt wurde und die wenigen Gesunden, die von der Krankheit unberührt blieben, alle nötigen Arbeiten, darunter das Begraben der Toten, übernehmen mußten.

In den Nächten war das Stöhnen der Kranken laut zu hören, so daß John, der mitansehen mußte, wie die Zahl der Kranken ständig stieg, sich fragte, wie lange es noch dauern würde, bis die Eingeborenen Wind von der Lage der Festung bekämen und beschlossen, den Eindringlingen, die ihnen ihr Land raubten, ein Ende zu bereiten.

Sie sahen sich einer Hungersnot gegenüber, und es war ausgeschlossen, sich hinauszuwagen und einen Versuch zu machen, mit den Indianern zu handeln. Einige wenige bearbeiteten mühselig und halbherzig die Anbauflächen, obwohl sie wußten, daß die Aussaat zu spät erfolgt war. Die Ansiedlung war von Lethargie erfaßt worden. »Unsere Tage sind gezählt«, klagten die Siedler. »Warum sollen wir versuchen, unser Leben zu verlängern, wenn es doch nur ein elendes Leben sein wird?«

Es schien, als wäre nur einer unter ihnen, der die Hoffnung nie sinken ließ und sich hartnäckig weigerte, die Niederlage hinzunehmen. Er reizte die anderen damit fast unerträglich, obwohl sie ihm grollend ihre Bewunderung nicht versagen konnten.

Virginia war für ihn Frau, Kinder und Heim, und John Smith hätte alles auf sich genommen, um seine Familie zu schützen.

»Wir dürfen Jamestown nicht aufgeben«, wiederholte er unermüdlich. »Mit dieser unerträglichen Sommerhitze haben wir nicht gerechnet. Aber sie wird vorübergehen. Der Herbst wird kommen und ebenso schön sein wie der Frühling.«

Aber als John Smith eines Tages vom Bett aufstehen wollte, gaben seine Knie unter ihm nach, und er fiel zurück. Er verspürte Übelkeit und Schwindel und wußte nun, daß ihn wie so viele andere das Fieber überfallen hatte.

Die Nachricht verbreitete sich wie ein Lauffeuer. »John Smith ist am Fieber erkrankt. Wer wird sich nun um unsere Rationen kümmern? Wer wird uns nun einhämmern, daß nur die Kolonie zählt und sonst nichts? Was soll aus John Smith werden?«

Drei Tage lang lag er im Bett, ohne sich rühren zu können, und er hatte das Gefühl, dem Tod näher zu sein als jemals zuvor. Doch war es ihm schon zur Gewohnheit geworden, dessen eiskaltem Griff zu entkommen.

»Ich werde nicht sterben«, wiederholte er immer wieder. »Ich muß leben. Ich muß Virginia für England retten.«

Einer der Kolonisten, der ihn sehr bewunderte, übernahm seine Pflege, und von ihm erfuhr John, was in der Ansiedlung vor sich ging.

»Es herrscht ständige Unzufriedenheit«, hörte er. »Man fragt sich, wie man von einem halben Pint Weizen und ebensoviel Gerste in Wasser gekocht überleben kann – das ist alles, was es für einen Tag gibt.«

»Sie können von Glück reden, wenn sie so viel bekommen!« gab John zurück.

»Seit Ihr erkrankt seid, hörte man allenthalben Murren. Es gibt einige, die alle unsere Schußwaffen und Beile den Eingeborenen gegen Nahrungsmittel geben wollen.«

Der Gedanke an diese Dummheit trieb John neuerlich Schweiß auf die Stirn.

»Das muß mit allen Mitteln verhindert werden«, stieß er hervor.

»Ja, Master Smith, glücklicherweise wurde noch nichts unternommen. Alle fürchten die Pfeile, die sie treffen könnten, ehe sie Zeit haben, mit dem Feilschen zu beginnen.«

»Es darf nicht dazu kommen! Es darf nicht dazu kommen!«

In seinem Fieberdelirium wiederholte John diese Worte immer wieder, die wie Trommelwirbel in seinem Kopf widerhallten.

In jener Nacht vermeinte John, eine Gestalt in seinem Zelt zu sehen, und er wußte, daß es der Tod war.

Es war das gleiche Gefühl wie damals, als Timor mit der Peitsche in der Hand vor ihm gestanden hatte. Und John Smith rang mit dem Tod, wie er mit Timor von Nalbrits gerungen hatte. Und als am Morgen sein Pfleger nach ihm sah, fand er John erschöpft und bleich auf seiner Lagerstatt liegend ... so bleich, daß er ihn im ersten Moment für tot ansah.

Aber John Smith war nicht tot. Er war bleich, weil das Fieber von ihm gewichen war, und als er sprach, klang seine Stimme klar und befehlsgewohnt.

John Smith hatte sein Fieber überwunden. Wieder einmal hatte er mit dem Tod gerungen und gewonnen.

Die Neuigkeit verbreitete sich in Windeseile. »John

Smith hat das Fieber überstanden. Er ist auf dem Weg der Besserung. Bald wird er wieder unter uns sein.«

Aber viele stöhnten: »Die Rationen werden dann noch kleiner sein. Krank wie wir sind, werden wir arbeiten müssen. Und wir werden zu hören bekommen, daß wir mit Freuden alle Opfer für die Kolonie bringen sollen. Ach, bald wird John Smith wieder unter uns sein und uns erbarmungslos antreiben.«

Trotzdem griff Erleichterung um sich. Alle wußten, daß sie nur hoffen durften, diese schreckliche Katastrophe zu überleben, wenn John Smith wieder auf den Beinen war und den Befehl übernahm.

John war wieder auf den Beinen, doch die Katastrophen sollten kein Ende nehmen. Die Augusthitze war noch ärger als die des Juli, und es tauchte ein weiterer Feind auf, der die Ansiedler peinigen sollte: die Malaria.

Bartholomew Gosnold war einer der ersten, der davon befallen wurde. John pflegte ihn, doch bald wurde auch seiner robusten Natur klar, daß Gosnold nicht überleben würde.

John war bei ihm, als sein Ende nahte, und Gosnold sprach von ihrer Begegnung in der Schenke in London, als ihr Projekt das Licht der Welt erblickt hatte.

»Für mich ist also dies das Ende, John«, sagte Gosnold. »Wer hätte gedacht, daß es so kommen würde ... Wäre es ein Eingeborenenpfeil gewesen, dann könnte man es hinnehmen. Aber hier, auf meinem Strohsack ... Wer hätte das gedacht?«

»Ihr dürft nicht verzagen. Ihr braucht Ruhe. Denkt daran, Bartholomew, daß ich da bin, um Euch zu pflegen.«

»Ihr ... John Smith, seid unbezwingbar. Ihr seid erkrankt und genesen. Ihr habt etwas an Euch, das wir Geringeren nicht besitzen.«

»Nein, aber ich bin jünger – deshalb habe ich mich erholt.«

»John, es ist Euer unbesiegbarer Geist. Jetzt, da ich auf dem Totenbett liege, bedaure ich meinen Zwist mit Wingfield. Er ist seiner Aufgabe nicht gewachsen, aber im Herzen ein guter und frommer Mann.«

»Denkt nicht an ihn.«

»Ich muß an euch alle denken ... euch, denen es zufällt, Virginia nach meinem Tod aufzubauen. Jetzt beschuldigt man Wingfield, sich an den Vorräten gütlich zu tun, während die anderen Hunger leiden. Das stimmt aber nicht. Er ist dazu nicht imstande.«

»Ich weiß, daß er es nicht könnte. Aber die Leute sind am Ende ihrer Kräfte. Sie würden ebensogut Euch oder mich beschuldigen.«

»Euch nicht, John. Sie sehen in Euch endlich das, was uns anderen von Anfang an Bewunderung abnötigte. Sogar im Unglück ist es sichtbar. John, wir haben uns geirrt. Wir hätten Euch zum ersten Präsidenten von Virginia machen sollen.«

Gosnold wandte ermüdet den Kopf ab, und John wischte ihm über die Stirn.

Er blieb noch eine Weile am Bett sitzen, obwohl es anderswo ebensoviel zu tun gab. Aber dies war etwas Besonderes – das Dahinscheiden eines alten Freundes.

Nach einer Weile stand er auf und beugte sich über Gosnold, um seine Stirn zu berühren und ein Lid anzuheben. Dann kniete er am Bett nieder, um für die Seele des Toten und um ein Wunder zu beten, das sie alle und Virginia retten würde.

Im August erkrankten Ratcliffe und Martin an Malaria, und John war es, der ihnen mit Hilfe Thomas Wottons, des Arztes, das Leben rettete.

Die Lage wurde immer schlimmer. Täglich kontrollierte John die Bestände und zählte die Tage, das Ende des Monats August herbeisehnend.

Doch der September war so heiß wie der August, und sehr oft sahen die Männer einen bemalten Körper aus dem hohen Gras um die Palisade herum auftauchen, da es einer räuberischen Rotte gute Deckung bot und es nun niemanden gab, der das Gras mähen konnte.

Jeden Moment erwarteten sie, wildes Kriegsgeschrei zu hören und fragten sich, was aus ihnen werden sollte. Wie konnten sie hoffen, sich selbst verteidigen zu können?

Im Inneren der Ansiedlung herrschten Krankheit und Verzweiflung und außerhalb brütende, unheilvolle Stille.

Eines Tages, sehr bald, werden sie kommen, dachte John. Und er bemühte sich, die Kolonisten auf dieses Ereignis vorzubereiten. Doch er fand nur halbherziges Gehör. Ein Krieg mit den Wilden erschien ihnen nur um weniges schrecklicher als das, was sie schon durchgemacht hatten.

Anklagen gegen Wingfield wurden laut, und der Rat verfügte einstimmig, daß er abgesetzt werden mußte.

John war der geeignetste, an seine Stelle zu treten, doch gab es noch immer viele, die einander in Erinnerung riefen, daß er unterwegs der Meuterei angeklagt worden war. Er sei zu herrisch, hieß es. Unter John Smith würde es heißen, arbeiten, immer nur arbeiten, da er Muße nicht zu kennen schien.

So wurde Ratcliffe zum nächsten Präsidenten gewählt, da man ihn nicht für übertrieben energisch hielt, und er nur als Gallionsfigur dienen würde. Und was John betraf, so würde er für die Kolonie arbeiten, ob er nun zum Präsidenten gewählt würde oder nicht.

Man wählte John als Sprecher, der zu Wingfield gehen und ihm die Entscheidung des Rates mitteilen sollte. Eingedenk dessen, was zwischen ihnen vorgefallen war und weil er fürchtete, der ehemalige Präsident könnte glauben, er frohlocke ob seiner Niederlage, übernahm John diese Aufgabe sehr ungern.

Da man ihm jedoch diese Aufgabe übertragen hatte, führte er sie auch aus.

»Ich komme mit unangenehmen Neuigkeiten«, eröffnete er Wingfield. »Der Rat hat Euch abgesetzt.«

Wingfield nickte. »Ich verstehe«, sagte er. »Ich habe mein Bestes getan. Aber wer kann bei einem solchen Abenteuer auf Erfolg hoffen! Alles hat sich gegen uns gewendet.«

»Man hat Ratcliffe an Eurer Stelle gewählt.«

»Dann müssen die Ratsmitglieder den Verstand verloren haben. Der offenkundige Nachfolger seid Ihr.«

»Sie sind anderer Meinung.«

»Ich sage ja, daß sie den Verstand verloren haben.«

»Ihr habt Eure Meinung geändert.«

»Ich bin ein Mensch, der seine Meinung ändert, wenn sein Blickfeld sich erweitert.«

»Danke«, sagte John. »Ich fürchte, wir haben einander falsch beurteilt.«

Sie wechselten einen Händedruck, ehe sie schieden. John hatte den Eindruck gewonnen, daß Wingfield aus dem Amt, dem er nicht gewachsen war, ohne Bedauern ausschied.

Zur allgemeinen großen Erleichterung ließ die Hitze Mitte September nach.

Alle schöpften wieder Hoffnung, und John scharte die kleine Gemeinschaft tatkräftig um sich, da Ratcliffe es zufrieden war, ihm alles zu überlassen. Nun war die Hitze gebrochen, und sie mußten hinaus ins Freie. Sie mußten ihre Häuser bauen und den Boden für weiteren Getreideanbau roden.

Er sah, wie dringend diese Männer geistiger Führung bedurften, da sie nicht nur körperlich, sondern auch geistig krank waren. Wenn er sie von England sprechen hörte, dann immer mit einem Verlangen, das sich als Wahnsinn in ihren Augen spiegelte. Sie dachten an den kühlen erquikkenden Regen, an die Sonne, deren Wärme nie unangenehm war. Sie sprachen von allem, was sie zurückgelassen hatten. Und auch jene, die in England in größtem Elend gelebt hatten, taten nun so, als hätten sie für dieses neue und schreckliche Land ein Luxusleben aufgegeben.

John beaufsichtigte den Bau einer Scheune, in der Reverend Robert Hunt manche Predigt halten sollte.

Nun war die Zeit gekommen, daß Handel mit den Eingeborenen unumgänglich wurde und John Nahrungsmittel kaufen mußte. Er unternahm eine Fahrt flußaufwärts, begleitet von ein paar Männern, von denen er das Gefühl hatte, daß sie ihm auf diese Weise bessere Dienste leisten konnten als in der Kolonie.

Die Eingeborenen näherten sich ihnen. Erst beobachteten sie ihn scheu, und als er ihnen Perlen, Nadeln und Fibeln anbot, zeigten sie ihm kleine Brotstückchen und einige Handvoll Bohnen.

John begriff. Sie glaubten, die Kolonie sei am Verhungern, und John würde bereit sein, für ein wenig Nahrung sehr viel zu geben.

Er versuchte es mit Zeichensprache und sagte ein oder zwei Worte, die er von Nauiraus gelernt hatte.

»Mehr«, sagte er. »Mehr!«

Die Eingeborenen ergänzten das kleine Häufchen mit einer Handvoll Bohnen.

John drehte sich um und bestieg sein Boot.

Auf den bemalten Gesichtern zeichnete sich Erstaunen ab, als sie einander anblickten, von Johns starker Persönlichkeit sichtlich beeindruckt.

Er war offenbar nicht gekommen, um zu betteln, sondern um zu handeln. Und sie fanden Perlen, Nadeln und Fibeln ebenso begehrenswert wie John Smith ihr Wildpret und ihre Bohnen.

Sie hatten sich geirrt. Wenn sie diese Schätze von den Bleichgesichtern haben wollten, mußten sie dafür bezahlen.

John kehrte mit einer Bootsladung voller Vorräte zur Ansiedlung zurück.

Mit welcher Erleichterung das Verstreichen des Septembers verfolgt wurde! Der gesundheitliche Zustand aller verbesserte sich, und Jamestown erwachte wieder zum Leben.

John unternahm immer mehr Expeditionen flußaufwärts und kehrte mit so viel Getreide und Bohnen zurück, daß er ein kleines Vorratslager einrichten konnte.

Mit dem kalten Wetter fanden sich Kraniche, Schwäne, Gänse und Enten in großer Zahl auf dem Fluß ein. Dies ergab einen abwechslungsreichen und appetitanregenden Speisezettel für die Ausgehungerten, die nach den Wochen des Mangels dringend kräftiger Nahrung bedurften.

John aber, dessen Blick ständig der Zukunft galt, wollte seine Vorräte aufstocken. Die Sommerhitze hatte sie alle überraschend getroffen, und John fürchtete nun den Winter, der mit seiner Kälte ebenso grausam werden konnte wie der Sommer mit seiner Hitze.

Aus diesem Grund unternahm er auch weiterhin Fahrten ins Gebiet der Powhatan und kehrte immer wieder mit Getreide für sein Vorratslager wieder.

Doch wenn John nicht da war, schien die Mißstimmung unter den Kolonisten zu wachsen. Das Heimweh nach England nahm bei einigen solche Dimensionen an, daß es ihre Gedanken völlig beherrschte.

John hatte die Absicht, noch weiter flußaufwärts vorzudringen und Beziehungen zu jenen Eingeborenen anzuknüpfen, auf die er seit seinen ersten Vorstößen ins Landesinnere mit Captain Newport nicht mehr getroffen war. Er änderte seine Absicht jedoch und kehrte fünf oder sechs Tage eher als geplant in die Ansiedlung zurück.

Kaum war er eingetroffen, als er auch schon wußte, daß etwas passiert sein mußte. Er las es in den beschämten Mienen der Männer, die er sah.

»Ist während meiner Abwesenheit etwas passiert?« fragte er.

»Nichts, Master Smith«, bekam er zu hören.

Er glaubte ihnen nicht.

»Wo ist Master Wingfield?« fragte er. Aber Master Wingfield war nirgends zu sehen. Und Captain Kendall ebensowenig.

Reverend Robert Hunt kam auf ihn zugelaufen. »John, es gibt Schwierigkeiten«, sagte er. »Ich danke Gott für deine Rückkehr.«

»Was ist geschehen?«

»Wingfield und Kendall sind Verschwörer. Ich habe erst heute davon erfahren, so geheim haben sie es gehalten. Doch der Schmied, den Master Wingfield der Gehorsamsverweigerung bezichtigt, hat es mir anvertraut. Sie haben Nahrungsmittel auf die Pinasse geschafft und wollen mit ein paar Auserwählten nach England entwischen.«

Johns Miene verfinsterte sich vor Zorn.

Dies war allerdings eine heimtückische Verschwörung, da sie beabsichtigten, Nahrungsmittel, die er unter Lebensgefahr von den Wilden beschafft hatte, mitzunehmen.

»John«, sagte Robert Hunt, »sie werden sicher von Eurer Rückkehr erfahren haben, und es könnte sein, daß sie schon in diesem Augenblick die Anker lichten.«

Ohne auch nur eine Sekunde zu zögern, rief John einige jener Männer zusammen, von denen er wußte, daß sie für ihn ihr Leben aufs Spiel setzen würden.

»An die Geschütze!« befahl er und stieg mit ihnen auf den Wehrgang, um die Kanonen auf das Schiff zu richten.

Er brüllte Befehle und sah zu seiner Erleichterung, daß Wingfield, Kendall und einige ihrer Mitverschwörer auf Deck der *Discovery* erschienen. »Ihr kleinmütigen Seelen!« rief John. »Ihr wolltet also nach England entwischen! Ihr wolltet Eure Gefährten im Stich lassen! Ich lasse Euch die Wahl: entweder ihr bleibt oder ich versenke Euch.«

Da sie John kannten, wußten sie, daß er es ernst meinte. Beschämt mußten sie hinnehmen, daß er ihre Pläne durchkreuzt hatte. Während sie ertappt und unsicher dastanden, schickte John Boote aus, die sie an Land bringen sollten.

Sie würden sich vor der Company als Verräter verantworten müssen.

Da John in Aufruhr und Verrat die größten Gefahren für die Kolonie sah, wollte er mit aller Strenge dagegen vorgehen.

Es sollte ein Gerichtsverfahren stattfinden, und die Strafe sollte hart ausfallen, da John auf seinen Vorstößen ins Landesinnere freie Hand brauchte und sich darauf verlassen mußte, daß in der Niederlassung während seiner Abwesenheit Ruhe herrschte.

Der Schmied, der Wingfield niedergeschlagen hatte, wurde zum Tod durch den Strick verurteilt, doch als er im Begriff stand, die Leiter zum Baumwipfel zu erklimmen, von dem er hängen sollte, drehte er sich zu John um und sagte: »Ich könnte Euch etwas verraten, das Euch sehr überraschen würde, doch tue ich es nur, wenn ich meine Freiheit wiederbekomme.«

John zögerte nur kurz. Nicht er war es gewesen, der den Schmied hatte hängen sehen wollen. Die Ratsversammlung hatte das Urteil gefällt. Er selbst wußte um den Wert eines Menschenlebens, und sie hatten durch Fieber und Malaria schon zu viele verloren, um auch nur ein einziges leichtfertig auszulöschen.

»Der Schmied soll im Austausch gegen seine Information am Leben bleiben«, sagte er.

Man brachte den Schmied in den Versammlungsraum, und dort fing er an zu sprechen.

»Ihr Gentlemen wißt, daß England und die englischen Kolonisten einen großen Feind haben. Und warum? Weil dieser Feind die ganze Neue Welt für sich möchte. Ich spreche von den Spaniern. Captain Kendall war ein sehr angenehmer Gentleman, der beim Aufbau der Siedlung tüchtig Hand anlegte. Aber er ist Katholik, Gentlemen. Und er steht im Sold Spaniens. Er hat nur mitgemacht, um auf unseren Untergang hinzuarbeiten und die englische Kolonie in Virginia auszulöschen. Ich habe gehört, wie er sich mit Master Wingfield besprach. Ich habe sie zusammen gesehen und konnte sie beobachten. Und aus diesem Grund habe ich Master Wingfield niedergeschlagen. Diese Männer sind Katholiken und stehen in spanischen Diensten.«

Die Ratsversammlung war wie vom Donner gerührt, und wenn es einen unter ihnen gab, der bei der Erwähnung Spaniens vor Wut fast erstickte, so war es John Smith.

Das war nun mit Sicherheit das größte Unglück, das ihnen zustoßen konnte.

Captain Kendall! Ein Mann, der bei allen in hohem Ansehen gestanden hatte.

John bestand auf einer gründlichen Untersuchung. Er rief Wingfield zu sich, denn so zornig er ihm gegenüber war, so glaubte er doch nicht, daß er sich des Verrats an England schuldig gemacht hatte.

Und doch hatte er geplant, mit der Pinasse zu entkommen.

»Habt Ihr gewußt, daß Kendall Katholik ist?« fragte John.

»Natürlich wußte ich es. Wir beide sind Katholiken.«

»Ich möchte Kolonisten nicht ihrer religiösen Überzeugung wegen verfolgen«, sagte John. »Aber wenn Ihr als Katholik bereit wart, gegen England zu arbeiten, so liegt die Sache anders.«

»Ich würde nie gegen England arbeiten.«

»Und doch wart ihr nahe daran, uns zu verlassen.«

»Nur weil ich glaube, daß wir den Winter nicht überstehen. Das habe ich oft genug gesagt.«

»Das ist eine Politik der Niederlage, und wer sie vertritt, für den ist bei uns kein Platz.«

»Wir müssen vernünftig sein«, gab Wingfield zurück.

»Und deshalb habt Ihr die Flucht geplant.«

»Wir wollten in England die wahre Lage schildern und mit Nahrungsmitteln zurückkehren.«

»Das wird Captain Newport tun.«

»Wir können nicht auf Captain Newport warten. Überdies könnte er Schiffbruch erlitten haben. Der Winter steht vor der Tür.«

»Ihr müßt mir alles sagen, was Kendall zu Euch sagte. Er ist Euer Glaubensbruder, aber wenn er für Spanien arbeitet, darf er nicht unter uns leben.«

Wingfield schwieg dazu. Obwohl überzeugter Katholik, war er entsetzt, daß er sich mit einem Mann eingelassen hatte, der für den Erzfeind Englands arbeitete. Handfeste Beweise gegen Kendall gab es zwar nicht, doch lastete nun ein schwerwiegender Verdacht auf ihm. Und John wußte, daß sie es sich nicht leisten konnten, einen Mann von Kendalls Fähigkeiten, der verdächtigt wurde, für Spanien zu arbeiten, unter sich zu haben.

Nach eingehender Gewissenserforschung gelangte John zu dem Schluß, daß man in diesem Fall sogar gezwungen war, die Gerechtigkeit außer acht zu lassen. Die Kolonie war gefährdet, und die Kolonie war das Wichtigste.

Deshalb riet er, Kendall zum Tode zu verurteilen; nicht weil er als spanischer Spion überführt worden war, sondern weil er unter diesem Verdacht stand und das Gegenteil nicht beweisen konnte. Das Risiko, daß sich der Verdacht bewahrheitete, durfte man nicht eingehen.

Kendall wurde erschossen. Wingfield wurde als Gefangener auf die Pinasse geschafft, und über Jamestown lastete Spannung.

Da Wingfield nun entehrt war, wurde Johns Position durch die Ratsversammlung noch gefestigt. Er wurde von den einst gegen ihn erhobenen Anklagen rehabilitiert und erhielt Entschädigungen – was eine Farce war, da Geld in einer Gemeinschaft wie Jamestown keine Bedeutung hatte.

John, der sich ständig der Notwendigkeit bewußt war, einen großen Nahrungsmittelvorrat anzulegen, ging entschlossen daran, Vorkehrungen gegen den Winter zu treffen.

Er fuhr mit der Schaluppe, die nach ihrer Ankunft in Virginia gebaut worden war, flußaufwärts zu einer Stelle, die von den Indianern Kecoughtan genannt wurde, da die Eingeborenen, denen er Mais abgekauft hatte, ihm verraten hatten, daß dort große Vorräte lagerten.

Sie kamen in Kecoughtan an und sahen zu ihrer Verwunderung an den Flußufern große Maishaufen, aber keinen Menschen in der Nähe.

Als John und seine Männer aus dem Boot stiegen, warnte er sie: »Haltet die Musketen bereit. Das will mir nicht gefallen. Womöglich hat man uns in eine Falle gelockt.«

Verstohlen drangen sie in den Wald vor, bis John auf einer Lichtung innehielt und lauschte. Plötzlich horte man ganz deutlich Gesang, der sich zu immer größerer Lautstärke steigerte, um am Höhepunkt in ein lautes Geheul auszuarten.

»Nicht feuern«, befahl John. »Wartet auf Befehle. Wir wissen nicht, was das bedeutet.«

Es raschelte im Unterholz, und im nächsten Moment stürzten etwa sechzig Eingeborene auf die Lichtung. Sie tanzten so versunken, daß John, der sie nicht aus den Augen ließ, den Eindruck gewann, sie hätten die Fremdlinge nicht wahrgenommen. Ihre Gesichter waren in verschiedenen Farben bemalt – einige rot, andere weiß, blau oder schwarz. Sie hatten ihre zeremonielle Kleidung angelegt, wie John erkannte. Dazu trugen sie Keulen, die sie wild gegen einen unsichtbaren Feind schwangen.

Ihnen voran schritten zwei, die eine grotesk bemalte Holzfigur trugen.

Als sie die Engländer gewahrten, erstarrten alle und stießen einen wilden Wutschrei aus. John merkte sofort, daß er und seine Leute in eine religiöse Zeremonie geraten waren, und daß die Tatsache, daß sie Zeugen eines geheiligten Ritus geworden waren, die Wilden erbittern und ihre Entschlossenheit steigern würde, die Weißen ohne weitere Umstände niederzumetzeln.

Als der Anführer der Gruppe einen lauten Kriegsschrei ausstieß, gab John Feuerbefehl.

Die Männer, die das Götzenbild trugen, wurden niedergemäht und lagen neben der Figur im Gras, während die anderen, vom Musketenfeuer in Angst und Schrecken versetzt, die Flucht ergriffen.

John trat vor und bückte sich nach dem Götzenbild. Es hatte die Gestalt eines Mannes, dessen gemaltes Antlitz zu einer Fratze unbeschreiblicher Grausamkeit verzerrt war.

»Der gefällt mir nicht«, sagte einer der Männer.

»Es soll Angst erwecken«, antwortete John. »Das soll uns eine Lehre sein. Respektiert wird von den Eingeborenen nur der, den sie fürchten. Rasch zurück zur Schaluppe! Sie werden ihre Angst vor unserem Musketenfeuer vielleicht überwinden, wenn sie entdecken, daß ihr Götzenbild in unserem Besitz ist.«

John trug die Holzfigur, während sie schleunigst zum Boot liefen.

John, der inzwischen den Charakter der Eingeborenen recht gut zu verstehen glaubte, blieb mit dem Schiff an Ort und Stelle und wartete. Er war gekommen, um Getreide einzutauschen, und wollte nicht eher nach Jamestown zurückkehren, bis er sein Vorhaben ausgeführt hatte.

Er glaubte, daß man sehr bald jemanden ausschicken würde, um das Götzenbild zurückzuholen.

Und er sollte recht behalten. Binnen einer Stunde kamen zwei der am grellsten Bemalten der Gruppe, die vor dem Musketenfeuer geflohen waren, vorsichtig ans Ufer geschlichen.

John rief sie an, die Holzfigur in die Höhe haltend, woraufhin die zwei Männer sich zu Boden warfen.

Ganz eindeutig, dachte John, hatten sie eine ihrer mächtigsten Gottheiten in Gewalt, eine Gelegenheit, die es weidlich auszunutzen galt.

Die beiden Eingeborenen fingen auf dem Boden liegend zu wehklagen an, und John, der sich bis zu einem gewissen Grad Kenntnisse ihrer Sprache angeeignet hatte, wußte, daß sie fragten, was sie den Bleichgesichtern für die Rückgabe des Götzenbildes bringen sollten.

John frohlockte. Er wußte, daß er einen hohen Preis verlangen konnte.

Er ging an Land und hockte sich neben den Wilden ins Gras, die seine Muskete mit angsterfüllten Blicken anschauten.

»Sechs von euch sollen so viel Mais und andere Nahrungsmittel bringen, daß dieses Boot voll beladen ist. Ist das geschehen, schwöre ich bei meinem Gott, euch das Götzenbild zurückzugeben.«

»Das ist der große Oke«, erklärten sie ihm. »Er könnte großes Unglück über dich bringen.«

»Er hat keine Macht, dem weißen Mann zu schaden«, erwiderte John gutgelaunt.

»Wir müssen sterben, wenn wir ihn nicht in seinen Tempel bringen.«

»Bringt die verlangten Nahrungsmittel, und er wird wieder euch gehören.«

Die Männer liefen fort, und es dauerte nicht lange, und sechs andere kamen und schafften Getreide und Wildpret zum Boot.

John sah ihnen zu, wie sie es beluden, und die ganze Zeit über stand er da, unter einem Arm das Bildnis Okes, während seine Hand fest auf der Muskete lag.

Als die Schaluppe beladen war, gab er ihnen die Götterfigur zurück.

Es war ein sehr guter Handel, und als er ihnen obendrein noch Perlen und ein paar Beile überließ, waren sie vor Freude außer sich.

Im Gras hockend stimmte ein Indianer einen Gesang an. Für englische Ohren hörte sich die Musik der Eingeborenen wie Katzenmusik an, trotzdem sparten John und seine Leute nicht mit Beifall, als das Lied verstummt war. Dann tanzten einige der Eingeborenen für die Engländer, und Pfeifen wurden gebracht, damit geraucht werden konnte.

Die mit Vorräten hochbeladene Schaluppe wiegte sich leicht auf dem Fluß, der Pfeifenrauch zog über der Gruppe seine Kreise.

Es war Zeit, zur Rückkehr aufzubrechen.

»Bleichgesicht, mein Bruder«, sagte der Anführer der Wilden. »Bleichgesicht gibt den großen Oke zurück, und Oke wird ihnen nichts tun.«

»Wir sind Brüder«, erwiderte John. »Bleichgesicht – Kupfergesicht. Wir sind Brüder.«

Sie trennten sich von den Indianern, die am Ufer standen und dem Boot nachsahen, das zurück zur Ansiedlung fuhr. Verwundert hörten die Eingeborenen dem englischen Gesang zu, den die Männer anstimmten.

»Es hätte uns das Leben kosten können und hat uns am Ende das gebracht, wofür wir ausgezogen sind«, sagte John seufzend.

»Aber diese kurzen Expeditionen verraten uns nur wenig über das Land. Bald kommt Captain Newport zurück und wird wissen wollen, welche Entdeckungen wir gemacht haben.«

»Wie kann man von uns Entdeckungen erwarten?« fragte einer der Männer. »Es hat uns all unsere Zeit und Erfindungsgabe gekostet, um am Leben zu bleiben.«

In Johns Augen leuchtete es auf. »Die Krankheit ist erloschen«, sagte er sinnend. »In der Ansiedlung liegen stattliche Vorräte bereit. Nach meiner Rückkehr will ich zu einem Vorstoß in eine bis jetzt noch nicht erforschte Gegend rüsten. Dieser Fluß hat einen Nebenfluß, den ich schon seit langem befahren möchte. Ja, noch bevor Captain Newport zurückkehrt, muß ich den Chickahominy River erkunden.«

10.
Den Chickahominy River aufwärts

John hielt eine Rede vor der Ratsversammlung.

»Captain Newport trifft bald mit frischem Nachschub aus England ein und erwartet, daß wir inzwischen Entdekkungen gemacht haben, von denen er der Company berichten kann. Daher schlage ich vor, zu einer Expedition aufzubrechen und den Chickahominy River zu erforschen. Die Zeit ist reif. Unsere Jammergestalten hier in Jamestown konnten sich in letzter Zeit reichlich an gutem Brot delektieren, an Erbsen, Kürbissen, Dattelpflaumen, Fischen und verschiedenem Wildpret. Von ihrem Heimweh nach England ist nun schon viel weniger zu hören. Ich kann die Ansiedelung jetzt gefahrlos verlassen, und ich plane, unverzüglich aufzubrechen.«

Die Versammlung zeigte sich mit seinem Vorschlag einverstanden. Alle wußten, daß von ihnen erwartet wurde, sie sollten auf Erkundung gehen und berichten, wie es um die Fruchtbarkeit des Landes und um alles andere bestellt war. Und man war sich einig, daß keiner unter ihnen über John Smiths Energie, Findigkeit und Forschergeist verfügte.

»Sehr gut«, fuhr John Smith fort. »So will ich meine Vorbereitungen treffen und schon morgen aufbrechen. Sieben Seeleute und ein Schreiner – er könnte uns von Nutzen sein – und einer der Gentlemen sollen mitkommen. Ich werde Master Jehu Robinson fragen, ob er mich begleiten möchte.«

Nachdem er sich der Zustimmung der Ratsversammlung versichert hatte, verlor John keine Zeit, seinen Plan in die Tat umzusetzen. Jehu Robinson fühlte sich sehr geehrt, daß Johns Wahl auf ihn gefallen war. Die anderen Teilnehmer waren Thomas Emry, ein Schreiner, und sieben Seeleute, unter ihnen der abenteuerlustige, aber eigenwillige George Cassen.

Es war Dezember, und auf dem Fluß wimmelte es vor allerlei Vögeln, die vom Meer kommend, hier Schutz suchten. Das Boot fuhr den Fluß hinauf, der zu beiden Seiten von hohen Klippen gesäumt wurde.

Sie waren etwa fünfzig Meilen weit gelangt, als der Landschaftscharakter sich völlig änderte. Die Klippen wichen Wäldern, und der Fluß, der nun viel mehr Gefälle und somit Stromschnellen aufwies, führte zahlreiche Bäume mit sich, so daß das ohnehin nicht sehr wendige Boot in der Fahrt behindert war. Dies war das erste Hindernis, und John überlegte schon, wie sie es schaffen sollten, die Bäume aus dem Weg zu räumen, als ein Kanu, von zwei Eingeborenen zwischen den Hindernissen geschickt hindurchmanövriert, die Stromschnellen überwand.

»Kanus!« rief John aus. »Das ist es, was wir brauchen!«

Er rief den Eingeborenen etwas zu.

Als sie nahe an das große Boot herangepaddelt waren, zeigte John ihnen Perlen und Tand, Dinge, mit denen er sich auf allen Fahrten reichlich ausrüstete. Mit den ihm zur Verfügung stehenden Worten und entsprechenden Gesten gab er ihnen zu verstehen, daß die Sachen ihnen gehören sollten, wenn sie die Weißen in ihrem Kanu flußaufwärts mitnehmen und als Führer fungieren würden.

Die Eingeborenen wechselten Blicke, und ihre Mienen verrieten Einverständnis. Sie hängten sich die angebotenen Perlen um den Hals und bedeuteten John, ins Kanu zu steigen.

John wandte sich an Jehu Robinson und Thomas Emry. »Ihr beide kommt mit.« Den Seeleuten befahl er: »Ihr bleibt hier und wartet auf unsere Rückkehr. Verlaßt das Boot nicht. Diese Gegend scheint dicht besiedelt zu sein. Ob die Eingeborenen feindselig sind, kann man nicht wissen, aber wenn ihr im Boot bleibt, seid ihr sicher.«

Daraufhin bestieg John, begleitet von Jehu Robinson und Thomas Emry das Kanu, das sie rasch flußaufwärts trug.

Die Seeleute blickten dem Kanu nach, bis es außer Sicht war und richteten sich dann darauf ein, auf dessen Rückkehr zu erwarten.

Nach einer halben Stunde wurden sie des Wartens überdrüssig.

George Cassen, der sich eine Führerrolle anmaßte, sagte: »Für Captain Smith mag das alles schön und gut sein. Immer ist er es, der das Vergnügen hat, während wir tatenlos zurückbleiben müssen. Ich möchte wetten, dort drüben gibt es Vögel und Wild.«

Die anderen blickten zum dichtbewachsenen Ufer, von wo immer wieder Geraschel im Unterholz oder ein Vogelruf zu hören waren.

»Wir haben unsere Musketen«, sagte der eine.

»Wir könnten an Land gehen, etwas schießen und das Wild zubereiten, damit es zur Rückkehr des Captains fertig ist«, schlug George Cassen vor. »Jede Wette, daß er nicht ungehalten sein wird, wenn ihn ein köstliches Mahl erwartet. Nun, was meint ihr?«

»Der Captain hat uns befohlen, im Boot zu bleiben«, gab einer zu bedenken.

»Gut, dann bleibst du eben hier«, sagte Cassen. »Und was ist mit den anderen? Habt ihr etwa Angst vor diesen Rothäuten?«

»Nein«, riefen alle. »Los, wir gehen. Wie George ganz richtig sagt, wird der Captain sich freuen, wenn er zurückkommt und ihn ein köstliches Wildgericht erwartet.«

Bis auf den einen, der Einwände erhoben hatte, kletterten die Männer ans Ufer und verschwanden bald im Dickicht.

Alleingelassen spitzte der Mann im Boot die Ohren und hörte bald einen wilden Kriegsruf, woraufhin ihm der Angstschweiß ausbrach, da er ohne Captain Smith und dessen besonnenen Befehlen vor einem Zusammenstoß mit den Wilden große Angst hatte.

Er war froh, daß er selbst gehorcht hatte und im Boot geblieben war, und er fragte sich schon, was er tun sollte, falls die anderen nicht wieder zurückkehrten.

Da hörte er einen Schreckensschrei und sah die anderen durch den Wald auf den Fluß zu laufen. George Cassen bildete den Abschluß, verfolgt von etwa zwanzig Wilden, furchterregend anzusehen in ihrer Kriegsbemalung.

Der Mann, der zurückgeblieben war, wartete angespannt, bereit, den Seeleuten an Bord zu helfen. Sie erreichten das Boot – einer, zwei drei … sechs. Aber ehe George Cassen die Uferböschung hinter sich bringen konnte, wurde er gepackt.

Die Wilden warfen seinen Körper in die Luft und fingen ihn auf, ehe sie unter teuflischem Gelächter mit ihm im Wald verschwanden.

Die fünf Seeleute kletterten an Bord, vor Angst und Anstrengung schwitzend

»Noch eine Minute länger«, keuchte einer, »und es wäre unser Ende gewesen. Hätte ich nicht so scharfe Augen … wir wären ihnen in die Hände gefallen …« Er hielt inne. »He, wo ist George?«

Derjenige, der zurückgeblieben war, sagte langsam: »Sie haben ihn erwischt. Ich fürchte, wir werden George nie wiedersehen.«

Alle drehten sich nun zu den Bäumen um, doch war von George Cassen und seinen Jägern keine Spur mehr zu sehen. Grauen erfaßte sie, so daß sie nicht wagten, einander anzusehen. Sie wußten, wie die Wilden mit ihren Feinden verfuhren, wenn ihnen danach zumute war. Es hätte jeden von ihnen treffen können.

Der Zurückgebliebene sagte: »Der Captain ist flußaufwärts gefahren. Er hat nur Master Robinson und Thomas Emry mitgenommen. Eigentlich sind die Wilden hinter dem Captain her, und in den Wäldern wimmelt es vor ihnen.«

»Was sollen wir tun?«

»Wir sollten schleunigst die Rückfahrt antreten. Ich glaube nicht, daß wir jemals einen der anderen wiedersehen werden, die mit uns zu dieser Fahrt den Chickahominy River aufwärts aufgebrochen sind.«

George Cassen war von grotesk bemalten Gesichtern umgeben, wilde Augen unter Kopfschmuck aus Federn und toten Tieren funkelten ihn an.

»Wo ist der große Häuptling der Bleichgesichter?« wurde er gefragt.

Cassen hielt den Atem an. Sie wußten also, daß John Smith in der Nähe war. John Smith war es, den sie jagten. Er, der große Häuptling der Weißen, er, der große Medizinmann. Sie respektierten ihn, weil sie ihn fürchteten. Aber zweifellos glaubten sie auch, daß hundert von ihnen seiner Kraft und Weisheit überlegen waren.

Cassen schüttelte den Kopf. »Wir kamen allein. Bei uns war kein großer weißer Häuptling.«

Die Eingeborenen berieten untereinander und nach einer Weile kamen zwei und packten Cassen, um ihn an einen Baum zu binden, während die anderen in der Nähe ein Feuer entfachten.

Dann kam einer der Wilden mit einer Muschelschale und zeigte sie ihm. Cassen grinste nervös, da er nicht wußte, was von ihm erwartet wurde.

»Wohin fuhr der große Häuptling?« fragte der Mann mit der Muschelschale.

»Kein Häuptling. Wir kamen allein«, sagte Cassen.

Da spürte Cassen einen scharfen Schmerz an der Hand. Sein blutender Daumen wurde ins Feuer geworfen, während jene, die einen Kreis um den Baum gebildet hatten, einen Freudentanz begannen.

In Sekundenschnelle wurde er von den anderen angefallen, die ebenfalls mit Muschelschalen bewaffnet waren. Cassens Hände und Füße wurden bald zu blutenden Stümpfen, da man ihm sämtliche Finger und Zehen abhackte und ins Feuer warf.

Der Tanz wurde wilder. »Wohin ist der große Häuptling?« riefen alle.

Wieder näherten sie sich ihm mit ihren Muschelschalen. »Flußaufwärts«, schrie er. »Er ist mit zwei anderen und zweien eurer Leute den Fluß hinauf. In einem Kanu. Er kann nicht weit sein.«

Lachend fingen sie wieder zu tanzen an. Er hatte ihnen verraten, was sie wissen wollten, doch wollten sie sich ihr Vergnügen nicht rauben lassen. Er verlor das Bewußtsein, als sie ihm mit ihren Muschelschalen die Haut von Leib und Kopf abzogen und seinen Skalp an einem Baum zum

Trocknen aufhängten. Er wußte nicht, welche Greuel sie noch an ihm verübten und spürte auch nicht das Feuer, das seinen Körper und den Baum, an den er gebunden war, verzehrte.

Unterdessen fuhr John den Fluß hinauf, und als er an die zwanzig Meilen weit gelangt war, sagte er zu Jehu: »Hier scheint es mir ruhig zu sein. Ich glaube, wir könnten ans Ufer gehen und uns etwas zum Essen zubereiten.«

Jehu und Thomas Emry waren einverstanden. Die drei Weißen kletterten aus dem Kanu, erklommen mit den zwei Eingeborenen das Ufer und drangen ein Stück in den Wald ein.

»Das ist eine gute Stelle«, sagte John. »Hier wollen wir den Kessel übers Feuer hängen. Ihr werdet Wache halten, während ich ein wenig auf Erkundung gehe. Lange werde ich nicht ausbleiben. Einen Führer nehme ich mit, den anderen lasse ich bei euch zurück.« John hielt inne und horchte. »Es scheint ruhig zu sein«, fuhr er fort, »aber wir müssen auf der Hut sein. Sollte sich ein Eingeborener zeigen, dann feuert in die Luft, und ich werde sofort zurückkommen. Ich werde darauf achten, in Hörweite zu bleiben. Die französische Pistole nehme ich mit. Komm«, sagte er zu einem der Führer, »wir gehen los.«

Sie gingen in den Wald, und John redete mit seinem Führer so gut es ging, da er die Sprache der Powhatan mittlerweile einigermaßen beherrschte. Der Führer war freundlich und intelligent, und John erwog schon, ob er ihm vorschlagen sollte, mit ihnen nach Jamestown zu gehen, als er plötzlich einen Kriegsschrei hörte. Sofort hielt er inne. Aber der Warnschuß, den Robinson und Emry abzugeben versprochen hatten, blieb aus.

John ahnte, was passiert war. Sie waren überrumpelt worden und man hatte sie getötet oder verwundet, ehe sie Zeit gehabt hatten, ihre Musketen abzufeuern.

War es möglich, daß die beiden Eingeborenen ihn hintergangen und in einen Hinterhalt gelockt hatten? Johns Reaktionsvermögen, das ihm schon oft das Leben gerettet hatte, half ihm auch jetzt. In Sekundenschnelle hatte er ein Strumpfband abgenommen, um damit seinen Führer an sein linkes Handgelenk zu fesseln.

Er machte kehrt und strebte, den Führer mit sich zerrend, in aller Eile der Stelle zu, wo er Emry und Robinson zurückgelassen hatte, doch schon als er seinen ersten Schritt tat, pfiff ein Pfeil an ihm vorüber, und ein Eingeborener erschien mit Pfeil und Bogen in den Händen. Johns Pistole knallte, und der Wilde lag auf dem Boden. Hastig lud John nach, sah jedoch bereits zehn oder mehr Krieger auf sich zu kommen.

Seinen Führer wie ein Schild vor sich haltend, lud er nach und feuerte. Weitere Eingeborene waren aufgetaucht, schwangen ihre Tomahawks und stießen Kriegsgeschrei aus.

Obwohl er in die Enge getrieben war, kam John nicht auf den Gedanken aufzugeben. Er schoß noch einen Krieger nieder, der mit seinem Tomahawk auf ihn zusprang.

»Großer Häuptling«, rief sein Führer aus, »auch du kannst es nicht mit so vielen aufnehmen. Du mußt aufgeben.«

»Niemals«, erwiderte John, der sich nun rücklings fortbewegte, während er sprach und plötzlich bemerkte, daß seine Füße etwas Weiches und Kaltes berührten. Er blickte nicht hinunter, doch er spürte, wie die Kälte über seine Fesseln stieg. Der Führer schrie auf, und die Eingeborenen, die auf ihn zuschlichen, hielten inne und starrten zu ihm hin.

Da begriff John, daß er in ein Sumpfloch getreten war und rasch einsank.

»Helft uns«, rief der Führer, »oder wir sind verloren.«

Bald war der zähe Schlamm bis zu ihrer Körpermitte gestiegen.

Einer der Eingeborenen bewegte sich weiter. »Das Bleichgesicht soll uns sein Teufelsgerät geben, dann werden wir ihn retten.«

John zögerte, doch sein Führer beschwor ihn: »Großer Häuptling, es ist der einzige Ausweg. Du mußt ihnen dein Gerät lassen ... oder wir verlieren unser Leben.«

Der Schlamm stieg rasch höher, und John, der um sich

blickte und spürte, wie sein Körper vor Kälte erstarrte, mußte das Risiko eingehen und schleuderte die Pistole von sich. Als sie im Schlamm versank, ertönte ein Aufschrei der Eingeborenen. Sie wollten den großen weißen Häuptling, persönlich, um ihn ihren Gefährten zu zeigen. In Sekundenschnelle wurden der schlammbedeckte und vor Kälte erstarrte John und sein Führer aus dem Morastloch gezogen, und sie hatten wieder festen Boden unter den Füßen. Aber John war nun auf Gedeih und Verderb seinen Feinden ausgeliefert, die ihn unter Triumphgeschrei packten und ihn zu der Stelle schleppten, wo noch immer der Kessel über dem Feuer kochte, das Robinson, Emry und der Eingeborene gemacht hatten.

Neben dem Feuer lag der tote Robinson, von mindestens zwanzig Pfeilen durchbohrt.

Einen Augenblick lang starrte John den Toten an, dann gaben seine Knie nach, da seine Beine durch das Versinken in den Schlamm halb erfroren waren. Er schlug die Hände vors Gesicht, alles um sich herum vergessend, bis auf die Tatsache, daß sein Freund tot war.

Die Eingeborenen beobachteten ihn. Diese offenkundige Nichtbeachtung ihrer Gegenwart kam unerwartet, und das Unerwartete bewirkte immer, daß diese Menschen ihre Wachsamkeit vergaßen. Sie waren ratlos, wie man mit einem Menschen umgehen sollte, der Zeit fand, seinen Freund zu betrauern, obwohl sein eigenes Leben unmittelbar bedroht war.

Da machten zwei von ihnen sich daran, seine Beine behutsam zu massieren wie bei einem Kind; dann nahmen sie sich seiner Arme an, bis wieder Leben in seinen Gliedmaßen pulsierte. John lächelte ihnen zu, und seine leuchtenden blauen Augen bewirkten, daß sie seinem Blick auswichen. Warum, das wußten sie selbst nicht, und dies allein genügte, um sie zu beunruhigen.

Einer hatte einen Pfeil auf den Bogen gezogen, aber andere bedachten ihn mit wütenden Rufen, und als John sich wieder auf den Beinen halten konnte, schleppten sie ihn durch den Wald davon.

Auf einer nahen Lichtung brach eine Gruppe bemalter Krieger aus dem Dickicht, angeführt von einem, den John an seinem Kopfschmuck als großen Häuptling erkannte. Und als er näher kam, sah John, daß es Opechancanough selbst war, dem er schon einmal begegnet war und von dem er wußte, daß er ein Bruder Powhatans war, des obersten Häuptlings von allen.

John schloß daraus, daß diese Gruppe sich auf Jagd befand und er die Beute war. Bei dem Gedanken an ihr Boot wuchs seine Angst.

»Gut getroffen, großer Opechancanough!« rief er aus.

Der Häuptling begegnete ihm mit Schweigen, und Johns Hoffnung schwand. Dieses Schweigen konnte bedeuten, daß er dem Tod geweiht war.

John versuchte es noch einmal. »Was soll das? Wir kommen in Frieden, und mein Freund wurde von den Pfeilen deines Volkes getötet. Ergeht es allen so, mit denen du die Friedenspfeife geraucht hast?«

Johns Stimme klang hell, klar und empört, und wieder zuckten die dunklen Augen unter dem bunten Kopfschmuck unruhig. Sie glaubten, dieses Bleichgesicht verfüge über Zauberkraft. Es wird nicht sterben, denn seine Teufel mit ihrer Zauberkraft werden kommen und ihn retten.

Opechancanough aber war weniger abergläubisch als seine Männer. Aus seinem Gesicht unter den bunten Federn sprach ein wacher Verstand. Er war sicher, daß hundert Krieger es schaffen würden, einen Mann zu töten, selbst wenn dieser ein großer Häuptling der Bleichgesichter war.

»Zwei Bleichgesichter sterben«, sagte er. »Sie kochen an einem Feuer und sterben durch den Pfeil. Jetzt bist du bei uns, großer Häuptling der Bleichgesichter.«

»Ha«, rief John aus. »Aber meine Freunde sind in der Nähe. Ich bin nicht zu Fuß gekommen. Ich kam mit einem Boot.«

Opechancanough sagte: »Das Boot ist zurückgefahren. Wir haben ein Bleichgesicht genommen.«

Das ist das Ende, dachte John. Ich habe zu viel gewagt.

Hier bin ich nun, etwa sechzig Meilen von den Weißen entfernt. Was nun?

Ja, wahrhaftig, was sollte er tun? Wieder war der Tod da, so nahe, daß er sein Raunen im Ohr hörte und sein Atem sich mit seinem eigenen mischte, denn auf ein Zeichen Opechancanoughs kamen einige bedrohlich auf ihn zu.

Er wußte, was nun kommen würde. Es würde damit beginnen, daß man ihn an einen Baum band.

Er steckte seine Hand in die Tasche, um sich für den Widerstand zu wappnen. Er wußte nicht wie, er wußte nur, daß er kein Mensch war, der sich so einfach mit dem Tod abfand.

Seine Finger umschlossen einen Elfenbeinkompaß. Diesen zog er heraus und warf einen Blick darauf.

Diejenigen, die ihn packen wollten, zögerten plötzlich. Sie hatten schon Angst gehabt, sich ihm zu nähern, als er eine Pistole in der Hand hielt. Was aber war nun dieser neue Gegenstand? Er sah aus wie ein Zauberding.

John sah, wie Opechancanoughs kluge Augen sich auf den Kompaß hefteten.

»Was?« fragte Opechancanough.

John streckte ihm die Hand entgegen, aber der Häuptling griff nicht nach dem Kompaß.

»Es ist ein Kompaß«, sagte John. Nun herrschte Stille, unterbrochen nur vom Schrei eines Wildvogels und vom Geraschel eines Tieres im Unterholz.

»Ist es ein Zauber?« fragte Opechancanough.

»Ja«, gab John zurück. »Es ist wahrlich ein Zauber, da diese Nadel immer nach Norden zeigt. Sieh doch! Wie man den Kompaß auch dreht, die Nadel zeigt immer nach Norden.«

Opechancanough war fasziniert näher getreten. Er versuchte die Nadel zu berühren und konnte nicht begreifen, wieso er es nicht schaffte, wenn er sie doch deutlich sehen konnte.

»Ich benutze das Ding, um die Meere zu befahren«, sagte John. »Es zeigt mir immer an, wo ich mich befinde. Großer Häuptling, es ist ein Geschenk für dich. Ich bitte dich, daß du diesen Kompaß annimmst.«

Opechancanough streckte seine Hand aus, und John legte den Kompaß hinein. Nun scharten sich die Krieger um ihren Häuptling und versuchten die Nadel zu berühren. Einer nach dem anderen trat zu ihm, und alle zeigten Verwirrung, weil sie nicht begriffen, was sie daran hinderte, die Nadel zu berühren.

John sah, daß die Gedanken aller nun von Folter und Tod abgelenkt waren. Blutvergießen hatten sie oft gesehen, noch nie aber einen Kompaß.

»Das ist Zauberei«, raunten sie einander zu. »Ansehen ja, aber nicht berühren. Das ist ein Zauber der Bleichgesichter.«

Opechancanough verlor allmählich die Angst vor dem Kompaß. Unter freudigem Nicken drehte und wendete er ihn in seinen Händen. »Immer nach Norden«, rief er aus. »Immer nach Norden!«

Dann sagte John: »Du kennst nur das Land der Powhatan, doch gibt es viele Länder, die größer sind als Powhatan. Es gibt viele Meere und viele Völker. Und die Erde, der Planet, auf dem wir leben, ist wie ein Ball mit vielen Ländern und noch mehr Wasser.«

Sie lauschten ernst. Und John fuhr fort, ihnen die Bahnen von Sonne, Mond und Sternen zu erklären und wie Schiffe sich nach den Gestirnen orientieren. Und immer wieder lenkte er ihr Interesse auf den Kompaß zurück.

Und schließlich entfernte Opechancanough sich, den Kopf nachdenklich gesenkt, noch immer den Kompaß in Händen. Er wollte sehen, ob er auch noch in einiger Entfernung von John funktionierte oder ob er dann nur mehr ein gewöhnliches Stück Elfenbein sein würde.

Die anderen nahmen dies als Zeichen, daß der Häuptling das Interesse an ihrem Opfer verloren hatte, fielen über John her und machten sich daran, ihn an einen Baum zu binden.

Den Kompaß in die Höhe haltend, gebot Opechancanough ihnen Einhalt, worauf sie John freigaben.

Der Häuptling rief sie zur Ordnung, und zwei Männer packten John an den Armen, während zwei Reihen von Kriegern eine Leibgarde bildeten, die Pfeile und Bogen gesenkt hielt, bereit, ihn im Falle eines Fluchtversuches zu töten.

Opechancanough hob eine Hand, und die Kolonne setzte sich zum Marsch durch den Wald in Bewegung.

John wußte, daß sich die Nachricht wie ein Lauffeuer verbreitete: »Der große Häuptling der Bleichgesichter ist unser Gefangener. Er zieht diesen Weg entlang.«

Als ihnen im Wald Kriegergruppen begegneten, glaubte er fest, daß es Jagdgruppen waren, die ausgeschickt worden waren, ihn zu fangen.

Im Dorf Orapakes angelangt, strömten Frauen und Kinder aus den etwa dreißig oder vierzig Wigwams, und die Kinder riefen laut, daß sie den großen Häuptling der Bleichgesichter sehen wollten.

Die Männer des Dorfes erschienen in voller Kriegsbemalung; Schädel und Schultern prangten in grellem Rot und waren mit Federn, Muscheln und Schlangenhäuten geschmückt. Sie tanzten mit stampfenden Schritten, als John in ihre Mitte geführt wurde. Er wurde zu einem der größten Wigwams gebracht, wo man ihn alleinließ, während die Männer um diesen Wigwam tanzten und die Kinder einander zuriefen, sie wollten Opechancanough und weißer Häuptling spielen.

Während John wartete, betraten zwei Frauen das Zelt und knieten vor ihm nieder. Sie brachten ein großes Holztablett mit Wildfleisch und Maiskuchen. Trotz seiner Angst vor dem Schicksal, das ihm drohte, machte sich John, den der Hunger plagte, gierig über die Speisen her.

Die Frauen sahen es und in ihren weichen dunklen Augen lag ein Lächeln.

John fielen ähnliche Blicke ein, mit denen ihn Frauen im Laufe seines Lebens bedacht hatten, und er fragte sich, ob diese sanften Geschöpfe womöglich bereit wären, ihm zu helfen wie andere Geschlechtsgenossinnen zuvor. Aber von draußen ertönte der Gesang der Krieger und ihr

Stampfen. Er hielt es für unwahrscheinlich, daß diese beiden sanft blickenden Frauen viel für ihn tun könnten. Vorausgesetzt sie würden es überhaupt wollen.

Seine Müdigkeit ließ ihn nach dem Essen in den Schlaf der Erschöpfung fallen, und als er auf dem Boden des Wigwams erwachte, stand jemand neben ihm.

Es war Opechancanough persönlich.

»Du bist ausgeruht?« fragte der Häuptling.

»Ja, danke.«

»Wir könnten Brüder sein«, sagte die Rothaut.

»Wir sind Brüder«, lautete Johns Antwort. »Wir haben zusammen die Friedenspfeife geraucht.«

»Das war in einer anderen Jahreszeit.«

»Aber wir sind auf ewig Brüder.«

»Der weiße Mann tötet unsere Krieger mit den Teufelsgeräten.«

»Es sollte kein Töten geben. Deine Krieger sollten nicht mit den Teufelsgeräten getötet werden. Die Weißen nicht mit Pfeil und Bogen.«

»Du sollst mein Bruder sein«, sagte darauf Opechancanough. »Aber die anderen Bleichgesichter … nein!«

John, der eine Braue hochzog, schwieg dazu.

»Wir haben den großen Zauberer«, sagte der Häuptling. »Sie haben ihn jetzt nicht mehr. Wir werden zu ihrem Dorf mit unseren Pfeilen und Bogen gehen. Kein Dorf der Bleichgesichter mehr.«

»Kein Opechancanough mehr«, gab John grimmig zurück.

»Du wirst mein Bruder sein. Du wirst raten. Du wirst sagen ›Geh diesen Weg. Den besten Weg.‹ Du sagst Opechancanough, wie man alle Bleichgesichter tötet, und du bist Häuptling … wie Opechancanough … wie alle Häuptlinge des Landes der Powhatan.«

John war zutiefst beunruhigt. Er wußte, daß ein Angriff geplant war und die Indianer im Begriff standen, Jamestown zu überfallen. Deshalb hatten sie alles darangesetzt, ihn zu ihrem Gefangenen zu machen, als sie erfuhren, daß er durch ihr Gebiet zog.

Er mußte die Niederlassung retten. Aber wie? Ohne Rücksicht darauf, was ihm oder einem der anderen zustieß, die Niederlassung mußte gerettet werden.

Die zwei Frauen betraten das Zelt. Diesmal brachten sie Wildgeflügel und Bohnen. Während er aß, knieten sie vor ihm, doch er war nicht mehr hungrig und sagte zum Häuptling, daß er genug gegessen hätte.

»Dir gefallen« fragte Opechancanough, auf die Frauen deutend.

John nickte.

»Für dich«, sagte der Häuptling. »Sei mein Bruder, und du sollst viele Frauen haben. Du sollst Land haben. Du sollst einer von uns sein ... einer der großen Häuptlinge der Powhatan. Du sollst an unserer Seite kämpfen, und wir werden sein wie Brüder.«

John tat, als verstünde er nicht. »Ich möchte immer Bruder von Opechancanough sein«, sagte er.

Der Häuptling ging hinaus und ließ ihn eine Zeitlang allein, so daß John ein wenig Zeit hatte, sich zu überlegen, wie er es anstellen sollte, die Nachricht vom bevorstehenden Angriff nach Jamestown zu übermitteln.

Während er sich mit diesen Überlegungen plagte, betraten die beiden Frauen abermals den Wigwam. Sie ließen sich zu beiden Seiten von John nieder und berührten sein Gesicht. Ihre sanften Augen blickten ihn flehentlich an. Er fragte sich, wie ihre Belohnung im Falle eines Erfolges ausfallen würde und wie ihre Strafe bei Versagen.

»Der Häuptling der Bleichgesichter ist schön«, sagte die eine.

»Er ist unser Bruder«, sagte die andere.

Nun stand die erste auf und fing vor ihm zu tanzen an. Die Natur des Tanzes, der nicht aufreizender hätte sein können, war nicht mißzuverstehen. Perlen baumelten um ihren Hals, die Kupferringe wippten an ihren Ohren. Ihre großen Augen blickten sehnsüchtig vor Verlangen und Verheißung. Während die eine tanzte, liebkoste ihn die andere.

Ihre Schönheit rührte ihn an. Es waren so sanfte Geschöpfe. Er hätte für sie so zärtlich empfinden können wie für Madame Colombier und Charatza, doch die ganze Zeit dachte er nur an die Niederlassung und fragte sich, wie er seinen Landsleuten eine Nachricht zukommen lassen könnte.

»Unser Bruder begehrt uns nicht«, sagte einer der Frauen zur anderen. »Wir wollen ihm noch zu essen bringen.«

Sie gingen gemeinsam hinaus, und John lag da und dachte daran, was aus Jamestown werden sollte; und während er daran dachte, verfolgte ihn ständig die Erinnerung an die zwei sinnlichen Körper.

»Die Kolonie ist wichtiger«, ermahnte er sich. »Jeder von uns muß willig sein Leben dafür lassen. Die Kolonie ist Virginia, und Virginia ist England.«

Die Frauen kamen mit Tabletts voller Speisen wieder, und die verführerischen Tänze und Liebkosungen nahmen ihren Fortgang.

Die Frauen hatten sich zu beiden Seiten Johns niedergelassen, und er redete mit ihnen. Er erzählte ihnen von den großen Kriegsgeräten, die sie im Fort hatten, Maschinen, die aus großer Entfernung töten konnten. Er hoffte, sie würden ihr Wissen weitergeben, sie aber lächelten nur und trachteten, ihn auf hunderterlei Arten zu verführen.

Da betrat ein Krieger das Zelt, in der Hand ein Tomahawk, das er wild schwang. »Tod dem Bleichgesicht! Tod! Tod!« rief er.

Er kam auf John zu, aber John war gewappnet und wich flink aus, so daß der Mann kopfüber in der anderen Seite des Zeltes landete. Als John ihn packte und ihm das Beil entwand, trat Opechancanough ein.

»Er wollte mich töten«, sagte John.

Opechancanough erklärte: »Das kommt daher, weil sein Sohn im Sterben liegt. Er war einer von denen, die du mit deiner Teufelswaffe getroffen hast, als wir dich im Wald stellten.«

»Man soll mich zu diesem jungen Mann bringen. Vielleicht kenne ich einen Zauber, der ihm das Leben rettet.«

»Laß ihn zu meinem Sohn«, bat der Mann, und Opechancanough, der immer für Zauber zu haben war, gab seine Zustimmung, daß John zum Wigwam des Mannes gehen könne.

John wurde hingeführt, und dort lag der todgeweihte Jüngling auf dem Boden unter einer Hirschdecke.

»Ich könnte ihn heilen«, sagte John. »Aber ich brauche Medizin dazu. Die habe ich aber nicht bei mir, sondern im Dorf der Bleichgesichter. Laßt mich dorthin gehen, und ich werde den Zauber holen, der ihn heil und gesund machen wird.«

»Laß ihn gehen«, flehte der Vater des Jünglings. Aber der Häuptling schüttelte den Kopf.

John sagte rasch: »Nun gut, wenn du mich nicht gehen läßt, dann bitte ich dich, daß ich meinen Freunden Nachricht schicken darf. Ich werde sie bitten, das Gebrauchte an einer bestimmten Stelle zu hinterlegen, und du wirst dafür sorgen, daß es dort abgeholt wird.«

»Aber wie kann das sein?« fragte Opechancanough. »Kannst du Papier sprechen lassen?«

»Das gehört zum Zauber der Bleichgesichter«, erklärte John ihm.

Er durfte den Brief schreiben und tat es, während Opechancanough ihm verblüfft zusah. In diesem Brief teilte John seinen Freunden in der Niederlassung mit, sie sollten alle Anstrengungen unternehmen, sich zu verteidigen, da ein Angriff unmittelbar bevorstünde. Dann schrieb er, er brauche eine Flasche *aqua vitae* und Verbandzeug, beides solle an einer bestimmten Stelle hinterlegt werden, wo Boten es holen würden. In der Ansiedlung sollten indessen Waffen möglichst laut abgefeuert werden, damit die Boten glaubten, der Ort sei schwer befestigt.

Daraufhin wurden zwei Boten mit Johns Brief ausgeschickt und bekamen die Anweisung, ihn dem ersten Weißen, dem sie begegneten, auszuhändigen und zu erklären, von wem er käme.

Der überaus skeptische Opechancanough konnte es kaum erwarten, die Wirkung des Zauberpapiers zu sehen.

Aber noch ehe die Boten zurückkamen, starb der junge Mann, und sein Vater stürmte abermals in das Wigwam, in dem John festgehalten wurde, und wollte ihn töten. Doch der Mann wurde vom Häuptling streng zurückgewiesen, dem viel daran lag, John wenigstens so lange am Leben zu lassen, bis er entschieden hatte, ob das Bleichgesicht ihm noch von Nutzen sein könnte.

Nach drei Tagen kehrten die Boten zurück, so verängstigt, daß sie Opechancanough zunächst kaum erklären konnten, was sich zugetragen hatte.

Sie hatten vom Fort her lautes Dröhnen vernommen und die Teufelsgeräte in Aktion gesehen. Das Fort war voll von ihnen. Sie hatten das Papier um einen Stein gewickelt und diesen ins Fort geworfen, woraufhin sie gesehen hatten, wie einer der Bleichgesichter ihn aufhob und betrachtete. Wenig später hatten sie den gräßlichen Lärm gehört und die Feuerblitze gesehen.

Daraufhin hatten sie sich im Wald versteckt, und als sie zurückschlichen, um an der vom großen Häuptling der Bleichgesichter beschriebenen Stelle nachzusehen, hatten sie die versprochenen Dinge gefunden.

Die Boten zitterten noch immer vor Entsetzen. Sie hatten teil an dem Zauber, da sie das sprechende Papier getragen hatten.

Auch Opechancanough bekam es mit der Angst zu tun. »Wir müssen unseren Zauber gegen jenen der Bleichgesichter aufbieten«, sagte er.

Man hatte John aus dem Wigwam in eine andere Behausung geschafft, die einer Scheune glich und wie der Wigwam Wände aus Flechtwerk hatte, das aus zurechtgebogenen und zusammengebundenen Ästen geformt wurde. Matten aus Tierhäuten bildeten das Dach, in dessen Mitte sich ein großes Loch befand, aus dem der Rauch des Feuers abziehen konnte.

Es war früh am Morgen, als John durch das Eintreten seiner Bewacher geweckt wurde. Sie berührten ihn sanft mit den Füßen und deuteten auf die an eine Wand geschobene Matte. John begriff, daß er sich darauf setzen sollte.

Kaum hatte er sich gesetzt, als einer der größten Krieger eintrat. Sein mit Öl und Holzkohle eingeriebener Körper war tiefschwarz. Kopfputz, Ohrschmuck und Halsketten bestanden aus den ausgestopften Körpern toter Tiere, in seiner Hand trug er eine Rassel.

Sein Körper zuckte wie unter dem Einfluß einer starken Droge, dachte John. Er stieß ein Geheul aus und John sah, daß er um das Feuer einen Kreis von Speisen formte. Ohne John eines Blickes zu würdigen, ging er so überraschend hinaus, wie er gekommen war, noch immer zuckend und unter monotonem Heulgesang.

Sofort tauchten weitere Eingeborene auf, und John erkannte unter ihnen die Priester, die ihre Wohnstatt im Tempel der Götter hatten.

Die Eindringlinge tanzten wie der erste. Sie sangen unter Ausstoßung merkwürdiger Anrufungen, und am Ende eines jeden Gesanges legten sie ein paar Weizenkörner in einiger Entfernung von dem Speisenkreis nieder.

Weitere grotesk bemalte und geschmückte Eingeborene suchten ihn auf. Einige trugen Stücke von Tierfleisch und Backwerk, andere Tabak, den sie ins Feuer warfen.

Diese Zeremonien nahmen den ganzen Tag über ihren Fortgang, und als es Nacht wurde, kam Opechancanough selbst in die Hütte.

»Ich bitte dich«, sagte John, »sag mir, welche Bedeutung die Zeremonie hat, die schon den ganzen Tag über stattfindet.«

»Wir bieten unseren Zauber gegen jenen der Bleichgesichter auf«, gab Opechancanough zurück. »Wir fragen unsere Götter, was für ein Mensch du bist, ob Freund oder Feind.«

»Ihr braucht dazu nicht eure Götter zu befragen«, erwiderte John. »Ich will es euch sagen. Ich bin euer Freund.«

Opechancanough bedachte ihn mit einem langen und eindringlichen Blick. »Darüber müssen wir Gewißheit haben.«

Wieder wurde John Essen vorgesetzt – viel mehr, als er zu sich nehmen konnte, doch die Frauen, die ihn bedienten, drängten ihn dazu.

Dies alles weckte in ihm den Eindruck, daß man seinen Tod beschlossen hatte, ihn aber zuvor noch martern wollte. Dazu aber sollte er bei Kräften sein, damit er die Marter länger ertragen konnte und seine Peiniger nicht durch sein Unvermögen, Folter zu ertragen, um ihr Vergnügen betrogen wurden.

Gleichzeitig waren sie überzeugt, daß er übermenschliche Kräfte besaß. Das erkannte er an den Gaben, die ihm gebracht wurden und an den Blicken der Männer und Frauen. Doch waren es die Kinder, die mehr als alle anderen diese Tatsache verrieten. Sie kamen in die Scheune, um mit ihm zu spielen und ihm ihre Kupferperlen zu zeigen. »Bist du größer als der große Oke?« fragten sie ihn. Und da er wußte, daß ihre Eltern seine Antwort erfahren würden, erwiderte er: »Mein Wissen ist größer als das des großen Oke.« Daraufhin warteten die Kinder, daß die Himmel sich öffnen und der Zorn des großen Oke das Bleichgesicht zerschmettern würde. Als nichts dergleichen geschah, waren sie sicher, der Gefangene sei ein Gott, dessen Macht sich mit jener des großen Oke messen konnte oder diese sogar übertraf.

An diesen Winterabenden standen viele draußen und sahen den Rauch des Feuers aus der Hütte des Bleichgesichtes zum Himmel emporsteigen. Einige schlichen sich hinein, um sich zu ihm zu setzen und ihm Fragen zu stellen. Einer zeigte ihm einen Sack Schießpulver, den er von den Weißen erbeutet hatte.

»Sag mir, großer weißer Häuptling«, fragte er, »wann ich das aussäen soll, damit die Ernte gut wird?«

Geduldig erklärte John alles, was sie wissen wollten und beantwortete ihre Fragen so wahrheitsgemäß wie nur möglich – sofern die Wahrheit nicht den Respekt minderte, den sie ihm und daher auch der Ansiedlung entgegenbrachten.

Opechancanough kam ebenfalls oft, und dann saßen sie zusammen, und der große Häuptling von Pamaunke erzählte von großen Jagdexpeditionen in den Wald, an denen er teilgenommen hatte, und wie er einen Feuerkreis angelegt hatte, in den er und seine Jagdgefährten das Wild trieben. Er zeigte John seine Wilddecke, die er trug, wenn er jagte, und wie er sein Gesicht hinter dem ausgestopften Schädel verbarg, so daß er das Wild täuschte, das ihn für einen Artgenossen hielt.

Hätte nicht die Todesdrohung ständig über ihm geschwebt, hätte John diese Tage und Nächte als Gefangener des Opechancanough genossen.

Einige Tage nach der Getreidezeremonie fragte John den Häuptling, wie das Resultat ausgesehen hätte. Hatte Oke ihnen gesagt, daß das Bleichgesicht ihr Freund sei? Er mußte es in absehbarer Zeit tun, da es die Wahrheit war, und die Götter gewiß die Wahrheit sagen würden.

»Oke gibt keine Antwort«, sagte Opechancanough. »Dein Bleichgesichtzauber hat zwischen Oke und seinen Dienern eine Schranke aufgerichtet.«

»Komm, rauche mit mir eine Pfeife, und ich werde zu meinem Volk zurückkehren. Ich schwöre dir, daß zwischen deinem Volk und meinem immer Friede sein wird.«

Aber Opechancanough schwieg darauf, und am nächsten Tag sagte er zu John, daß er beschlossen hätte, ihn zum größten Häuptling von allen zu bringen – zum mächtigen Powhatan.

11.
Pocahontas

So kam es, daß sie sich auf den Weg nach Werowocomoco machten, wo der große Powhatan sich zu jener Zeit aufhielt.

Bewacht von zweihundert Kriegern, deren Pfeile schußbereit am Bogen lagen, um ihn sofort zu töten, sollte er einen Fluchtversuch wagen, wurde John durch den Wald geführt. In den Dörfern, durch die sie zogen, verließen Männer, Frauen und Kinder ihre Wigwams, um herbeizueilen und den großen Häuptling der Bleichgesichter anzustarren, von dessen Gefangennahme sie gehört hatten. Sie heulten, sangen und stampften mit den Füßen, und viele von ihnen starrten ihn in ehrfürchtigem Schweigen an. Die Mär von seiner Zauberkraft hatte sich im ganzen Land verbreitet.

Und so gelangten sie nach Werowocomoco.

John sah das Haus des großen Häuptlings inmitten der Wigwams. Es war ein Langbau, ähnlich wie eine Scheune, mit Flechtwerkwänden und Rindendach. Die Tür war ein Vorhang aus Wildhaut, das Dach hatte ein Loch, durch das der Rauch entweichen konnte.

Ihm fiel auf, daß sich das Verhalten aller – sogar das Opechancanoughs – ein wenig geändert hatte, vermutlich, weil man sich dem größten aller Häuptlinge näherte, dem mächtigen Powhatan.

Der Vorhang aus Tierhaut wurde beiseite geschoben, und einige auserwählte Bewacher betraten mit ihm den Bau.

Bei seinem Eintreten ertönte ein lauter Ausruf aller Anwesenden, und er sah, daß Krieger in voller Kriegsbemalung in Reih und Glied dastanden. Es schienen Hunderte zu sein; er sah Frauen mit rot bemalten Gesichtern und Schultern, die Haare mit weißen Federn geschmückt, um den Hals große Perlenketten.

Sein Blick wurde sofort auf den großen Powhatan gelenkt, der prächtiger geschmückt war als alle anderen. Auf einer Liegestatt ruhend, die John für seinen Thron hielt, unter dem Kopf ein Lederkissen mit weißer Perlstickerei, wirkte er mit seinem blaugefärbten, von weißen Streifen durchzogenen Gesicht ziemlich furchteinflößend. Sein Kopfschmuck war aus feinsten Federn in herrlichen Farben, an einem Ohr hing ein Kupferring, am anderen eine kleine lebende Schlange, die sich um seinen Hals ringelte und immer wieder seine Lippen berührte, als wolle sie ihn küssen.

Er starrte John an, und John erwiderte den Blick freundlich, wenn auch unbeeindruckt von dem grausigen Bild, das der Häuptling bot.

Zu beiden Seiten von ihm stand eine Frau, von denen die eine hochschwanger war. Sie trugen mehr Kupferperlen als die anderen zur Schau, und das tiefe Scharlachrot ihrer Gesichter war durch ein wenig Weiß aufgehellt. John nahm an, daß es zwei seiner Ehefrauen waren. Die anderen Frauen, die um ihn herum gruppiert waren, mochten seine Frauen oder Konkubinen sein, da sie eindeutig ihrer Schönheit und Fülle wegen ausgewählt worden waren.

Da wurde Johns Blick von einer kleinen Gestalt angezogen, die zu Füßen des großen Häuptlings lagerte. Es war ein Mädchen an der Schwelle zur Weiblichkeit. Ihre kleinen bloßen Brüste waren wie Knospen kurz vor dem Erblühen. Als einzige Bekleidung trug sie den üblichen Lendenschurz aus Wildleder und einige Reihen weißer und kupferfarbiger Perlen. Ihr langes schwarzes Haar war nicht eingeölt oder hochgekämmt, sondern hing glatt herunter wie bei den Kindern.

Aus zweierlei Gründen erregte sie Johns Aufmerksamkeit. Zum einen verriet ihre Haltung, die sie zu Füßen Powhatans einnahm, daß sie eine Vorrangstellung innehatte. Er nahm an, daß sie eine Tochter Powhatans war, da sie eine Unschuld ausstrahlte, die ihm verriet, daß sie weder Ehefrau noch Konkubine sein konnte. Der zweite Grund war der Ausdruck ihrer großen dunklen Augen. Er wußte, daß alle ihn fixierten, und sie war da keine Ausnahme, aber niemand blickte ihn so an wie sie. In ihren Augen lag Angst, doch hatte er den Eindruck, daß es nicht Angst vor ihm, sondern um ihn war. In dieser großen Versammlung war das junge Mädchen der einzige Mensch, der Angst hatte, daß er einen gräßlichen Tod erleiden würde, und auch der einzige, der Mitleid empfand. Erst jetzt fiel John auf, daß das ein Gefühl war, das er noch nie zuvor in den Gesichtern dieser Menschen gesehen hatte.

Powhatan forderte seine Aufmerksamkeit.

»Bleichgesicht, du kommst uns besuchen, und wir heißen dich willkommen.«

»Ich danke dir, mächtiger Powhatan.«

Auf eine Handbewegung Powhatans hin traten Frauen mit einem Tablett vor, auf dem frischgebratenes Wild und besondere, aus Mais gebackene Kuchen lagen.

Eine Matte wurde gebracht, und Powhatan bedeutete John, sich ihm gegenüber niederzulassen. Sie aßen von den Speisen und während er aß, spürte John noch immer den eigenartigen Blick des jungen Mädchens auf sich ruhen.

John hatte keinen Hunger, aber er wußte, daß er sich zum Essen zwingen mußte. Das geringste Anzeichen von Angst hätte sein Todesurteil bedeutet.

Als er aufgegessen hatte, was vor ihm stand, hob Powhatan wieder seine Hand, und eine Frau erschien mit einer Schüssel Wasser und einem Federbüschel, damit er sich die Hände waschen und abtrocknen konnte.

John sah, daß die Frau, die diesen Dienst versah, niemand anderes als der weibliche Häuptling von Appamatuck war, der er auf einer seiner Expeditionen schon begegnet war. Da wurde ihm klar, daß es sich um einen Anlaß von wahrhaft königlichem Gepränge handelte.

Opechancanough saß nun neben seinem Bruder, und die beiden sprachen miteinander. Dann wandte Powhatan sich an John.

»Ich bin der größte Häuptling in allen Ländern«, sagte er.

»Du bist der größte Häuptling im Powhatan-Land«, erwiderte John. »In der Welt jenseits der Meere gibt es größere Häuptlinge, den König von England etwa, aus dessen Land ich komme. Er lebt in einem großen Palast, in dem es Fenster aus Glas gibt, wie ihr es schon an dem Kompaß gesehen habt, den ich meinem Bruder Opechancanough gab. Man sieht durch diese Fenster hindurch, als wären sie nichts. Und doch sind sie etwas.«

»So ist es«, sagte Opechancanough und zeigte Powhatan den Kompaß.

»Berichte mir von diesem König«, sagte Powhatan, nachdem er den Kompaß bestaunt hatte.

Powhatan lauschte wie gebannt, als John von den Zeremonien am englischen Hof berichtete und die große Fahrt schilderte, die er und seine Freunde unternommen hatten.

Dann hob Powhatan Schweigen gebietend seine Hand und fing an, von den Jagdzügen zu erzählen, die er in diesem Gebiet unternommen hatte, und von den erbeuteten Skalps. Er hatte erfahren, daß seine Untertanen Bleichgesichter getötet hatten, also konnten die Weißen wie andere Menschen und wie Tiere mit Pfeil und Bogen erlegt werden. Er glaubte nicht, daß es auf der Welt größere Häuptlinge gäbe als ihn.

John beharrte aber darauf und sagte, daß bald ein großer Häuptling aus England gesegelt käme. Er würde in wenigen Tagen eintreffen und sich sofort auf die Suche nach Captain Smith machen.

Powhatan wollte wissen, wie er übers Meer kommen wolle, und John erzählte ihm von Segelschiffen, wie sie in See stachen und wie ihre Kapitäne unter Benutzung ihrer Kompasse den Kurs festlegten.

Powhatan lauschte mit befriedigtem Lächeln, ehe sich sein Verhalten plötzlich änderte und er einen Wutanfall bekam. Damit war die Entscheidung gefallen. Er bedeutete zweien seiner Krieger, einen großen Stein herbeizuschleppen und vor ihn hinzulegen. Dann traten vier mit Keulen bewaffnete Männer vor. Diese wies Powhatan an, sie sollten um den Stein herum Aufstellung nehmen.

John sah, daß das junge Mädchen ihn angsterfüllt ansah. Schon glaubte er, sie würde in Tränen ausbrechen. Ihre Lippen bewegten sich, als würde sie etwas über das Bleichgesicht sagen.

Sie hockte nun auf dem Boden, hielt ihre Hände über den kleinen Brüsten verschränkt und wiegte sich wie unter großer Angst vor und zurück. Niemand sonst schien sie zu bemerken, da die Blicke aller auf John Smith gerichtet waren.

Wieder hob Powhatan seine Hand, und John wurde von den drei größten seiner Bewacher grob gepackt.

Er wurde zum Stein geschleppt und darauf niedergedrückt, während einer der Bewacher eine Lederschnur um seinen Körper und den Stein wand, so fest, daß er sich nicht rühren konnte.

Er wußte, was nun kommen würde. Bei dieser Art der Hinrichtung wurde dem Opfer der Schädel eingeschlagen, so daß das Gehirn auf den Stein spritzte – ein gnädiger Tod, für den er dankbar sein mußte, da diese Wilden auch andere Tötungsarten anwendeten, um ihre Opfer ins Jenseits zu befördern.

Während er dalag, hatte er das Gefühl, die Zeit bliebe stehen. Er spürte die stickige Luft des scheunenartigen Baues, ein Geruchsgemisch aus Schweiß, Farbe und dem Öl, das sie für ihre Haare benutzten. Ihm waren nur mehr wenige Sekunden beschieden. Er wartete auf die todbringenden Keulenhiebe der Krieger, die nur auf den Befehl zum Zuschlagen warteten, als ein durchdringender Schrei den Raum erfüllte. »Nein! Nicht! Aufhören! Es darf nicht sein.« Es war die schrille Stimme eines jungen Mädchens.

Die Keulen hielten mitten in der Bewegung inne. John sah, daß die starren Blicke der Männer, die bereitstanden, ihn zu erschlagen, sich auf Powhatan richteten. Er selbst blickte ebenfalls zu Powhatan hin. Das dunkelhaarige Mädchen, das anfangs zu Füßen des Häuptlings gelegen hatte, klammerte sich an dessen Gewänder.

»Nein, nein!« rief sie aus. »Vater, gib ihn mir. Gib mir das Bleichgesicht. Er soll mein Sklave sein. Töte das Bleichgesicht nicht!«

»Scher dich weg!« grollte Powhatan. Doch auch als er

sie mißbilligend ansah, sprach Zärtlichkeit aus seiner Miene. John staunte trotz seiner bedrängten Lage, da er solche Züge bei einem Angehörigen dieses Volkes erst zweimal bemerkt hatte, seitdem er zu diesen Menschen gekommen war – das erste Mal in den teilnahmsvollen Blicken des Mädchens und nun in der Miene Powhatans, als er sich seiner Tochter zuwandte.

Doch Powhatan ließ sich nicht erweichen, denn das Volk hätte seine Milde als Schwäche angesehen.

Er stieß das Mädchen von sich, daß es taumelte und auf dem Boden unweit von John landete. Sekundenlang blickten sie einander an, und er sah in ihren Augen einen Ausdruck, den er nicht zu deuten wußte.

Powhatan hob seine Hände zu den Henkern und wieder wurden die Keulen drohend geschwungen. In der nächsten Sekunde würden sie niedersausen und John Smith ein Ende bereiten.

Er wartete mit geschlossenen Augen. Da spürte er etwas Weiches und Warmes auf seinem Gesicht und Körper. Er öffnete die Augen und sah ein kleines Gesicht nahe dem seinen. Es war das Mädchen, das sich über ihn geworfen hatte.

»Nein!« rief er. »Sie werden dich töten. Das darf nicht sein.«

»Wenn sie dich töten, müssen sie erst mich töten«, gab sie zur Antwort.

Wieder standen die Henker ratlos und mit erhobenen Keulen da. Sie wagten nicht zuzuschlagen, da dies bedeuten würde, daß sie nicht nur den Engländer, sondern auch Powhatans Tochter töten würden.

Powhatan gab den Männern das Zeichen zu warten. Das Mädchen saß nun rittlings auf John. Aus ihren Augen loderte Triumph, und sie sah so schön aus, daß Powhatan den Blick nicht von ihr wenden konnte.

»Dieser Mann gehört mir«, sagte sie. »Ich fordere ihn für mich.

»Du hast ihm das Leben gerettet, Tochter«, sagte Powhatan. »Was würdest du mit ihm tun?«

»Er soll mein Sklave sein. Er soll mir von den Bleichgesichtern berichten und Kupferperlen für meinen Hals machen.«

Powhatan hüllte sich in Schweigen.

»Du hast gesagt, daß du mich liebst«, fuhr das Mädchen fort. »Ich möchte nichts außer diesem Bleichgesicht. Er soll mein sein.«

»Du hättest dein eigenes Leben für ihn gegeben«, sagte Powhatan.

»Dann habe ich für ihn bezahlt.«

Powhatan wandte sich an die Versammelten. »Meine Tochter Pocahontas hat dieses Bleichgesicht erworben, indem sie Oke ihr Leben bot. Er gehört ihr. Laßt ihn frei und gebt ihn meiner Tochter.«

Pocahontas war aufgesprungen. Sie strahlte, vollführte Freudensprünge und klatschte ekstatisch in die Hände, während John losgebunden wurde und sich neben sie stellte.

Sie maß sich an ihm.

»Du bist kein großer Mann, Bleichgesicht«, sagte sie. »Einige meiner Onkel sind größer. Aber deine Augen sind vom Himmel.«

Als John ihre Hand nahm und sie küßte, mußte sie lachen und ringsum ertönten die belustigten Laute der anderen.

»Komm mit«, forderte sie ihn auf und ging mit ihm aus der Halle.

Obwohl John dem Tod entronnen war und nun als Eigentum des jungen Mädchens galt, das ihm das Leben gerettet hatte, war es klar, daß es ihm nicht freistand, nach Jamestown zurückzukehren.

Seine Bewacher waren ihm gefolgt, als er mit Pocahontas ins Freie getreten war und sie ihn zu einem kleinen Wigwam im nahegelegenen Wald geführt hatte. »Wie kann ich dir für das danken, was du getan hast?« fragte er sie.

»Danken? Es bedarf keines Dankes. Ich bin froh, daß du unsere Sprache sprichst. Du sollst mich die Sprache der Bleichgesichter lehren.«

»Das will ich gern tun«, erwiderte er.
»Kannst du Perlen machen?«
»Nein.«
Das belustigte sie. »Dann wirst du keine Perlen machen, sondern mit mir sprechen und mir vom Land der Bleichgesichter erzählen. Das ist es, was ich möchte.«
Dann strich sie über seinen Bart, berührte sein Gesicht mit ihren schmalen braunen Fingern und umarmte ihn. »Du bist mein … mein für immer, solange wir leben.«
Es kam selten vor, daß Johns Gefühle die Oberhand gewannen, doch die jugendliche Unschuld dieses Mädchens berührte sein Herz wie noch nie zuvor. Er spürte, wie ihn ein neues Gefühl überkam, so daß er einem Impuls folgend, seine Arme um das Mädchen legte und es an sich zog.
Ihr Gesicht war seinem ganz nahe, ihr langes Haar mischte sich mit seinem. Sekundenlang hielt er sie so, und sie ließ es sich gefallen. Dann machte er sich von ihr los.
»Es gefällt mir, wenn du mich so hältst«, sagte sie. »Dann bin ich glücklich.«
Sie fuhr mit den Fingern durch sein Haar und verglich die spröden Locken mit ihren eigenen glatten Strähnen. Sein Blond mit ihrem Schwarz.
»Ach«, rief sie aus. »Du bist wahrhaftig ein Bleichgesicht.« Dann flüsterte sie: »Du bist ein Gott. Wie bist du in diese Welt gekommen? Einer eurer Götter hat dich deiner sterblichen Mutter gegeben. Deshalb wandelst du auf der Erde. Du bist ein Halbgott.«
Er wollte ihr widersprechen, weil er ihr dankbar war und das Gefühl hatte, er wolle ehrlich zu ihr sein. Doch sogar in diesem Moment dachte er an die Niederlassung und an die Notwendigkeit, daß die Eingeborenen vor ihm Ehrfurcht empfanden, damit sie vor einem Angriff auf Jamestown zurückschreckten.
Er gab daher keine Antwort und begnügte sich damit, ihr Haar zu streicheln.
Sie fuhr fort: »Du wirst mir Geschichten erzählen, wie du sie meinem Vater und meinem Onkel Opechancanough erzählt hast. Du wirst mir von dem Land jenseits des Mee-

res erzählen, aus dem du kommst.« Sie rückte plötzlich von ihm ab, und ihre Augen verdunkelten sich vor Angst. »Eines Tages wirst du wieder übers Meer fahren wollen. Aber das darfst du nicht. Du bist mein. Du bist für immer mein.«

»Sollte ich jemals wieder übers Meer fahren ...«, setzte John an.

Und sie beendete den Satz an seiner Stelle: »... dann wirst du mich mitnehmen.«

Er versuchte, sie sich in London oder in Willoughby vorzustellen. Leicht war es nicht. In England hatte man noch nie ein Geschöpf wie sie gesehen.

Er lachte, und sie sagte: »Bedeutet es, daß du glücklich bist, wenn du die Zähne zeigst?«

»Ja, ich bin jetzt sehr glücklich.«

»Weil ich dein Leben gekauft habe? Weil du Pocahontas gehörst?«

Abermals wurde er sich eines Gefühls gewahr, das ihm bis jetzt unbekannt war. Er nahm ihre Hand und küßte sie, damit sie die Zärtlichkeit in seinem Blick nicht sehen konnte, da dies ein Gefühl war, das auf der ganzen Welt richtig gedeutet wurde. Er wollte nicht, daß sie sah, was er selbst bis jetzt noch nicht völlig verstand.

»Nun will ich dir zeigen, daß du mein Eigentum bist«, sagte sie.

»Und wie willst du mir das zeigen, meine Kleine?«

Mit einer kindlichen Geste kam sie mit ihrem Gesicht an seines heran und sah ihm in die Augen. »Für dich bin ich Pocahontas, ja?«

»Natürlich bist du Pocahontas.«

»Das ist aber nur mein Name für Fremde, mein zweiter Name. Mein erster Name wird vor dir nicht genannt, denn der erste Name der Häuptlingstochter darf von Fremdlingen nicht vernommen werden, damit ihr nichts Böses zustößt. Pocahontas ist mein zweiter Name. Aber *dir* sage ich, daß ich im Haus meines Vaters Matoaka heiße. Verstehst du? Ich habe dir meinen Namen genannt ... dir, einem weißen Mann. Und es heißt, daß es mir Übel bringen könnte.

Aber du sollst wissen, daß du kein Fremder bist. Für dich will ich Matoaka sein ... wenn du willst.«

Er antwortete: »Pocahontas war es, die zum Sterben bereit war, wenn ich stürbe. Meine Dankbarkeit wird immer Pocahontas gelten.«

»Und Matoaka willst du nicht?«

»Für mich wirst du auf ewig Pocahontas sein.«

Sie warf sich ihm in die Arme, und er hielt sie fest.

»Das habe ich mir gewünscht«, rief sie aus. »Jetzt werde ich für dich Pocahontas sein ... für mich ... und für alle immerdar.«

Dann bestaunte sie wieder das Blau seiner Augen, und er mußte an Charatza denken, bei der dieses Blau auch Gefallen erregt hatte. Aber dieses Kind rührte ihn, wie Charatza es nie vermocht hatte.

Plötzlich löste sie sich von ihm und schalt sich.

»Du mußt etwas essen. Du mußt zu essen bekommen, und ich gebe dir nichts. Ach, wie dumm! Mein Sklave muß essen. Ich will dafür sorgen, daß er so groß wird wie Sasquesahanock. Wir werden gemeinsam die Wälder durchstreifen, Pocahontas mit ihrem Captain John Smith ...« Sie sprach seinen Namen ganz langsam aus und stolperte über die fremdartigen Silben. »Man wird sagen: ›Ach, das ist Matoaka, die nun für alle Pocahontas heißt, und bei ihr ist das Bleichgesicht, ihr Sklave ... der doch ein Gott ist.‹«

Sie lief an den Eingang des Wigwams, und er hörte sie mit ihrer schrillen hohen Stimme nach Essen rufen.

Als es gebracht wurde, ließ sie zwei Matten einander gegenüber aufbreiten, und sie aßen gemeinsam. Und er lehrte sie zu lachen und ein paar Worte Englisch zu sprechen.

»Ich möchte eine Bleichgesicht-Frau sein«, sagte sie. »Ich glaube, dann wird mich mein Captain John Smith sehr lieben.«

In den nächsten Tagen wich sie nicht von seiner Seite. Sie wurden beobachtet, da er unausgesetzt unter der Aufsicht eines Bewachers stand. Oft fragte er sich, ob Powhatan nicht schon bereute, ihm einem Impuls folgend das Leben gerettet zu haben.

Am nächsten Tag war er aus dem Wigwam in ein Quartier gebracht worden, das Powhatans Haus näher war. Es war viel kleiner, wurde aber durch einen aus zusammengehefteten Tierhäuten gebildeten Vorhang in zwei Räume geteilt.

John plagte die Frage, warum man ihn hierhergebracht hatte. Sollte er ermordet werden? Wollte Powhatan wissen, was zwischen seiner Tochter und ihrem Sklaven besprochen wurde?

Sie aß täglich mit ihm. Und wenn die Nacht kam, hüllte sie sich in eine Decke und schlief unweit der Tierhautmatte, die als Tür diente. Er glaubte, auch sie argwöhnte, daß Powhatan seine Milde bereuen und einen Meuchelmörder schicken könnte; und sie war entschlossen, dies zu verhindern.

Kaum tagte es, brachte sie Wasser, in dem Mais gekocht worden war, und anschließend aßen sie Maisfladen.

Auf ihrer Matte ihm gegenüber sitzend bat sie ihn, ihr zu schildern, wie Frauen in seinem Land äßen. Ihr Bemühen, eine Engländerin nachzuahmen, amüsierte ihn, und sie war glücklich, ihn lachen zu sehen.

Nach dem Essen ließ sie Wasser für ihn bringen, und sie selbst reichte ihm das Federbüschel zum Abtrocknen.

Er mußte ihr von seinem Leben und seinen Abenteuern berichten, und so kam es, daß er ihr vom Bauerngut in Willoughby erzählte, von Francis und seiner Frau, und von seiner verstorbenen Schwester Alice. Er berichtete ihr auch von seinen Abenteuern in Europa und versuchte, ihr die verschiedenen Länder zu beschreiben. Sie aber wollte vor allem etwas über die Menschen hören. Ihre Miene verfinsterte sich vor Zorn, als sie hörte, wie Timor von Nalbrits ihn mißhandelt hatte, während sie von ihrer Matte hochsprang und einen Freudentanz aufführte, als John ihr schilderte, wie er diesen Mann erschlagen hatte.

Als diese seltsamen Tage zu Ende gingen und beide wußten, daß das Leben für keinen von ihnen jemals wieder so sein würde wie früher, sprach sie ein paar Worte Englisch und kannte die Einzelheiten mancher Abenteuer Johns.

In den Nächten wurde John von merkwürdigen Träumen heimgesucht. Er träumte, daß er mit ihr flüchtete, aus dem Land Powhatans nach Jamestown, daß er sie an Bord der *Susan Constant* brachte, die in der Bucht lag, und daß sie dann gemeinsam nach England segelten.

Und in einem dieser Träume brachte er sie auf den Hof in Willoughby, wo er Alice, seinem Vater und seiner Mutter begegnete. Und er sagte zu ihnen: »Das ist Pocahontas. Sie hat mich vor einem grauenvollen Tod bewahrt und mich zu ihrem Diener gemacht.« Als sie ihn in die Arme nahmen, umarmten sie auch Pocahontas, und es war, als hätte er eine Braut nach Hause gebracht.

In diesem Traum verspürte er ein sonderbares Glücksgefühl, wie er es nie zuvor erlebt hatte.

Als er erwachte, sah er ihren kleinen Körper zusammengerollt auf der Matte an der Tür, und er lag lange da und beobachtete sie.

Dann erwachte auch sie, und sekundenlang lagen sie da und sahen einander an.

Sie sagte: »Du lächelst, John Smith. Du hast glücklich geträumt?«

»Ich träumte von dir«, gab er zur Antwort.

»Dann war es ein glücklicher Traum«, sagte sie schlicht. »Aber du bist ein hungriges Bleichgesicht. Ich muß meinen Sklaven füttern.«

Nach dem Essen hatte sie das Tablett selbst weggebracht. Kurz nachdem sie ihn verlassen hatte, hörte er von draußen lautes Geheul, gefolgt von Kreischen und Füßestampfen.

John ahnte, daß wieder eine Zeremonie bevorstand. Kaum war ihm dieser Gedanke gekommen, als schon ein Krieger hereinstürmte, ein wahrer Hüne, von Kopf bis Fuß mit Öl und Holzkohle geschwärzt. Der Mann fing an, um John herumzutanzen, indem er seinen Körper auf eine Art verrenkte und wand, die furchteinflößend wirken sollte, wie John sofort erkannte.

John gähnte und schloß die Augen, als fände er das Schauspiel weder beunruhigend noch besonders interessant. Da stieß die sich windende Gestalt einen lauten Schrei aus, woraufhin etwa zehn Krieger hereinstürzten, alle schwarz von Kopf bis Fuß und unter Verrenkungen, die von lauten Schreien begleitet waren.

Nun erkannte John, daß der erste Krieger Powhatan selbst war und die anderen seine auserwählten Gefolgsleute.

Was haben sie vor? fragte John sich. Wollte man ihn in Abwesenheit Pocahontas' töten? Natürlich würde er sich wehren und zwei, drei außer Gefecht setzen, ehe sie ihn überwältigten. Keinesfalls würde er ihnen zeigen, was sie erwarteten, nämlich Anzeichen von Angst. Sich vor diesen Eingeborenen als Feigling zu gebärden, war immer gefährlich. Daher mimte er vor ihnen völlige Gleichgültigkeit.

Ihre Verblüffung war offenkundig. Powhatan, der etwas unternehmen mußte, da die Blicke seiner Krieger auf ihm ruhten, gebot den Tänzern Einhalt und setzte sich auf die Matte, die Pocahontas verlassen hatte.

»Captain John Smith«, sagte Powhatan, »du möchtest ins Dorf der Bleichgesichter zurückkehren?«

»Ja«, sagte John.

»Dann werde ich dich vielleicht ziehen lassen.«

Johns Herz tat einen Freudensprung. »Wann?« wollte er wissen.

»Wenn du mir ein Versprechen gegeben hast.«

»Nenne mir deine Bedingungen.«

»Du bist für mich wie ein Sohn«, sagte Powhatan, »weil meine Tochter dich liebt. Du bist einer meiner Häuptlinge.«

John neigte den Kopf.

»Und meinem Sohn vertraue ich. Du wirst zurück in dein Dorf gehen und mir für deine Freilassung zwei der Kriegsgeräte geben, zwei der großen Teufelsdinge, die man Feldschlangen nennt. Die wirst du mir überlassen, und dazu einen deiner großen Steine zum Messerschleifen.«

John schwieg. Es war ausgeschlossen, ihm erklären zu wollen, daß die Waffen der Company gehörten und die Ausrüstung der Eingeborenen mit Waffen das Allerletzte war, was er anstrebte.

Powhatan beobachtete ihn brütend. Sein Zorn konnte jeden Moment aufflammen. John wußte, daß er nicht lange genug leben würde, um abermals von Pocahontas gerettet zu werden, wenn er jetzt sein Versprechen verweigerte.

»Sehr gut«, sagte er. »Gib mir die Freiheit, und du sollst das Verlangte bekommen.«

Powhatan war hoch erfreut. Er ließ Pfeifen kommen, und sie rauchten gemeinsam, als Pocahontas wieder eintrat.

Überrascht, ihren Vater hier zu sehen, warf sie sich auf den Boden neben ihn. Das kleine Gesicht in die Hände gelegt, die Ellbogen aufgestützt, musterte sie ihren blauäugigen Sklaven mit liebevollem Stolz.

Doch ihre Miene veränderte sich, als sie hörte, was gesprochen wurde. John Smith wollte fortgehen. Er wollte zurück in die Niederlassung. Sie würde ihn verlieren.

»Nein«, rief sie aus. »Er gehört mir. Ich habe mein Leben für ihn geboten, und du hast ihn mir gegeben.«

»Du bist nur ein Kind«, sagte Powhatan. »Captain Smith wird uns für seine Freiheit zwei Teufelsgeräte geben.«

»Dir liegt also mehr an den Teufelsgeräten als an deiner Tochter«, rief sie aus.

Powhatan streckte eine Hand aus und berührte ihren glatten Kopf. Sie funkelte ihren Vater noch immer wütend an, doch der Blick, den sie auf John richtete, war voller Schmerz.

Da sagte John: »Ich werde nicht weit fortgehen. Wir sind Freunde und werden oft zusammensein. Vergiß nicht, daß ich dein Sklave bin. Vergiß nicht, daß unsere Freundschaft ewig währen wird.«

»Mir wäre lieber, zwischen uns würden auch nicht diese wenigen Meilen liegen.«

»Ach«, sagte da Powhatan, »meine Tochter ist für Kinderspiele zu groß, aber noch nicht groß genug, um bei den Frauen zu sein.

»Ich bin erwachsen!« stieß Pocahontas trotzig hervor.

»Dann müssen wir einen Mann für dich finden.«

»Ich bin zu jung, um die Frau eines deiner Männer zu sein«, entgegnet sie rasch. »Aber alt genug, um Frau eines Bleichgesichts zu werden.«

John bewunderte die Geduld, die Powhatan mit seiner Tochter hatte. Unter seinen zahlreichen Kindern liebte er sie am meisten. Sie, Pocahontas – für ihren Vater Matoaka – hob sich in Powhatans Augen von allen anderen ab.

Auch für John war sie anders als die anderen. Es hätte keines Schwures bedurft, sie nie zu vergessen. Er könnte sie nie vergessen.

Ein Buckliger trat ein.

»Mein Diener Rawhunt«, erklärte Powhatan, »dem ich traue wie nur wenigen. Er wird mit dir zum Dorf der Bleichgesichter ziehen und wird den Befehl über jene führen, die euch begleiten. Sie werden die Teufelsgeräte und den Schleifstein zurückbringen.«

»Du kannst mir vertrauen«, sagte John. »Aber ich werde Wildpret und Mais mitnehmen müssen.«

»Ich traue Captain Smith, wie ich keinem anderen Bleichgesicht traue«, gab Powhatan zurück. »Mach dich jetzt bereit. Du wirst sofort aufbrechen und sollst die Nahrungsmittel bekommen. Ich möchte meine Teufelsgeräte sehr rasch hier haben.«

John stand auf. Jetzt hatte er wenigstens seine Freiheit wieder. Da sah er Pocahontas an, die noch immer ausgestreckt auf dem Boden lag und ihn nicht aus den Augen ließ.

Nun waren sie also vorüber, diese wenigen Stunden der Vertrautheit. War es denn erst drei Tage her, daß man ihn in Powhatans Haus gebracht hatte und seine Henker mit erhobenen Keulen über ihm dräuten?

Er konnte es kaum glauben. Er hatte das Gefühl, seit damals sehr viel durchlebt zu haben.

»Ich bin bereit«, sagte John.

»Ebenso Rawhunt und eure Begleiter.«

Von Rawhunt gefolgt, ging Powhatan hinaus. John ging

mit ihnen zur Tür, um dort innezuhalten und sich umzudrehen und Pocahontas einen Blick zuzuwerfen.

Sie war aufgestanden. Und jetzt lief sie zu ihm und warf sich ihm in die Arme, daß er ihr Herz an seinem schlagen spürte. Er legte sein Gesicht an ihr Haar, und sie hielt ihn umfangen.

»Ja, das will ich«, rief sie aus. »Das und sonst nichts.«

»Es gibt ein Wiedersehen«, antwortete er.

»Wo du bist, will auch ich sein.«

»Wer weiß?« antwortete er. »Vielleicht wird es so sein.«

Er befreite sich sanft aus ihrer Umarmung und trat hinaus in die kalte frische Luft.

Sonderbar, daß er, jetzt wo er aus der Gefangenschaft befreit war, ein undeutliches Verlangen empfand, in diese zurückzukehren, und er außerdem ein schwaches, aber deutliches Bedauern empfand.

12.
Die Rückkehr der ›Susan Constant‹

Als John sich der Ansiedlung näherte, neben und hinter sich Rawhunt und seine Bewacher, sichtete man ihn vom Wehrgang aus.

Er hörte jemanden rufen: »Das ist John Smith, der von den Toten auferstandene John Smith.«

John lächelte voller Ingrimm. Man hatte ihn also für tot gehalten.

Bei der Ankunft in der Ansiedlung begegnete er allenthalben Anzeichen der Vernachlässigung.

Fünf Wochen waren vergangen, seitdem er mit Robinson, Emry und den anderen aufgebrochen war, um den Chickahominy hinaufzufahren, und in dieser kurzen Zeit war die blühende und mit Nahrungsmitteln reichlich versorgte Kolonie wieder an den Rand des Zusammenbruchs geraten.

Die Kolonisten kamen ihnen unter der Führung Ratcliffes und Archers entgegen, und als sie die Nahrungsmittel sahen, die John mitbrachte, verriet ihm das Aufleuchten ihrer Augen, was aus den Vorräten geworden war.

Ihm lag viel daran, daß sie vor den Eingeborenen nicht verrieten, wieviel ihnen an den Lebensmitteln lag. Deshalb übergab er sie dem Lagerhalter und wies ihn an, sich darum zu kümmern. Geschmaust sollte später werden.

»Ihr selbst scheint wohlgenährt«, sagte Ratcliffe.

»Ich war Gefangener Powhatans«, berichtete John ihnen. »Ich war zwar dem Tod nahe, aber wie ihr seht, nicht dem Hungertod. Was hier geschehen ist, sehe ich, ohne fragen zu müssen. Ich sehe, daß die Arbeit liegengeblieben ist und daß die Nahrungsmittel nicht sorgfältig eingeteilt worden sind. Ich war nur fünf Wochen fort, und doch möchte man meinen, es wären fünf Monate gewesen.«

Ratcliffe wechselte mit Archer einen Blick. Johns Andeutung, die ihre Führungsqualitäten in Frage stellte, behagte ihnen nicht.

»Aber vor den Ohren und Augen dieser Männer möchte ich kein Klagelied über eure Leiden hören. Ich habe ihnen zwei Feldschlangen und einen Wetzstein im Austausch gegen meine Freiheit zu geben.«

»Zwei Feldschlangen! Ihr müßt den Verstand verloren haben!« rief Ratcliffe aus. »Ihr wollt ihnen unsere Waffen geben, damit sie diese dann gegen uns wenden?«

»Überlaßt dies mir«, sagte John. »Wir wollen vor diesen Menschen nicht streiten.« Er wandte sich an Rawhunt und an die Bewacher, die in einiger Entfernung auf ihn warteten. »Kommt mit«, sagte er. »Ich werde euch die Feldschlangen zeigen, die ihr Powhatan bringen sollt.«

Er ging zu der Plattform voraus, auf der die Geschütze aufgebaut waren.

»Da«, sagte John. »Die gehören euch. Nehmt sie mit.«

Rawhunt und seine Männer versuchten die Geschütze zu heben, die an die zwei Tonnen wogen. Als sie es nicht schafften, waren sie enttäuscht, und John sagte: »Ach, sie sind zu schwer für euch. Aber sie sind voller Kugeln. Wenn ich diese abfeuere, werden sie ein wenig leichter sein. Dann werden sie sich vielleicht bewegen lassen. Seht her! Ich werde auf diesen Baum dort drüben zielen.«

Gesagt, getan. Es ertönte eine ohrenbetäubende Detonation, und die Äste fielen krachend zu Boden. Rawhunt und seine Männer hielten sich Augen und Ohren zu und rannten davon, auf den Wald zu.

Eine Stunde verging, ehe sie zurückkamen.

»Captain Smith«, sagte Rawhunt, »wir wagen nicht zu Powhatan zurückzukehren, obwohl wir wissen, daß die Teufelsgeräte sich für uns nicht in Bewegung setzen werden.«

»Geht zurück zu Powhatan«, sagte John. »Sagt ihm, daß die Teufelsgeräte sich nicht für euch bewegen wollten und so zornig wurden, weil ihr sie mitnehmen wolltet, daß sie Feuer spien, das die Bäume im Wald verbrannten. Sagt auch, daß der Wetzstein sich nicht bewegen ließ. Statt dessen schenke ich euch ein paar schöne Schmuckstücke. Einige sind aus Glas, das ein Zauberding ist, wie ihr am Kompaß gesehen habt, doch ist es eine sanfte Magie, und wenn ihr es nicht zerbrecht, wird es niemandem schaden. Bringt diese Dinge Powhatan und seinen Gefährten und sagt ihm, daß ich sein guter Freund bin.«

Rawhunt kehrte also zu Powhatan zurück, John hatte einmal mehr seine Freiheit gewonnen, und die Feldschlangen blieben, wo sie waren, um die Ansiedlung zu schützen.

Archer und Ratcliffe waren außer sich. Daß sie versagt hatten, wußten sie, da sich in Johns Abwesenheit alles fast genauso schlimm entwickelt hatte wie während der Sommerhitze. Man hatte wenig gearbeitet, und die Vorräte waren wieder zusammengeschmolzen. Und nun war John Smith wieder da, tobte durch die Ansiedlung und beschimpfte alle als einen Haufen fauler Idioten.

»Und was hat *er* getan?« fragte Archer den schwachen Ratcliffe. »Er ist auf Erkundungsfahrt gegangen, und dank seiner Fahrlässigkeit mußten Robinson, Emry und Cassen ihr Leben lassen. Meiner Meinung nach sollte er unter Mordanklage gestellt werden.«

»Eine glänzende Idee«, rief Ratcliffe aus. »Wir werden ihn zum Tod durch den Strick verurteilen, und das wird das Ende unseres hochfahrenden Captains sein.«

Eine Ratsversammlung wurde einberufen.

»Captains Newports Schiff muß jeden Tag ankommen«, sagte Ratcliffe. »Bis er mit frischem Proviant eintrifft, werden unsere Vorräte ausreichen. Aber sollen wir zulassen, daß dieser überhebliche Captain Smith Schlechtes über uns berichtet? Sollen wir zulassen, daß Newport und durch ihn auch die Company erfährt, daß er uns Vorräte verschaffte und unsere Truhen füllte und daß dennoch nach fünf Wochen wieder Mangel bei uns herrschte, als er auf Expedition ging?«

»Captain Smith ist zu sehr von sich eingenommen«, leistete Archer ihm Schützenhilfe. »Er hat durch mangelnde Vorsicht den Tod Robinsons, Emrys und Cassens verschuldet und sollte deshalb verurteilt werden.«

Man rief John herein und erhob Anklage gegen ihn. Ratcliffe und Archer brachten die Versammlung so sehr gegen John auf, daß sich eine Mehrheit fand, die John für schuldig erklärte, den Tod dreier Männer verschuldet zu haben und ihn auf der Stelle zum Tod durch den Strang verurteilte.

John hörte sich das Urteil fassungslos an. Da ihm jedoch die Nähe des Todes schon lange vertraut war, ließ er sich nicht aus der Ruhe bringen.

In seinem Zorn erhob er sich und drängte aus dem Sitzungssaal hinaus, um die Kolonisten zusammenzurufen.

Inzwischen waren es nur noch achtunddreißig. Und als sie sich um ihn scharten und in sein Kraft und Entschlossenheit verratendes Gesicht blickten, wußten auch jene, die befürchteten, nach seiner Rückkehr härter zupacken zu müssen, daß sie John Smith brauchten, wenn sie in dieser Wildnis weiter existieren wollten.

Ratcliffe, der sich als Schwächling erwiesen hatte, brachten sie keine Achtung entgegen, und deshalb hörten sie aufmerksam auf Johns Worte.

»Ihr Narren!« rief er. »Als ich fortging, stand hier alles in Blüte und versprach Gedeihen. Und was habt ihr getan? Ihr habt die Vorräte verschwendet. Ihr habt euch die Bäuche vollgeschlagen und vergessen, daß die Zukunft Hunger bringen wird. Ihr habt eure Arbeit vernachlässigt. Ihr fordert den Tod heraus. Ihr beklagt euch über Virginia. Meine Freunde, Virginia hat über euch laut Klage zu führen. Diese noch größeren Narren dort drinnen haben mich zum Tode verurteilt. Sie wollen mich schleunigst hängen sehen. Wenn ihr mit ihnen einer Meinung seid, daß ich diesen Tod verdiene, wenn ihr nicht wollt, daß ich zu den Eingeborenen gehe und um Nahrung feilsche, wenn ihr genug von John Smith habt, dann schlagt euch auf ihre Seite. Wenn ihr jedoch nicht damit einverstanden seid, was sie beabsichtigen, dann werde ich mich nicht zum Galgen schleppen lassen, und wir werden uns über diese Dummköpfe, die sich Präsident und Rat von Virginia nennen, einfach hinwegsetzen.«

Ein Mann rief: »Sie sind wahrlich Dummköpfe. Wenn John Smith fortgeht, überfällt uns unweigerlich Unheil.«

Die anderen griffen den Ausruf auf. »John Smith ist wieder da. Wir werden es schaffen.«

John lachte zuversichtlich.

»Nur Mut«, rief er. »Wir sind nicht besiegt und werden es nie sein, wenn unsere eigene Torheit uns nicht bezwingt. Meine Freunde, ich war Gefangener in Werowocomoco. Dort habe ich Nahrungsvorräte gesehen, die uns den ganzen Winter vor Hunger bewahren können. Ich verspreche euch, daß ein Teil dieser Vorräte unser sein wird.«

»Hurra!« riefen die Kolonisten. »John Smith ist zurück. Die Hungerzeit hat ein Ende.«

Ratcliffe und Archer, die die Rufe hörten, wußten, daß die Zeit noch nicht reif war, John Smith an den Galgen zu bringen.

Johns erste Aufgabe war es, die Vorräte zu kontrollieren, und als er sah, wie wenig davon vorhanden war, erschrak er. Wenn Captain Newport nicht bald mit frischem Nachschub eintraf, mußte er sofort wieder ausziehen, um Nahrung zu beschaffen.

Durch die Ansiedlung stürmend, verfluchte er alle, die er für die Schuldigen an der Misere hielt, und machte sich daran, ein neues Verteilungssystem für die restlichen Vorräte auszuarbeiten.

»Wir haben erst Januar«, rief er aus. »Der Winter hat erst begonnen. Wie sollen wir ihn eurer Meinung nach überstehen, wenn wir so weitermachen? Ihr kennt die Gefahren der See. Was ist, wenn Captain Newports Vorratsschiff ein Unglück zugestoßen ist? Das, meine Freunde, ist nicht ausgeschlossen, im Gegenteil, wir müssen darauf vorbereitet sein.«

Ein Raunen ging durch die Versammlung.

»Er ist wieder da. Kein Zweifel. Es wird keine Ruhe geben, ehe die Vorräte nicht ergänzt und alle Häuser gebaut worden sind.«

John bestand darauf, daß sie alle dem Gottesdienst beiwohnten, den Reverend Robert Hunt noch am gleichen Tag halten sollte. John war um das geistige Wohl der Kolonisten ebenso besorgt wie um ihr leibliches, da er überzeugt war, daß beides einander bedingte.

Man ging also wieder zur Tagesordnung über. Das einzig Tröstliche dabei war, daß man unter dem strengen Regiment von Captain John Smith dem Hungertod eher entgehen würde.

Zwei Tage nach Johns Rückkehr trat Robert Hunt aus seiner scheunenähnlichen Kirche und sah eine merkwürdige Gruppe auf die Ansiedlung zuhalten. Es waren Eingeborenenfrauen mit Körben auf den Köpfen. Sie bewegten sich mit Anmut, und er fragte sich, welche Bedeutung ihr Kommen haben mochte.

Er ging ihnen entgegen, und die Anführerin der Gruppe, ein Mädchen von dreizehn oder vierzehn Jahren, sagte zu ihm: »Ich suche Captain Smith.«

»Ich werde ihn zu dir bringen«, antwortete Hunt. Nun sah er, daß die Körbe Fleisch und Mais enthielten, und er glaubte, sie wären gekommen, um dafür Glasperlen und anderen Tand einzutauschen.

Als John von der Ankunft der Frauen hörte, ahnte er, wer die Anführerin war, und eilte mit großer Freude hinaus.

Er wurde nicht enttäuscht.

Sie lief auf ihn zu und hätte sich fast in seine Arme geworfen, aber John befürchtete, daß diese Geste von einigen Siedlern, die von der Ankunft der Frauen gehört hatten und herausgekommen waren, mißverstanden würde. Deshalb ergriff er schnell die Hände des Mädchens und küßte sie, als sie auf ihn zukam.

Da es dem Blick, mit dem er sie ansah, nicht an Wärme mangelte, gab Pocahontas sich zufrieden.

»Ich machte mir Sorgen darüber, was du bei deiner Rückkehr vorfinden würdest«, sagte sie. »Da ich hörte, daß es im Dorf der Bleichgesichter wenig zu essen gibt, bringe ich dir dies.«

»Pocahontas, du bist mein guter Engel.«

»Was ist ein guter Engel?«

Er erklärte es ihr, und ihre Miene zeigte Wärme und Zärtlichkeit, die ihm galten. »Ich werde immer dein guter Engel sein«, sagte sie zu ihm.

»Komm in die Ansiedlung, meine liebe Pocahontas, damit ich dir viele wundervolle Dinge zeigen kann«, sagte er.

John sah, daß die Körbe mit guten Sachen gefüllt waren – genug, um die ganze Kolonie einige Tage zu ernähren – und einem Impuls folgend sagte er: »Du hast gebracht, was wir am dringendsten brauchen. Wie kann ich dir danken?«

»Ich brauche keinen Dank. Was ich habe, gehört dir. Ich möchte Captain John Smith nur zu Gefallen sein.«

»Du gefällst ihm ... du gefällst ihm sehr.«

Da andere Siedler sie umdrängten, mußte er das Mädchen vorstellen.

»Das ist Pocahontas, Powhatans geliebte Tochter, der ich mein Leben verdanke«, sagte er.

»Wie schön sie ist!« ließ Ratcliffe sich vernehmen.

»Es ist lange her, seit ich eine so schöne Lady gesehen habe«, sagte Archer lüstern.

Sofort trat in Johns Augen ein gefährliches Funkeln. »Lady Pocahontas ist meine Freundin«, sagte er. »Als Tochter eines Häuptlings darf sie nicht den Beleidigungen gemeiner Männer ausgesetzt werden.«

Pocahontas, die von John zu den anderen blickte, verstand wenig von dem, was gesprochen wurde. »Mein Freund ist Captain John Smith«, sagte sie erbost. »Ich bin nur denen Freundin, die seine Freunde sind. Wer es nicht ist, den hasse ich und verrate ihn an Powhatan, der ihn an einen Baum binden und bei niedrigem Feuer verbrennen wird.«

Johns Miene entspannte sich. Niemand würde es wagen, sie anzurühren. Zu ihm war sie die Sanftheit in Person, doch würde sie sich zu einer Wilden verwandeln, wenn jemand wagte, sich ihr ungebührlich zu nähern.

»Captain Smith, Ihr habt offenbar einen guten Eindruck hinterlassen«, höhnte Ratcliffe. »Es ist nicht zu übersehen, daß die Dame von Euch eine sehr hohe Meinung hat.«

»Hohe Meinung?« fragte Pocahontas.

»Er sagt, du seist meine Freundin geworden.«

»Er spricht wahr. Captain Smith ist mein Freund. Ich sterbe für ihn, und er für mich.«

»Zwischen unserem kühnen Captain und der wilden Prinzessin muß sich eine bezaubernde Idylle entsponnen haben, als er Gefangener ihres Vater war.«

»Ihr habt gehört«, sagte John spitz, »daß wir Freunde wurden. Und ich würde Euch raten, Eure Zunge zu hüten.«

Damit führte er Pocahontas fort. Er zeigte ihr die Holzhäuser, die sie bauten, und führte sie zu den Feldschlangen, die zu schwer gewesen waren, um von den Männern ihres Vaters bewegt zu werden. Er stellte sie einigen der Kolonisten vor, die sie sehr liebenswert fanden, schon gar, als sie hören, daß sie Körbe voller Lebensmittel mitgebracht hatte.

Dann führte John sie ins Vorratslager und wählte eine Glasperlenkette aus, die er ihr um den Hals legte.

»Ist das für die Nahrungsmittel?« fragte sie mit blitzenden Augen.

»Es ist für vieles«, sagte er.

»Dann nehme ich es nicht. Ich bin nicht zum Handeln gekommen. Die Nahrung ist ein Geschenk ... von Pocahontas an Captain John Smith. Es darf dafür keine Bezahlung geben.«

»Diese Perlen sind ein Geschenk von Captain John Smith an Pocahontas. Er will ebensowenig handeln wie sie.«

»Dann nehme ich es«, sagte sie leise, und sie hob die Perlen hoch und hielt sie an ihre Wange.

Er begleitete sie an den Waldrand, und ihre Frauen gingen hinterher, die leeren Körbe auf den Köpfen.

Als sie sich trennten, sagte sie: »John Smith, es gefällt dir, daß ich mit Essen komme? Dann komme ich wieder.«

»Es freut mich, dich zu sehen«, sagte er, »mit oder ohne Nahrung. Ich freue mich über ein Wiedersehen.«

»Jetzt bin ich glücklich«, gab sie zurück.

John küßte ihre Hand und sah ihr nach, als sie mit ihren Frauen zwischen den Bäumen verschwand.

Binnen weniger Tage erschien Pocahontas wieder in der Ansiedlung, gefolgt von ihrer kleinen Gruppe von Frauen. Wieder brachten sie Körbe voller Nahrungsmittel, und in der Ansiedlung herrschte große Freude. Jeder Besuch Pocahontas' bedeutete, daß die Angst vor dem Verhungern ein paar Tage hinausgeschoben wurde.

Captain Newport war längst überfällig, und oft sah es aus, als würden die Vorräte bis zu seiner Ankunft nicht mehr reichen. Der Winter war bitter kalt. Aber zwischen den Bäumen tauchte in regelmäßigen Abständen immer wieder das Mädchen auf, das nun alle als Prinzessin Pocahontas kannten. Und immer war das Zeremoniell dasselbe. Sie fragte nach Captain John Smith, da sie ihre Körbe niemand anderem übergeben wollte.

Dann machte sie mit ihm einen Rundgang durch die Niederlassung, sprach mit den Kolonisten und erkundigte sich höflich und besorgt nach dem Befinden der Kranken. Dennoch war allen klar, daß sie allein Augen und Ohren für Captain John Smith hatte.

Ihr Kommen wurde bald sehnsüchtig erwartet. Und wenn sie kam, in einen Mantel aus Tierhaut oder Federn gehüllt, segnete man sie.

In jenen kalten Januartagen wurde die Kolonie durch die Liebe von Powhatans Tochter zu Captain John Smith vor dem Hungertod bewahrt.

Edward Wingfield war noch immer Gefangener an Bord der Pinasse, und als John ihn dort besuchte, traf er einen kranken und unglücklichen Menschen an.

Er hatte eine Geschichte zu berichten, die höchst alarmierend war.

»Es gab eine Verschwörung«, sagte er, »um nach England zurückzukehren. Ihr seid wieder einmal zum richtigen Zeitpunkt zurückgekehrt. Ratcliffe, Archer und einige andere planten, mit der Pinasse nach England zu segeln und uns andere hier den Wilden oder dem Hungertod auszuliefern.«

In Johns Augen flammte Jähzorn auf.

»Wären sie doch nie mitgekommen!« rief er aus.

Als er Wingfield verlassen hatte, begab er sich zu Ratcliffe und beschuldigte ihn des Verrats.

»Captain Smith, Ihr vergeßt wohl, daß ich Präsident der Kolonie bin«, gab Ratcliffe verächtlich von sich.

»Was für die Kolonie wahrlich ein Unglück ist.«

»Ich wollte Euch längst hängen lassen«, rief Ratcliffe aus.

»Seht lieber zu, daß Ihr nicht selbst am Galgen landet«, erwiderte John.

»Es kränkt Euch«, sagte Ratcliffe, »daß wir keine Eingeborenenmädchen von beschränktem Verstand sind, die niederfallen und Euch anbeten.«

»Es kränkt mich, daß Männer wie Ihr und Archer jemals nach Virginia gekommen seid. Das Land ist nicht für Männer wie Euch bestimmt.«

»Nein, es ist für den edlen Captain Smith bestimmt. Er allein ist würdig, den Boden Virginias zu betreten ... er, der auszieht, um erregende Abenteuer zu erleben und immer siegreich triumphiert ... wenn man ihm glauben will.«

John packte Ratcliffe an der Kehle und schüttelte ihn heftig, als man in der Nähe Geschrei hörte. Das Geschrei wurde lauter, und Freudenrufe ertönten.

John stieß den Präsidenten, dem schon die Augen aus dem Kopf quollen, von sich, um zu lauschen.

Er hörte die Worte *Susan Constant.*

Da vergaß er seine Auseinandersetzung mit Ratcliffe und lief an den Strand. Kein Zweifel, das Schiff war in Sicht, jenes Schiff, das sie so gut kannten: die *Susan Constant.* Captain Newport war nach Virginia zurückgekehrt.

Als die *Susan Constant* in der Chesapeake Bay vor Anker ging und die Beiboote Besatzung und Kapitän an Land brachten, herrschte eitel Freude. Mit ihnen kamen nicht nur die dringend benötigten Vorräte, sondern weitere Kolonisten. Diese Gruppe wurde allgemein Erster Nachschub genannt.

Captain Newport war sehr froh, daß er die Überfahrt gut

hinter sich gebracht hatte und Wiedersehen mit Virginia feiern konnte.

»Ich lief in Begleitung eines zweiten Schiffes, der *Phoenix,* aus«, berichtete er ihnen. »Sie dürfte bald eintreffen.«

Das war eine wunderbare Nachricht. Nicht nur die *Susan Constant,* sondern auch die *Phoenix* kam ihnen zu Hilfe.

Als Captain Newport mit den Ratsmitgliedern bei Tisch saß, sagte er: »Die Company war mit der Fracht, die ich brachte, nicht sehr zufrieden. Es wurde herbe Kritik laut, weil keine kühneren Entdeckungen gemacht worden sind. Man ist überzeugt, daß es in Virginia Gold und Edelsteine gibt.«

»Wir hatten mit dem Überleben genug zu tun«, erwiderte Ratcliffe. »Außerdem gab es Zwistigkeiten unter uns.« Er sah John an. »Ich glaube, daß diese unseren Ängsten entsprangen. Wir befürchteten, Hungers sterben zu müssen. Aber das Wissen, daß genügend Vorräte vorhanden sind, läßt nun alles ganz anders aussehen, so ist es doch, Captain Smith?«

John erwiderte, daß er diese Meinung teile.

Aber als John nicht zugegen war, vertraute Ratcliffe Newport an, daß die Zusammenarbeit mit John sich zunehmend schwieriger gestalte.

»Noch nie bin ich solchem Hochmut begegnet«, sagte Ratcliffe. »Er war Gefangener der Wilden, wie er Euch berichtete. Und weil er abermals dem Tod entrann und in den Eingeborenen den Glauben nährte, er sei ein Halbgott, glaube ich, daß er sich tatsächlich für einen hält.«

»Er war immer ein Mensch, der eine hohe Meinung von sich hatte«, gab Newport ihm recht.

»Die Wilden halten ihn für den Präsidenten der Kolonie«, setzte Ratcliffe hinzu. »Er muß es ihnen eingeredet haben.«

Newport nickte. Er dachte an den Tag während der Überfahrt, als man John Smith in Ketten gelegt hatte.

Just am Tag von Captain Newports Ankunft kam Pocahontas mit ihren Körben voller Nahrung in die Ansiedlung. John kam ihr entgegen und sagte: »Du sollst einen großen Häuptling kennenlernen. Er ist mit seinem großen Schiff gekommen und bringt uns aus England Nahrung und viele andere Dinge, die wir brauchen.«

Captain Newport ergriff die ihm dargebotene Hand und beugte sich darüber. Der Zauber des Mädchens, der es von seinen Stammesgenossen unterschied, verwunderte ihn sehr. Er hatte zwar gehört, daß sie Essen ins Lager brachte, war aber dennoch sehr erstaunt, als er sie sah. Und noch mehr erstaunte es ihn, daß John Smith imstande gewesen war, soviel Hingabe in ihr zu entfachen.

»Er ist ein Häuptling des Meeres«, erklärte John ihr. »Er hat jenes große Schiff viele Meilen über den Ozean gelenkt.«

»Er ist wahrlich ein großer Häuptling«, sagte Pocahontas, doch war es klar, daß sie Captain Newport nie so viel Hochachtung entgegenbringen würde wie John Smith.

John, der das spürte, erklärte ihr: »Er ist mein Vater.« In ihrer Sprache bedeutet dies, daß Newport hoch über ihm stünde. Doch sie lächelte nur. Für sie war es undenkbar, daß jemand über John Smith stehen könnte.

Ihre Begleiterinnen, die Captain Newport mit großem Interesse beäugten, konnten auch nicht glauben, daß er bedeutender sei als Smith.

Eine von ihnen sagte: »Die Winde sind bitter, und wir beten zu Oke, er möge dem Nordwind befehlen, nicht so ausdauernd und unerbittlich zu blasen. Oke hört uns nicht. Würde Captain Smith wohl seinen Gott bitten, dem Nordwind eine Weisung zu zu geben?«

»Ihr seht«, sagte Ratcliffe zu Newport, »daß Smith unter ihnen als Halbgott gilt. Man würde nicht meinen, daß Ihr ein großer Kapitän seid und ich Präsident der Kolonie. Was sind wir in den Augen dieser Wilden im Vergleich zu Smith?«

Newport lachte, aber Ratcliffe freute sich, als er merkte, daß er ein wenig verärgert war.

John machte die Bekanntschaft der neuen Kolonisten, unter denen sich ein gewisser Master Scrivener befand, der ganz nach seinem Geschmack war. Master Scrivener war ein Gentleman, der Johns Ideale teilte, wie beide gleich am ersten Tag ihrer Bekanntschaft feststellten.

Hätte man mehr Männer wie Scrivener geschickt, dachte John, wäre es ein wahrer Segen für die Kolonie.

Leider mußte er befürchten, daß anstatt der dringend benötigten fleißigen Arbeitskräfte viele adlige Glücksritter und Müßiggänger unter den Neuankömmlingen waren. Das fehlende Einvernehmen zwischen denen, die an Ort und Stelle waren, und jenen in der alten Heimat, die gewohnt waren, Befehle zu erteilen, stellte einen der größten Stolpersteine bei der Gründung einer Kolonie dar.

Nachdem Powhatan gehört hatte, daß der große Häuptling übers Meer gekommen war, verspürte er den Wunsch, diesen zu sehen, und so ließ er wenige Tage nach der Ankunft des Schiffes Geschenke für Newport verbunden mit der Einladung überbringen, er solle Werowocomoco besuchen.

So fuhren Newport, John und ein paar Auserwählte, darunter der Neuankömmling Master Scrivener, flußaufwärts, und hielten auf dem Weg nach Werowocomoco zu Powhatan mehrfach an, um mit den Eingeborenen Handel zu treiben.

Da es Newports Eitelkeit schmeichelte, als großer Häuptling von jenseits des großen Wassers zu gelten, nahm er eine geradezu königliche Haltung an. Wie Ratcliffe war er ein wenig eifersüchtig auf die Hochachtung, die John genoß, und deshalb suchte er nun diese von John weg auf sich selbst zu lenken.

Aus England hatte er viel buntes Zeug mitgebracht, von dem man annahm, daß es bei den Eingeborenen Gefallen finden würde. So führte er unter anderem einen weißen Hund, rote Gewänder und einen Hut als Geschenke des Königs von England für Powhatan mit.

Bei der Ankunft in Werowocomoco empfing Powhatan sie sehr feierlich in jenem scheunenähnlichen Bau, in dem

John einst beinahe den Tod gefunden hätte. Die Zeremonie verlief ähnlich – die Krieger in ihrer prächtigen Bemalung, Powhatan, der von Frauen und Konkubinen umgeben auf seinem Lager ruhte. Auch Pocahontas war zugegen, und ihre strahlenden Augen sahen niemanden außer Smith.

Diese Begegnung rief in John viele Erinnerungen wach, und er ermahnte Newport, Powhatans Freundschaftsangebote nicht zu ernst zu nehmen. Er dachte daran, wie man ihn gefüttert und gefeiert hatte, um ihm im nächsten Moment zum Tode zu verurteilen.

Newport aber wollte keine Ermahnungen hören. Er wollte ihnen allen zeigen, daß er bedeutender war als John Smith.

Geschenke wurden ausgetauscht, und dann kam der Zeitpunkt, um den Mais, den eigentlichen Grund ihres Kommens, zu feilschen.

Powhatan war sehr gewitzt. Da er Newports Stolz spürte, sagte er zu ihm: »Großer Häuptling der Bleichgesichter, ich bin der größte Häuptling in meinem Land, und du bist es auf dem Meer. Meine Größe verbietet mir zu feilschen wie gewöhnliche Menschen. Gehen wir also wie Häuptlinge ans Werk. Lege die Güter hin, die du zu verkaufen hast, und ich werde dir geben, was ich glaube, daß sie wert sind. So ist es Brauch unter großen Häuptlingen.«

John, der diese Ansprache übersetzen mußte, warnte Newport: »Traut Powhatan nicht. Er ist gerissen und wird versuchen, uns irgendwie übers Ohr zu hauen. Ich erkenne das an seinem Gesichtsausdruck. Besteht darauf, mit ihm zu handeln, oder überlaßt es mir.«

»Captain Smith«, erwiderte Newport, »diese Sache überlaßt lieber mir, da es besser ist, wenn das Geschäft zwischen mir und Powhatan abgeschlossen wird. Auch ich lege keinen Wert darauf zu feilschen.« Und zu Johns Enttäuschung gab er seinen Leuten ein Zeichen, die Waren vorzulegen, die er gegen Nahrungsvorräte eintauschen wollte – Kupferkessel, die einen begehrlichen Glanz in Powhatans Augen weckten, Kupferglocken und Beile, lauter heißbegehrte Dinge.

»Sagt ihm, daß sie ihm gehören sollen«, forderte Newport, »und daß er mir so viel Mais dafür geben soll, wie es seiner Meinung nach dem Wert unserer Dinge entspricht.«

»Das ist pure Dummheit!« rief John aus.

»Denkt daran, daß Ihr hier nur mein Dolmetscher seid!« fuhr Newport ihn an.

John zog die Schultern hoch und übersetzte, woraufhin Powhatan seinen Leuten ein Zeichen gab, eine bestimmte Menge Mais zu bringen.

Newport starrte das Maishäufchen an. Nicht zu fassen! Nur vier oder fünf Scheffel, nicht der zwanzigste Teil dessen, was er erwartet hatte.

John, dem der tückische Ausdruck in Powhatans Augen und die Enttäuschung in Newports Blick nicht entging, holte ein paar blaue Perlen aus einer Tasche und ließ sie in der Wintersonne aufblitzen.

»Was ist das?« rief Powhatan aus.

»Ach, damit handle ich nicht«, erwiderte John und steckte sie wieder in seine Tasche.

»Warum nicht?«

»Es sind kostbare Edelsteine, da sie von der Farbe des Himmels sind.«

In Powhatans Augen blitzte es auf.

»Ich möchte sie kaufen.«

»Aber sie sind nicht zu haben. Nur die größten Häuptlinge der Welt dürfen blaue Perlen tragen.«

»Ich bin ein großer Häuptling.«

»Nur hier in Powhatan. Du könntest sie nie erwerben.«

»Warum nicht?«

»Du hast nicht genug Mais, um so wertvolle Perlen zu bezahlen.«

»Ich will dir hundert Scheffel geben.«

John schüttelte den Kopf und konnte sich nicht versagen, Newport einen schlauen Blick zuzuwerfen. Der saß noch immer da und starrte die karge Maismenge an, die alles war, was er für den Berg Kupfersachen bekommen hatte.

»Zweihundert«, rief Powhatan.

Wieder schüttelte John den Kopf.

»Dreihundert.«

John zögerte. Dreihundert Scheffel Mais für ein paar Glasperlen. Die Versuchung war zu groß, um ihr zu widerstehen.

»Unter einer Bedingung.«

»Und die wäre?«

»Nur Häuptlinge und ihre Familien dürfen Perlen von der Farbe des Himmels tragen.«

»Nur Häuptlinge und deren Familien werden diese Himmelsperlen tragen«, erklärte Powhatan.

»Nun, wenn das so ist ...« John überreichte ihm die Perlen, und Powhatan hielt sie mit entzücktem Blick in die Höhe, ehe er sich die Kette unter den faszinierten und bewundernden Blicken aller Krieger um den Hals hängte.

Die Gruppe kehrte mit einer Bootsladung Mais, einem triumphierenden Smith und einem niedergeschlagenen Newport zur Ansiedlung zurück. Damit war das Kapitel jedoch nicht abgeschlossen, da binnen weniger Tage andere Häuptlinge mit Maisladungen in der Ansiedlung eintrafen und unbedingt ›Himmelsperlen‹ haben wollten.

Sie waren landauf, landab sehr begehrt geworden. Kein Häuptling gab sich zufrieden, ehe er nicht die hellblauen Perlen, das Zeichen der Größe, besaß.

Auf diese Weise füllte John Smith einmal mehr die Getreidespeicher von Jamestown.

Dieser Vorfall war nicht dazu angetan, John Captain Newport sympathischer zu machen, so daß das Verhältnis der beiden sich beträchtlich abkühlte. Und das verstärkte sich noch, als John entdeckte, daß der Captain naiv genug gewesen war, Powhatan zwanzig Schwerter als Geschenk zu versprechen.

John hielt mit seinen Gefühlen nicht zurück. »Das ist der Gipfel der Dummheit«, tobte er. »Was glaubt Ihr, wozu Powhatan die Schwerter verwenden wird?«

»Die Company wünscht, daß wir Freundschaft mit den Eingeborenen pflegen«, rechtfertigte Newport sich. »Und wenn sie ein Geschenk wollen, das wir ihnen geben können, wäre eine Ablehnung unfreundlich.«

»Und deshalb geben wir ihnen Waffen, mit denen sie uns vernichten können?« rief John aus. »Ihr, Captain Newport, werdet nach England zurückkehren. Ihr und die Männer der Company werdet gemeinsam diskutieren, wie die Ansiedlung geführt werden soll. Aber wir, Sir, müssen hier leben. Wir müssen die Früchte Eurer Torheit ernten!«

John drehte sich um und ließ Newport wutschnaubend zurück.

So brachte die Ankunft der *Susan Constant,* obschon sie die Sorge um die Vorräte minderte, Spannungen eigener Art mit sich.

Captain Newport rief der Ratsversammlung ständig in Erinnerung, daß man in London alles andere als erfreut gewesen war und sich mit Zedernholz und Sassafras nicht zufriedengeben wollte, die anstatt der erwarteten Ladungen von Gold und Edelsteinen, wie sie die Spanier aus dem Süden gebracht hatten, eingetroffen waren.

In jenen Tagen war Master Scrivener, der Neuankömmling, der rasch Johns Freund geworden war, diesem eine große Stütze. Scriveners hervorragende Eigenschaften hatten ihm sofort einen Platz in der Ratsversammlung gesichert. John konnte nur in Gesprächen mit Scrivener sein Herz erleichtern, da dieser seine Vorstellungen teilte und hinsichtlich der Bedürfnisse der Kolonie mit ihm eines Sinnes war. Er teilte auch Johns Eifer, diese Ideen in die Tat umzusetzen.

Scrivener besaß sämtliche Eigenschaften, die ihn für eine führende Position empfahlen. Mit ihm war endlich ein Mann gekommen, in dessen Gesellschaft John sich wohl fühlte.

Als sie eines Tages gemeinsam durch die Ansiedlung schritten, kam ein Mann auf sie zugelaufen, der etwas in den gewölbten Händen trug und fast außer sich vor Aufregung war.

»Was hast du da?« fragte John. »Beruhige dich, Mann, und sag es uns.«

Der Mann, der nur ein Stammeln herausbrachte, hielt John die Hände hin, damit dieser selbst sehen konnte.

Ein feines gelbes Pulver bedeckte die Handflächen.

»Captain ...« stotterte der Mann. »Ich hab's gefunden. So ist es in Virginia doch zu finden. Gold!«

Fieberhafte Erregung erfaßte die Kolonisten. Die Männer ließen von wichtigen Arbeiten wie Hausbau und Bestellung der Äcker ab, um im Flußbett nach dem feinen goldfarbigen Sand zu suchen, den sie für Gold hielten.

Nur John blieb skeptisch. »Von diesem gelben Staub abgesehen, haben wir bis jetzt nichts entdeckt, obwohl deshalb wichtige Arbeiten vernachlässigt wurden«, sagte er. Es wurde überall in der Umgebung der Ansiedlung gegraben, Proben des gelben Staubes, die zur Untersuchung nach England gebracht werden sollten, wurden vorsichtig an Bord geschafft. Captain Newport und seine Besatzung ließen sich vom Goldfieber anstecken. Sie hatten im Februar die Rückfahrt antreten wollen, blieben aber den ganzen März über. John war in höchster Sorge, da das Graben und Sieben unfruchtbare Arbeit war und man auch noch die Schiffsbesatzung mit den Vorräten durchfüttern mußte, die für die Kolonisten bestimmt waren. John seufzte, als er durch die Ansiedlung ging und die halbfertigen Häuser sah. Falls es in Virginia tatsächlich Gold gab, hätte man seiner Überzeugung nach etwas anderes finden müssen als nur diesen gelben Staub, den er für eine landestypische Sedimentablagerung hielt.

Im April segelte Captain Newport, dessen Schiff mit diesem Goldstaub beladen war, nach England. Er nahm Wingfield und Archer mit, die beide der neuen Kolonie überdrüssig waren und erfreut die Gelegenheit ergriffen, mit Newport zurückkehren zu können.

Kaum war Newports Schiff ausgelaufen, als John befahl, mit den Bauarbeiten und allen anderen täglichen Verrichtungen fortzufahren, während er ein paar Männer weiterhin auf Goldsuche schickte.

Kurz darauf wurde ein anderes Schiff am Horizont gesichtet. Es war die von ihrem Kurs abgekommene und verspätete *Phoenix*.

Ihr Captain Nelson erwies sich als hervorragender Mann, bescheidener als Newport und sehr ehrenwert. An persönlichem Ruhm lag ihm nichts, er wollte nur seine Pflicht tun. Newport und seine Besatzung hatten oft Teile der mitgebrachten Vorräte an die Kolonisten verschachert, für John und viele andere eine Ungeheuerlichkeit, da die Güter den Siedlern von der Company zur Verfügung gestellt worden waren. Captain Nelson dagegen tat nichts dergleichen und lieferte alle Vorräte im Lagerhaus ab.

John war sehr erfreut, daß ein Mann von Nelsons Format gekommen war, und dafür vertraute er ihm einen für die Company bestimmten Lagebericht an, da er ahnte, daß Newport, Wingfield und Archer einen sehr einseitigen und für ihn selbst ungünstigen Bericht über die Kolonie abliefern würden. Er schrieb auch einen Brief an Henry Hudson, den Arktisforscher, dessen großes Interesse an Kolonisation ihm bekannt war. Er hoffte sehr, Hudson könnte aus seinen, Johns, Erfahrungen etwas lernen.

Die *Phoenix* kehrte in die Heimat zurück und mit ihr Martin, der ärztlicher Behandlung bedurfte, da seine Gesundheit sehr gelitten hatte. Martin war zwar kein Unruhestifter, aber ein schwacher Mensch, den die verzweifelte Suche nach Gold aus dem Gleichgewicht gebracht hatte. John war froh, ihn los zu sein.

Es war der Company zu Ohren gekommen, daß es zu Gefechten mit den Eingeborenen gekommen war, so daß beide Versorgungsschiffe den Befehl mitgebracht hatten, die Siedler dürften den Eingeborenen auf keinen Fall mit Gewalt entgegentreten. John entlockte diese Anweisung ein verzweifeltes Aufstöhnen.

»Wie können wir hoffen, daß die Kolonie unter den Befehlen derjenigen zur Blüte gelangt, die von den hiesigen Verhältnissen keine Ahnung haben«, äußerte er sich seinem guten Freund Scrivener gegenüber.

Aber Ratcliffe, noch immer Präsident, gab Befehl, die eingeborenen Virginier nicht anzugreifen. Es dauerte nicht lange, und die Eingeborenen merkten diese Zurückhaltung. Die Häuptlinge, die sehr wohl wußten, daß in der Ansiedlung der Bleichgesichter die heißbegehrten Beile, Kupferkessel und Schwerter in großer Zahl lagerten, schickten nun ihre Krieger aus, die sich in die Ansiedlung schleichen, diese Schätze stehlen und sich damit davonmachen sollten.

Ratcliffe zuckte mit den Achseln. »Man muß es hinnehmen«, sagte er. »Es sind Befehle der Company.«

Powhatan, der die Situation klug erfaßte und den Charakter des großen Meeres-Häuptlings, der sich so leicht betrügen ließ, sofort durchschaut hatte, verlor seine Achtung vor den Bleichgesichtern. Er vergaß sogar die Macht Captain John Smiths und schickte Krieger aus, nicht nur zum Stehlen, sondern auch, um die Weißen zu schmähen. Wann immer sie auf Bleichgesichter stießen, sollten sie diese verhöhnen und ihnen rauben, was sie bei sich hatten, da dies gefahrlos geschehen konnte. Die Bleichgesichter mußten samt und sonders Feiglinge sein, die vor den Kriegern der Powhatan vor Angst zitterten.

Eines Tages, als John und Scrivener bei der Feldarbeit waren, da John es sich angelegen sein ließ, jede Arbeit zu übernehmen, die sich ergab, um den Männern zu zeigen, daß er sich nicht scheute, selbst zu tun, was er von ihnen verlangte, sagte Scrivener zu ihm: »Captain, Eingeborene schleichen sich an. Ich kann vier von ihnen sehen.«

John richtete sich auf. »Und die Befehle der Company fordern, daß wir uns von ihnen schmähen und berauben lassen müssen, ohne Gegenwehr zu leisten. Mein Freund, ich habe endgültig genug von den Befehlen der Company.«

»Das freut mich zu hören, Captain.«

»Wartet, bis sie näher herankommen«, sagte John. »Dann erst greift sie an und macht sie nieder. Das wird ihnen eine Lehre sein.« John war erleichtert, daß sich einige Kolonisten in der Nähe befanden.

»Bleichgesicht, gib mir dein Messer«, forderte einer der Eingeborenen unverschämt.

»Komm und hol es dir«, forderte John ihn heraus.

Entschlossen, sich vor seinen Gefährten hervorzutun, kam der Mann näher. Da schnellte Johns Faust vor, traf ihn am Kinn und ließ ihn rücklings taumeln. Seine Gefährten stießen einen Kriegsschrei aus, aber Scrivener nahm sich schon den nächsten vor, während John die zwei anderen angriff.

Die Eingeborenen waren so überrascht, daß sie sich glatt überrumpeln ließen. John rief nun den Kolonisten zu, sie sollten alle vier gefangennehmen, und diese taten nichts lieber, da sie die Schmähungen der Eingeborenen leid waren.

Präsident Ratcliffe erschrak, als er sah, daß vier Gefangene in die Ansiedlung gebracht wurden.

»Werden so die Befehle aus England befolgt?« fragte er.

»In Zukunft werden sämtliche Befehle in diesem Punkt von mir kommen«, erwiderte John.

Ratcliffe, den diese Wendung der Dinge beunruhigte, sagte nichts, und die vier Gefangenen wurden gefesselt und bewacht.

Als Powhatan erfuhr, daß seine Männer sich als Gefangene in der Ansiedlung befanden, schickte er in seiner Wut sofort eine Abteilung Krieger aus, in Kriegsbemalung und mit Pfeil und Bogen, die die Kolonisten angreifen und ihre vier Stammesbrüder zurückbringen sollten.

»Es wird ganz leicht sein«, sagte er zu einem seiner Häuptlinge. »Die Bleichgesichter ziehen gegen uns nicht in den Kampf. So will es ihr Gesetz.«

»Großer Häuptling«, erwiderte einer der anderen Häuptlinge. »Jene Männer haben gegen Captain Smith gekämpft, und das ist etwas anderes als ein Kampf mit anderen Bleichgesichtern.

»Geht«, sagte Powhatan. »Sie werden euch unsere Männer übergeben. Das ist das Gesetz der Bleichgesichter.«

John war darauf gefaßt. Als er die Eingeborenen durchs hohe Gras zur Ansiedlung schleichen sah, ließ er die Feldschlangen abfeuern und führte einen kleinen, mit Musketen bewaffneten Trupp gegen die Angreifer.

»Das sind die Teufelsgeräte«, riefen die Eingeborenen

einander zu. Und sie flohen, wie immer durch das Geschützfeuer in Angst und Schrecken versetzt.

Sie wußten nun, daß man andere Bleichgesichter, nicht aber Captain John Smith schmähen und berauben konnte.

Wortlos lauschte Powhatan ihrem Bericht. Dann schüttelte er den Kopf.

»Meine Tochter hat die Wahrheit gesprochen«, sagte er. »Captain John Smith ist ein Gott. Wir dürfen ihn nicht beleidigen. Aber ich habe gelobt, daß die Bleichgesichter unsere Männer freigeben müssen, und wenn wir es nicht mit Pfeil und Bogen schaffen, müssen wir es mit Geschenken versuchen. Man geht nicht mit Pfeil und Bogen zu Göttern.«

Dann ließ er seine Tochter kommen.

»Matoaka, mein Kind, du mußt zum großen Captain John Smith, um ihm zu sagen, daß Powhatan sein Bruder ist. Du wirst als Geschenk Wildpret mitnehmen und ausrichten, Powhatan bäte als Gegengabe um die Freilassung der Männer, die sich nun als Gefangene im Dorf der Bleichgesichter befinden.«

Also kam Pocahontas nach Jamestown und mit ihr Powhatans spezieller Diener und Bote, der vor allen anderen sein Vertrauen besaß – Rawhunt, der Bucklige.

Pocahontas kleidete sich für diesen Anlaß besonders festlich, da sie für Captain John-Smith schön sein wollte.

Sie trug Ledermokassins und einen Mantel aus Tierhaut, und um ihren Hals legte sie die blauen Glasperlen, die sie als Tochter eines großen Häuptlings kennzeichneten. So herausgeputzt machte sie sich auf den Weg zu John Smith.

Als sie durch die Ansiedlung schritt, machten die Männer den Weg für sie frei. Für diejenigen, die erst kürzlich mit der *Phoenix* gekommen waren, bot sie ein exotisches und schönes Bild. Sie würdigte sie kaum eines Blickes. Ihre Miene verriet höchste Befriedigung, da sie bald bei dem Mann sein würde, dem sie nicht nur in Liebe, sondern in Verehrung ergeben war.

Als er sie umarmte, hing sie sekundenlang fast kindlich an ihm und vergaß ihre Verehrung über ihrer leidenschaftlichen Liebe.

»Powhatan schickt mich wegen der Gefangenen«, sagte sie.

»Was für ein listiger Mann«, gab John zurück, »eine solche Unterhändlerin zu schicken.«

»Du wirst mir die Gefangenen geben?«

John zögerte. »Pocahontas, liebes Kind, ich muß dein Volk lehren, meines zu respektieren.«

»Das wird es, wenn es dein Volk besser versteht. Und nur der Friede und nicht der Krieg kann dieses Verständnis bringen.«

»Ach, wenn nur alle deine Einsicht hätten!«

»Du bist es, der mich Einsicht lehrte. Du hast sie mich mit Liebe gelehrt. So sollte es auch zwischen unseren Völkern sein.«

»Ist das möglich?«

Da lachte sie, so wie er es sie gelehrt hatte und wie sie glaubte, daß es die Frauen der Bleichgesichter taten. »Es ist nicht möglich. Mich hat es ein Gott gelehrt. Das kann nicht bei allen so sein.«

»Pocahontas, ich bin kein Gott. Im Gegenteil, du stehst als Häuptlingstochter im Rang über mir – als Königstochter, wie man in England sagt, da ich nur ein gemeiner Mann bin. Wären wir in England, wir könnten kaum Freunde sein, so groß ist die Kluft zwischen uns.«

Sie machte ein erschrockenes Gesicht. »Dann möchte ich ... so sein wie du. Du mußt es mich lehren.«

»Was! Du würdest deinen Rang aufgeben?« Er nahm die blauen Perlen in die Hand und tat, als wolle er die Kette zerreißen. Momentan lag Abwehr in ihrem Blick, dann aber lächelte sie.

»Vernichte sie«, sagte sie, »wenn du mich damit dir gleich machst und du mich dadurch lieben kannst und wir immer eins sein können.«

John wandte sich rasch ab. Sie war kein Kind mehr, da sie mit vierzehn Jahren auch unter Ihresgleichen als reif galt. Nun liebe ich schließlich doch eine Frau, dachte er, und ich werde wiedergeliebt.

»Pocahontas«, sagte er, »meine teuerste Lady Pocahontas! Bring die Gefangenen zu deinem Vater zurück, und sage ihm, daß ich sie nur dir zuliebe ausliefere, da dein Platz in meinem Herzen es mir unmöglich macht, dir etwas abzuschlagen.«

Während der nächsten Wochen überließ Ratcliffe die Regierungsgeschäfte in der Kolonie immer mehr John, da er zugeben mußte, daß dank Johns Vorgehen gegen die Eingeborenen die gemeinen Schmähungen und tückischen Angriffe ein Ende gefunden hatten. Die Männer leisteten unter John gute Arbeit, und als der Winter vergangen war, blühte die Kolonie auf.

Scriveners Anwesenheit war für John immer mehr Anlaß zur Freude, da er nun die Leitung der Kolonie getrost in Scriveners kundige Hände legen konnte und frei war, nach Belieben Expeditionen zu unternehmen. Scrivener wiederum, obschon mit viel Eigeninitiative begabt, erkannte Johns Führungsqualitäten an und beugte sich seinem Rat in allem. Das bedeutete, daß John auch nach wochenlanger Abwesenheit die Ansiedlung so vorfand, als hätte er sie nie verlassen.

»Eine der besten Entdeckungen, die ich machte, seitdem ich nach Virginia kam!« verkündete er bei einer Gelegenheit.

Als er sich mit dem Nahen des Frühlings zu einer Fahrt entschloß, in deren Verlauf er die Chesapeake Bay zu erkunden gedachte, nahm er unter anderen einen jungen Arzt namens Russell mit, der das Land unbedingt kennenlernen wollte. Die Teilnahme Russells an der Expedition sollte sich als großer Glücksfall erweisen.

Bald merkten sie, daß sie ein sehr fischreiches Gewässer befuhren. Sie brauchten nur die Hand auszustrecken, um die Fische zu berühren, doch als sie versuchten, sie mit den Händen zu fangen, entglitten ihnen die schlüpfrigen Tiere immer wieder.

»Nehmt eine Bratpfanne«, rief John ihnen zu, und die Männer versuchten es; doch die Fische, die tatsächlich in die Pfanne glitten, schnellten in die Höhe und entkamen ihnen abermals.

Nun zog John sein Schwert und schaffte es, die Fische aufzuspießen. Die anderen taten es ihm nach, und sehr bald erfüllte der köstliche Duft gekochter Fische ihr Schiff.

Nichts freute John mehr, als sich an Ort und Stelle mit Nahrung zu versorgen. Es war um vieles befriedigender, als die aus England gelieferten Vorräte anzugreifen. »Wir wollen eine Bootsladung Fische nach Jamestown mitbringen«, sagte er. »Da wir hier offenbar auf reiche Fischgründe gestoßen sind, wäre es dumm, sie nicht zu nutzen.«

Seine Besatzung machte sich nun daran, die Fische aufzuspießen und sie an Bord zu nehmen, wobei John härter arbeitete als die anderen.

»Ach, was für ein sonderbars Exemplar!« rief er plötzlich aus, woraufhin die anderen ihn neugierig umdrängten. Er hatte einen Fisch gefangen, wie sie ihn noch nie zuvor gesehen hatten, mit langem Schwanzflossenteil und Rückenstacheln.

John griff nach dem Fisch, um ihn von seiner Klinge zu ziehen, als die lange Schwanzflosse ausschlug und sich um seinen Arm schlang. Mit einem Schmerzensschrei zog John heftig am Fisch, und es glückte ihm auch, sich von ihm zu befreien und ihn von sich zu schleudern.

Er starrte seinen Arm an. Man sah weder Blut noch eine Wunde, doch der Schmerz in seinem Arm war unerträglich.

»Er hat sich gebührend vorgestellt«, sagte John. »In Zukunft wollen wir diese Sorte meiden.«

Er versuchte die Sache zu vergessen, doch der Schmerz wollte nicht nachlassen, und in kürzester Zeit war sein Arm zu doppelter Größe angeschwollen.

»Der Fisch muß einen Giftstachel besessen haben«, sagte John. »Man sieht förmlich, wie die Schwellung zunimmt. Liebe Freunde, es steht zu befürchten, daß ich vergiftet wurde, und daß dies mein Ende ist. Begrabt mich hier in der Nähe und nennt die Stelle nach diesem verhängnisvollen Ereignis Stingray Point.«

Die Männer scharten sich um ihn, allzu rasch bereit, ihn aufzugeben.

Aber Doktor Russell sagte: »Ich bitte euch, grabt dem Captain noch kein Grab. Ich will versuchen, das Gift seinem Körper zu entziehen.«

Er nahm Johns Hand und machte an der Stelle, in die der Stachel eingedrungen war, einen kleinen Schnitt. Nach gründlicher Reinigung trug er auf die Wunde etwas auf, das er als wertvolles Öl bezeichnete und für solche Notfälle bei sich hatte.

Die Wirkung stellte sich fast augenblicklich ein, und die Schwellung ließ nach.

John frohlockte.

»Laßt uns den Fisch zum Abendessen verspeisen. Hier am Stingray Point.«

An jenem Abend waren sie fröhlich und priesen ihr Glück, Dr. Russell bei sich zu haben, der dem Captain das Leben gerettet hatte.

Ihre gute Laune fand jedoch bei ihrer Rückkehr nach Jamestown ein Ende. Scrivener war erkrankt wie viele andere auch, insbesonders jene, die erst kürzlich eingetroffen waren. In der Ansiedlung herrschte Aufruhr, da Ratcliffe ohne Scriveners penible Kontrolle von den Vorräten rücksichtslos Gebrauch gemacht hatte. Zudem hatte er von den Kolonisten gefordert, ein Haus nach Art einer englischen Residenz zu errichten, eines Präsidenten von Virginia würdig.

John wurde von einer Abordnung empfangen.

»Wir dulden Ratcliffe nicht mehr als Präsidenten von Virginia«, bekam er zu hören. »Wir haben entschieden, daß es nur einen gibt, der dieser Stellung würdig ist, und haben geschworen, Euch im Falle Eurer Rückkehr mit diesem Amt zu betrauen. Hiemit wird John Smith zum Präsidenten der Kolonie Virginia ernannt!«

John nahm diese Nachricht mit gemischten Gefühlen

auf. Einstmals hatte er sich nach diesem Amt verzehrt, doch hatte diese Ehre zu lange auf sich warten lassen. Nun galten seine Gedanken vor allem weiteren Entdeckungsfahrten, da er eingesehen hatte, daß ein Einzelgänger wie er sich nur schwer in eine Gemeinschaft einfügen konnte. Als Ideal schwebte ihm vor, daß er auf Expeditionen auszog, während der Präsident in der Niederlassung blieb und dort die Führung hatte.

Er sah jedoch ein, daß ihm nun nichts übrigblieb, als die Ehre anzunehmen. So wurde Captain John Smith, wenn auch verspätet, Präsident von Virginia.

13.
Powhatans Krönung

Kaum war Scrivener genesen, als John ihm die Befehlsgewalt über die Ansiedlung übertrug und zu einer Erkundungsfahrt aufbrach, in deren Verlauf er auf den Stamm der Sasquesahanocks stieß, unter denen er und seine Begleiter die größten Menschen antrafen, die sie je gesehen hatten. Diese Gruppe von Eingeborenen, die den Engländern wie wahre Hünen erschienen und sehr wild aussahen, entpuppte sich freilich als der sanftmütigste aller Stämme. Weit davon entfernt, den Fremdlingen feindselig entgegenzutreten, hießen sie sie auf ihrem Gebiet willkommen.

Als die Eingeborenen Zeugen einer Andacht wurden – da John keinen Tag ohne Gebete begann –, waren diese Riesen von den Kirchenliedern und den Litaneien so beeindruckt, daß sie die Fremdlinge für Abkömmlinge eines Göttergeschlechtes hielten. Und der Häuptling, der sogar seine hochgewachsenen Stammesgenossen noch überragte, beschenkte John mit Perlen und einem Bärenfell und bat ihn und seine Gefährten, für immer beim Stamm zu bleiben, als Schutzherren gegen die bösen Geister, die in ihren Wäldern hausten.

Der Aufenthalt unter diesen sanften Riesen verlief sehr angenehm, so daß John ihnen nur widerstrebend Lebewohl sagte und versprach, sie würden wiederkommen.

Anschließend erkundete er die Chesapeake Bay und fertigte Karten an, die er nach Hause schicken wollte.

Nach ihrer Rückkehr stellten sie fest, daß Scrivener sich wie erwartet bewährt hatte. Es herrschte Ordnung, die Ernte war eingebracht, die Getreidespeicher gefüllt.

John nahm nun seine Pflichten als Präsident wahr und exerzierte als erfahrener Soldat einmal wöchentlich mit den fähigsten Männern auf dem ebenen Gelände vor dem Fort.

Jeden Samstag lagen einige Eingeborene im Gras und beobachteten die Manöver, ein Schauspiel, wie sie es noch nie gesehen hatten. Da war Captain Smith, der laut Befehle brüllte, während die Männer mit einer Präzision exerzierten und marschierten, die auf die Beobachter größten Eindruck machte.

John nannte das Feld nach sich selbst Smithfield, ein Name, der zudem auch an den bekannten gleichnamigen Londoner Stadtteil erinnerte.

Und in jenem September traf Captain Newport mit dem zweiten Nachschub in Virginia ein.

Als John Captain Newport begrüßte, merkte er sofort, daß dieser ihm noch immer grollte.

»Nun, Captain Smith«, sagte Newport, »Ihr seid jetzt also Präsident. Master Präsident, mit Verlaub gesagt, die Company ist mit dem Fortschritt in Virginia sehr unzufrieden.«

»War sie denn mit dem gelben Staub zufrieden, mit dem Ihr bei Eurem letzten Besuch die Schiffe beladen habt?« fragte John.

Newport lief rot an. Weil er nutzlosen Staub mitgebracht hatte, war er als Narr hingestellt worden. Die Erinnerung an die Geringschätzung, mit der man ihn in London empfangen hatte, war ihm sehr unangenehm.

Wieder einmal hatte John Smith, dieser Emporkömmling, recht behalten. Er war der einzige Mensch, der die Vorstellung, das gelbe Zeug könnte wertvoll sein, verächtlich von sich gewiesen hatte. Auch eine sehr unangenehme Erinnerung.

Nun ja, dachte Newport voller Ingrimm, John Smith hat der Company auch nicht viel Grund zum Jubeln geliefert.

»Ich hoffe sehr«, sagte John, »Ihr habt mir die Sorte Männer gebracht, die ich brauche … Schreiner und Bauleute, damit wir den Bau der Ansiedlung vorantreiben können. Außerdem werden Schmiede gebraucht.«

»In London wurde entschieden, daß dieses Land endlich Profit abwerfen muß«, gab Newport zurück. »Da kein Gold gefunden wurde, sollen die Kolonisten etwas produzieren. Ich habe Holländer mitgebracht, die Fabriken zur Erzeugung von Seife und Glas errichten sollen.«

»Wie kann man nur so dumm sein! England kann von Holland so viel Glas und Seife kaufen, wie es benötigt, und zwar weitaus billiger, als man diese Dinge hier produzieren könnte.«

Newport hob die Schultern. »Das sind Befehle.«

»Aber Ihr wißt sehr gut, was wir brauchen. Habt Ihr das in London nicht vorbringen können? Ihr wißt, welche Bedingungen hier herrschen. Ihr seid der einzige, der es diesen Irren in London erklären kann. Ich setzte meine ganze Hoffnung auf Euch, und Ihr kommt mit Holländern daher!«

»Captain Smith«, sagte Newport warnend, »Ihr maßt Euch zu viel an. Ihr seid jetzt Präsident. Macht das Beste aus diesem Amt. Es könnte sein, daß Ihr es nicht lange bekleiden werdet.«

»Captain Newport, das wäre keine Katastrophe für mich. Seid versichert, daß das Präsidentenamt eine undankbare Aufgabe ist. Wir müssen uns Menschen fügen, die von ferne Befehle geben und keine Ahnung von den Umständen haben ... nicht die geringste. Wenn mir diese Bürde abgenommen würde und ich frei wäre, weiterhin Expeditionen zu unternehmen, würde ich meinem Amt nicht nachtrauern.«

»Und was entdeckt Ihr auf diesen Expeditionen? Es heißt, daß es hier Gold geben muß, und daß Ihr unfähig seid, es zu finden.«

»Die Company besteht aus lauter Idioten!« rief John aus.

»Ich werde in London die Meinung des Präsidenten kundtun« erwiderte Newport. »Bis dahin aber habe ich Anweisungen für Euch mitgebracht. Als König James, der Frieden zwischen den Völkern anstrebt, hörte, daß Powhatan König dieses Gebietes ist, befahl er dessen Krönung. Powhatan soll zum König unter unserem Souverän James I. proklamiert werden!«

»Powhatan gekrönt! Dann ist man in London ja noch verrückter, als ich dachte!

Powhatans Krönung sollte zu einer sehr bizarren Angelegenheit werden, zunächst aber war Powhatan äußerst mißtrauisch.

Er nahm die Einladung, zur Zeremonie nach Jamestown zu kommen, nicht an, da er dahinter Verrat witterte.

Als Pocahontas die Ansiedlung aufsuchte, erklärte John ihr, es handle sich um eine Zeremonie, der alle Könige sich stolz unterzögen, um eine große Ehre, die der König von England dem König von Powhatan zuteil werden lasse.

Pocahontas lauschte ernst, und da es ihr Bestreben war, Freundschaft zwischen Johns Volk und ihrem zu stiften, ging sie selbst zu ihrem Vater und bat ihn, die Zeremonie über sich ergehen zu lassen.

»Diese Bleichgesichter haben dich verhext, meine Tochter«, sagte Powhatan.

»Nein, mein Vater. Ich verstehe ihre Sprache besser als die meisten von uns, und ich verstehe die Weißen.«

»Captain John Smith hat dich mit einem Zauber belegt.«

Sie senkte ihren Blick. »Das mag schon sein«, gab sie zu.

Es gab nur wenige, denen Powhatan Zärtlichkeit zu zeigen vermochte, aber seine Tochter gehörte zu ihnen.

»Meine kleine Matoaka«, sagte er, »wir werden einen Mann für dich finden. Du sollst selbst deine Wahl treffen, Tochter. Der edelste Krieger des Landes … er soll dein sein. Ich gebe dir ein Wigwam wie mein eigenes, und du sollst halb so viel blaue Perlen tragen dürfen wie ich.«

Doch sie schüttelte den Kopf und wandte sich ab. Powhatan verstand, und er war beunruhigt.

Nach einer Weile antwortete sie: »Mein Vater, geh ins Dorf der Bleichgesichter und laß dich krönen wie ihre Könige.«

Noch immer weigerte er sich.

Pocahontas ging zu ihrem Bruder Nantaquaus und bat ihn, er solle Powhatan überreden, dem Wunsch der Bleichgesichter nachzukommen und sich krönen zu lassen. Von Nantaquaus und von seiner Tochter bedrängt, gab Powhatan schließlich nach, obwohl er sich noch immer weigerte, nach Jamestown zu gehen. Daher entschloß man sich, die Krönung Powhatans nach Werowocomoco zu verlegen.

Doch als die englische Abordnung unter John und Newport in Werowocomoco eintraf, mußte sie feststellen, daß Powhatan sich auf die Jagd begeben hatte. Ob aus Angst vor Verrat oder weil er es für unklug hielt, Ehrungen seitens des englischen Königs zu offenkundig anzustreben, wußte niemand.

John wurde von Pocahontas empfangen, die ihm mit neuer Würde entgegentrat. Sie trug einen Umhang aus Truthahngefieder, und ihr langes Haar, das sie nicht mehr einölte, seitdem John ihr gesagt hatte, daß die Frauen der Bleichgesichter es nicht täten, umgab ihre Schultern. Sie sah königlich aus, und ihr Verhalten, halb nach ihres Volkes Art, halb englisch, war bestrickend, so daß alle bezaubert von ihr waren.

Wie es ihre Gewohnheit war, empfing sie John wie einen großen Häuptling und konnte ihren Blick nicht von ihm losreißen, als er vor ihr stand. Sie erklärte die Abwesenheit ihres Vaters und bat John und Captain Newport auf der Matte Platz zu nehmen, die vor einem Feuer inmitten eines offenen Feldes lag.

Als sie sich dorthin begaben, sagte sie zu John: »Ich hörte, daß eine Bleichgesichtfrau mit den großen Schiffen kam?«

»Ach, das hast du gehört?« sagte Newport lächelnd. Es stimmte, denn neben seinen Holländern hatte Captain Newport eine gewisse Mistreß Forrest gebracht, eine Dame, die ihren Mann Thomas Forrest und dessen Bruder begleitete. Auch war sie nicht das einzige weibliche Wesen, das eingetroffen war, da sie ihre junge Magd Anne Burrowes mitgebracht hatte. Mistreß Forrest war nicht jung genug, um unter den Männern auch nur das geringste Aufsehen zu erregen, und Anne Burrowes kaum alt genug. Ihre Ankunft hatte nicht halb so viel Aufsehen verursacht wie jene der widerstrebend aufgenommenen Holländer.

»Ich höre viel aus deinem Dorf«, erklärt sie. »Dir gefällt diese Lady.«

»Sie muß sehr mutig sein, da sie gekommen ist. Ja, sie gefällt mir. »Dann lachte er. »Sie hat einen Mann, dem sie noch besser gefällt. Sie muß viel für ihn empfinden, da sie ihm zuliebe bereit ist, die Härten Virginias auf sich zu nehmen.«

Da stimmte Pocahontas in sein Lachen ein, und es klang froh.

Sie ließ die Gäste um das Feuer sitzen. Man versorgte sie mit Speisen und unterhielt sie mit Pocahontas zahlreichen Halbgeschwistern und jenen Kriegern, die Powhatan nicht zur Jagd begleitet hatten. Sie selbst verschwand, und bald darauf ertönte wildes Geschrei aus dem Wald. John sprang auf, weil er befürchtete, Powhatan wäre zurückgekehrt und wolle angreifen, aber anstatt der Krieger kam Pocahontas tanzend aus dem Wald, gefolgt von dreißig jungen Mädchen.

Nun erlebte John sie als schöne Wilde ohne eine Spur des zivilisierten Benehmens, das er ihr beigebracht hatte. Auf dem Kopf trug sie ein Hirschgeweih, um die Mitte ein Otterfell. Ihr Haar war lose und wirr. Auf ihrem Rücken zitterten Pfeile, in der Hand hielt sie einen Bogen.

Die Mädchen tanzten wie in Ekstase um das Feuer, und eine kam und hielt vor John Smith inne und sang, während der Tanz fortgesetzt wurde.

»Captain John Smith ist ein Häuptling der Powhatan.
Der Große Powhatan hat ihn dazu gemacht.
Er ist unser Bruder.
Doch nimmt er keine Frau aus unserem Volk.
Alle Häuptlinge haben Frauen.
Auch John Smith sollte eine haben.«

Dann setzte wieder der Tanz ein, und die Mädchen tanzten der Reihe nach zu John hin, legten ihre Arme um seinen Nacken und flüsterten: »Bin ich deine Liebe, John Smith?«

Die anderen sahen belustigt die Verlegenheit des Captains mit an. Doch als die Reihe an Pocahontas kam, die

Arme um seinen Hals zu legen und ihm die Frage zu stellen, hörte John sich sagen: »Du weißt es.«

Die englische Abordnung brachte diese Nacht unter freiem Himmel zu, und John fand keine Ruhe. Er schlief unruhig, und wenn er träumte, dann von Pocahontas, nicht von der sanften Schönen, sondern von der ungezügelten Wilden, die ihre Arme um seinen Nacken schlang und ihn leidenschaftlich fragte: »Bin ich deine Liebe, John Smith?«

Am Morgen wurden sie von fernen Rufen geweckt. Powhatan war nach Werowocomoco zurückgekehrt.

Dann fand die Krönung statt.

Es war alles wie in Whitehall, mit rotem Teppich und Thron. Doch die in voller Kriegsbemalung angetretenen Eingeborenen waren trotz des ehrfürchtigen Schweigens, mit dem sie die Zeremonie verfolgten, bereit, sofort einzugreifen, sollte ihrem großen Häuptling etwas angetan werden.

Powhatan betrachtete die rote Robe, die er nun tragen sollte, mit größtem Mißtrauen, und erst als Pocahontas ihm versicherte, daß das Gewand ihm nichts Böses antun könne und sie selbst es sich als Beweis um die Schultern legte, machte er weiter. Doch er weigerte sich, vor Captain Smith niederzuknien.

»Nur Sklaven knien«, sagte er. »Du willst einen Sklaven aus mir machen.«

Er stieß einen Wutschrei aus, als er gesalbt wurde, und Pocahontas und Nantaquaus beeilten sich, ihm zu versichern, daß alles rechtens sei.

Doch dann weigerte er sich, den Kopf zu beugen, um die Krone in Empfang zu nehmen, so daß man nachhelfen und ihm einen Stoß versetzen mußte.

Als die Krone auf seinem Kopf saß und fünfzig Briten mit ihren Pistolen Salut schossen, war der Lärm so groß, daß Powhatan einen Wutschrei ausstieß und seine Krieger mit Pfeil und Bogen in Händen in Angriffsstellung gingen.

John erklärte ihm, daß dies nur zu seiner Ehre geschähe, und schließlich zeigte Powhatan sich erfreut von der Zeremonie.

»Wir sind Brüder«, sagte er, John und Captain Newport umarmend.

Dann schickte er einen seiner Männer in sein Wigwam und ließ ihn ein Paar abgetragener Mokassins und einen alten Umhang aus Tierhaut bringen.

Diesen legte Powhatan um Captain Newports Schultern.

»Ihr bereitet mir eine Krönung«, sagte er und hüllte sich tiefer in seine rote Krönungsrobe, die ihm mit jedem Moment besser gefiel. »Und ich bereite Euch eine Krönung.«

Die abgetragenen Schuhe drückte er Newport in die Hände. Die Krönung war vorüber.

Nicht aber deren Wirkung.

Powhatan dachte über alles gründlich nach. Er war nun als Häuptling bedeutender, als er geglaubt hatte, da der König jenseits des Wassers ihm eine Krönung geschickt hatte. Es war klar, daß die Bleichgesichter eine hohe Meinung von ihm hatten, und zwar deswegen, weil sie ihn fürchteten. Also gedachte er für seinen Mais mehr zu verlangen als bisher. Aber das war nicht alles.

Er schickte eine Nachricht in die Ansiedlung.

»Ich bin nun ein großer König«, lautete die Nachricht. »Ich wurde gekrönt. Der englische König wohnt in einem Haus mit Glaslöchern, das Türen hat, die öffnen und schließen. Der große König Powhatan will kein Flechthaus mehr. Er verkauft Mais an Bleichgesichter und für den Mais sollen Bleichgesichter ihm ein Haus bauen mit Glaslöchern und mit Türen, die öffnen und schließen.«

Das war ein Ultimatum, der Preis für die von den Kolonisten so dringend benötigten Nahrungsmittel.

»Dies ist das Ergebnis Eurer Krönung«, warf John Newport vor.

»Hättet Ihr ihm nicht erzählt, daß es solche Dinge gibt, er hätte es nie erfahren. Dann hätte er sich damit begnügt, für seinen Mais von uns Glasperlen zu bekommen. Jetzt verlangt er einen Palast.«

»Captain Smith, ich befolge die Befehle der Company«, sagte Newport. »Tätet Ihr dasselbe, würdet Ihr in deren Augen mehr Gunst finden.«

»Würde ich ihre Befehle befolgen, würde es in Virginia keine Kolonie mehr geben.«

Wieder zog Captain Newport die Schultern hoch. Er war in Gedanken schon bei seiner Rückkehr und bei seinem Schiff, das er mit Zedernholz beladen würde.

14.
Vor dem Wigwam Opechancanoughs

John stürmte davon, um seine Antwort auf die törichten Instruktionen der Company zu verfassen, die er an den Schatzmeister und an den Rat von Virginia mit Sitz in London richtete. Er beklagte die Torheit ihrer Anweisungen und hob hervor, daß man in England nichts von dem Land wüßte, in dem er und seine Kolonisten ums Überleben kämpften, um es für England zur Blüte zu bringen. Zudem beklagte er die Krönung Powhatans, da zu befürchten stand, daß daraus Verdruß erwachsen würde. Er übte strenge Kritik an Newport und Ratcliffe und warf der Company vor, daß sie Holländer nach Virginia geschickt hatte und nicht die so dringend benötigten Handwerker. Er erklärte, daß es vor allem diesem Mangel an Verständnis zuzuschreiben sei, daß die Kolonie in Virginia sich bis jetzt enttäuschend entwickelt hätte.

Er unterzeichnete das Dokument mit Captain John Smith, Präsident von Virginia.

Impulsiv brachte er es zu Newport und händigte es ihm aus, damit dieser es der Company in London übergäbe.

»Hier ist meine Antwort auf die Kritik aus London«, rief er aus. »Ich kann Euch versichern, daß meine Antwort unverblümt ausgefallen ist.«

In der Ansiedlung sprach es sich rasch herum, daß John auf die unmöglichen Instruktionen geantwortet hatte, und alle stellten Spekulationen an, welche Reaktion die ›unverblümte Antwort‹ in London auslösen würde.

John war erleichtert, als Newports Schiff den Anker lichtete, zumal Ratcliffe mit an Bord war. John kam gar nicht auf den Gedanken, sich zu fragen, wie der Bericht Newports und Ratcliffes über ihn ausfallen würde. Für solche Überlegungen war keine Zeit, da das zweite Nachschubschiff Probleme in Hülle und Fülle hinterlassen hatte.

Wieder stand ein Winter bevor, und abermals waren die spärlichen Vorräte Grund zur Sorge, da das Überleben der Kolonisten noch immer von den Handelsbeziehungen mit den Eingeborenen abhing. Aber Powhatan hatte die Losung ausgegeben, daß es für die Bleichgesichter keinen Mais geben sollte, ehe er nicht seinen Palast bekommen hätte. Und so blieb John, der wegen dieser Dummheit der Londoner tobte, keine andere Wahl, als Handwerker, die er selbst dringend benötigte, für den Bau von Powhatans Palast nach Werowocomoco zu schicken.

Da John der Erzeugung von Glas und Seife in der Kolonie noch immer mit großer Skepsis gegenüberstand, waren von den fünf Männern, die er zum Bau von Powhatans Haus abstellte, drei Holländer unter ihnen. Die für Engländer unaussprechlichen Namen dieser Männer waren ohne weitere Umstände anglisiert worden, so daß die Holländer nun Samuel, Adam und Francis genannt wurden.

Was John nicht wußte, war der Umstand, daß diese Holländer nicht aus Abenteuerlust nach Virginia gekommen waren, auch nicht, um das Gedeihen der Kolonie zu fördern. Sie waren im Dienste ihres Heimatlandes als Spione gekommen, und ihr Ziel war es, auf das Ende der englischen Kolonie hinzuarbeiten. Viele Länder hatten ein Auge auf die Neue Welt geworfen, und die Holländer entwickelten hierin besonderen Ehrgeiz. John hätte ihnen gar nicht besser in die Hände spielen können, als die drei zum Bau von Powhatans Palast auszuschicken.

Kaum waren sie in Werowocomoco eingetroffen, als sie Powhatan auch schon weismachten, um die englische Niederlassung stünde es schlecht. Er solle den Handel entweder überhaupt einstellen, so daß die Engländer im Falle eines Angriffs bald zu schwach zur Gegenwehr sein würden, oder aber er sollte anstatt Glasperlen Schwerter und andere Waffen fordern.

Als daher John mit seinem Boot und einer Ladung des üblichen Krämertands daherkam, empfing Powhatan ihn sehr ernst.

»Ich kann nur wenig Mais erübrigen«, erklärte Powhatan. »Die Ernte war nicht gut.« Das war eine Lüge, aber John verkniff sich die Erwiderung, die ihm auf der Zunge lag. »Vielleicht ließe sich Mais finden, wenn ich dafür Schwerter bekomme. Für andere Waren nicht, da ich Perlen in Hülle und Fülle habe.«

»Hat der große Häuptling denn vergessen, daß er mein Bruder ist?« fragte John vorwurfsvoll.

»Der Häuptling der Bleichgesichter ist es, der dies vergißt. Er kommt mit seinen Teufelsgeräten zu uns.« Powhatans Blick, der an den Musketen hing, die John und seine Männer mit sich führten, verriet Hinterlist. »Die Bleichgesichter sollen ihre Teufelsgeräte ablegen, ehe sie zu uns kommen, um Handel zu treiben«, fuhr Powhatan fort. »Dann werde ich wissen, daß sie meine Brüder sind.«

John war zutiefst beunruhigt. Er konnte Powhatans Gedanken lesen. Der Häuptling forderte, daß die Engländer unbewaffnet in sein Territorium kämen. Dafür mußte er einen Grund haben. John verabschiedete sich von Powhatan und kehrte zu seiner Barke zurück, um erst zurückzukehren, wenn Powhatans Laune sich gebessert hätte. Als er nach einer Stunde wieder erschien, mußte er entdecken, daß Powhatan das Dorf verlassen hatte und sich mit seinen Frauen, Kindern und Kriegern in den Wäldern versteckte.

John sagte zu seinen Begleitern: »Das gefällt mir nicht. Ich weiß nicht, was mit Powhatan geschehen ist, aber es verheißt nichts Gutes. Wir müssen notgedrungen mit dem vorliebnehmen, was wir kaufen können, und zur Ansiedlung zurückkehren.«

Als sie die Vorräte im Boot verladen hatten, war der Fluß zu niedrig, um befahren zu werden. Das bedeutete, daß sie sich bis zum nächsten Tag gedulden mußten. Sie machten am Ufer ein Feuer und legten sich zur Ruhe.

»Haltet die Musketen griffbereit«, warnte John sie. »Ihr werdet sie vielleicht brauchen.«

Während die anderen vor Erschöpfung einschliefen, lag John wach da und registrierte jedes Geräusch, das aus dem Wald drang. Die Nacht war bitter kalt und ganz ruhig. Er war sicher, er würde das Anschleichen der Eingeborenen hören, falls diese einen Versuch machten, die Engländer zu überrumpeln.

Plötzlich fuhr er auf, mit hellwachen Sinnen, da er sicher war, im Dickicht Schritte zu hören. Laub raschelte, trockene Gräser und kleine Zweige knisterten.

John erhob sich und verschwand im Wald. Mit der Muskete im Anschlag versteckte er sich hinter einem Stamm.

Kein Zweifel. Jemand schlich sich leise an.

John wartete gespannt, bis er eine vermummte Gestalt gewahrte, die trittsicher, wie nur die Eingeborenen es waren, zwischen den Bäumen hindurchflitzte. Die Gestalt kam ganz nahe heran, und John streckte die Hand aus, als sie den Baum passierte, hinter dem er sich versteckte.

Der Umhang glitt auseinander.

»Pocahontas!« rief John aus.

Sie schluchzte in seinen Armen.

»Du darfst hier nicht bleiben«, weinte sie. »John ... geh ganz rasch. Mein Vater und seine Krieger bereiten sich auf einen Kampf vor. Sie kommen, um dich zu töten. Sie sind im Besitz eurer Waffen ... der Schwerter, die Captain Newport ihnen gab, und der Teufelsgeräte, die eure Feinde ihnen brachten. Die Holländer, die kamen, um das Haus mit den Glaslöchern zu bauen, waren während deiner Abwesenheit in Jamestown und gaben vor, du hättest sie um Schwerter und Musketen geschickt. Diese brachten sie dann meinem Vater. John, bleib nicht hier. Geh rasch.«

Trotz seiner Bestürzung ob des Verrates der Holländer galt Johns erster Gedanke Pocahontas' Sicherheit.

»Meine Teuerste«, sagte John, »du bist durch die dunklen Wälder zu mir geeilt, um mich zu warnen. Wie kann ich dir danken! Wie kann ich dir meine Dankbarkeit zeigen?«

»Du darfst mir nichts zeigen und geben, denn wenn Powhatan erfährt, was ich getan habe, wird er mich töten, auch wenn ich seine Tochter bin.«

John umfaßte ihr Gesicht und küßte sie. »Es scheint deine Bestimmung zu sein, mir das Leben zu retten«, sagte er.

»Dir zu dienen ... aus ganzem Herzen«, sagte sie darauf, »und immer mein Leben zu geben, wenn es deines retten kann.«

»Ach, Pocahontas ... meine Teuerste, meine Liebe, was kann ich nur sagen?«

»Sag dies: ›Ich gehe jetzt fort, aber eines Tages gibt es ein Wiedersehen. Wir werden zusammensein.‹ Und jetzt darfst du keine Zeit verlieren. Ich weiß von seinen Plänen, Er wird euch Nahrung schicken, und während ihr eßt, werden seine Krieger euch umzingeln. Sie werden über euch herfallen und alle töten, damit es in Powhatan keine Bleichgesichter gibt, und als erster muß Captain Smith fallen. Geh jetzt ... geh. Sie werden bald kommen. Sie werden euch Essen bringen. Horch! Ich höre sie schon. Ich bin länger ausgeblieben, als ich dachte. Es war so dunkel, daß ich mich kurz verirrte.«

»Meine teuerste ...«

Aber sie schüttelte den Kopf. »Die Zeit ist um. Geh ... geh rasch.«

Und dann warf sie sich in einer leidenschaftlichen Umarmung an ihn. Er hielt sie fest, bis sie es war, die sich angesichts der drohenden Gefahr von ihm losriß und durch den Wald zurückeilte.

John ging zu seinen Männern und eröffnete ihnen, was geschehen war.

Einige sprangen auf und wollten sofort aufbrechen, aber John schüttelte den Kopf. »Das Boot können wir nicht nehmen, da der Wasserstand noch zu niedrig ist. Laufen wir jetzt davon, dann werden sie wissen, daß wir gewarnt wurden und uns für Feiglinge halten. Es bleibt uns nur eine Möglichkeit: wir bleiben hier, lassen sie aber merken, daß wie ihren Angriff erwarten und auf den Kampf vorbereitet sind.«

Kurz darauf erschienen acht Eingeborene mit heißen Gefäßen, in denen Wild und Maiskuchen zum Verzehr bereit waren.

»Großer Häuptling der Bleichgesichter«, sagte der Anführer, »wir bringen dir die Speisen als Gaben Powhatans, der annimmt, daß ihr hungrig seid, da der Fluß zu niedrig ist und euer Boot nicht fahren kann.«

»Mein Dank gilt dem größten der Häuptling von Powhatan«, sagte John. Und er rief seinen Männern zu, sich um ihn zu scharen. »Lassen wir uns in einem Kreis nieder. Unsere Gäste sollen die ersten sein, die von den Speisen kosten, die Powhatan uns so gütig zugedacht hat.«

»Die Speisen sind für dich, Captain Smith!« lautete die erstaunte Antwort.

Aber John bestand darauf, daß sie zuerst äßen, da ihm ihre Reaktion verraten sollte, ob die Speisen vergiftet waren. Und da sie glaubten, dies sei bei den Bleichgesichtern Sitte, griffen sie ohne Anzeichen von Beunruhigung zu. John riet nun allen, sich tüchtig sattzuessen, da eine kräftige Mahlzeit sie beherzt machen würde.

Als sie fertig gegessen hatten, sagte John zu dem Anführer: »Überbringe Powhatan meine Grüße und sage ihm, daß wir seiner Ankunft harren. Wir halten unsere Teufelsgeräte in Händen, und unsere Herzen sind ohne Furcht.«

Wortlos machten sich die Eingeborenen davon. John und seine Männer warteten, aber Powhatan, dem nun klar war, daß John von dem bevorstehenden Angriff gewußt haben mußte, wurde von seinem Mut im Stich gelassen. Wer konnte ihn gewarnt haben? Es mußte eine übernatürliche Macht sein. Captain John Smith war kein gewöhnlicher Sterblicher.

Sofort waren die Holländer zur Stelle. »John Smith ist nicht unsterblich«, sagten sie. »Er ist ein Mann mit übergroßer Energie, mit viel Erfahrung und Erfindungsgabe. Ohne ihn wäre die Kolonie verloren. Wenn du Jamestown zerstören und die Bleichgesichter vertreiben willst, dann mußt du als erstes John Smith vernichten.«

Powhatan überlegte. Dann schickte er durch die Wälder zu allen Stämmen Boten, die eine Nachricht, einen Befehl überbringen sollten, den sie vor allen anderen auszuführen hatten. »Bringt mir den Kopf des Bleichgesichtes John Smith.«

John, der sehr niedergeschlagen flußabwärts fuhr, da sich in seinem Boot nicht einmal ein Viertel der erhofften Maismenge befand, entschloß sich, im Gebiet des großen Häuptlings Opechancanough an Land zu gehen.

Opechancanough, der an diesem Tag den Befehl erhalten hatte, der John Smiths Kopf forderte, frohlockte. Der große Gott Oke hatte ihn auserwählt, das Land von den Bleichgesichtern zu befreien, denn was waren die Bleichgesichter ohne John Smith? Und hier kam er nun und war ihm auf Gedeih und Verderb ausgeliefert.

Ich muß jetzt mit viel List vorgehen, ermahnte Opechancanough sich; man durfte nicht vergessen, daß der Engländer selbst eine Art Gott war. Daher plante Opechancanough sein Vorgehen mit großer Umsicht.

Wenn die Engländer kamen, um Handel zu treiben, zog sich die Zusammenkunft unweigerlich in die Länge. Es mußte zuerst ein paar Tage gefeiert werden, damit der Eindruck erweckt wurde, man betrachte einander als Brüder.

John war sehr froh, da er glaubte, daß die Feindschaft Powhatans von Opechancanough nicht geteilt wurde. Und da seine Gedanken noch immer dem Verrat der Holländer galten, überlegte er, wie er sie bestrafen sollte.

Am dritten Tag nach seiner Ankunft im Territorium Opechancanoughs lud ihn der Häuptling in sein Haus ein. Es sollte um Mais gefeilscht werden. John, der Master Fettyplace, einem vertrauenswürdigen Seemann, die Aufsicht über das Boot überließ, ging mit den fünfzehn Mann Begleitung zu Opechancanoughs Wigwam.

Opechancanoughs Miene hätte nicht unschuldiger sein können, da er, der mehr Fantasie besaß als die anderen Eingeborenen, es besser verstand, seine Gefühle zu verbergen. Mit keinem Blick verriet er, daß siebenhundert seiner Krieger, alle in Kriegsbemalung, sich an das Wigwam anschlichen, um im richtigen Moment einzudringen und die Engländer niederzumetzeln, wobei sie darauf achten würden, John Smiths Kopf unversehrt zu lassen, damit er ihn Powhatan als Geschenk schicken konnte.

Dr. Russell freilich, der mit zur Partie gehörte und ein

Stück hinter den anderen gegangen war, sah, wie die Krieger sich ans Wigwam anschlichen.

Ohne sich etwas anmerken zu lassen, eilte er zu den anderen ins Wigwam und drängte sich an Johns Seite.

»Captain«, flüsterte er, »wir sind von Hunderten von Kriegern umzingelt. Sie tragen Kriegsbemalung und sind gekommen, um uns zu töten.«

Die anderen, die dies hörten, erschraken zutiefst, und John schaute Opechancanough, der nicht verstanden hatte, was gesprochen worden war, fragend an. Als der Häuptling Johns Blick auswich, wußte dieser, daß Dr. Russell sich nicht geirrt hatte.

John wandte sich an seine Leute. »Nun«, fing er an, »wir sind sechzehn und sie mögen Hunderte sein. Was soll's? Wir sind Engländer, und sie sind Wilde. Meine Freunde, wir werden kämpfen wie Männer, besser gesagt wie Engländer, und ihr werdet sehen, daß sechzehn Engländer es mit Hunderten von Wilden aufnehmen können. Auch sie werden es sehen, und das Feuer unserer Musketen wird sie in Furcht und Schrecken versetzen. Sollte uns aber der Tod bestimmt sein, dann wollen wir wie Männer sterben … und nicht wie Opferlämmer.«

Er wandte sich an diejenigen, auf deren Tapferkeit er besonders baute. »Bewacht den Eingang«, befahl er ihnen.

Dann trat er vor Opechancanough und sah ihm direkt in die Augen. Der Häuptling zuckte zusammen. Das reichte, um John zu zeigen, daß er noch immer an die übernatürlichen Kräfte von Captain John Smith glaubte.

»Opechancanough«, sagte er, »du bist also ein Lügner und Verräter. Dein Wort zählt nicht mehr. Du tust so, als wärest du unser Freund. Du bittest uns in dein Haus mit der Absicht, uns in eine Falle zu locken und zu töten.«

Opechancanough erwiderte nichts. Er dachte daran, daß er mit sechzehn Bleichgesichtern, unter ihnen der große John Smith, so gut wie allein war. Draußen warteten Hunderte seiner Krieger, doch die Wände seines Wigwams trennten ihn von seinen Leuten und schlossen ihn mit John Smith ein, der, wie alle wußten, kein gewöhnlicher Mensch war.

John fuhr fort: »Du bist in diesem Land ein Häuptling. Und dein Volk hat mich zu einem Häuptling unter Powhatan gemacht. Wir sind daher zwei Häuptlinge. Ich fordere dich zu einem Zweikampf. Du wirst so viele Körbe mit Mais bringen, wie du Bewaffnete hast, und ich werde ihren Wert in Kupfer dagegen setzen. Der Sieger soll sowohl Mais als auch Kupfer bekommen.«

Opechancanough konnte diese Herausforderung nicht annehmen. Sein einziger Wunsch war es, aus dem Wigwam hinauszugelangen, ins Freie, wo er nur den Befehl zu geben brauchte, und Hunderte seiner Männer ihm mit Freuden John Smiths Kopf präsentieren würden.

Opechancanough zögerte, aber John wußte, daß ein Hinauszögern gefährlich war, da die Krieger jeden Moment das Wigwam erstürmen konnten. Kurz entschlossen packte er die lange Haarsträhne des Häuptlings mit einer Hand, während er in der anderen seine Pistole hielt.

So zerrte er Opechancanough hinaus ins Freie.

Seinen Gefolgsleuten entrang sich ein enttäuschtes Aufstöhnen, als sie sahen, daß der Engländer mit den strahlenden blauen Augen ihren Häuptling an den Haaren hinter sich herzog.

Nun waren auch die letzten Zweifel an John Smiths Unsterblichkeit beseitigt. Noch nie hatten die Krieger erlebt, daß man mit einem Häuptling so umsprang. Und Opechancanough, der ebenso verblüfft und erschrocken war wie sie, glaubte nun ganz fest, daß nur ein Gott einem Häuptling das antun konnte, was ihm jetzt widerfuhr.

John stand den siebenhundert Kriegern gegenüber, hinter ihm seine Männer.

»Legt Pfeile und Bogen ab«, befahl Smith.

Alle gehorchten.

Smith, der Opechancanough noch immer am Haar festhielt, sprach sie in ihrer eigenen Sprache an.

»Ich bin nicht gekommen, um euch etwas zuleide zu tun. Ich komme, um mit euch wie mit Brüdern Handel zu treiben. Seid anständig zu mir. Seid ehrliche Händler, und ich verspreche euch, daß euch kein Leid geschehen wird. Ich habe gemeine Verräter unter euch angetroffen, Männer, die ihr Wort geben und es nicht halten.«

Die Eingeborenen schämten sich so sehr, daß sie einander nicht in die Augen sehen konnten.

»Wenn ihr heute auch nur einen Tropfen Blut vergießen solltet, oder wenn ihr versucht, uns zu bestehlen, dann denkt an meine Worte: Ich, John Smith, werde mich an euch rächen. Wenn ein Angehöriger des Pamaunke-Stammes, sei es ein Krieger, eine Frau oder ein Kind heute ein Bleichgesicht bestiehlt oder verwundet, werde ich weder rasten noch ruhen, solange noch ein Mann des Stammes am Leben ist. Dieser Stamm war es, der mich einst zu seinem Gefangenen machte. Man fing mich im Sumpf und brachte mich zu Powhatan, was meinen Tod bedeuten sollte, wie alle glaubten. Aber habe ich damals mein Leben gelassen? Nein, es geschah ein Wunder, dessen Zeugen einige von euch wurden. Und ich bin hier, um euch zu sagen: Ich komme in friedlicher Absicht und um Handel zu treiben. Seid klug und vergeßt das nie!«

Einer der Krieger rief aus: »Wir werden es nicht vergessen, großer Häuptling der Bleichgesichter!«

»Dann ist es gut«, gab John zurück. »Beladet mein Boot mit Mais, für den ich bezahlen werde. Tut ihr es nicht, werde ich es mit euren Kadavern beladen.«

Die Männer beeilten sich, John Smith zu besänftigen. Sie waren bereit, mit ihm Handel zu treiben. Sie hatten Mais übrig und waren bereit, ihn sofort herbeizuschaffen.

Später am Tag segelte die Barke beladen mit Mais flußabwärts nach Jamestown.

15.
Abschied von Virginia

John machte sich bereit, im Triumph nach Jamestown zurückzukehren. Seine Barke war mit den benötigten Gütern beladen, und selbst jene seiner Leute, die ihn schon lange kannten und an seiner Seite gearbeitet hatten, hatten nach der Szene, deren Augenzeugen sie vor Opechancanoughs Wigwam geworden waren, den Eindruck, John Smith hätte etwas Übermenschliches an sich.

Als sie sich der Ansiedlung näherten, registrierte John sofort, daß in seiner Abwesenheit nicht alles nach Wunsch verlaufen war. Zu seiner Verwunderung sah er, daß Arbeiten liegengeblieben waren, mit deren Fertigstellung er gerechnet hatte. Und ihm fiel auf, welch hungrige Blicke die Leute auf die mitgebrachten Nahrungsmittel warfen.

Es war wie seinerzeit, ehe er Scrivener die Aufsicht über die Ansiedlung übertagen hatte. Hatte Scrivener diesmal versagt?

Er rief einem der Männer zu: »Sag Master Scrivener, daß ich zurück bin und mit ihm reden möchte.«

Der Mann sagte kopfschüttelnd: »Das geht nicht, Präsident. Master Scrivener ist nicht mehr unter uns.«

»Was?« rief John aus.

»Er kam vor ein paar Wochen während des großen Unwetters ums Leben, als er den Fluß in einem Boot überquerte. Neun Mann waren bei ihm. Das Boot wurde ans Ufer getrieben. Erst später fand man ihre Leichen.«

John stand sprachlos da. Scrivener! dachte er. Doch nicht Scrivener, sein guter Freund, der Mann, dem er vor allen anderen vertraut hatte! War denn kein Ende der Schicksalsschläge abzusehen?

Momentan schien er sich geschlagen zu geben. Den Tod Scriveners konnte er nicht mit jener Gelassenheit hinnehmen, mit der er Opechancanough und seinen wilden Kriegern gegenübergetreten war, und plötzlich schwamm vor seinen Augen ein Nebel von Tränen. Durch diesen Nebel sah er die vernachlässigte Siedlung, die Kolonisten, die sich vor Heimweh nach England verzehrten, die Vorratslager, deren Bestände ständig abnahmen, er dachte an den jüngst entdeckten Verrat der Holländer, die noch immer bei Powhatan waren, an die Feindseligkeit, mit der ihm die Eingeborenen begegnet waren, die er einst für Freunde gehalten hatte.

Schweigend stand er da.

Dann sagte er schroff: »Master Scrivener und ich, wir waren uns immer in allem einig.«

Eilig strebte er der Ansiedlung zu.

John überwand seine Niedergeschlagenheit sehr rasch. Er hatte seinen besten Freund verloren, die Kolonie aber war ihm geblieben.

Er selbst wollte jetzt in Jamestown bleiben und dafür sorgen, daß die Kolonie sich wieder erholte. Als erstes ließ er die Nahrungsmittel lagern und kontrollieren, dann setzte er die Rationen fest, deren Verteilung er persönlich überwachen wollte. Es würde keinen Schlendrian mehr geben. Er tat kund, daß die Arbeit Tag um Tag regelmäßig vorangehen müßte und daß diejenigen, die nicht arbeiteten – von den Kranken abgesehen – ihre tägliche Ration nicht bekommen sollten. Ihn selbst sah man täglich bei der Arbeit mit den Kolonisten. Er legte Wert darauf, jede Arbeit zu tun, damit niemand sagen konnte, daß der Präsident Arbeiten scheute, die er anderen abverlangte. Auch bestand er darauf, daß alle einer täglichen Andacht beiwohnten. Da die gotteslästerlichen Flüche der Siedler für ihn ein besonderes Ärgernis waren, befahl er, diese Flüche zu zählen und am Ende des Tages dem Übeltäter für jeden Fluch eine Kanne Wasser in den Ärmel zu gießen.

John, selbst nicht frei von dieser Sünde, unterwarf sich ebenfalls der Prozedur und ließ sich ein paar Kannen Wasser in die Ärmel schütten.

Die Kolonisten murrten zwar, doch die laxe Disziplin

der Vergangenheit hatte sie gelehrt, daß es bestimmte Regeln zu befolgen galt, wenn sie einigermaßen annehmbar leben wollten. Und sie wußten, daß John Smith der einzige unter ihnen war, der sie und die Kolonie vor dem Untergang bewahren konnte.

War Captain John Smith bei ihnen, dann verloren auch die Furchtsamsten ihre Angst vor den Eingeborenen. Und sie entdeckten, daß die Zusammenarbeit eine gewisse Befriedigung bot. Jamestown näherte sich immer mehr dem Bild, das eine englische Stadt bot. Insbesondere Mistreß Forrest trug dazu bei, daß in der Ansiedlung mehr Sauberkeit herrschte und ein gewisser Anstand Einzug hielt, den es zuvor nicht gegeben hatte.

John registrierte erfreut, daß die Siedler sich seit ihrer Ankunft etwas verfeinerter Manieren befleißigten, und als John Layden, einer der Kolonisten, John eröffnete, er wolle Mistreß Forrests Magd Anne Burrowes ehelichen, nahm er dies mit großer Befriedigung auf.

Anne war zwar erst vierzehn, doch war es schwer vorstellbar, daß sie bei diesem Frauenmangel lange unvermählt geblieben wäre. Jamestown erlebte also seine erste Hochzeit, und John freute sich darauf, weitere Frauen in der Kolonie willkommen zu heißen. Mit besonderer Freude sah er den Tagen entgegen, da es Kinder unter ihnen geben würde.

Wenn es dem Willen Gottes entspräche, würden sie wachsen und sich vermehren.

Er wußte, daß viele Kolonisten diesen Tag herbeisehnten; die Heirat der kleinen Anne, die allen ein Ansporn sein sollte, machte Jamestown zu einem glücklicheren Ort.

George Percy hatte Scriveners Stelle bei John eingenommen, doch fehlten Percy, dem guten, ehrlichen und gewissenhaften Mann, viele Eigenschaften von Johns totem Freund.

John vertraute Percy seine Befürchtungen hinsichtlich der holländischen Verräter an, die sich noch immer bei Powhatan aufhielten. Grund zu besonderer Beunruhigung bot der Umstand, daß laufend verschiedene Dinge, meist

Schießpulver und Waffen, aus den Lagerräumen verschwanden.

John kam zu Ohren, daß man unter den Eingeborenen einen Mann gesichtet hatte, der mit dem Holländer Francis trotz Verkleidung und Federschmuck auffallende Ähnlichkeit aufwies. »Aber einen Holländer erkennt man überall«, hieß es.

John gab Befehl, den Mann, hinter dem man Francis vermutete, aufzuspüren und in die Ansiedlung zu bringen. Die Kolonisten legten nun großen Eifer an den Tag, seiner habhaft zu werden.

John saß eines Tages in der Ratsversammlung, als ein Mann hereinstürzte und meldete, er glaube Francis unweit des Lagerhauses umherschleichen gesehen zu haben.

»Ihm nach!« rief John und stellte sofort eine Suchmannschaft auf, deren Führung er übernahm. Da die Suche sie ein ziemliches Stück von der Ansiedlung entfernte, schickte John die Gruppe voraus, während er kehrtmachte. Auf dem Rückweg stand er plötzlich einem Eingeborenen gegenüber, in dem er den Häuptling der Paspahegh erkannte, der ihm den Weg vertrat, um mit ihm zu sprechen. John, der eine List dahinter vermutete, wechselte nur ein paar Worte mit ihm und wollte weitergehen, als der Häuptling mit Pfeil und Bogen auf ihn anlegte – allerdings nicht schnell genug. John fuhr herum und bekam ihn zu fassen, so daß dem anderen Pfeil und Bogen englitten und die beiden sich auf dem Boden wälzten. Zum Glück für John war der Fluß nahe, und er steuerte das Handgemenge so, daß sie im Wasser landeten, da er als geübter Schwimmer dann im Vorteil zu sein glaubte.

Wäre John nicht gewesen, sein Gegner wäre ertrunken. John packte ihn an seinem Haar, hielt den Kopf des Mannes über Wasser und schwamm mit ihm ans Ufer. Dort stellte John seinen Fuß auf den Nacken des Mannes und zog einen Dolch aus seinem eigenen Gürtel.

»Verschone mich, großes Bleichgesicht«, flehte der Häuptling der Paspahegh. »Verschone mich und mache mich zu deinem Bruder.«

John überlegte. »Wenn ich dich verschone, mache ich dich zu meinem Gefangenen.«

»Tu was du willst, aber verschone mich«, lautete die Antwort.

John nahm den Häuptling der Paspahegh als Gefangenen mit zurück nach Jamestown, und wenige Minuten darauf traf die Suchmannschaft mit dem Holländer Francis ein.

Der Häuptling wurde in den Ratssaal gebracht, ebenso Francis.

»Verräter!« rief John aus. »Du hast gegen uns gearbeitet. Du hast dich auf Powhatans Seite geschlagen!«

Der Holländer widersprach laut: »Nein, Captain. Kaum waren wir im Gebiet Powhatans eingetroffen, als er uns zu seinen Sklaven machte. Da wir verzweifelt nach einer Fluchtmöglichkeit suchten, mußten wir uns als Eingeborene verkleiden. So hoffte ich, die Ansiedlung zu erreichen.«

Der Häuptling, der alles mitanhörte, trat plötzlich vor. »Captain John Smith, du hast mein Leben gerettet«, sagte er in seiner Sprache. »Jetzt vergelte ich es dir. Dieser Mann ist ein Verräter an Captain Smith. Er arbeitet für Powhatan. Er kommt und stiehlt Teufelsgeräte. Er ist für dich ein schlechter Mann, Captain Smith.«

Francis wollte sich auf den Häuptling stürzen, doch zwei Wachen packten den Holländer und hielten ihn fest.

»Er sollte auf der Stelle gehängt werden«, sagte eines der Ratsmitglieder.

John zögerte. »Er ist ein guter Arbeiter, einer, wie wir sie dringend brauchen. Wir haben durch Krankheit schon zu viele verloren.«

Der Holländer fiel auf die Knie und gelobte Treue, wenn man ihm nur sein Leben ließe. Er wollte alle Arbeiten machen, die man ihm befehlen würde, und der Captain sollte seine Großmut nie bereuen.

»Schafft diese Männer in den Kerker«, sagte John daraufhin nachdenklich, »Bewacht sie gut, und ich will überlegen, was mit ihnen geschehen soll.«

Als erstes schickte John einen Boten zu Powhatan und verlangte, daß ihm die zwei anderen Holländer ausgeliefert würden. Im Austausch gegen sie wolle er ihm den Häuptling der Paspahegh übergeben, der sein Gefangener war.

Leider gelang dem Häuptling der Paspahegh die Flucht, während Powhatan noch überlegte.

Dieser Zwischenfall stärkte Powhatans Haltung, der nicht daran dachte, sich von den für ihn sehr nützlichen Holländern zu trennen.

Von nun an herrschte ständiger Zwist zwischen den Eingeborenen und den Ansiedlern, da erstere die Siedlung dauernd umschlichen und es immer wieder schafften, sich den Weg ins Lagerhaus zu bahnen und daraus Dinge zu entwenden.

John wußte, daß es ohne Verständigung mit Powhatan keinen Frieden geben konnte. Seiner Meinung nach war man – den Befehlen aus London folgend – mit ihm viel zu sanft umgesprungen. Er selbst würde die Wilden bezwingen können, wenn man ihm nur seinen Willen ließe.

Im Verlauf eines Überfalls nahm er zwei von Powhatans Leuten gefangen, die nützliche Geiseln abgeben konnten. Diese Männer wurden in einer Hütte festgehalten, die John wegen der Kälte mit einem Holzkohlebecken heizen ließ. Einer der Männer wurde durch den Qualm ohnmächtig und lag wie tot da. Der andere, sein Bruder, stimmte nun ein so lautes Wehklagen an, daß John mit einigen anderen zur Hütte eilte.

Als er sah, was geschehen war, rief John nach Brandy und Essig und erweckte den Ohnmächtigen unter den staunenden Augen seines Bruders wieder zum Leben.

Dieser fiel nun auf die Knie und berührte den Boden mit der Stirn, ehe er aufblickte und John wie einen Gott ansah.

John traf eine Entscheidung. »Geh«, sagte er, »und nimm deinen Bruder mit. Ihr habt genug erlitten. Sagt den Kriegern, daß diejenigen Gnade finden, die mit den Engländern in Frieden leben wollen.«

Die Brüder gingen und bald darauf hatte sich die Geschichte von Captain John Smith, der einen Toten zum Leben erweckte, wie ein Lauffeuer verbreitet.

Captain Smith war nun nicht nur ein Halbgott, er war auch ein großer Medizinmann.

Als Powhatan die Geschichte zu Ohren kam, war er ziemlich erschüttert.

Pocahontas und ihr Bruder Nantaquaus beschworen ihn, Frieden mit dem weißen Mann zu schließen. Powhatan aber sah seine heiratsfähige Tochter an, die sich bisher standhaft einer Heirat widersetzt hatte, und verhärtete sein Herz. »Er verhext alle«, sagte er. »Er ist kein Gott. Er mag ein mächtiger Zauberer sein, aber kein Gott.«

Und er weigerte sich, die Holländer freizulassen und mit den Engländern Frieden zu schließen.

Die kriegsähnlichen. Überfälle setzen sich fort, und John entschloß sich, nun selbst für Frieden zu sorgen, auch wenn er damit den Befehlen der Company zuwiderhandelte.

Er wählte ein paar Männer aus und zog mit Musketen bewaffnet los.

Im ersten Dorf, das er erreichte, setzte er die Wigwams in Brand und verjagte die Bewohner.

Das Musketenfeuer war meilenweit zu hören, und der Qualm der brennenden Dörfer erfüllte die Luft.

Die Eingeborenen bekamen es mit der Angst zu tun. Sie hatten die großen Teufelsgeräte in Aktion erlebt. Jetzt wußten sie, was denen blühte, die nicht bereit waren, in Frieden mit Captain Smith zu leben.

John machte viele Gefangene, die er bald freizulassen hoffte, da er befürchtete, sie durchfüttern zu müssen. Obwohl er nur sechs oder sieben Menschen getötet hatte, war es ihm geglückt, den Eingeborenen große Angst einzujagen.

Ein paar Tage nach diesem Vorstoß ersuchten die Häuptlinge ihn um eine Zusammenkunft.

Sie fand außerhalb von Jamestown statt, und John ergriff als erster das Wort.

»Dies ist ein Land des Überflusses«, sagte er. »Überfluß

für euch und für uns. Laßt uns ihn teilen. Laßt uns Freunde sein. An euch liegt es nun zu sagen, ob euch daran liegt, John Smith zum Freund zu haben und in Sicherheit zu leben, oder ob ihr lieber seine Feinde bleibt und eure Heimstätten brennen und eure Krieger tot sehen wollt.«

»Laßt uns Frieden mit Captain Smith schließen«, riefen die Häuptlinge wie aus einem Munde.

Friedenspfeifen wurden geraucht. Sogar Powhatan mußte sich fügen.

Endlich herrschte Frieden zwischen Eingeborenen und Siedlern.

Die Kolonie erlebte nun unter Johns kluger Führung einen Aufschwung, und die Eingeborenen schienen die Lust an Überfällen verloren zu haben.

Powhatan blieb in Werowocomoco, und der Holländer Francis, den man aus dem Gefängnis holte und arbeiten ließ, nutzte die erste Gelegenheit, sich zu seinen Landsleuten unter den Schutz Powhatans zu flüchten.

Einige von Johns Freunden rieten dazu, seine Verfolgung aufzunehmen und drängten auch darauf, die drei Verräter zu holen und hinzurichten, aber John war nie nachtragend gewesen. Er war sicher, den Einfluß der Holländer vermindert zu haben, indem er Powhatan seine Stärke spüren ließ. Der Häuptling hörte auf die Holländer nur, wenn er glaubte, die Ansiedlung sei geschwächt.

»Sie verdienen den Strick ... oder Schlimmeres.« Das sagte sogar der sanfte George Percy.

»Nein«, widersprach John. »Nichts davon. Um die Holländer zu fassen, müßte ich eine ganze Truppe ausschikken. Diese Männer werden aber hier in Jamestown viel zu dringend gebraucht, als daß ich sie entbehren könnte, um drei Verräter unschädlich zu machen.«

So blieben die Holländer auf freiem Fuß, und die Arbeit ging weiter.

»Jetzt haben wir einen Präsidenten, der die Kolonie groß machen wird«, hieß es unter den Siedlern. »Bald werden Männer und Frauen aus England nachkommen. Dann werden wir leben wie zu Hause, und die Stadt wird wachsen. Und es wird andere Städte geben. Der James River wird es an Bedeutung mit der Themse aufnehmen können.«

Im August traf eine kleine Flotte ein. Vier Schiffe kamen den James River herauf, und die Kolonisten liefen ans Ufer, um sie willkommen zu heißen.

Es kamen Hunderte von Kolonisten und Nachschub an Lebensmitteln. Die Tatsache, daß so viele und so große Schiffe gekommen waren, verriet John, daß die Company sich für einen neuen Kurs entschieden hatte.

Es wurde getafelt und gefeiert.

Man erfuhr, daß drei Monate zuvor sieben Schiffe von Plymouth ausgelaufen waren und daß das Schicksal der anderen ungewiß war. Vermutlich hatten sie auf den Bermudas Zuflucht gesucht und warteten günstige Winde ab.

Vier Tage darauf trafen weitere Schiffe ein.

Mit einiger Enttäuschung entdeckte John unter den Passagieren die alten Querulanten Ratcliffe, Archer und Martin.

Die Überfahrt war schwierig verlaufen, es gab viele Kranke, doch boten die Schiffe einen stolzen Anblick, und John sah sie voller Freude, wenngleich er ahnte, daß man auf seine ›unverblümte Antwort‹ vermutlich mit einer noch viel schärfer formulierten reagiert hatte.

Ratcliffe suchte ihn bei der ersten sich bietenden Gelegenheit auf.

»Captain Smith als Präsident hat in der Heimat noch weniger Anklang gefunden als seine Vorgänger«, sagte er. »Und jetzt schickt man einen edlen Lord, der dieses Amt übernehmen soll.«

»Das hörte ich bereits«, sagte John gleichmütig.

»Man schickt Mylord De la Warr, und mit ihm werden Sir Thomas Gates und Sir George Summers kommen – Edelleute, wie Ihr seht, Captain Smith. Zweifellos werden sie der Company eher zusagen.«

»Ich bezweifle, ob es überhaupt jemanden gibt, der der Company zusagt, aber man kann ja hoffen und beten.«

»John Smith, dies ist das Ende Eurer Amtszeit.«

John lag eine Erwiderung auf der Zunge, da er glaubte, daß es vor allem dieser Mann war, der ihn bei der Company in Mißkredit gebracht hatte. Doch plötzlich spürte er, wie sein Zorn verrauchte. Das Amt des Präsidenten war eine undankbare Aufgabe, und er war ohnehin immer der Meinung gewesen, seine wahre Lebensaufgabe sei die Entdeckung neuer Länder.

Er schwieg und dachte an die Zukunft. Warum suchte er sich nicht einfach ein paar verwandte Seelen und durchstreifte mit ihnen das Land? Warum sollte er nicht neue Länder entdecken? Die Company wollte ihn ausbooten. Nun, in London wußte man nichts von den Bedingungen, die in Virginia herrschten. Er hatte für die Kolonie gearbeitet und dabei immer wieder sein Leben aufs Spiel gesetzt, aber in England waren weder Kühnheit noch Mut und Zielstrebigkeit gefragt. Die Company und er strebten nach verschiedenen Dingen. Er wollte ein neues Land, ein Land, das Teil Englands sein würde, während die anderen Gold und raschen Profit suchten.

Er verließ Ratcliffe mit einem Schmunzeln.

Einige Meilen flußaufwärts von Jamestown lag John in einem offenen Boot und dachte nach. Er war nicht mehr Präsident, da George Percy bis zur Ankunft des Lord De la Warr in dieses Amt gewählt worden war.

»Ich bin jetzt ein freier Mann«, sann John nach. »Wenn es mich zu einer Expedition drängt, brauche ich keine Bedenken mehr zu haben. Ich darf gehen, wann und wohin ich will.«

Er war der Meinung, daß ihm als Entdecker und Abenteurer mehr Erfolg beschieden gewesen wäre als bei der Arbeit in einem Gemeinwesen, da er im Grunde ein Einzelkämpfer war.

Sicher war das Zusammenleben mit mir nicht immer einfach, dachte er. Aber einige haben mich gemocht.

Sein Blick wurde weich, als er an Pocahontas dachte. Sie wartete auf ihn, und er wußte, Powhatan würde sie ihm geben, wenn er um sie bäte.

Heiratete er Pocahontas, könnte er eines Tages der größte Häuptling im Land der Powhatan werden, da er dort schon zur Legende geworden war. Er dachte an sie, die halb zivilisiert und halb wild war, und er verspürte das Verlangen, bei ihr zu sein.

Was wäre passender als eine Ehe zwischen ihnen – die Heirat der Königstochter und des Mannes, den die Eingeborenen immer für den größten aller Häuptlinge der Bleichgesichter halten würden!

Während er so dalag, kam einer seiner Männer an Bord, der eine Pfeife rauchte. Der heftige Wind erfaßte ein Stück glühenden Tabaks aus der Pfeife und wehte es auf den Pulversack. John fuhr auf, kurz bevor er die ohrenbetäubende Explosion hörte.

Als er die Flamme seine Jacke entlangzüngeln sah, versuchte er das Kleidungsstück auszuziehen, aber schon stand auch seine Weste in Flammen. In Sekundenschnelle brannte er von Kopf bis Fuß.

Vor Schmerzen brüllend und halb ohnmächtig, fiel ihm der Fluß ein. Da es hoffnungslos war, sich der brennenden Kleider zu entledigen, sprang er über den Bootsrand ins Wasser.

Einige seiner Freunde hatten entgeistert dagestanden und zugesehen. Das war ein Glück, denn als John auf dem Wasser auftraf, war er bewußtlos und nicht imstande, sich zu retten. Man zog ihn an Bord und versuchte, ihm die verkohlten Sachen vom Leib zu reißen, doch ging damit auch gleich die Haut ab. John lag reglos und stumm da, und seine Freunde umstanden ihn mit gesenkten Köpfen.

Dr. Russell hatte sie auf dieser Fahrt nicht begleitet, und unter den Teilnehmern befand sich kein Arzt, der seine Leiden hätte lindern können; auf der schmerzvollen, siebzig Meilen langen Fahrt zurück nach Jamestown lag John die meiste Zeit in gnädiger Bewußtlosigkeit, erwachte aber hin und wieder vor Schmerzen, um sofort wieder in Ohnmacht zu versinken.

Als er in die Ansiedlung getragen wurde, umdrängten

die Kolonisten die Bahre, um einen Blick auf ihn zu erhaschen. Sein armer, verbrannter Körper war zugedeckt, und das Gesicht dieses Todgeweihten wies keine Ähnlichkeit mehr mit jenem des energiegeladenen Captains auf, der sie vor kurzem verlassen hatte, um flußaufwärts zu ziehen.

George Percy konnte sich vor Gram nicht fassen. Er hatte die Rückkehr Johns sehnlichst erwartet, da er das Präsidentenamt zu belastend empfand, zumal die Unruhestifter Ratcliffe, Archer und Martin wieder im Land waren.

Tiefe Melancholie bemächtigte sich jener, denen das Wohl der Kolonie am Herzen lag. Nur für die drei Störenfriede war diese Wendung der Dinge Anlaß zur Freude.

John wurde zu Bett gebracht, seine Wunden wurden versorgt. Die meisten Menschen wären allein schon dem Schock erlegen, er aber erholte sich allmählich.

Eines Abends, kurz nachdem John zurückgebracht worden war, bat Ratcliffe Archer und Martin, ihn auf einem Spaziergang zu begleiten, und führte sie zu einem stillen Plätzchen im Wald, wo sie ungestört reden konnten.

Kaum waren sie außer Hörweite, als Ratcliffe sagte: »Ich glaube fest daran, daß der Captain auch diesmal dem Tod ein Schnippchen schlägt.«

»Was hat der Mann nur, das wir anderen nicht haben?« fragte Archer.

»Ich halte ihn für unsterblich«, sagte der nervöse Martin.

»Unsinn!« erwiderte Ratcliffe. »Er hat nur immer wieder unverschämtes Glück. Eine Pistole würde ihm ein Ende bereiten.«

»Würdet Ihr denn abdrücken?« fragte Archer.

Ratcliffe zögerte. »Man würde sofort die Spur zu mir oder zu Euch zurückverfolgen. Wir wären sehr unklug, eine solche Tat selbst zu begehen. Aber ich glaube zwei Männer zu kennen, deren Haß ausreicht, daß sie sich durch Aussicht auf Belohnung in Versuchung führen ließen. Ich spreche von Coe und Dyer. Erinnert Ihr Euch noch? Smith hat sie vor einiger Zeit für ein kleines Vergehen bestraft, und seitdem lechzen sie nach Rache.«

»Das wäre Mord«, warnte Martin.

»Wir leben in gefährlichen Zeiten«, gab Ratcliffe zurück. »Wenn De la Warr eintrifft, wird es eine Untersuchung hinsichtlich der Führung der Kolonie geben. In London wird eine weitere Untersuchung folgen. Was glaubt Ihr, wie es uns dann ergehen wird! Und wer wird wohl als Hauptzeuge gegen uns auftreten?«

»John Smith«, rief Martin aus.

»Sofern er noch am Leben ist«, setzte Archer hinzu.

»Meine lieben Freunde«, sagte Ratcliffe, »wir müssen dafür sorgen, daß sein Glück nicht von Dauer ist.«

»Ist das möglich?«

»Es ist möglich. Er ist ans Bett gefesselt und nimmt kaum wahr, was um ihn herum vorgeht. Das ist nicht der John Smith, der die Türken besiegte, auch nicht der Mann, der Opechancanough vor siebenhundert Kriegern am Haarschopf hinter sich her zerrte. Das ist ein Kranker, der mit einem Fuß im Grab steht. Das Leben könnte für uns angenehmer sein, wenn beide Beine im Grab landen würden.«

»Und was schlagt Ihr vor ...?«

»Coe und Dyer auf ihn anzusetzen. Überlaßt das mir.«

In dem kalten kargen Raum, in dem John schlafend dalag, herrschte Stille. Sein Körper war einbandagiert, Gesicht und Kopf aber waren fast unversehrt geblieben.

Er hörte die zwei Männer nicht, die mit äußerster Vorsicht hereinschlichen, da sie wußten, daß es ihnen schlecht ergehen würde, falls man sie ertappte.

Sie standen am Bett und blickten, die Pistolen in Händen, auf ihn nieder.

Er war ihnen völlig ausgeliefert.

»Jetzt«, flüsterte Coe. »Es wird rasch vorbei sein. Warum zögerst du?«

»Warum zögerst du?« zischte Dyer.

Coe wußte es nicht. Dyer auch nicht.

Coe hob unsicher seine Waffe, doch ihre Stimmen hatten John geweckt. Er schlug die Augen auf und sah sie an. Verstehen blitzte in seinen lebhaften blauen Augen auf.

Die Männer starrten ihn an, und traten dabei unwillkürlich vom Bett zurück.

Johns Blick ließ ihre Gesichter nicht los, und unter seinem scharfen Blick verließen sie rücklings den Raum.

»Du Narr, warum hast du das getan?« flüsterte Dyer.

»Und was war mit dir?« fragte Coe.

»Er hat etwas an sich ...«, setzte Dyer an.

Coe nickte. »Ihn zu töten, wäre mehr, als einen Menschen zu töten ...«

»Nichts wie fort von hier. Soll Captain Ratcliffe seine Drecksarbeit selbst tun. Ich gebe mich nicht zum Mord an John Smith her.«

John lag reglos da und überlegte. Sie waren gekommen, um ihn zu töten. Sein bandagierter Körper schmerzte, und John dachte: ›Meine Tage in Virginia sind gezählt. Wozu bin ich hier noch gut? Wie könnte ich, ein Verstümmelter, zu Powhatan gehen, und ihn um die Hand seiner Tochter bitten? Wie kann ich mir oder einem anderen in einem wilden und wüsten Land noch nützlich sein?‹

Er wußte, daß jenseits der Ansiedlung Schiffe in der Bucht ankerten.

Er wußte auch, daß er noch nicht am Ende war, da ihm ein Ausweg offenstand. Er würde nach London zurückkehren und dort seinen geschundenen Körper ärztlicher Kunst anvertrauen, die ihm vielleicht helfen konnte. Hier in Virginia durfte er nicht auf Heilung hoffen.

Er hatte, wenn auch resigniert, seinen Frieden gefunden. Es war sein Schicksal, dem er nicht ausweichen konnte. Da Virginia ihn nicht mehr brauchen konnte, mußte er dem Land Lebewohl sagen, das er geliebt hatte, wie andere Männer ihre Frauen und Familien lieben.

Im Oktober setzten die Schiffe Segel und liefen mit Kurs nach England aus. Und mit ihnen fuhr Captain John Smith.

George Percy blickte dem Schiff nach, auf dem John sich befand, bis es nur mehr ein Punkt am Horizont war. Dann wandte er sich an die beiden Männer, die neben ihm standen, Master Fettyplace und Master Pots, und sagte zu ihnen: »Nun haben wir ihn verloren – ihn, der unser großer Anführer war. Stets war er gerecht und haßte Stolz und Faulheit. Hat er nicht mit uns alle Härten ertragen, die uns auferlegt wurden? Er ist unter uns der Größte. Seine Abenteuer waren unser Leben, und sein Verlust könnte unseren Tod bedeuten. Trauert mit mir, meine Freunde, denn wir haben unseren Vater und unseren Anführer verloren.«

16.
Rebecca

In ihren Umhang aus Tierhaut gehüllt, schimmernde blaue Perlen um den Hals, so erschien Pocahontas. Ihre Augen waren groß vor Angst, ihre braunen Finger klammerten sich voller Nervosität krampfhaft an den Umhang.

Die Kolonisten, denen noch vor Augen stand, wie sie mit Körben voller Nahrungsmittel in die Ansiedlung gekommen war, hielten vergeblich nach ihrem Gefolge Ausschau, denn Pocahontas war allein gekommen.

»Ich bitte euch, sagt mir die Wahrheit«, bat sie. »Ist Captain Smith da?«

»Nein, kleines Mädchen, Captain Smith ist nicht mehr da.«

»Dann führt mich zu jenem, der euer Führer ist.«

Die Männer blickten einander an, und in diesem Moment erschien Ratcliffe in Begleitung Archers.

»Ach«, sagte Ratcliffe, »das ist doch John Smiths Angebetete. Gehen wir und hören wir, was sie uns sagen will.«

Ratcliffe näherte sich ihr in aller Form, ergriff ihre Hand, um sie zu küssen und behandelte sie mit der einer Prinzessin gebührenden Ehrerbietung.

»Ich bin gekommen, um zu fragen, was aus dem großen Captain wurde«, sagte sie.

»Ihr meint wohl Captain John Smith«, erwiderte Ratcliffe.

»Ja, ich meine den großen Captain.«

»Kommt und geht ein Stück mit mir, da ich leider schlechte Nachrichten für Euch habe«, sagte Ratcliffe.

Archer und Ratcliffe nahmen sie in die Mitte, und als Archer etwas sagen wollte, brachte Ratcliffe ihn mit einem Blick zum Schweigen.

»John Smith ist tot«, sagte Ratcliffe.

Pocahontas blieb stehen und sah von einem zum anderen, als wolle sie die beiden dazu bringen, ihr zu sagen, daß es nicht so sei.

»Ich hörte, daß er durch Schießpulver verletzt wurde«, sagte sie. »Ich hörte auch, daß er davonsegelte, weil er Heilung suchte. Stimmt das?«

Ratcliffe schüttelte den Kopf. »Nein, er ist seinen Verletzungen erlegen. Als der Pulversack explodierte, wurde ihm das Fleisch samt seinen Kleidern vom Körper gerissen. Er starb unter großen Qualen.«

Sie sagte nichts dazu.

Aus Angst, sie würde ihm nicht glauben, führte Ratcliffe sie zu der Stelle, wo sie ihre Toten begruben und zeigte ihr ein Kreuz auf einem Grabhügel. Da sie nicht lesen konnte, war sie leicht hinters Licht zu führen.

»Hier liegt, was von Captain John Smith übrig ist«, sagte er.

Pocahontas starrte das kleine Kreuz an. Plötzlich rannte sie los und blieb erst stehen, als sie tief im Wald war, weit von der Niederlassung entfernt.

Sie ließ sich ins Gras fallen und blieb so liegen, und als es Nacht wurde, lag sie noch immer da.

Ihre Frauen suchten sie, und als sie sie fanden, sagten sie: »Matoaka, warum liegst du hier? Sieh doch, die Nacht ist gekommen. Hast du es nicht bemerkt?«

»Ja, die Nacht ist gekommen«, sagte sie. »Nun wird es immer Nacht sein, denn das Licht des Tages ist für immer dahin.«

Im Powhatangebiet verbreitete sich die Kunde: »John Smith ist tot.« Powhatan frohlockte. Nun bestand keine Notwendigkeit mehr, den Frieden einzuhalten. Er schickte seine Männer aus, die die Ansiedlung beschleichen und jede Gelegenheit nutzen sollten, Waffen zu entwenden. Sie hatten Befehl, alle Bleichgesichter, denen sie begegneten, zu umzingeln und zu foltern, zu töten oder gefangenzunehmen; sie durften Handel treiben, sollten aber keine Perlen und keinen Tand annehmen wie von Captain John Smith. Mais gegen Waffen, lautete nun Powhatans Losung.

Ratcliffe sparte indessen nicht mit Spott und Hohn, da die Kolonie sich bis jetzt stets auf John Smiths Beziehungen zu den Eingeborenen gestützt hatte, um die kargen Monate zu überstehen. Es sei unsinnig, sich Sorgen zu machen, ließ er verlauten. Die Kolonie verfüge über ausreichende Vorräte.

Da der schwer erkrankte George Percy nicht mehr imstande war, die Aufrührer im Zaum zu halten, rückte Ratcliffe praktisch zur obersten Instanz der Kolonie auf. Überkam ihn ab und zu Appetit auf Schweine- oder Lammbraten, ließ er die Tiere schlachten, da er nicht einsehen konnte, warum er sich diese Freuden versagen sollte. So wurde der Viehbestand immer wieder dezimiert, nur damit dieser mächtige Herr und seine Vertrauten sich die Bäuche vollschlagen konnten.

Aber auch Ratcliffe mußte schließlich einsehen, daß die Lebensmittelvorräte beunruhigend geschrumpft waren.

Powhatan, der alles genau auskundschaftete, wußte genau, wie es um die Ansiedlung stand, und sandte eines Tages eine Botschaft an Ratcliffe. »Ich habe mit Captain John Smith Handel getrieben und werde es auch mit Captain Ratcliffe tun. Er soll sich mit mir in Orapakes im Gebiet der Pamaunke treffen, dort werde ich seine Schiffe mit Mais beladen, wenn er mir dafür Kupfer und Beile gibt, die ich dringend benötige.«

»Na also!« rief Ratcliffe aus. »Ihr seht, daß es nicht so schwierig ist. Und ihr habt geglaubt, John Smith sei der einzige, der mit diesen Wilden handelseins werden kann. Ich werde euch zeigen, daß ich alles, was Captain Smith tat, ebensogut oder sogar noch besser kann.«

Als er seine Begleiter auswählte, bat ihn einer der letzten Neuankömmlinge, er möge ihn mitnehmen. Es war der junge und abenteuerlustige Henry Spelman, Sohn des Sir Henry Spelman.

»Ihr könnt gern mitkommen«, sagte Ratcliffe, »aber erwartet Euch nicht jene Art Abenteuer, die Captain Smith angeblich erlebte. Ich bin der festen Überzeugung, daß diese sich allein in der Fantasie des großen Captains zugetragen haben.«

Die Gruppe brach auf und fuhr den Chickahominy River aufwärts ins Gebiet der Powhatan.

Als sie ihr Boot zurückließen und ins Dorf gingen, wurden sie von Powhatan erwartet. Er empfing sie sehr höflich, aber Ratcliffe fand es schwierig, sich mit ihm zu einigen und war enttäuscht, als er sah, wie wenig Mais er schließlich bekam.

Als ihm schließlich klar wurde, daß Powhatan ihm die benötigte Menge nicht geben würde, sagte er, sie würden mit dem, was sie bekommen hätten, zum Boot zurückkehren und weiterfahren.

Powhatan verabschiedete sie, und sie machten sich auf den Rückweg durch den Wald. Sie waren noch nicht weit gekommen, als sie den Kriegsruf der Powhatans hörten und sahen, daß eine Gruppe Eingeborener in voller Kriegsbemalung sie umzingelt hatte.

Ratcliffe verlor den Kopf und wollte seine Muskete in Anschlag bringen, aber noch ehe er das tun konnte, wurde sein Körper von zehn oder zwölf Pfeilen durchbohrt, und er sank aufstöhnend zu Boden. Die anderen versuchten ihre Waffen abzufeuern und setzten einige Angreifer außer Gefecht, doch war die Übermacht der Gegner erdrückend.

Henry Spelman, der wenig Erfahrung mit der Kriegsführung der Eingeborenen hatte und mit den anderen am Boden kauerte, erspähte in unmittelbarer Nähe ein Gebüsch. Die Pfeile fielen dicht und in rascher Folge, und das Geheul der Wilden ließ ihm das Blut in den Adern gefrieren. Henry suchte Deckung, indem er tief ins Strauchwerk kroch. Dabei verlor er seine Muskete. Nun lag er da und betete, da er glaubte, sein letztes Stündlein hätte geschlagen.

Die Rothäute hatten die kleine Gruppe rasch überwältigt. Henry, der zwischen dem Geäst hervorspähte, sah, daß seine Gefährten entweder tot oder verwundet waren, und daß die Toten durchsucht und ihnen alle Habseligkeiten abgenommen wurden.

»Und jetzt ist die Reihe an mir«, dachte Henry und schloß die Augen.

Das Schicksal war ihm gnädig, da das Buschwerk ihn gut

verbarg und die Krieger, die sich nun daranmachten, die Leichen der Engländer wegzuschleppen, ihn übersahen.

Ihm war klar, daß er großes Glück hatte, da er der einzige Überlebende seiner Gruppe war. Lange Zeit lag er da, ohne sich zu rühren, und lauschte dem Getöse und Gelärme. Er hörte Triumphgeschrei, und als er dichten schwarzen Rauch zum Himmel aufsteigen sah, wußte er, daß die Leiber seiner Gefährten brannten.

Da überfiel ihn große Angst. Er war allein im Feindesland. Selbst wenn er die Stelle erreichte, wo sie das Boot zurückgelassen hatten, war es unwahrscheinlich, daß er es dort noch vorfand, da die Wilden ihm gewiß zuvorgekommen waren, überdies lagen sie womöglich auf der Lauer, um eventuelle Überlebende abzufangen. Ihn schauderte, wenn er an die Martern dachte, mit denen sie ihre Gefangenen zu Tode quälten. Captain Ratcliffe und die anderen hatten einen verhältnismäßig gnädigen Tod gefunden.

Lange lag er zitternd unter dem Strauch. Sein Hunger meldete sich, und als es dunkelte, wagte er sich aus seinem Versteck, um sich vorsichtig auf den Weg zum Fluß zu machen, doch das Boot war nicht an der Stelle, an die er sich zu erinnern glaubte. Was sollte er nun tun, viele Meilen von der Ansiedlung entfernt, im Gebiet der feindseligen Powhatan? Er würde sicher nicht mehr lange leben, denn wenn nicht die Wilden ihn aufspürten, würde er Hungers sterben.

Er schlich zurück in den Wald und schlief schließlich erschöpft vor Müdigkeit und Angst ein.

Es war früh am Morgen, als er erwachte und ihm ein Schauer über den Rücken lief, da er spürte, daß er nicht allein war. Ein Wilder beugte sich über ihn. Ganz elend vor Angst, wagte er kaum, die Augen zu öffnen, da er keine Waffe zur Verteidigung bei sich hatte.

Da hörte er eine Stimme sagen: »Keine Angst, Engländer.« Und als er die Augen öffnete, sah er, daß sich ein Mädchen über ihn beugte. Ihr langes Haar fiel ihr über die Schultern, und in ihren dunklen Augen lag ein Ausdruck, den er für Mitleid hielt.

»Ich weiß, was geschehen ist«, sagte sie. »Deine Freunde wurden getötet, und du bist allein.«

»Ja«, sagte er.

»Gib acht, daß man dich nicht sieht, damit man dich nicht tötet.«

»Ich werde ohnehin Hungers sterben.«

»Nein«, sagte sie. »Ich sah, wie du aus deinem Versteck hervorgekrochen bist. Und ich habe den Kampf beobachtet. Deshalb bringe ich dir Essen.« Sie hatte einen Korb mit Wildpret und Maisfladen mitgebracht, über die er sich gierig hermachte.

»Ich hatte einen Sklaven, der ein Gott war«, sagte sie nun. »Er war aber zu groß, um auf der Erde zu bleiben. Die Götter haben ihn geholt. Du hast blaue Augen und du bist Engländer. Hab keine Angst, ich werde dir zu essen bringen und dir sagen, wann du bei Tag sicher durch die Wälder gehen kannst.«

»Bist du wirklich«, fragte er, »oder träume ich?«

»Ich bin Pocahontas, die Tochter Powhatans«, erklärte sie. »Vielleicht wirst du mein Sklave, der Kupferperlen für mich macht. Er sollte mein Sklave sein und Perlen machen, aber er war ein Gott, und daher sollte es nicht sein. Vielleicht sieht er uns aus dem Jenseits zu und sagt mir, ich solle dich retten. Ich stelle mir gern vor, daß er zusieht. Du wirst in Sicherheit sein.«

Sie verließ ihn, und wäre nicht das Essen in seiner Hand gewesen, er hätte geglaubt, Opfer von Fieberfantasien zu sein.

An jenem Tag kam sie wieder, und viele Tage danach ebenso. Sie redete mit ihm in seiner Sprache, und er gebrauchte die wenigen Wörter, die er in ihrer Sprache gelernt hatte.

Und nach ein paar Tagen sagte sie, er würde es nicht überleben, ständig die Nächte im Wald zu verbringen, und führte ihn ins Dorf ihres Vaters und erklärte dem großen Powhatan, er sei ihr Gefangener und Sklave. Er würde unter ihnen leben und für sie Perlen machen.

Powhatans Zorn, der sich am Anblick eines jeden Engländers entzündete, wurde durch die feste Entschlossenheit seiner Tochter erstickt. Und alle schienen sehr rasch zu vergessen, daß Henry Spelman nicht einer der ihren war. Er jagte und fischte mit ihnen. Er erlegte das Wild so leicht wie jeder von ihnen. Er konnte mit ihnen sprechen und erzählte ihnen von England. Sie nahmen ihn auf und dachten nicht mehr daran, daß er nicht einer der Ihren war.

Der Winter war gekommen, und der Kolonie drohte eine Hungersnot wie noch nie zuvor.

»Wäre Captain Smith da«, sprachen die Leute untereinander, »befänden wir uns nicht in dieser mißlichen Lage. Immer wenn es schlimm wurde, ging er in den Wald und kam mit Nahrung zurück. Als Ratcliffe loszog, war es anders, und Ratcliffe werden wir ohnehin nie wieder zu Gesicht bekommen.«

Die Lage wurde noch dadurch erschwert, daß mit dem dritten Versorgungsschiff Frauen und Kinder gekommen waren. Im Sommer hatte die Bevölkerung an die fünfhundert Menschen gezählt, doch jetzt starben mit jedem Tag Männer, Frauen und Kinder.

Männer wie Martin und Archer schlachteten den Rest des Viehs und verzehrten das Fleisch, und nur wenig davon fand seinen Weg zu den Kolonisten niedrigeren Standes. Für ein wenig Getreide tauschten diese verzweifelt Waffen und lebensnotwendige Geräte.

Powhatan, der voller Schadenfreude war, glich einem großen, auf Beute lauernden Raubvogel. Zu seinen Kriegern sagte er: »Bald werden wir uns nicht mehr heimlich Waffen von den Engländern holen müssen, denn sie werden in Kürze alle tot sein.«

Die drei Holländer und Henry Spelman hielten sich noch immer bei ihm auf.

»Großer Powhatan«, riefen die Holländer, »was haben wir dir gesagt! Bald wird es keine Kolonie mehr geben. Wir hatten recht. Bald wird das gesamte Territorium der Powhatan nur mehr einen Herrscher haben, und dieser wirst du sein!«

»So ist es«, sagte Powhatan. »Oke ist mit mir. Er wird die Engländer aus meinem Land vertreiben, und es wird sein, wie es vor der Ankunft des weißen Mannes war.«

Inzwischen verschlechterte sich die Lage in der Ansiedlung. Es gab kein Vieh mehr. Die Siedler lebten von Wurzeln, Kräutern, spärlichen Nüssen und gelegentlich gefangenen Fischen.

»Die größte Hungersnot aller Zeiten steht uns bevor«, klagten die Bewohner von Jamestown, »da wir Captain Smith verloren haben.«

Martin und Archer starben an einer durch den Hunger verursachten Krankheit. In jedem Haus lagen Sterbende, Männer wie Frauen. Von den fünfhundert Bewohnern Jamestowns überlebten nur etwa hundert.

Als eines Tages der Duft gekochten Fleisches über den Häuserzeilen schwebte, rannten alle, Männer wie Frauen, in Windeseile und einander beiseitestoßend zu dem Haus, aus dem der Duft drang. Dort sahen sie einen Mann und eine Frau, über einen dampfenden Kessel gebeugt, in den Händen Fleischbrocken. Alle, die sich ins Haus zu drängen vermochten, griffen gierig in den Kessel.

Als nichts mehr übrig war, brach der Hausherr in hysterisches Lachen aus.

»Ihr habt das Fleisch der Rothaut verspeist, die wir unlängst getötet haben«, rief er. »Ich konnte den Hunger nicht mehr ertragen, und wenn ein Schwein wohlschmeckend ist, warum nicht auch ein Mensch!«

Nun trat Totenstille ein, und viele, die herbeigeeilt waren und sich satt gegessen hatten, schlichen beschämt davon.

Aber Hunger ist ein mächtiger Drang, und nach wenigen Tagen ernährten sich die Lebenden von den Toten.

Es wurde registriert, daß die Pinasse fehlte, die zurückgeblieben war, als die Schiffe ausgelaufen waren. Das bedeutete, daß jemand aus ihrer Mitte die Kolonie verlassen und sich aufs Meer geflüchtet hatte.

Aber die Darbenden waren zu lethargisch, als daß es sie sonderlich gekümmert hätte, und das Hungern nahm seinen Fortgang.

Der Kannibalismus fand ein jähes Ende, als man entdeckte, daß ein Mann seine Frau getötet und ihr Fleisch eingepökelt hatte. Einen Teil hatte er bereits verzehrt, als seine Tat enthüllt wurde.

»Was ist nur aus uns geworden!« fragten die Menschen einander. »Wir haben jeden Anstand verloren, jede Menschlichkeit und jedes Ehrgefühl. Was würde Captain Smith tun, wenn er unter uns wäre?«

Es gab keinen Zweifel. Man führte den Mann, der seine Frau getötet hatte, hinaus und hängte ihn.

Wer noch genügend Energie hatte, richtete den Blick täglich angestrengt zum Horizont, ob sich nicht ein Segel zeigte, da man wußte, daß nur die Ankunft der versprochenen Versorgungsschiffe Rettung bringen konnte.

Der Winter war vergangen, der Mai war gekommen, und bald würde man wieder unter der Hitze leiden. »Wir werden nicht mehr da sein und sie spüren«, tröstete man sich.

Manchmal richteten die Siedler ihre Blicke zum Wald hin. »In den alten Tagen«, sagten sie, »wurden wir durch die Ankunft der schönen Wilden gerettet. Sie kam mit ihren Mägden, und immer trugen sie Körbe voller Nahrung.«

»Sie kam wegen Captain Smith«, lautete die Antwort. »Sie würde wegen niemand anderem kommen.«

So blickten sie zum Wald und schauten nach Pocahontas aus, und sie blickten in Erwartung von Lord De la Warr übers Meer. Und es schien, als würden sie vergebens Ausschau halten.

Nun waren ihrer nur mehr sechzig übrig, und auch diese waren dem Tod geweiht.

Da zeigten sich am Horizont die Schiffe.

So sehr ihnen nach Jubeln zumute war, sie hatten nicht mehr die Kraft dazu. Und als Sir Thomas Gates und Sir George Summers mit ihren Schiffen in die Chesapeake Bay einfuhren, kamen sechzig Ausgehungerte, wenig mehr als Skelette, am Ufer zusammen, um die Neuankömmlinge zu begrüßen.

»Gott sei gelobt«, rief einer. »Die große Hungersnot ist überstanden!«

Als die Kunde von der Ankunft der Schiffe Powhatan erreichte, überfiel ihn Jähzorn, und er ließ unverzüglich die drei Holländer kommen.

»Ihr habt gesagt, daß die Engländer bald tot sein werden und es keine Engländer mehr geben wird.«

»Aber jetzt sind Schiffe gekommen, großer Häuptling.«

»Ihr sprecht nicht die Wahrheit. Nun sind es wieder mehr Engländer, und sie werden erstarken. Große Schiffe sind gekommen. Sie bringen mehr Teufelsgeräte, als wir hier haben. Wie sollen wir die Engländer aus unserem Land vertreiben?«

»Großer Powhatan, wir werden dir helfen wie bisher. Wir werden dir als Kundschafter dienen, nun da die Engländer einen neuen Häuptling haben, der die Stelle von Captain Smith einnimmt.«

Powhatan rief aus: »Ich weiß nicht, ob Captain Smith tot ist. Manche sagen, er wäre es. Die Engländer belügen mich. Er war euer Bruder und ihr habt ihn betrogen. Ihr würdet mich ebenso betrügen, wie ihr den großen Captain betrogen habt.«

»Wir würden den großen Powhatan nie betrügen. Powhatan ist unser Bruder.«

Powhatan ließ Matten bringen, damit seine drei Brüder bei ihm sitzen konnten. Sie saßen und schmausten. Dann rief Powhatan eine Frau und ließ Wasser und Federn bringen, damit sie sich die Hände waschen und trocknen konnten.

Als dies geschehen war, ließ er drei große Steine hereinschaffen. Auf diese legte man die Köpfe der Holländer, und die Henker schlugen ihnen die Schädel ein.

Powhatan rief seine Tochter zu sich und führte eine ernste Unterredung mit ihr.

»Meine Matoaka, du bist kein Kind mehr. Es wird Zeit, daß du dem Stamm Kinder schenkst. Es wird Zeit, daß du dich vermählst.«

Pocahontas schüttelte den Kopf.

»Captain Smith ist tot«, sagte Powhatan. »Der Zauber der Toten wirkt nicht mehr.«

»Mancher wirkt für immer«, erwiderte sie darauf.

Er blickte sie bekümmert an. »Du liebst Bleichgesichter, weil Captain John Smith einer von ihnen war. Du liebst sie mehr als dein eigenes Volk. Wie auch den Jungen, den du gerettet hast.«

»Er unser Freund. Er hat mit uns gearbeitet.«

»Eines Tages wird er sich gegen uns wenden. Er ist einer von ihnen und nicht einer von uns. Heirate, meine Tochter. Wenn du Kinder hast, wird der Zauber der Bleichgesichter gebannt sein.«

»Er kann nie gebannt werden«, gab sie traurig zurück.

»Du weißt sehr gut, daß du unvermählt nicht bei mir bleiben kannst.«

»Dann werde ich fortgehen, wie es die Sitte von unvermählten Töchtern fordert.«

Powhatan nickte bekümmert. Nicht einmal er wäre auf den Gedanken gekommen, den Brauch nicht einzuhalten.

»Geh nicht weit fort von deinem Vater, Matoaka«, sagte er.

Sie erwiderte: »Ich werde gehen und bei Häuptling Japazaws bleiben. Er mag mich sehr, und seine Frauen werden meine Freundinnen sein.«

Powhatan schien besorgt. »Dieser Häuptling war ein Freund von John Smith. Er hat ihm viel Mais verkauft.«

»Und dafür wurde er gut bezahlt. Er besitzt viel Kupfer, das von Captain Smith stammt.«

»Und jetzt willst du zu ihm. Meine Tochter, ich bin traurig, dich zu verlieren. Aber du mußt gehen oder einen Mann aus deinem Volk wählen.«

»Dann werde ich zu Japazaws gehen«, entschied Pocahontas.

Mit den Schiffen des Lord De la Warr waren Männer, Frauen und Kinder gekommen. Männer wie De la Warr, der zum Gouverneur von Virginia ernannt wurde, Sir Thomas Gates, sein Stellvertreter, Admiral Sir George Summers, Sir Thomas Dale, der Vertreter der hohen Gerichtsbarkeit, Sir Fardinando Wainman, General der Kavallerie, und Captain

Newport waren die Gewähr dafür, daß die Company sich nun auf potente Geldgeber stützen konnte. Überdies konnte man nun auch auf die Erfahrung der Pioniere zurückgreifen, die in der Zwischenzeit zumindest gelernt hatten, daß sie nur überleben konnten, wenn sie das Land bestellten und in den Wäldern jagten.

Für eine wachsende und blühende Kolonie war die Company auch bereit, mehr Versorgungsschiffe auszurüsten, so daß sich die schreckliche Hungersnot in den folgenden Jahren nicht wiederholte.

Doch die Eingeborenen blieben eine ständige Gefahr. Powhatan hatte sein Hauptquartier von Werowocomoco in das entlegenere Orapakes verlegt. Er war enttäuscht, daß die Engländer nach dem Verlust von Captain Smith diesen durch viele Menschen ersetzt hatten und immer wieder große Schiffe ausschickten.

Ihm blieb nichts anderes übrig, als sich gegen jeden Tauschhandel zu sperren, nachts seine Diebe in die Ansiedlung zu schicken und die Engländer anzugreifen, wann immer er auf sie stieß.

Viele der älteren Siedler waren der Meinung, daß man gut daran täte, den Eingeborenen so entgegenzutreten, wie Captain Smith es getan hatte.

Aber die Anführer der Kolonie hielten ihnen entgegen, London bestünde auf freundschaftlichen Beziehungen zu den Eingeborenen und dieser Instruktion müsse man sich fügen.

Mit einer neuen Flottille von Versorgungsschiffen traf ein gewisser Captain Argall ein. Da er die Ansiedlung noch aus der Zeit von John Smith kannte, war er entsetzt, als er feststellen mußte, wie sehr sich die Beziehungen zwischen den Engländern und den Eingeborenen verschlechtert hatten. Da er einige Zeit in Kanada verbracht hatte, besaß er Erfahrung im Umgang mit den Eingeborenen.

»In Kanada nahmen wir sie als Geiseln«, erklärte er dem Gouverneur. »Dann stellten wir unsere Forderungen und machten die Freilassung der Geiseln von deren Erfüllung abhängig. Eine verläßliche und wirksame Methode. Natürlich muß man sich vergewissern, daß man Geiseln von einigem Wert in die Hand bekommt.«

Einer der alten Siedler sagte: »Powhatan hat eine Tochter, die ihm so lieb ist wie kein anderer Mensch. Sie lebt nicht mehr unter seinem Dach, sondern – vermutlich einem Stammesbrauch folgend – bei einem alten Häuptling an den Ufern des Potomac River.«

»Sehr interessant«, sagte daraufhin Captain Argall. »Dieses Mädchen wollen wir entführen und als Geisel nehmen.«

»Wer soll das unternehmen?« fragte Sir Thomas Gates unbehaglich.

»Ich«, erwiderte Argall. »Es ist meine Idee, und ich bin auch bereit, sie auszuführen.«

So kam es, daß er mit Geschenken beladen den Potomac hinauf bis zu dem Dorf des Häuptlings Japazaws fuhr.

Geschickt warb Captain Argall um die Gunst des Häuptlings, eines sehr friedfertigen Mannes, dessen Augen beim Anblick der von Captain Argall mitgeführten Kupferwaren aufleuchteten. Ein größerer Kupferkessel hatte es Japazaws besonders angetan.

»Was verlangst du für diesen Kessel?« wollte er wissen. Aber Captain Argall schüttelte den Kopf und erklärte, daß es ein ganz besonderer Kessel sei. Er brächte es nicht übers Herz, sich von ihm zu trennen, was Japazaws sehr bedauerte.

Captain Argall verweilte nun länger im Dorf, bis er Pocahontas begegnete, die er bezaubernd fand, da sie anders war als die Frauen ihrer Umgebung. In ihr brannte ein Feuer, neben dem eine tiefe Melancholie spürbar war. Sie begegnete ihm mit großer Höflichkeit. »Ich habe eine besondere Vorliebe für Engländer«, erklärte sie ihm. Ihr Englisch setzte den Captain in Erstaunen.

Ihm war nun klar, daß sie ihrem Vater sehr teuer sein mußte.

Captain Argall sprach mit Japazaws unter vier Augen.

»Wenn du diesen Kessel unbedingt haben willst«, sagte er, »soll er unter einer Bedingung dir gehören.«

»Was ist diese Bedingung?« fragte der Häuptling begierig.

»Ich möchte, daß Pocahontas auf mein Schiff gebracht wird.«

Japazaws erschrak. »Sie ist die Tochter des großen Powhatan!«

»Das weiß ich, und ich schwöre bei meinem Gott, daß ihr kein Leid geschehen wird. Sie soll nur festgehalten werden, bis mein Volk mit ihrem Vater Frieden geschlossen hat. Wenn wir sie bei uns haben, ist dies einfacher zu erreichen, und im Wald werden alle wieder glücklich sein.«

»Sie ist Powhatans Tochter«, wiederholte Japazaws vor Angst schlotternd, doch sein Verlangen nach dem Kessel gewann die Oberhand, so daß er sagte: »Sag mir, was du möchtest.«

Die Hauptfrau Japazaws kam zu Pocahontas.

»Matoaka, ich möchte, daß du etwas für mich tust.«

»Dann werde ich es tun«, gab Pocahontas zurück. »Als Dank für die Gastfreundschaft, die ihr mir erwiesen habt, seitdem ich das Haus meines Vaters verließ.«

»Ich möchte das Schiff der Bleichgesichter auf dem Fluß besuchen, aber ich habe Angst, allein zu gehen. Kommst du mit?«

»Du hast nichts zu fürchten, und ich komme gern mit.«

»Dann darf ich gehen. Der alte Japazaws will mich nicht allein zu den Bleichgesichtern gehen lassen, aber wenn du mich begleitest, wird er es mir nicht mehr verbieten können.«

So gingen sie gemeinsam mit Japazaws, der sie nicht alleine gehen lassen wollte, an Bord des Schiffes, wo sie von Captain Argall erwartet wurden.

Er empfing die Frauen mit äußerster Zuvorkommenheit, bewirtete sie und zeigte ihnen das Schiff, und als es Zeit wurde, wieder zu gehen, sagte der Captain leise zu Pocahontas: »Leider kann ich dich nicht gehen lassen.«

Auf ihre erschrockene Miene hin fuhr er fort: »Du bist meine Gefangene, doch brauchst du nicht zu fürchten, daß dir ein Leid geschieht, da ich es nicht zulassen werde. Du wirst meine Geisel bleiben, bis dein Vater geruht, sich mit uns zu einigen.«

Japazaws und seine Frau fingen zu jammern und zu wehklagen an, aber Pocahontas, die sie gut kannte, glaubte einen Unterton von Triumph herauszuhören. Und als Captain Argall zum Häuptling sagte: »Nimm als Entgelt diesen Kupferkessel«, war ihr alles klar.

Man hatte sie um einen Kupferkessel verraten – der alte Japazaws und seine Frau, denen sie vertraut hatte. Es gab niemanden auf der Welt, dem sie so vertrauen konnte wie John Smith; und er war ein Bleichgesicht – ein Feind ihres Volkes.

Als das Schiff nach Jamestown fuhr, ergab sie sich resigniert in ihr Schicksal.

Die Kunde erreichte bald auch Powhatan. Seine Tochter Matoaka eine Gefangene der Bleichgesichter! Man würde sie ihrem Volk erst zurückgeben, wenn er, Powhatan, Frieden mit den Weißen geschlossen und versprochen hätte, alle Bleichgesichter, auf die er in den Wäldern stieß, unbehelligt zu lassen. Und er mußte sämtliche Waffen ausliefern, die seine Krieger im Laufe der Zeit gestohlen hatten!

Powhatan tobte in seinem neuen Haus im Wald und verfluchte alle Bleichgesichter.

Er wollte seine Tochter zurück.

Dann ging er ins Waffenlager, das er in einem Wigwam neben seinem angelegt hatte und das Tag und Nacht bewacht wurde. Er griff nach den Schwertern und Beilen, Messern und Musketen.

Sie waren ihm sehr teuer. Mit ihrer Hilfe hoffte er über die Eindringlinge zu triumphieren. Sie auszuliefern, war ein zu hoher Preis, selbst für seine Lieblingstochter.

»Sie werden ihr nichts zuleide tun«, sagte er zu sich. »Sie wurde mit einem Zauber belegt, der sie fast zu einer der ihren macht. Soll sie bei den Bleichgesichtern bleiben, wenn ich nur meine Schätze behalten kann.«

Unterdessen wurde Pocahontas in Jamestown empfangen, wie es einer Prinzessin gebührte, da sie die Tochter des Herrschers über ganz Powhatan war. Und sie war anders als die anderen Eingeborenen, die die Ansiedler kannten, still und ein wenig traurig. Sie konnte etwas Englisch und hatte sich auch bestimmte englische Sitten angewöhnt.

»Sie ist reizend!« urteilten die Frauen.

Bald wurde sie zum Liebling aller. Man brannte darauf, ihr behilflich zu sein und ihr englische Sitten und Gebräuche beizubringen. Und Pocahontas, die seit der Begegnung mit John Smith große Bewunderung für England hegte, legte ihre Melancholie ein wenig ab.

Sie fand es herrlich, unter englischen Ladys zu leben, deren Manieren nachzuahmen, mit ihnen zu speisen und ihre Tischsitten zu lernen; ihnen bei ihrer Handarbeit zuzusehen und sich im Gebrauch von Nadel und Faden unterweisen zu lassen.

Sie spürte, daß sie auf diese Weise John ein wenig näher war. Er mußte in England Frauen wie diese gekannt haben, und das war für sie Grund genug, sich am Benehmen der Engländerinnen zu orientieren.

Viele Frauen beschenkten sie mit Kleidern und halfen ihr, selbst Sachen zu nähen. Sie war nun gekleidet wie eine Engländerin und sprach ständig englisch.

Eines Tages sagte Lady Gates zu ihr: »Pocahontas, wie wäre dir jetzt zumute, wenn dein Vater sich entschlösse, dich zurückzufordern? Was würdest du von einer Rückkehr zu deinem Volk halten?«

Sie antwortete: »Mein Volk ist hier. Deshalb werde ich immer bei euch bleiben. Hier bin ich am glücklichsten ... glücklicher als ich seit ... seit langer Zeit war. Meinem Vater sind seine Geräte teurer als seine Tochter. Deshalb soll er keine Tochter mehr haben. Man hat mir den Abschied gegeben.«

Lady Gates war nicht wenig verblüfft. »Mein liebes Kind, soll das heißen, daß du für immer bei uns bleiben möchtest?«

»Ich werde bleiben«, gab Pocahontas zur Antwort.

Lady Gates wurde daraufhin sehr nachdenklich. Es dauerte nicht lange, und sie schlug vor, eine der Frauen sollte mit Pocahontas von Religion sprechen. »Sie wird mit jedem Tag mehr englisch«, sagte Lady Gates, »und wenn sie eine von uns sein will, sollte sie die Möglichkeit haben, auch unseren Glauben anzunehmen. Es ziemt sich nicht, daß jemand, der unter uns lebt, weiterhin heidnisch sein soll.«

Man brachte Pocahontas die Geschichte von Jesus nahe, und sie lauschte aufmerksam und stellte viele Fragen.

Dies ist der Gott, dem er diente, dachte sie. Als Christin werde ich Johns Religion haben. Und nach dem Tod treffen Christen im Jenseits wieder zusammen.

Sie ging zu Lady Gates und sagte: »Mein Entschluß steht fest. Ich möchte sehr gern Christin werden.«

Lady Gates umarmte sie unter Tränen. »Mein teuerstes Kind, mir fehlen die Worte, um meiner Freude Ausdruck zu verleihen. Du sollst sofort getauft und in die christliche Kirche aufgenommen werden.«

So geschah es, und bei der Taufe erhielt Pocahontas einen neuen Namen – einen christlichen Namen. Von Stund' an war sie in ganz Jamestown als Rebecca bekannt.

Fünf Jahre waren nun vergangen, seitdem John Smith Virginia verlassen hatte. Rebecca sprach kaum mehr von ihm, da sie sich selbst nicht traute und glaubte, sie würde glücklicher sein, wenn sie nicht von ihm spräche, denn allein die Erwähnung seines Namens bewirkte, daß sie ihn deutlich vor sich sah und denselben Schmerz durchlitt wie damals, als sie erfahren hatte, daß sie ihn nie wiedersehen sollte.

Den christlichen Glauben hatte sie angenommen, weil man sie gelehrt hatte, daß man im Jenseits mit seinen Lieben vereint sein würde, und sie sehnte sich danach, John in jenem fernen Land wiederzusehen. Sie war nun glücklicher, weil sie glaubte, daß sie eines Tages auf den grünen Gefilden der jenseitigen Welt wieder mit John Smith zusammensein würde.

Mit einem der Nachschubschiffe war ein honoriger Gentleman von seriösem Gebaren nach Virginia gekommen. John Rolfe war erst vor kurzem auf tragische Weise zum Witwer geworden. Da Bruder und Schwägerin sich in Virginia niedergelassen hatten, war er mit seiner Frau nachgekommen, die, der Mühsal der Überfahrt nicht gewachsen, vor der Ankunft in der neuen Heimat gestorben war.

Bei seiner Ankunft war John Rolfe ein trauriger Mann. Er war blond und blauäugig, und obwohl Rebecca schon viele Menschen mit dieser Augenfarbe gesehen hatte, sagte sie sich immer, daß niemand so blaue Augen hätte wie John Smith. Sie fand diesen stillen Gentleman sehr sympathisch, und er empfand ähnlich für sie. Und seiner Anziehungskraft tat es keinen Abbruch, daß er auf seine ruhige und sanfte Art jenem anderen John ganz unähnlich war.

Die Tatsache, daß er John hieß, nahm sie für ihn ein. Er hatte seine Frau verloren, und sie hatte John verloren. Sie waren zwei Menschen, die einen Verlust erlitten hatten, und obwohl sie sich nicht vorstellen konnte, daß er seine Frau so geliebt hatte, wie sie John Smith liebte, galt ihm ihr Mitgefühl.

Er war gekommen, um Tabak anzupflanzen, und als er sie auf seine Plantage mitnahm und auf einem Rundgang stolz von seinen Zukunftsplänen sprach, zeigte sie großes Interesse.

»Ich werde alle paar Jahre nach England fahren«, sagte er. »Mit der Zeit bekommt man Heimweh nach der Heimat.«

»Ich würde England sehr gern kennenlernen«, erwiderte sie.

»Wer weiß, vielleicht wird es eines Tages der Fall sein.«

Immer wenn er in die Ansiedlung kam, suchte er Rebecca auf, und immer war sie erfreut, ihn zu sehen und traurig, wenn er ausblieb. Allmählich spürte sie, daß sie seit dem Verlust John Smiths zum ersten Mal wieder glücklich war, und das hatte sie der Freundschaft John Rolfes zu verdanken.

Vielleicht muß ich noch viele Jahre leben, bis ich ins Jenseits komme und John Smith wiedersehe, dachte sie. Es muß hier auf Erden etwas für mich geben, etwas, das mir die Wartezeit verkürzt.

Eines Tages kam John Rolfe zu ihr und sagte: »Rebecca, du bist noch unvermählt. Und doch muß es viele geben, die dich gern zur Frau hätten.«

»Ich würde nie einen meines Volkes zum Mann nehmen«, gab sie zur Antwort. »Ich gehöre nicht mehr dazu.«

»Und könntest du einen Mann aus dem Volk deiner Wahl heiraten?«

»Mich würde vermutlich niemand wollen«, sagte sie. »Ich bin noch immer eine Fremde.«

Er nahm ihre Hände und sagte: »Für mich bist du keine Fremde, Rebecca.«

Freude erfaßte sie, da sie dachte: Das ist die Antwort. Ich werde diesen John heiraten und ihm eine gute Frau sein. Ich werde ihn glücklich machen und glücklich sein, und der Weg ins Jenseits wird mir nicht so lang erscheinen.

»Möchtest du mich heiraten?« fragte er. »Du weißt ja, daß ich eine Frau hatte, die ich über alles liebte?«

Sie nickte. »Ich weiß es sehr wohl. Aber wir wollen nicht an die traurige Vergangenheit denken, an den Verlust jener, die wir liebten. Wir wollen sagen: Von nun an wollen wir zusammen gehen … bis der große Gott uns ruft und wir diese Welt verlassen und ins Jenseits gehen.«

Rebecca wurde in der Kirche zu Jamestown mit John Rolfe getraut. Und es war ein Ereignis von großer Bedeutung, da es die erste Verbindung einer Eingeborenen mit einem Engländer war.

Die Gouverneure der Kolonien waren erfreut, da sie glaubten, daß dies mehr als alles andere Frieden zwischen den beiden Völkern stiften würde.

Als Powhatan davon hörte, war er verblüfft. Er war wütend, weil seine Tochter ihr Volk verlassen hatte, zugleich aber war er stolz, weil es ihr zu Ehren eine Zeremonie in der Kirche der Bleichgesichter geben würde und ihr alle Ehren zuteil würden. Er stellte sich die Hochzeit ähnlich wie seinerzeit seine Krönung vor und hätte der Zeremonie selbst zu gern beigewohnt.

Aber wie konnte er sicher sein, daß dies alles nicht nur eine raffinierte Finte war, um ihn nach Jamestown zu lokken? Nein, er würde bei der Hochzeit seiner Tochter nicht zugegen sein, doch schickte er als seinen Vertreter ihren Bruder Nantaquaus.

»Merke dir alles ganz genau«, ermahnte Powhatan seinen Sohn. »Ich möchte wissen, was die Bleichgesichter bei einer Hochzeit tun, und wenn meine Tochter nicht alles hat, was eine Bleichgesicht-Frau hat, dann ziehe ich gegen Jamestown sofort in den Kampf. Dies sollst du ihnen sagen.«

Powhatan wußte selbst nicht, ob er erfreut oder wütend war. Er vermißte seine Matoaka und war doch sehr stolz auf sie. Aber sie hatte ihn immer beherrscht, und für große Herrscher war es nicht gut, von Frauen beherrscht zu werden. Henry Spelman, der einst mit ihnen gelebt hatte, war längst auf und davon und nach Jamestown zurückgekehrt. Er hatte Powhatan nur gedient, weil er in ihrer Schuld gestanden hatte.

Sie ist nicht mehr meine Tochter, sann Powhatan, sie hat zuviel Einfluß auf mich gehabt. Deshalb war es gut, so wie die Dinge jetzt waren, daß er nicht mehr den Drang verspürte, ihretwegen unvernünftig zu handeln, nur weil seine Zuneigung ihn dazu trieb. Aber sie fehlte ihm. Wie gern hätte er es gesehen, wenn sie hier in seinem Haus Kinder geboren hätte wie seine anderen Frauen und Töchter. Aber an ihnen lag ihm wenig, während ihm an Matoaka sehr viel gelegen hatte.

»Sag ihnen, daß ich gegen sie ziehen werde, wenn sie ihr nicht die schönste Hochzeit bieten, die je ein Bleichgesicht hat!« rief er.

So kam es, daß Rebecca in der schlichten Kirche neben John Rolfe stand. Das Licht, das durch die fächerförmigen Fenster einfiel, beschien ihr Kleid aus Dacca-Musselin – ein Geschenk des Gouverneurs höchstpersönlich – und fing sich in den Juwelen, die mit einem Kopfputz aus Vogelfedern ihre Haare schmückten. Der Zeremonie folgte eine Festlichkeit, bei der freudig auf die Gesundheit von Braut und Bräutigam getrunken wurde. Nantaquaus konnte seinem Vater berichten, daß die Bleichgesichter an nichts gespart hätten, um Powhatans Tochter ein Hochzeitsfest zu bereiten, das ihrer würdig war.

Nantaquaus fand es sonderbar, seine Schwester mit einem Mann von jenseits der Meere ehelich verbunden zu sehen, nicht so aber die Engländer, die sie kannten und als Rebecca liebgewonnen hatten.

Rebecca erlebte ein stilles Glück. Sie war stolz, sich nun als eine Engländerin bezeichnen zu dürfen, da sie wußte, daß Frauen die Nationalität ihrer Männer annahmen. John Rolfe war ein gütiger Ehemann, wenn auch zehn Jahre älter als sie, und sie war stolz auf ihn.

Sie war ihm dankbar für die zärtliche Zuvorkommenheit, mit der er sie behandelte, eine Eigenschaft, die im Hause ihres Vaters als Schwäche gegolten hätte. Doch ihr war längst klargeworden, daß Powhatan und sein Volk sehr vieles von der Welt nicht wußten.

John Rolfe, der erste in Virginia, der mit dem Anbau von Tabak begonnen hatte, war ständig beschäftigt, und Rebecca hatte ebenso alle Hände voll damit zu tun, sein Haus zu führen, wie sie es bei den englischen Ladys gesehen hatte. Die Frauen von Jamestown, die ihre Freundinnen geworden waren, kamen oft zu Besuch, und die Tage verstrichen in Harmonie.

Mit der Zeit erfuhr sie mehr über die Herkunft ihres Mannes und über sein Leben in England. Er erzählte ihr von seiner engeren Heimat Heacham in Norfolk sowie von Heacham Hall, dem Landsitz, auf dem er seine Kindheit verbracht hatte. Er sprach von seinem im Knabenalter verstorbenen Zwillingsbruder Eustacius, und davon, wie es ihn selbst immer gedrängt hatte, zur Erforschung neuer Länder aufzubrechen.

Manchmal sprach er von seiner ersten Frau, und es freute sie, daß er es ohne großen Kummer tun konnte, da er nun zum zweiten Mal glücklich verheiratet war. Er berichtete ihr von der Überfahrt, vom Schiffbruch, den sie erlitten hatten und wie man sie gerettet und auf die Bermudas gebracht hatte, wo ihr Kind – eine Tochter – geboren wurde.

»Wir nannten sie Bermuda«, sagte er traurig. »Aber leider war ihr kein langes Leben beschieden. Das war auch nicht zu erwarten. Nach allem, was ihre Mutter durchmachen mußte, wäre es wohl zuviel verlangt gewesen.«

Und die Mutter war kurz nach der Geburt gestorben. Eine traurige Geschichte, dachte Rebecca. Sie wollte ihn so glücklich machen, daß er nicht mehr trauerte.

Und er war glücklich, als sie ihm eröffnete, daß sie selbst ein Kind erwartete.

Nun wollte er ihr keine schwere Arbeit mehr erlauben, doch sie lachte nur über seine Fürsorge. Die Frauen ihres Stammes, die ihre Kinder im Freien oder in den Wigwams zur Welt brachten, kannten keine Muße und wurden von ihren Ehemännern auch nicht verhätschelt.

Armer John, dachte sie. Er hat ein Kind verloren und möchte nicht noch eines verlieren.

Es kam der Tag, als ihr Kind, ein Knabe, geboren wurde und sie es in den Armen hielt – ein merkwürdiges Kind, dachte sie, da es zwei Rassen entstammte. Sein Haar war dunkel, seine Haut hell. Sie empfand eine überströmende Liebe für ihren Sohn.

»Wie sollen wir ihn nennen?« fragte John sie. »Soll er John heißen?«

Sie blickte ihren Mann an und sah an seiner Stelle einen anderen John – blauäugig, unbezwingbar, ein Halbgott.

»Nein«, sagte sie mit Nachdruck. »So wollen wir ihn nicht nennen. Es reicht, wenn du John heißt. Zwei Johns wollen wir nicht, denn wie soll ich dann wissen, wer welcher ist? Wir wollen ihn Thomas nennen. Sir Thomas Dale war gut zu uns, und es wird ihn freuen.«

»Ja, das wird es gewiß«, gab John Rolfe zurück. »Wir wollen ihn also Thomas nennen.«

Ihr Sohn bekam den Namen Thomas und wurde ›kleiner Tom‹ genannt. Und ein ganzes Jahr lang, während er unter ihren Augen von einem Baby zu einem kleinen Jungen heranwuchs, war sie glücklicher als jemals, seitdem John Smith aus ihrem Leben gegangen war.

Als das Kind ein Jahr alt war, erschien John Rolfe ihr ein wenig zurückhaltend, als trüge er ein Geheimnis mit sich herum.

Als Rebecca ihn bat, seine Geheimnisse mit ihr zu teilen, lächelte er ihr zu, und in seine Augen trat ein aufgeregter Glanz.

»Rebecca, es gibt etwas, das du dir doch immer schon gewünscht hast. Weißt du noch?«

Sie schwieg still und sah ihn aus großen Augen fragend an.

»Du wolltest immer schon nach England fahren«, fuhr er fort.

»Ja, John.« Ihr Ton war ruhig, doch ihr Herz begann heftig zu schlagen.

»Auf der Pflanzung geht alles seinen Gang, so daß ich die Aufsicht anderen überlassen kann. Wir könnten uns Urlaub leisten. Was würdest du davon halten, wenn ich jetzt sage, daß wir uns frei machen und nach England fahren?«

»Und der kleine Tom?« flüsterte sie.

»Nun, du wirst doch nicht glauben, daß wir ihn hier zurücklassen? Du, ich und der kleine Tom werden nach England fahren. Wie würde dir das gefallen?«

Sie war von ihren Gefühlen so überwältigt, daß sie kein Wort herausbrachte. Ich werde Straßen und Häuser sehen, dachte sie, ich werde übers Meer segeln wie er, Straßen beschreiten, die er beschritten hat. Es hat geheißen, daß er gar nicht tot sein soll. Vielleicht weil er unsterblich ist? Wenn ich *ihn* nun sehen sollte?

17.
Neuengland

In England führte John Smith noch zwei Jahre nach seiner Rückkehr ein Leben voller Schmerzen, doch hatten ihn die besten Ärzte Londons mit ihren Salben behandelt, so daß seine Verbrennungen schließlich geheilt waren.

Er war lange zu Besuch bei Francis und seiner Frau gewesen. Francis war froh, ihn bei sich zu haben, aber auch stolz, da Johns Ruhm keine Grenzen kannte, seitdem die Geschichten seiner Abenteuer in ganz Europa Verbreitung fanden.

John war enttäuscht, daß Francis' Frau keine Kinder bekommen hatte.

»Ich hatte keine Zeit, Francis«, sagte er. »Ich wollte, daß Virginia mein Kind wird. Aber du ...«

»Es ist eine Enttäuschung für uns beide«, sagte Francis' Frau. »Aber es kommt, wie es kommen muß.«

Und noch etwas gab John Grund zur Beunruhigung. Er glaubte an Francis Spuren jener Krankheit zu entdecken, die seine Eltern und Alice hinweggerafft hatte. Fast unmerklich noch, und John betete darum, daß es ein Irrtum sein möge.

Nachrichten aus Virginia trafen mit den verschiedenen Schiffen in England ein. Als sie von der großen Hungersnot und von den Schwierigkeiten mit den Eingeborenen hörten, sagte Francis nicht ohne Schadenfreude: »Das wird deinen Kritikern zeigen, daß sie sich geirrt haben. Hätte dir die Company die nötige Unterstützung gewährt, hätte es keine Hungersnot und weniger Ärger mit den Eingeborenen gegeben.«

Aber John kannte keine Rachsucht. Wenn er an die schrecklichen Leiden der Kolonisten dachte, empfand er nur Mitleid.

Da sich nun zeigte, daß er recht behalten hatte, wurde er

in London gebührend gefeiert und konnte an den verschiedenen Festlichkeiten auch teilnehmen, weil sein Zustand sich gebessert hatte. Francis hatte eine Ballade über seinen Bruder verfaßt, in der auch die drei Türkenköpfe nicht vergessen wurden; und diese Ballade wurde in den Straßen Londons feilgeboten und gesungen.

Eine Zeitlang war John dies alles angenehm, doch mit seiner Genesung kehrte auch seine alte Abenteuerlust wieder.

Er war hoch erfreut, in London Henry Hudson zu treffen, der in holländischen Diensten stand. Beide priesen den glücklichen Zufall, der sie zur gleichen Zeit in die Hauptstadt geführt hatte.

Sie saßen in Henrys Quartier und brüteten über Karten der Chesapeake Bay, von denen John ihm einige geschickt hatte.

Henry deutete auf ein ausgedehntes, nördlich von Virginia gelegenes Gebiet, aus dem er eben zurückgekehrt war.

»Diesen Fluß habe ich Hudson River genannt«, sagte er, »und das Land habe ich im Namen Hollands in Besitz genommen.«

»Ein Jammer, daß Ihr für die Holländer arbeiten müßt«, rief John aus.

»Entdecker müssen für jene arbeiten, die ihre Expeditionen finanzieren. Denkt an Christoph Kolumbus. Er suchte zuerst Unterstützung in seinem eigenen Land, mußte sich dann aber an Spanien wenden.«

John starrte die Karten vor sich an. »Immer wollte ich neue Länder entdecken ... für England«, sagte er sinnend.

»Nun, die Tatsache, daß England heute einen Fuß in Virginia hat, ist größtenteils Euch zu verdanken. Werdet Ihr dorthin zurückkehren?«

John überlegte. »Ich bin nicht sicher«, sagte er nach einer Weile. »Jetzt sind diese großen Herren drüben, und die wollen auf einen einfachen Captain nicht hören. Die Kolonie besteht auch nicht mehr nur aus einer Handvoll Siedler. Inzwischen muß sie schon auf eigenen Füßen stehen und sich selbst versorgen. Wenn die Company keine übertriebenen Forderungen stellt, müßte ihr Bestand gesichert sein.«

Er dachte an die Anfänge, an die Ankunft in der Chesapeake Bay; und er sah unzählige Bilder von Pocahontas vor sich.

In den vergangenen zwei Jahren hatte sie seine Gedanken ausgefüllt, doch während er ans Bett gefesselt war, zu krank, um aufzustehen, hatte er sich immer wieder vorgesagt: »Was könnte ich Virginia nütze sein, ich, ein kranker Mann?«

Und jetzt dachte er: »Es ist zu spät. Sie hat sich gewiß sehr verändert. Und sie hat einen ihres Volkes geheiratet. Meine Rückkehr würde nur Verwirrung stiften.

Er studierte das Land im Norden Virginias. Warum sollte er nicht dort eine Kolonie für England gründen?

Er erlebte mit, wie Hudson im April auf große Fahrt ging.

Damals wußte er nicht, daß Hudson die nach ihm benannte Hudson Bay entdecken sollte, eine weit ins Binnenland reichende Bucht von vierhundert Meilen Länge und hundert Meilen Breite. Er wußte auch nicht, daß Hudson von seiner heimtückischen Besatzung im Verlauf einer Meuterei mitten auf dem wüsten, unbekannten Ozean in einem kleinen Boot ausgesetzt werden würde und sein weiteres Schicksal für immer ungewiß blieb.

Sein Kopf war voller eigener Pläne. Er wollte für England eine neue Kolonie gründen.

Zwei weitere Jahre sollten vergehen, ehe er sein Vorhaben in die Tat umsetzen konnte, da er mit den gleichen Schwierigkeiten zu kämpfen hatte wie schon einmal: Es galt Geldgeber zu finden und Schiffe auszurüsten. Auf dieser Fahrt führte er das Kommando auf einem eigenen Schiff und erfüllte sich damit einen langgehegten Wunsch; was ihm an Erfahrung fehlte, machte er durch Intuition wett, nicht zuletzt aber durch sein erstaunliches Improvisationstalent, das ihn noch nie im Stich gelassen hatte.

Als er die Küste des Landes erreichte, das er erkunden wollte, war das Wetter herrlich und die Luft so gut, daß er erklärte: »Von allen Orten, die ich je besuchte, ist dies der schönste, und das Klima das angenehmste.«

Es war ihm ein großes Vergnügen, Karten der Küste anzufertigen und interessante Punkte mit Namen zu versehen. Er nannte drei Inseln ›Die drei Türkenköpfe‹, und ein Kap bekam den Namen ›Kap Tragabigzanda‹.

Und das Land, das ihn so begeisterte, nannte er Neuengland.

Bei seiner Rückkehr führte er eine reiche Fracht an Otter- und Biberfellen sowie Pökelfisch mit sich, eine Fracht, die das Interesse unternehmungslustiger Männer erregte, so daß König James' Sohn, Prinz Charles John, ihn zu sich befahl und mit ihm die Gründung einer neuen Kolonie erörterte.

Charles zeigte größtes Interesse an Kolonisationsplänen und war von Johns Landkarten sehr angetan, obwohl ihm mißfiel, daß ein Kap den Namen einer heidnischen Türkin tragen sollte.

Er strich den Namen Kap Tragabigzanda durch und nannte die Landzunge nach seiner Mutter Kap Anne.

»Aber der Name Neuengland gefällt mir«, sagte Prinz Charles. »Den wollen wir beibehalten. Und da dieses Land fürderhin Neuengland heißt, sollen wir dort auch unsere englischen Ortsnamen vorfinden. Warum soll es in Neuengland kein Plymouth, Boston oder Cambridge geben?«

John, der es bedauerlich fand, daß er Charatza in Kap Tragabigzanda nicht hatte verewigen dürfen, sagte darauf: »Euer Hoheit, was wäre sinnvoller, als nicht nur unsere Menschen, sondern auch unsere Ortsnamen zu verpflanzen!«

John machte sich unverzüglich daran, mit der Kolonisierung Neuenglands zu beginnen und lief im Frühling 1615 mit zwei Schiffen aus. Nach nur wenigen Meilen gerieten sie in ein Unwetter und mußten nach Plymouth zurückkehren. John, dem es glückte, noch ein Schiff aufzutreiben, nahm zwei Männer, Chambers und Miller, als Kapitän und

Maat mit, die das Schiff zurückbringen sollten, während er in Neuengland blieb. Es dauerte aber nicht lange, und John erkannte den wahren Charakter von Chambers und Miller.

Nach kurzer Fahrt sichteten sie ein Freibeuterschiff. Als es Kurs auf sie nahm, gerieten die beiden Männer in Panik.

»Wir müssen uns ergeben«, beschworen sie John. »Wie kann es ein Schiff von sechzig Tonnen mit einem von hundertzwanzig aufnehmen?«

»Bei Gott!« rief John aus. »Ihr wollt euch kampflos ergeben? Was für Männer seid ihr?«

»Seemänner«, erwiderte Chambers ironisch. »Ich glaube, Captain Smith, Ihr wart Soldat.«

»Ob Seemann oder Soldat«, rief John ergrimmt, »kampflos ergebe ich mich nicht. Bei Gott, ich sehe, daß unser Pirat ein Engländer ist.«

»Es gibt auch englische Freibeuter, Captain Smith, wie Ihr bald merken werdet, wenn Ihr mehr Erfahrung in der Seefahrt gewinnt.«

»Dann wollen wir den Piraten rasch in ein Gefecht verwickeln und uns möglichst teuer verkaufen.«

»Captain Smith, die Besatzung wird Euch nicht gehorchen. Erfahrene Seeleute wissen, daß ein Schiff unserer Größe keine Chance hat.«

John sah sich einem Dilemma gegenüber, da er im Fall einer Meuterei machtlos war. Daher faßte er einen jener raschen Entschlüsse, die ihm schon oft das Leben gerettet hatten. Chambers und Miller sollten zum Piratenschiff rudern und die Bedingungen erfragen.

»Und wenn sie nicht das sind, was ich unter fair verstehe«, setzte er hinzu, »dann sagt dem Captain, daß wir, klein wie wir sind, kämpfen und ihn versenken werden.«

Als der Kapitän des Piratenschiffes, ein gewisser Edward Fry, John Smiths Botschaft hörte, lachte er schallend, den Kopf in den Nacken gelegt, die Hände in die Hüften gestützt.

»Euer Kapitän muß verrückt sein«, erklärte er.

»Verrückt! Genau das ist er«, gab Chambers zurück. »Er ist Captain John Smith.«

»Was!« rief Fry aus. »Doch nicht etwa *der* Captain Smith!«

»So ist es.«

Einer aus der Piratenbesatzung sagte: »Ich war mit ihm in Transsylvanien.«

Ein anderer rief aus: »Und ich war mit ihm in Virginia.«

»Nun?« sagte Edward Fry mit ungeduldigem Blick.

»Wir möchten weder ihm noch einem Schiff, auf dem er fährt, Schaden zufügen«, sagte der erste.

»Ich denke ebenso«, ließ sich der andere vernehmen. »Ich segelte mit ihm zu dem Land, das er Neuengland nannte. Er ist der beste Kapitän, unter dem ich jemals fuhr. Und der kühnste und vornehmste obendrein. Nie hat er sich gescheut, seinen Teil der Arbeit zu tun und die Kost seiner Leute zu teilen, und wenn jemand erkrankte, dann bekam er und nicht Captain Smith die besten Stücke. Wären alle Kapitäne wie John Smith, gäbe es keine Piraten.«

Edward Fry studierte die Mienen seiner Männer. Er wußte, daß sie die Wahrheit sprachen. Auch er hätte sein Schiff nicht geraubt und wäre zum Piraten geworden, wenn er anständig behandelt worden wäre.

»Fahrt zurück zu Captain Smith«, sagte er. »Sagt ihm, er habe von uns nichts zu befürchten. Wir werden mit ihm segeln und ihn auf der Überfahrt beschützen. Wenn er will, kann er zu uns an Bord kommen. Ich werde mich und meine Besatzung bis zum Ende der Fahrt seinem Kommando unterstellen.«

Chambers und Miller starrten den hartgesottenen Piraten an. »Ihr scherzt«, erwiderten sie.

»Nein. Ich habe eine rauhe und aufrührerische Besatzung. Vielleicht kann dieser Captain Smith, den alle so verehren, sie zur Räson bringen.«

»Wir werden ihm Eure Botschaft überbringen«, sagte Chambers, und sie ruderten zurück.

John war sehr bekümmert, als er hörte, daß einige seiner alten Gefährten sich Piraten angeschlossen hatten.

Daß sie recht hatten, wußte er. Die Bedingungen, die Seeleuten zugemutet wurden, waren so schlimm, daß man es ihnen nicht verargen konnte, wenn sie meuterten und Seeräuber wurden.

Seine Antwort aber lautete: »Mit Piraten mache ich keine gemeinsame Sache.«

Das Piratenschiff drehte ab und ließ John ungehindert seine Fahrt fortsetzen.

Nachdem sie Fry und dessen Besatzung einige Meilen hinter sich gelassen hatten, begegneten sie zwei französischen Piratenschiffen. Wieder wollten Chambers und Miller sich ergeben, aber John drohte damit, das Schiff in die Luft zu sprengen, wenn sie es täten.

Er war davon überzeugt, den zwei Schiffen entkommen zu können, die zwar beide doppelt so groß waren wie sein eigenes, es aber an Wendigkeit nicht mit ihm aufnehmen konnten. Und er sollte recht behalten, da ihm auch der günstige Wind zu Hilfe kam und er die Segel so geschickt setzte, daß die größeren Schiffe das kleine nicht einholen konnten.

John war es jedoch nicht bestimmt, Neuengland zu erreichen. Eines Morgens bei Tagesanbruch sah er, daß er einer ganzen Flotte französischer Kriegsschiffe auf Gedeih und Verderb ausgeliefert war. Als John den Befehl erhielt, sich im Namen des Königs von Frankreich zu ergeben, rief er dem Admiral des nächstgelegenen Schiffes auf französisch zu: »Woher kommt Ihr?«

»Aus La Rochelle in Frankreich«, antwortete man ihm. »Wir haben Befehl, alle spanischen und portugiesischen Piraten zu fassen!«

»Wir sind Engländer und keine Piraten.«

»Dann kommt an Bord und beweist es.«

Da John der einzige seiner Gruppe war, der Französisch sprach, ruderte er zum Flaggschiff der Franzosen. Kaum hatte er das Schiff betreten, als ihm klar wurde, daß es ein Fehler war, da der Kommandant, ein Monsieur Poyrune, ihn sofort gefangennahm.

Poyrune war im Herzen selbst Pirat, denn nichts war leichter, als ein Schiff zu kapern, hinterher zu beeiden, daß es sich um ein Seeräuberschiff gehandelt hätte, und die Prise für sich zu behalten. Und genau dieses Vorgehen hatte er sich zur Gewohnheit gemacht. Doch als er und seine Männer an Bord von Johns Schiff gingen, zeigte es sich, daß es eindeutig ein Expeditionsschiff war. Poyrune entschloß sich daher, es weiterfahren zu lassen.

Aber Chambers nahm ihn beiseite und sagte: »Wißt Ihr, wer Euer Gefangener ist? Es ist Captain John Smith, ein Mann von unbeugsamem Ehrbegriff, der einen Zwischenfall wie diesen nicht einfach übergeht. Er wird ihn melden und Euch mehr oder weniger der Piraterie beschuldigen.«

Der Franzose wurde nachdenklich. Er verließ das englische Schiff und verschob die Formalitäten bis zum Einbruch der Dunkelheit, so daß John an Bord des französischen Kriegsschiffes festgehalten wurde.

Plötzlich gewann das Schiff an Fahrt und John, der nach dem Grund fragte, bekam zu hören, daß man einen spanischen Freibeuter gesichtet hätte.

»Wie kann man bei Nacht eine Verfolgungsjagd aufnehmen?« fragte John.

Er bekam keine Antwort, und als er am Morgen Ausschau nach seinem eigenen Schiff hielt, konnte er es nirgends sehen. Da merkte er, daß man ihn hereingelegt hatte und daß er Gefangener an Bord eines französischen Kriegsschiffes war.

Chambers und Miller, die nun glaubten, sie wären John los, teilten seine wertvolleren Habseligkeiten unter sich auf und brachten das Schiff zurück nach Plymouth. Dort erklärten sie, John sei von Piraten gefangengenommen, getötet und auf See bestattet worden.

Die Kolonisten im Schiffsinneren hatten wenig Ahnung von den Ereignissen an Deck. Sie wußten nur, daß Captain John Smith an Bord der Franzosen gegangen war und nicht zurückgekehrt war. Es gab also niemanden, der diese Geschichte bestreiten konnte, und das Land trauerte um John.

»Er ist tot«, hieß es. »Ein großer Verlust für England, da er ein Mensch war, wie es ihn selten gibt.«

John entdeckte bald, daß er einem Kapitän in die Hände gefallen war, der nichts anderes als ein Pirat war, wiewohl er den ehrlichen Seemann mimte. Poyrune war klug genug, um zu erkennen, daß er in John Smith einen Mann von Verstand und Erfahrung vor sich hatte. Daher behandelte er ihn als seinesgleichen und suchte gelegentlich seinen Rat, und John, der nie mit seinem Schicksal gehadert hatte, stellte sich darauf ein, diese Verzögerung in Kauf zu nehmen, um anschließend nach Hause zurückkehren und erneut zur Fahrt nach Neuengland aufbrechen zu können.

Als es daher galt, ein spanisches Schiff anzugreifen, leistete John bereitwillig Schützenhilfe, da er die Spanier als natürliche Feinde Englands ansah; ebensowenig wie er nichts dagegen hatte, bei Angriffen auf Holländer mit Rat und Tat zur Seite zu stehen.

Poyrune war begeistert, da Johns Unterstützung ihm unweigerlich einen Sieg bescherte.

»Wir sollten zusammen segeln«, schlug Poyrune vor. »Ihr würdet bald zu Reichtum gelangen, John Smith. Ihr wißt doch, daß ich ein redlicher Mensch bin, der seine Prisen mit Euch teilen würde.«

»Dann zeigt mir ein Zeichen Eurer Großzügigkeit«, sagte John. »Die Fracht, die wir dem Holländer abnahmen, muß 200 000 Kronen wert sein.«

»Das war sie, und Ihr sollt Euren Anteil bekommen«, gab Poyrune zurück.

»Ich erbitte noch zusätzlich etwas. Ich möchte im nächsten Hafen abgesetzt werden. Dann werde ich Euch helfen, jeden Spanier, Holländer oder anderen Feind Englands, der unseren Weg kreuzt, als Prise zu nehmen.«

Poyrune zeigte sich einverstanden. Hin und wieder aber handelte es sich bei den Schiffen, die es zu kapern galt, um solche, die unter englischer Flagge segelten, und dann mußte John Smith während des Kampfes unter Deck festgehalten werden.

John merkte sehr rasch, daß Poyrune nicht die Absicht hatte, ihn an Land abzusetzen, und als es Zeit wurde, La

Rochelle anzulaufen, rief Poyrune John zu sich und sagte: »In den drei Monaten, die wir zusammen gesegelt sind, habe ich Euch gut kennenlernen können. Ihr haltet Euch für einen ehrenwerten Mann und mich für einen Piraten. Ich könnte mir denken, daß Ihr es für Eure Pflicht anseht, mich zu denunzieren, sobald wir an Land gehen. Deshalb möchte ich Euch zuvorkommen. Ich werde Euch nach La Rochelle bringen und dort angeben, daß ich Euch als Freibeuter gefangennahm.«

»Das wäre eine Lüge«, erwiderte John.

»In La Rochelle wird man einem redlichen Kapitän wie mir eher glauben als einem Abenteurer Eures Zuschnitts.«

»Ich werde Euch als Betrüger und Lügner denunzieren.«

»Wenn Ihr das versucht, wird es Euch übel ergehen. Erklärt Euch im Sinne der Anklage für schuldig, und ich werde dafür sorgen, daß Ihr rasch auf freien Fuß gesetzt werdet. Ich möchte ja nur verhindern, daß Ihr *mich* anklagt. Überlegt es Euch, Captain Smith.«

John ließ sich die Sache durch den Kopf gehen. Er malte sich aus, wie er in Erwartung eines elenden Todes in einem französischen Kerker schmachtete, da dies mit Sicherheit sein Los sein würde, wenn er den Versuch unternahm, sich zu verteidigen. Bekannte er sich andererseits im Sinne der Anklage für schuldig, war es möglich, daß Poyrune tatsächlich seine Freilassung erwirkte, da er darauf erpicht war, wieder mit ihm zu segeln.

Schlaflos lag er da und drehte und wendete sein Problem. Sein Dilemma nahm ihn dermaßen in Anspruch, daß er kaum wahrnahm, wie der Wind auffrischte. Es dauerte nicht lange, und ein Sturm brach über das Schiff herein. Der Kapitän gab Befehl, wer nicht an Deck gebraucht würde, sollte nach unten gehen.

Da kam John die Idee, den nun folgenden Tumult zur Flucht zu nützen, da das Schiff sich unweit der französischen Küste befand. Glückte es ihm, eines der kleinen Beiboote loszumachen, konnte er Land erreichen. Er war eher bereit, dieses Risiko einzugehen, als jahrelang in einem feuchten französischen Verlies zu schmachten.

Als er verstohlen an Deck schlich, hörte er, wie Poyrunes Ton mit jeder Sekunde verzweifelter wurde, als er vergeblich versuchte, das Sturmgeheul zu übertönen. John ließ das Boot zu Wasser und sprang hinein. Er setzte das Segel – bei dieser Windstärke ein nahezu aussichtsloses Unterfangen – und bemühte sich, in die Richtung zu steuern, in der er die Küste vermutete.

Bald aber wurde ihm klar, daß er es mit einem solchen Sturm nicht aufnehmen konnte. Diesmal wähnte er wirklich sein Ende nahe, als er in seinem kleinen, auf den Wogen tanzenden Boot, das wie eine Nußschale hin- und hergeworfen wurde, mit der brodelnden See kämpfte.

Verzweifelt bemüht, Kurs zu halten, klammerte er sich ans Leben, da er wiederholt erfahren hatte, daß der Überlebenswille allein oft den Tod zu besiegen vermochte.

Und während er gegen den Sturm kämpfte, wurde er plötzlich gegen die Bootswand geschleudert und schlug mit seinem Kopf so heftig auf, daß er bewußtlos zusammenbrach.

Er lag im Boot, ohne wahrzunehmen, was mit diesem geschah.

Am Morgen sahen Vogelfänger, die unweit der Ile de Ré an der Mündung der Charente jagten, ein Boot auf sich zutreiben, in dem sie den Körper eines Mannes entdeckten.

»Er ist tot«, sagten sie. »Er muß dem großen Sturm zum Opfer gefallen sein.«

Als sie sich über ihn beugten, rief der eine aus: »In ihm ist noch Leben.«

Sie schafften ihn in eine Hütte am Ufer, machten Feuer und flößten ihm Nahrung ein. Nach kurzer Zeit schlug er die Augen auf und sagte zu ihnen, daß er Engländer sei, daß er von einem Piratenschiff geflohen sei und unverzüglich nach La Rochelle müsse. Wenn sie ihm die Möglichkeit dazu verschafften, wollte er ihnen als Gegenleistung das Boot überlassen, in dem sie ihn gefunden hatten.

Für die Vogelfänger war dies ein vorteilhafter Handel, und John war bald unterwegs nach La Rochelle, um vor den Behörden der Stadt über das Vorgefallene Bericht zu erstatten.

In La Rochelle angekommen, begegnete er als ersten einigen Seeleuten von Poyrunes Schiff, die ihn zunächst für einen Geist hielten, so verblüfft waren sie.

Er erklärte, was geschehen war, da er wußte, daß diese Männer nicht gebilligt hatten, wie Poyrune mit ihm umgesprungen war.

»Wir dachten, Ihr wäret über Bord gespült worden«, erklärten sie. »Das Schiff ist verloren, und Poyrune mit ihm. Ihr hattet Glück, Captain Smith.«

John erinnerte sie daran, daß ihm schweres Unrecht zugefügt worden war, als man ihn drei Monate lang gegen seinen Willen festhielt, ein Unrecht, für das er Entschädigung wollte.

Die Besatzungsmitglieder rieten ihm, sich unverzüglich an das Admiralitätsgericht in La Rochelle zu wenden, und boten ihm an, ihn dorthin zu begleiten und seine Geschichte zu bezeugen. John hatte es wie immer geschafft, Achtung und Sympathie der einfachen Seeleute zu gewinnen.

Bei Gericht nahm man seinen Bericht zur Kenntnis und erklärte, daß ihm in der Tat ein Unrecht widerfahren sei, für das ihm Entschädigung zustünde. Das bedeutete einen kurzen Aufenthalt in La Rochelle, und John überlegte eben, wovon er diesen bestreiten sollte, als sich ihm beim Verlassen des Gerichtsgebäudes ein Bote näherte und ihm sagte, seine Herrin böte Captain John Smith ihre Gastfreundschaft an.

John begleitete den Boten zu einem stattlichen Haus und machte dort die Bekanntschaft von Madame Chanoyes, einer schönen Dame, ein wenig älter als er.

»Captain Smith, da ich schon so viel von Euren Abenteuern gehört habe«, sagte sie, »ist es mir eine Ehre, Eure Bekanntschaft zu machen. Ich hoffe, Ihr werdet für die Dauer Eures Aufenthalts in La Rochelle mein Haus als das Eure betrachten.«

John nahm ihre liebenswürdige Einladung an, doch wurde ihm sehr bald klar, daß er nicht lange bleiben durfte, wenn er nicht riskieren wollte, daß seine Beziehung zu Madame Chanoyes einen ähnlichen Verlauf nahm wie seinerzeit jene zu Madame Colombier.

Obwohl er jetzt älter war, viel mitgemacht hatte und sein Körper von den erlittenen Verbrennungen entstellt war, schien der Zauber ungebrochen, den er auf Frauen ausübte.

John gab sich galant und charmant. Er war der Dame dankbar, wollte sich aber nicht in eine Liebesbeziehung verstricken.

»Ich frage mich, warum Ihr nie geheiratet habt«, sagte Madame Chanoyes eines Tages pikiert.

»Madame, ich habe nie geheiratet, weil ich in jungen Jahren allein für meine Abenteuer lebte, und als ich älter wurde, war Virginia mir so teuer wie eine Frau. Und jetzt nimmt mich eine andere Kolonie in Anspruch.«

Sie seufzte und rückte näher. »Captain, Ihr habt doch genug Abenteuer erlebt. Warum könnt Ihr Euch nicht für ein geruhsameres Leben entscheiden? Der häusliche Herd schafft Befriedigung, die über jene fremder Länder hinausgeht. Gefahr und Abenteuer sind etwas für die Jugend. Wenn man in die Jahre kommt, ist ein beschauliches Leben vorzuziehen.«

Als er in ihre schönen, leuchtenden Augen blickte, wußte er, daß für ihn die Zeit gekommen war, La Rochelle zu verlassen.

John kehrte schleunigst nach England zurück. Er sollte einen Anteil an Poyrunes Prisen erhalten, da die Ladung teilweise gerettet worden war, doch wußte er, daß viel Zeit vergehen konnte, bis er ihn bekam, und er konnte es kaum erwarten, wieder auf große Fahrt nach Neuengland zu gehen.

Seine Rückkehr nach Plymouth wurde mit großem Jubel begrüßt, und als er erklärte, was ihm zugestoßen war, wurden Chambers und Miller verhaftet und zu Kerkerstrafen verurteilt.

Johns vordringliches Ziel aber war die Vorbereitung einer weiteren Neuengland-Expedition, und zu diesem Zweck fuhr er nach London.

18.
Pocahontas in Gravesend

Als Powhatan erfuhr, daß seine Tochter England besuchen sollte, starrte er, auf seiner Matte hockend, lange ins Feuer, um diese Nachricht zu überdenken.

Er war stolz auf seine kleine Matoaka. Er hatte gehört, daß sie einen Sohn geboren hatte, einen Sohn, der halb ihresgleichen, halb Bleichgesicht war, und daß ihr Mann sie wie eine Kostbarkeit behandelte. Und sie war glücklich, hatte er erfahren. Auf ihre stille Art war sie zufrieden, soweit es für sie Zufriedenheit gab, seitdem Captain John Smith Virginia verlassen und ins Jenseits gegangen war, wie einige sagten, oder nach England, wie andere behaupteten.

Sie sollte England besuchen. Sie sollte mit den Engländern als eine der Ihren auf einem Schiff segeln. Sie hatten seine Tochter zu einer Angehörigen ihres Volkes gemacht. Es verwirrte ihn, doch er war auch stolz und erfreut.

Er rief einen seiner Diener zu sich. Es war Uttamatomakkin, ein Krieger, dem er vertraute, wenn auch nicht so bedingungslos wie Rawhunt; aber Rawhunt war ein Mann, den er an seiner Seite haben mußte, und er brauchte einen Mann, den er mit Matoaka in ein fremdes Land schicken konnte.

Er wollte nicht, daß die Engländer den buckligen Rawhunt sähen und sagten: ›Das ist Powhatans Mann.‹ Nein, er gedachte einen seiner großgewachsenen Krieger zu schicken, der mit edlem Kopfschmuck und mit Powhatans eigenem Umhang aus Straußengefieder angetan auftreten sollte.

Uttamatomakkin stand vor dem Herrscher über ganz Powhatan und murmelte als Begrüßung: »Ich bin Powhatans Diener.«

»Meine Tochter wird auf dem großen Schiff mit den

Engländern in ihr Land segeln. Du begleitest sie als ihr Diener. Du wirst zurückkommen und mir alles berichten, was du gesehen hast. Hier ist ein langer Stab. Ich will wissen, wie viele Engländer dort in dem Land jenseits des großen Wassers leben. Wenn du in ihr Dorf kommst, schneide Kerben in diesen Stab, die mir nach deiner Rückkehr verraten werden, wie viele Menschen es in jenem Land gibt.«

Uttamatomakkin nahm den Stab und versicherte Powhatan, daß er ihm mit seinem Leben dienen wolle.

Rebecca ging also an Bord des Schiffes, das so viele Monate vor Jamestown gelegen hatte. Es war Juni, und sie war von einer Hochstimmung erfüllt, wie sie sie seit den Tagen ihrer Freundschaft mit John Smith nicht mehr erlebt hatte.

Ihr stand ein großes Abenteuer bevor. Sie würde dem großen Wasser ausgeliefert sein, dessen mannigfache Stimmungen sie oft voller Staunen erlebt hatte, doch würde sie unter Freunden sein. Da war Captain Argall, dem sie längst vergeben hatte, sie zu seiner Gefangenen gemacht zu haben, und Sir Thomas Dale, der so gut zu ihr gewesen war, und viele andere Freunde, vor allem aber ihr Mann und ihr Söhnchen.

Die anderen sprachen in ehrfurchtsvoll gedämpftem Ton von England, als sei es das gelobte Land. Sie aber nannte es insgeheim John Smiths Land.

Die Fahrt begann, und sie stand an Deck und blickte zu ihrer Heimat zurück, bis diese nur mehr ein Streifen am Horizont war.

»Lebewohl, Powhatan!« flüsterte sie. »Lebewohl, mein Vater. Vielleicht wird es kein Wiedersehen geben.«

Dann dachte sie an jenen großen Tag in ihrem Leben, der alles verändert hatte, an den Tag, als sie, kein gedankenloses Kind, mitangesehen hatte, wie man ihn ins Haus ihres Vaters gebracht und seinen Kopf auf einen Stein gelegt hatte.

Seither wohnte ein wilder, unausgesprochener Gedanke in ihrem Herzen, der nun fast wahr geworden war.

Sie spürte nun, wie sich die Salzgischt mit den Tränen auf ihren Wangen mischte.

»John Rolfe ist mir ein so guter Ehemann«, flüsterte sie. »Aber er ist nicht jener andere John.«

Es gab die üblichen Heimsuchungen einer langen Seefahrt. Sie gerieten in so heftige Stürme, daß man schon den Verlust des Schiffes befürchtete. Dann aber flaute der Wind ab, und die Sonne schien wieder heiß aufs Deck der *George*.

Man sichtete Schiffe am Horizont, und alle an Bord zitterten vor Angst, daß es Piraten sein könnten, die Jagd auf sie machen würden. Aber alle diese Schrecken lösten sich in Wohlgefallen auf, und schließlich kam Land in Sicht.

Unter den Passagieren herrschte eitel Freude, und Rebecca stand mit ihnen an Deck und teilte ihre innigen Gefühle.

Dies war England, ihre Heimat. Eine Frau drehte sich zu Rebecca um und warf sich in ihre Arme.

»Nie hätte ich gedacht, meine Heimat wiederzusehen«, flüsterte sie. Dann richtete sie sich auf und stand lächelnd da.

»Sie drängen sich am Hoe, um uns willkommen zu heißen!« rief John Rolfe aus. Er stand neben seiner Frau, die den kleinen Tom in ihren Armen hielt.

So fuhr die *George* mit jener Rebecca, die Matoaka und Pocahontas gewesen war, in den Plymouth Sound ein.

So viele Menschen hatte Rebecca noch nie gesehen. Sie kamen, um sie zu begrüßen, sie umarmten sie, nannten sie ›Prinzessin‹.

Die Stadt Plymouth veranstaltete ein großes Fest, und die Menschen strömten zusammen, um ihr zuzujubeln, da sie erfahren hatten, daß einer ihrer Mitbürger die Tochter des Königs von Virginia geheiratet hatte.

Man starrte sie an und fand sie trotz ihres fremdartigen Aussehens sehr reizvoll, so daß sie in der Stadt ›schöne Wilde‹ genannt wurde.

Der Vizeadmiral von Devonshire, Sir Lewis Stukely, der

das Verfahren gegen Chambers und Miller geleitet hatte, zeigte sich bezaubert von Rebecca, die er Lady Rebecca Wolfe nannte.

Er nahm den kleinen Thomas in seine Arme und segnete ihn.

»Mein Lieber, was für eine charmante Frau Ihr habt«, beglückwünschte er Rolfe. »Und für die Kolonie hat Eure Verbindung viel Gutes gebracht. Was wäre besser geeignet, die Beziehungen zwischen unseren Völkern zu verbessern als eine Heirat! Und Eure ist die erste gemischte Ehe, und dieses Kind das erste, das einer solchen Verbindung entsprang. Wenn in Virginia alle Frauen wie Lady Rebecca sind, dann würde ich wünschen, daß sich alle unsere jungen Männern mit ihnen vermählen. Aber, mein Lieber, es könnte Euch ein wenig Ärger bevorstehen. Ihr habt in eine königliche Familie eingeheiratet, und König und Königin nehmen es mit der Etikette sehr genau. Habt Ihr nicht gewußt, daß königliches Blut sich ohne Erlaubnis des Königs nicht mit gemeinem mischen darf?«

John lachte. Er dachte an Powhatan in seinem Flechtwerkwigwam, das ihm als Behausung gedient hatte, bis er nach seiner Krönung ein Haus mit Glaslöchern verlangt hatte. Wenn König James gesehen hätte, wie der Herrscher von Powhatan wirklich war, hätte er nichts dabei finden können, daß ein englischer Gentleman, wenn auch bürgerlicher Herkunft, in die Königsfamilie Virginias eingeheiratet hatte.

Sir Lewis bestand darauf, das Paar in sein Haus einzuladen, solange es sich in Plymouth aufhielt. Er gab ein großes Bankett, zu dem er Captain Argall und Sir Thomas Dale einlud, doch Ehrengast war Rebecca, die Königstochter, und sie war es, die den Platz zur Rechten ihres Gastgebers einnahm.

Er war entzückt von ihr. Rebecca machte in dem Gewand, das ihr Freundinnen geborgt hatten, einen sehr exotischen Eindruck. Ihr schwarzes Haar trug sie glatt aus dem Gesicht zurückgekämmt und mit edelsteinverzierten Kämmen hochgesteckt. Ihre Spitzenhalskrause war nach der neuesten Mode vorne wie ein Kragen offen und ließ ihren glatten Hals frei. Das Mieder ihres Kleides zeigte Goldstikkerei, der Rock war geteilt, um den Blick auf einen prächtigen, golddurchwirkten Unterrock freizugeben. Diese für eine englische Lady geschaffene Festrobe schien ihre fremdartig hohen Wangenknochen und ihre großen schwarzen Augen, in denen eine Andeutung von Traurigkeit lag, noch zu betonen.

Sir Lewis war sehr aufmerksam zu ihr, da er glaubte, sie sei es gewöhnt, als Königstochter behandelt zu werden.

Beim Spanferkelbraten sagte er zu ihr: »Euer Land hat mein größtes Interesse geweckt, seitdem mir ein Freund darüber berichtete.«

»Ihr habt Freunde, die in unser Land kommen?«

»Einen vor allem. Ihm hat Virginia sehr viel bedeutet. Hätte es ihn nicht gegeben, wäre das Ende der Engländer in Virginia sehr rasch gekommen.«

Rebeccas Herzschlag beschleunigte sich, die Wände des Raumes schienen auf sie einzudringen, das Atmen fiel ihr schwer. Vom Augenblick der Landung an hatte sie gefunden, daß die Luft dieses Landes ganz anders war als in ihrer Heimat, doch hatte ihre Atemnot jetzt nichts mit der Luft zu tun.

»Sagt mir, von wem Ihr sprecht«, hörte sie sich antworten.

»Ich spreche von Captain John Smith.«

»Ich kenne ihn«, sagte sie.

»Ach, ihn kennen alle. Es gibt keinen anderen wie John.«

»Nein, es gibt keinen. Als er starb ...«

Sir Lewis lachte auf. »Wer redet vom Sterben? John ist höchst lebendig.«

»Ach?« kam es matt über ihre Lippen.

»Aber ja. Erst unlängst habe ich ihn gesehen. Wir glaubten schon, er sei der See zum Opfer gefallen. Aber John wurde ja schon oft aufgegeben.«

»In Virginia gaben wir ihn verloren«, sagte sie leise.

»Ja, ich weiß. Als er hier ankam, war sein Zustand elendiglich. Wir glaubten, er würde nie wieder genesen. Monatelang war er mit seinen schrecklichen Verbrennungen ans Krankenbett gefesselt. Aber jetzt … jetzt ist er wieder ganz der Alte. Darf ich Euch nachschenken?«

Sie gab keine Antwort. Sie war mit ihren Gedanken bei John Smith und vermochte nicht mehr, an den Gesprächen teilzunehmen. Und als man sich von der Tafel erhob, war sofort ihr Mann an ihrer Seite. »Meine Frau ist übermüdet«, sagte er. »Es war zuviel für sie. Solche Festlichkeiten sind für sie ungewohnt. Sie braucht Ruhe.«

Sir Lewis zeigte sich besorgt, aber John versicherte ihm: »Lady Rebecca fehlt gar nichts. Wenn sie geruht hat, ist alles wieder gut.«

Sie nahm den Arm ihres Mannes und verabschiedete sich von den Gästen. Im Schlafgemach angekommen, das ihnen im Haus von Sir Lewis angewiesen worden war, bestand John darauf, daß sie sich auskleidete und zu Bett ging.

Sie gehorchte, und er setzte sich an ihr Bett. Sie wendete ihr Gesicht ab, und als er über ihr stand, sah er, daß ihr die Tränen langsam übers Gesicht flossen.

Sie ist überanstrengt, sagte er zu sich. Es ist zuviel für sie. Wir vergessen, daß sie, wiewohl man sie als Königstochter ansieht, eine Indianerin aus den Wäldern Virginias ist.

Er legte ihr den kleinen Thomas in die Arme, und sie lag reglos da und hielt das Kind an sich gedrückt.

Sie hörte nicht auf, leise zu weinen, und John Rolfe, der nicht wußte, wie er sie trösten sollte, saß still an ihrem Bett, bis er glaubte, sie wäre eingeschlafen. Dann entkleidete er sich und schlüpfte neben ihr ins Bett.

Sie lag reglos und mit geschlossenen Augen da, in den Armen ihren schlafenden Sohn.

Für Rebecca sollte es keinen Schlaf geben. Aber sie war nun nicht mehr Rebecca. Sie war die Pocahontas, die sie für John Smith immer gewesen war. Immer wieder durchlebte sie die gemeinsame Zeit, und sie flüsterte vor sich hin: »Warum bist du nicht zurückgekommen und hast mich geholt? Wollten wir nicht immer zusammenbleiben?«

John Smith war in London eingetroffen und hoffte auf eine Audienz bei Prinz Charles, da er es kaum erwarten konnte, endlich seine Expedition auszurüsten und nach Neuengland zu segeln. Als er eines Tages durch die Straßen ging, sah er, wie eine Menschenmenge sich neugierig um eine fremdartige Erscheinung scharte. John glaubte zu träumen – inmitten der Schaulustigen erblickte er einen hochgewachsenen Krieger, wie man ihn in den Wäldern Powhatans anzutreffen erwartete, in einen langen Umhang gehüllt, gekleidet und geschmückt wie in seiner Heimat.

John lief hin und starrte die Gestalt an.

»Wir sind einander schon begegnet«, rief er aus. »Du bist einer von Powhatans Kriegern.«

»Ich bin Uttamatomakkin, Captain John Smith«, lautete die Antwort.

John konnte sich nicht zurückhalten und umarmte zur großen Belustigung der Zaungäste den Indianer.

»Und jetzt sag, wie es dir geht ... und warum du hier bist.«

Uttamatomakkin hielt seinen Stab, der unzählige Kerben trug, mit bekümmerter Miene in die Höhe.

»Ich mache die Kerben für Powhatan, damit er weiß, wie viele Menschen ich sehe.«

John lachte. »Powhatan kann sich nicht vorstellen, wie groß London, geschweige denn England ist. Du kannst deinen Stab wegwerfen, Uttamatomakkin, und Powhatan sagen, daß die Bäume seines Waldes für die Kerben nicht ausreichen würden. Aber wie bist du hierhergekommen?«

»Mit Lady Pocahontas, die nun Lady Rebecca Rolfe ist. Powhatan hat mich ausgeschickt, um sie zu beschützen und die Kerben zu machen.«

»Pocahontas!« rief John aus. »Sie ist hier?«

Uttamatomakkin wiederholte: »Sie ist hier. Sie wohnt an einem Ort mit Namen Brentford, bei einem Bischof. Pocahontas ist hier eine große Lady. Man vergißt nicht, daß sie die Tochter des Königs ist. Alle behandeln sie mit großer Ehrerbietung, doch gibt es einen, dessen Respekt ihr mehr bedeuten würde als jener des großen Häuptlings von England selbst. Das bist du, Captain John Smith.«

Abrupt sagte John: »Ich muß mehr darüber erfahren. Ich will sofort zum Haus von Sir Thomas Smith reiten, da er mir sagen kann, was dies alles bedeutet. Und du, Uttamatomakkin, wirst Lady Pocahontas nicht verraten, daß du mich gesehen hast. Sei versichert, daß ich keine Zeit verlieren und sie aufsuchen werde.«

Sie trennten sich, und Uttamatomakkin ging seines Weges und entledigte sich erleichtert seines Stabes, der ihm so viel Verdruß bereitet hatte. John aber begab sich schnurstracks zu Sir Thomas Smith, dem Schatzmeister der Virginian Company, der sicher wissen würde, ob ein so ungewöhnlicher Passagier wie Pocahontas auf einem der Schiffe der Company eingetroffen war.

Sir Thomas empfing ihn sehr bereitwillig, da man bei der Company längst wußte, daß John Smith von seinen Feinden viel Unrecht angetan worden war und daß die Company allen Grund hatte, John dankbar zu sein.

»Ach, Captain Smith«, sagte er, »Ihr seht aus, als hättet Ihr einen Schock erlitten.«

»Ich bin in den Straßen Londons einem Eingeborenen aus Virginia begegnet, und dieser berichtete mir, daß Powhatans Tochter sich in diesem Land aufhalten soll.«

»Das stimmt. Sie ist die Frau eines Tabakpflanzers und hat ein Kind.«

John spürte, wie die Wogen seiner Gefühle ihn zu überwältigen drohten. Pocahontas mit einem Kind – dem Kind eines Weißen!

Am liebsten hätte er ausgerufen: Nein! Unmöglich!

Und doch wußte er, daß es stimmte. Er wußte, daß er sich immer geweigert hatte, sich seinen Gefühlen zu stellen.

Leichtfertig hatte er gesagt: ›Virginia ist meine Frau und meine Familie.‹ Aber Virginia war nun für ihn verloren – ebenso wie Pocahontas.

»Ich kannte sie gut«, sagte er schroff, da er spürte, daß Sir Thomas ihn sonderbar anschaute. »Erst hat sie mir das

Leben gerettet und später das Leben von uns allen. Wäre diese Frau nicht gewesen, hätte ich zuerst den Tod gefunden und dann die gesamte Ansiedlung.«

»Dann ist es recht und billig, daß wir ihr mit größter Hochachtung begegnen.«

»Da sie nun hier ist«, sagte John, »will ich schriftlich niederlegen, was sie für die Engländer getan hat und diesen Bericht der Königin zukommen lassen. Pocahontas soll vom Königspaar empfangen werden, nicht nur, weil sie die Tochter des obersten Herrschers über das Powhatan-Territorium ist, sondern um dessentwegen, was sie für die Engländer getan hat.«

»Schreibt diesen Bericht, John«, sagte Sir Thomas, »es ist ein guter Schritt. Wir waren immer bestrebt, gute Beziehungen zwischen den Engländern und den Eingeborenen herzustellen.«

»Ich werde alles berichten«, sagte John, und die Erinnerung ließ seine Stimme beben – er dachte an den Augenblick, als die Keulen über seinem Kopf erhoben waren und Pocahontas' weicher warmer Körper zwischen ihm und dem Tod lag.

»Sie wohnt im Haus des Bischofs von London. Wir sind darauf bedacht, ihr alle gebührenden Ehren zu erweisen. Sie ist Christin geworden. Was wäre also geziemender, als daß der Bischof von London sie in seinem Haus zu Brentford empfängt?«

»Ja«, sagte John sinnend, »ich werde der Königin alles berichten … aber erst muß ich hinaus nach Brentford, um Pocahontas zu sehen.«

John Smith wollte kommen. Ihr Mann hatte es ihr mitgeteilt.

»Rebecca«, hatte er gesagt, »dir steht eine Überraschung bevor. Ein alter Freund hat erfahren, daß du hier bist, und will dich besuchen. Es ist der berühmte Captain John Smith persönlich.«

»Ja«, sagte sie.

»Das klingt aber nicht sehr erfreut. Hast du ihn denn

ganz vergessen? Ich hatte gehört, daß du von ihm einst sehr eingenommen warst.«

»Nein, ich habe ihn nicht vergessen. Ja, ich war von ihm sehr eingenommen.«

»Natürlich ist es lange her …«, murmelte John.

»Ja, es ist lange her.«

Sie wappnete sich für das Wiedersehen. Es würde ihr schwerfallen, nicht zu vergessen, daß sie jetzt eine englische Lady war, denn Lady Rebecca würde auf der Stelle verschwinden und an ihre Stelle würde die wilde Pocahontas treten.

Wie könnte sie vor ihm stehen? Wie könnte sie knicksen und sagen, was eine englische Lady zu einem alten Bekannten sagen würde: »Wie lange es her ist … Wie schön, daß wir uns wiedersehen.« Ja, wie sollte sie das können?

Die gelassene englische Lady würde sich in nichts auflösen und an ihre Stelle würde eine Wilde treten. Sie würde auf ihn zulaufen, mit den Fäusten gegen seine Brust schlagen und ausrufen: »Du hast mich verlassen. Du hast mich allein gelassen. Du warst ein Gott, der mich mit einem Zauber belegte, so daß es für mich ohne dich kein Glück geben konnte. Und dann dachte ich, du wärest gestorben. Aber du warst nicht tot. Du lebst … und hast alles vergessen … alles, was in den Wäldern von Powhatan geschah.«

Sie stand da, ballte ihre Hände zu Fäusten und öffnete sie wieder. Es drängte sie, die Unterröcke aus Satin abzulegen, die goldbestickte Krinoline. Sie wollte vor ihm stehen, nur mit ihrem Schurz bekleidet, mit offenem Haar, das nur Vogelfederschmuck trug, mit Kupferketten, mit weißen Perlen und mit den blauen, die sie als Tochter eines großen Häuptlings kennzeichneten.

Ihr wurde eng ums Herz. Es war die Erinnerung an den Schmerz, als die bösen Menschen in Jamestown zu ihr gesagt hatten, daß er tot wäre. Seither war der Schmerz da, und sie kannte seine Bedeutung, da die Frauen der Wälder um solche Dinge wußten. Es bedeutete: mein Leben ist vorüber, da es John Smith gehörte und er fortging und mich verließ, und ich mir nichts mehr wünsche, wenn er doch für mich verloren ist.

Und jetzt war sie die Frau eines guten, gütigen Mannes. Und in der Wiege dieses Hauses lag die Frucht ihrer Vereinigung, ein braunhäutiges Kind mit hellen Augen, das sie liebte.

Aber niemanden liebte sie so, wie sie John Smith liebte, und es gab nichts im Leben, was den Schmerz in ihrem Herzen gelindert hätte, jenen Schmerz, der Sehnsucht nach dem Tod war, so tief, daß er nur Vorbote des Todes sein konnte. Denn alle Frauen des Waldes wußten, daß der Tod käme, wenn man sich nach ihm verzehrte und ihn herbeisehnte.

John Rolfe kam, um nach ihr zu sehen. Er konnte nicht wissen, was in ihrem Herzen vorging.

»Komm«, sagte er. »Du sollst ihn begrüßen.«

Und er führte sie hinunter in den eichenholzgetäfelten Salon im Haus des Bischofs von London, damit sie dort die Ankunft John Smiths erwarten konnte.

Im Salon hatten sich noch andere Menschen zusammengefunden, wie zum Beispiel einige der Damen, die Pocahontas auf der Überfahrt nach England begleitet hatten, darunter einige ihres Stammes, die Powhatan ihr mitgegeben hatte, da er wünschte, daß seine Tochter königlich mit kleinem Gefolge reiste.

Es war ein großer Anlaß. Alle Anwesenden kannten den Ruf, den John Smith sich erworben hatte. Sein Besuch in diesem Haus war kein gewöhnlicher Besuch.

Pocahontas wünschte sich, ihn alleine treffen zu können. Nicht nur, daß sie sich in diesem geschlossenen Raum trafen, es waren auch noch andere zugegen

Während sie dastand und wartete, spielten ihre Finger mit dem reichbestickten Material ihrer Röcke. Und als er eintrat, wagte sie kaum, in seine Richtung zu blicken.

Sie sah, daß er sich verändert hatte. Er war älter geworden. Auch er hatte gelitten. Sie sah die Narben auf seinen Händen. Sein Gesicht, vom Feuer kaum in Mitleidenschaft gezogen, war von Leid gezeichnet. Haar und Bart waren noch immer von heller Farbe, seine wachen Augen noch immer von tiefem Blau. Seine Kleidung – ein bestickter Samtmantel und ein Seidenwams mit geschlitzten Puffärmeln – ließ ihn fremd erscheinen, da sie ihn so noch nie gesehen hatte.

Er blickte aufmerksam um sich, und sie wußte, daß er sie suchte und daß er sie auf den ersten Blick nicht entdekken konnte, da er in Lady Rebecca Rolfe mit dem ausladenden Reifrock Pocahontas, das Kind des Waldes, nicht erkennen konnte.

Der Bischof hatte ihn begrüßt. Er sagte: »Captain Smith, gewiß ist das Wiedersehen mit Lady Rebecca für Euch eine große Freude.«

»Bringt mich zu ihr«, sagte er, und Pocahontas, die seine Worte hörte, spürte, daß ihre Gefühle sie zu überwältigen drohten.

Nun stand er vor ihr. Nun sah er sie an, nicht ihre reiche, modische Kleidung, sondern ihr Gesicht. Und da fand er sie, und er wußte, daß weder ihre englische Aufmachung noch englische Sitten sie ändern konnten.

Als Engländer konnte er seine Gefühle beherrschen, so daß in diesem Raum nur sie allein ahnte, wie ihm zumute war.

Sie aber war Indianerin, und in Momenten wie diesen fiel alles von ihr ab, was sie gelernt hatte, seitdem sie ihr Leben im Wald mit jenem in der Ansiedlung vertauscht hatte. Sie war eine Frau, deren Liebe bis zum Tod währte, sie war die Wilde aus dem Wald.

Ihr war danach, es laut hinauszuschreien: Ich gehöre dir und du mir. Ohne dich will ich nicht leben. John Smith, ich habe dich für tot gehalten und seither betrauert.

Doch da stand sie in diesem fremdartigen, für sie ungewohnten Raum, umgeben von fremden Menschen. Die Bürde ihrer Sitten und Gebräuche lastete auf ihr, so daß sie nun weder Engländerin noch Indianerin war.

Sie konnte nicht sprechen. Sie wagte es nicht, da sie fürchtete, sich mit ihren Worten zu verraten. Da drehte sie sich um und lief, die Hände vors Gesicht schlagend, hinaus.

Enttäuscht starrte John ihr nach. John Rolfe ging auf ihn zu und legte ihm seine Hand auf die Schulter.

»Sie hat Euch für tot gehalten«, sagte er. »Die Überraschung, Euch lebendig zu sehen, war zuviel für sie. Ihr habt ihr viel bedeutet, und sie hat Euch lange betrauert. Aber sie wird sich fassen, und dann wird sie mit Euch sprechen wollen.«

»Ihr seid ihr Ehemann?« fragte John.

»So ist es. Wir führen eine glückliche Ehe. Rebecca und ich haben einen kleinen Sohn.«

»Rebecca ...«, murmelte John. »Für mich war sie immer Pocahontas und wird es immer bleiben.«

Eine der Damen sagte: »Soll ich zu Lady Rebecca gehen? Soll ich fragen, was ihr fehlt? Sie ist doch nicht etwa krank? Mir fiel auf, daß sie hustete.«

»Der Anblick eines Freundes, den sie für tot hielt, hat sie überwältigt«, sagte John Rolfe. »Laßt sie eine Weile allein, sie wird sich bald gefaßt haben.«

Der Bischof trat zu ihnen. »Die Gentlemen haben sicher viel zu besprechen«, sagte er. »Sicher wird es den Captain interessieren zu hören, wie es in Virginia steht.«

»Ja«, sagte John Rolfe verhalten. »Gehen wir für eine Weile in den Garten. Später werdet Ihr mit Rebecca sprechen wollen.«

Mehr als eine Stunde war vergangen, als John Pocahontas im Garten entdeckte.

»Geht hinaus zu ihr«, hatte John Rolfe gesagt. »Sie erwartet Euch dort und möchte Euch allein sehen, da sie zutiefst aufgewühlt ist.«

Im Garten des bischöflichen Hauses mit seinen Rasenflächen und Blumenbeeten, die so anders waren als Pocahontas' Wald, sprach John Smith mit Pocahontas.

»Es hieß, du wärest tot«, sagte sie.

»Das war nicht weit von der Wahrheit entfernt.«

»Warum bist du ohne ein Wort fortgegangen?«

»Weil ich glaubte, ich würde meinen Verletzungen erliegen. Ich wollte nicht, daß du um mich trauerst.«

»Und doch habe ich getrauert.«

»Teuerste Pocahontas, meine Haut wurde mir vom Körper gesengt. Unter diesen feinen Gewändern trage ich zahlreiche Narben, die mich verunstalten. Ich bin nicht mehr der John Smith, den du vor den Henkern deines Vaters gerettet hast.«

»Bist du nicht immer noch John Smith?«

»Ich dachte, ich könnte in den Wäldern zu nichts mehr nütze sein, nicht in der Kolonie und nicht für dich.«

Sie schüttelte den Kopf. Ein Würgen in der Kehle hinderte sie am Sprechen.

»Und jetzt hast du einen Ehemann«, fuhr er fort. »Er ist ein guter Mann, und ich freue mich, Pocahontas. John Rolfe verkörpert den Engländer in seiner besten Ausprägung. Er ist lieb und gütig zu dir, oder etwa nicht? Und du hast einen Sohn.«

»Du freust dich darüber!« entgegnete sie in vorwurfsvollem Ton.

»Es ist für dich das Beste«, sagte er.

»Nein«, rief sie mit flammendem Blick aus. »Es gibt nur eines, das für mich das Beste wäre.«

»Unsere Lebensbahnen können nicht zusammenfinden«, entgegnete er.

»Das ist nicht wahr.«

»Pocahontas, du wirst mit deinem Mann zurück nach Virginia gehen. Du hast dein Kind. Dein Leben ist dort. Meines ist anderswo.«

»Mein Leben auf Erden war mit dir … immer mit dir … von dem Augenblick, als du ins Haus meines Vaters kamst, war es so. Ich weiß es, da ich eine Frau des Waldes bin und wir im Wald um diese Dinge wissen. Wäre ich nicht gewesen, hättest du dein Leben verloren, und das bedeutet, daß mein Leben nur mit dir gelebt werden konnte.«

»Meine liebe Pocahontas, du bist John Rolfes Frau, die Mutter seines Sohnes.«

»Und du bist mein Vater«, sagte sie darauf. Und er wußte, daß sie dieses Wort im Sinne ihrer Stammesangehörigen begriff. Er bedeutete: Du bist der Mensch, dem ich den höchsten Respekt zolle. Du bist mein Häuptling, dem ich allein diene.

»Nein«, sagte er. »Bist du denn nicht Tochter eines Königs? Ich bin nur ein gemeiner Mann. Du darfst mich nicht Vater nennen. Du mußt mich einfach John Smith nennen.«

»Ich werde dich meinen Vater nennen«, wiederholte sie.

»Doch der König wäre ungehalten, wenn du es tätest, Während du in England bist, darfst du nicht vergessen, daß du eine Königstochter bist. Hier legt man auf diese Dinge großen Wert. Ich müßte den Zorn des Königs fürchten, wenn ihm zu Ohren käme, daß du, eine Königstochter, einen gemeinen Mann wie mich Vater nennst.«

»Wann hattest du je Angst, John Smith?« fragte sie. »Als du im Hause Powhatans warst, kanntest du keine Furcht. Du bist mein Vater, und so werde ich dich nennen. Verstehst du denn nicht, daß mir dies als einziges blieb?«

»Pocahontas, wir wollen uns nicht mit dem befassen, was nicht sein kann. Sprechen wir von dem, was sein könnte. Du bist in England, und ich möchte, daß du die Schönheiten unseres Landes siehst. Wenn du zurück zu Powhatan gehst, mußt du ihm sagen, daß ich oft an ihn denke. Und ich möchte, daß du ihm von den Wundern berichtest, die du in England gesehen hast.«

Ihr Lächeln war traurig. »Du denkst nur an die Kolonie«, sagte sie. »Ja, immer denkst du: Powhatan muß von der mächtigen Nation erfahren, der die Bleichgesichter entstammen.«

»Ich werde dafür sorgen, daß du deinen Aufenthalt hier genießt«, sagte John, ihrem Blick ausweichend. » Ich werde an die Königin schreiben und ihr schildern, wie du mir das Leben gerettet hast. Ich werde ihr beschreiben, wie du mit Körben voller Nahrung gekommen bist, als die Kolonie dem Untergang nahe war. Ich werde darum bitten, daß man der Tochter Powhatans alle Ehren erweist.«

»Du sprichst, als würdest du glauben, daß mich dies glücklich machen könnte.«

»Das soll es auch.«

»Und du?« fragte sie.

»Ich werde dich oft besuchen. Täglich werde ich heraus nach Brentford reiten. Wir werden miteinander sprechen. Wir werden an die alten Tage denken. Vielleicht werde ich dich selbst der Königin vorstellen.«

»Wir werden also zusammensein?«

»In England schon. Aber du wirst mit Mann und Kind nach Virginia zurückkehren.«

»Und dann muß ich John Smith auf immer Lebewohl sagen?«

»Wir werden einander immer im Herzen tragen.«

»Und im Jenseits werden wir uns wiedersehen, John Smith. Ich bin jetzt Christin, und dies lehrt uns der christliche Glaube. Nicht nur große Häuptlinge gehen ins Jenseits, sondern alle, die auf Erden ein gutes Leben führten. Dort werden wir einander wieder begegnen, John Smith. Für dich wird es im Himmel einen Ehrenplatz geben, und da ich Christin geworden bin, weil ich glaubte, dich dort wiederzufinden, habe ich alles getan, was der Christenglaube von mir forderte.«

»Ach, Pocahontas, so sollst du nicht sprechen. Du bist zu jung, um vom Tod zu reden.«

»Ich habe mich nach ihm gesehnt, nachdem ich dich verloren hatte.«

»Ich bin nicht verloren! Sieh doch, ich stehe neben dir.«

»Und wenn du abermals aus meinem Leben gehst, wird es für mich der Tod sein.«

»Ich werde dich glücklich machen, solange du bei uns bist. Ach, da kommt ja dein Mann. Er ist besorgt. Er glaubt, daß die Aufregung, in England zu sein, dich ermüdet.«

»Er kennt mich nicht. Ich bin stark. Warum sollte ich erschöpft sein?«

John Rolfe hatte sie erreicht. »Rebecca, meine Liebe«, sagte er, »es weht ein kalter Wind. Wir sind nicht in Virginia. Wir müssen auf dich achtgeben.«

Er legte seinen Arm um sie, und zu dritt gingen sie ins Haus, Pocahontas in der Mitte, John Rolfe auf einer Seite, John Smith auf der anderen.

John Smith kehrte in sein Quartier zurück und schrieb an die Königin. Er berichtete ihr alles, was Pocahontas für ihn und die Engländer in Virginia getan hatte, und flehte die Königin an, der virginischen Prinzessin, der Tochter des Herrschers über Powhatan, die als Gemahlin John Rolfes nun eine bezaubernde englische Lady geworden sei, die gebührende Ehre zu erweisen.

Als er diesen Brief geschrieben hatte, kam er zur Ruhe. Sein drängendes Verlangen, nach Neuengland zu fahren, war vergessen. Statt dessen ritt er täglich nach Brentford, wo er sich mit Pocahontas traf und mit ihr plauderte.

Ihr Ruhm hatte sich in der Hauptstadt verbreitet, und Herren der Hofgesellschaft baten Smith, ihn nach Brentford begleiten zu dürfen, damit sie diese Lady kennenlernen konnten, von der John erklärte, es käme ihr in Virginia keine gleich.

Es gab daher viele fröhliche Anlässe im Haus zu Brentford, und eines Tags brachte John die Nachricht, daß Pocahontas bei Hof empfangen werden sollte.

Pocahontas – für sich selbst nun nicht mehr Rebecca, da John Smith sie immer Pocahontas genannt hatte und sich weigerte, dies zu ändern – blieb trotz der Hektik um sie herum ganz gelassen und ließ sich in aller Ruhe Gewänder anpassen. Die Vorstellung bei Hof schien sie gänzlich ungerührt zu lassen.

Königin Anne war entzückt von ihr, und Pocahontas trug ihren Erfolg mit ernster Fassung. Als sie zur Vorstellung bei Hof ging, gaben ihr die Menschen den Weg frei und riefen ihr zu: »Lang lebe die Indianerprinzessin!«

Die Königin, die sich sehr liebenswürdig und schlicht gab, bot Pocahontas an, neben ihr Platz zu nehmen und ihr von Virginia zu erzählen.

»Du warst ein großer Erfolg«, sagte John Rolfe, der sich darüber sehr freute, obwohl ihm als gewöhnlichem

Bürger der Zutritt bei Hof nicht so freizügig gewährt wurde.

Pocahontas lernte die englischen Tänze. Sie nahm an Maskeraden und Banketten teil. Es war ein merkwürdiges Leben voller Farbigkeit und Glanz, und doch lebte sie nur für die Tage, an denen sie John Smith sah.

Ihr Mann war besorgt um ihre Gesundheit, da sie viel hustete. Sie hatte ihm nicht verraten, daß ihr Taschentuch, das sie sich vor den Mund hielt, oft Blutflecken aufwies. Es hätte ihn sehr unglücklich gemacht, sie aber frohlockte, da sie wußte, was es bedeutete.

»Ich muß dich nach Heacham bringen«, sagte John Rolfe. »Auf dem Land ist es für dich gesünder. Dort wirst du zu deiner früheren Kraft zurückfinden und wieder so sein wie in Virginia.«

Er brachte sie in das große Haus seiner Familie, wo sie seine Verwandten kennenlernte, die der Begegnung mit der Prinzessin, die ihr John geheiratet hatte, bange entgegensahen, da sie befürchteten, sie würde ihr Leben zu schlicht finden.

Das fand sie komisch und versuchte zu erklären, wie das Leben in einem Indianerdorf sich abspielte, und daß das Haus der Rolfes mit seinen großen offenen Kaminen und seinen Erkerfenstern ein Palast im Vergleich zu jenem war, das die Bleichgesichter in den Wäldern für Powhatan errichtet hatten.

Doch auch auf dem Land fand sie nicht zu ihrer Gesundheit zurück und sagte deshalb zu ihrem Mann, daß sie nach London zurückkehren wolle.

In der Meinung, sie sehne sich nach den Zerstreuungen der Hauptstadt, brachte er sie zurück nach London, wo sie abermals bei Hof empfangen wurde und erfuhr, daß sie porträtiert werden sollte. Sie wurde gebeten, Simon de Passe Modell zu sitzen. Pocahontas hätte zu gern gewußt, was Powhatan beim Anblick des Porträts seiner Tochter gesagt hätte. Auch ein italienischer Künstler bekam den Auftrag, sie zu malen.

Eines Tages sagte der Maler zu ihr: »Lady Rebecca, Ihr

verändert Euch so rasch, daß ich es sehen kann, während ich Euch male. Ihr scheint dieser Welt immer mehr entrückt, so als könntet Ihr über dieses Leben hinaus in ein anderes sehen, dem Ihr Euch immer mehr nähert. Ich glaube, Ihr verzehrt Euch nach den Wäldern Eurer Heimat.«

Sie lächelte, blieb ihm aber eine Antwort schuldig.

Weihnachten kam, und Pocahontas war wie verzaubert von den Festlichkeiten, da sie ähnliches noch nie gesehen hatte. Sie nahm an der Dreikönigs-Maskerade in Whitehall teil und tanzte selbst eifrig. Dabei fiel ihr auf, daß sie rascher außer Atem geriet, als zu Beginn ihres Besuches. Aber noch immer verriet sie niemandem etwas von den blutigen Taschentüchern. Noch nicht, dachte sie. Es wird der Zeitpunkt kommen, wenn ich dieses Geheimnis nicht mehr bewahren kann. Aber noch ist es nicht soweit.

Nach der Rückkehr aus Heacham wohnten sie eine Zeitlang in einem Gasthaus unweit Holborn. Dort pflegte sie am Fenster zu sitzen, während viele berühmte Menschen kamen, um mit ihr zu sprechen. Aber sie wollte nur einen sehen, und wenn er kam, was er sehr oft tat, war sie glücklich.

John Smith saß mit ihr am Fenster der Herberge, und sie blickten hinaus auf den Hof und sprachen von Virginia.

Eines Tages sagte er zu ihr: »Pocahontas, dieses Land geht nicht sanft mit dir um.«

»Sanfter, als jedes andere Land es könnte.«

Er weigerte sich, die Bedeutung ihrer Worte zur Kenntnis zu nehmen. »Die feuchte Luft läßt dich husten. Du kannst es vor mir nicht verbergen, daß du mit jedem Tag dünner wirst. Du mußt rechtzeitig zurück nach Virginia. Ich habe miterlebt, welchen Verlauf deine Krankheit nimmt. Du bist jung und brauchst die heiße Sonne und trockene Luft Virginias. Unsere feuchte Luft tut dir nicht gut.«

»John Smith, du sprichst mit mir wie ein Arzt.«

»Ich möchte dein Arzt sein. Ich möchte dich kräftig und wohlauf sehen, wie du es einst in den Wäldern im Land deines Vaters warst.«

Er sprach mit John Rolfe über sie, und sie suchten daraufhin eine Wohnung in Brentford. Aber ihr Zustand besserte sich nicht, und nun konnte sie auch das Blut in ihren Taschentüchern nicht mehr verbergen.

Eines Tages sagte John Rolfe: »Es wäre Torheit, länger hier zu bleiben. Wir gehen zurück nach Virginia. Nur so können wir erreichen, daß du gesundest.«

Er hatte Widerspruch erwartet, da sie einmal gesagt hatte, sie wolle nie wieder nach Virginia zurück.

Nun beugte sie den Kopf, und ihr Mann küßte sie zärtlich, voller Freude, wie er sagte, weil sie sich so vernünftig zeigte.

Ein paar Tage darauf kam er aus London zurückgeritten.

»Ich habe Captain Argall aufgesucht«, sagte er. »Er steht im Begriff, nach Virginia auszulaufen, und die *George* ankert im Moment in Gravesend. Er will binnen einer Woche in See stechen. Rebecca, dir bleibt wenig Zeit, dich von allen deinen Freunden zu verabschieden.«

»Ja«, sagte sie, »die Zeit wird immer kürzer.«

»Meine liebe Frau, du sollst nicht nach London gehen. Sollen doch die anderen kommen, um Lebewohl zu sagen.«

Sie protestierte nicht.

›Wie schwach sie ist‹, dachte John Rolfe bekümmert.

Eine holpernde Kutsche brachte sie von Brentford nach Gravesend, nachdem sie sich von John Smith verabschiedet hatte.

Natürlich wußte er alles. Wie hätte es auch anders sein können? In jenen letzten Augenblicken hatte sie den Schein nicht mehr wahren können.

Sie brauchte ihm nicht zu sagen, daß sie nie nach Virginia zurückkehren würde, da er es wußte.

»Lebewohl, meine Liebe«, sagte er.

»Lebewohl, meine einzige Liebe«, gab sie zurück, »Lebewohl, mein Sklave, mein Herr, mein Freund und Vater.«

»Es hätte nicht anders kommen können«, sagte er.

Doch sie schüttelte den Kopf. »Wir formen unser Leben,

John Smith«, sagte sie. »Was wir uns wünschen, erreichen wir, wenn wir es uns genügend heftig wünschen.«

»Dein Leben liegt jenseits des Meeres, und meines liegt – Gott weiß wo.«

»Ich bin zu Hause angelangt, John Smith, denn dein Zuhause ist auch meines. Das war so seit dem Tag, als ich mein Leben für deines einsetzte ... als ich mit dir zusammen gestorben wäre.«

»Du wirst dich besser fühlen, wenn das Schiff in See sticht und wenn du deine Heimat wiedersiehst.«

Sie schüttelte den Kopf. »Ich bin zu Hause angelangt.«

Da umarmte er sie noch einmal und hielt sie so fest, als wolle er sie niemals mehr loslassen.

»Jetzt, in diesem kurzen Augenblick, bin ich glücklich«, sagte sie. »In diesem winzigen Augenblick werde ich leben, bis ich das Jenseits erreiche. Dort werde ich auf dich warten, John Smith. In den Gefilden, die jenseits der unüberwindlichen Gebirge liegen.«

»Das ist das Jenseits deines Volkes. Du bist jetzt Christin.

»Das Jenseits meines Volkes und dein Himmel ... es ist ein und derselbe Ort, John Smith. Es ist der Ort des Wartens. Ich werde dorthin gehen ... sehr bald werde ich dort sein und auf dich warten.«

Er konnte es nicht mehr ertragen, sagte endgültig Lebewohl und eilte davon.

An der Tür drehte er sich um und sah in ihr kleines dunkles Gesicht, als sie sich in ihr Kissen zurücksinken ließ. So würde er sie sein Leben lang in Erinnerung behalten, zärtlich und weise ... mit dem tiefen Wisse ihres Volkes begabt. Er wußte, daß sie nie nach Virginia zurückkehren würde.

Sie war an Bord der *George* gegangen, die in wenigen Stunden auslaufen würde.

In ihrer Kabine liegend wartete sie ... aber nicht auf das Lichten des Ankers.

John Rolfe saß neben ihr und hielt ihre Hand in seiner.

»Das Schiff schwankt stark«, flüsterte er. »Stört es dich, Rebecca?«

Sie gab keine Antwort, da sie vom Schwanken des Schiffes nichts merkte.

Sie dachte an den Duft der Wälder, an das Rauschen des Powhatan River. Dort hatte sie mit ihren Geschwistern gespielt, glücklich, ohne auf die Zeit zu achten, als die geliebte Tochter ihres Vaters, das liebste seiner Kinder.

Sie sah den Rauch aus den Wigwams aufsteigen; hörte Stimmengeflüster, das sich mit dem Rascheln der Bäume mischte. »Die Bleichgesichter sind unter uns.«

Dann war sie im Haus ihres Vaters, und die Hitze war groß. Sie roch die Farbe an den Frauen und Kriegern, den Schweiß, das Öl in ihrem Haar.

Sie sah ihn eintreten, den Mann, der gekommen war, um ihr tiefsten Kummer und größte Freude zu bereiten.

Aber jetzt war es vorüber. Sie stand im Begriff, in das Land jenseits der unüberwindlichen Gebirge zu gehen. Sie nannte es jetzt Himmel, weil sie seine Religion angenommen hatte. Sein Volk war ihr Volk, seine Götter ihre Götter.

»John, jetzt gehe ich«, sagte sie lächelnd.

Und der Mann, der nicht John Smith war, fiel auf die Knie und begrub sein Gesicht in den Händen. Sie sah, wie seine Schultern bebten, und sie dachte: Er weint um mich.

Ihre schmale Hand strich über sein Haar.

»Lebewohl, John«, flüsterte sie so leise, daß er es nicht hören konnte. »Lebewohl, mein Sklave, mein Herr ... es ist nicht für lange.

Man schaffte ihre sterblichen Überreste an Land und begrub sie an der St.-George-Kirche in Gravesend. In ganz London herrschte Trauer über das Dahinscheiden jener Frau, die man Indianerprinzessin genannt hatte; der Wirt des Gasthauses, in dem sie in London gewohnt hatte, brachte an der Hausfassade ein Schild mit der Kopie des von Simon de Passe gemalten Porträts an. Darunter stand: *La Belle Sauvage*, die schöne Wilde.

19.
Die letzten Jahre

Vor einer Gruft in der St.-George-Kirche im Städtchen Gravesend stand ein Mann. Er war nicht mehr jung, da sein fünfzigstes Jahr nahte, doch seit Pocahontas dreizehn Jahre zuvor gestorben war, hatte er diesen Ort oft aufgesucht.

Seine blauen Augen waren von Runzeln umgeben und nicht mehr so scharf wie einst. Sein Rücken war ein wenig gebeugt, sein Gang nicht mehr so federnd. Aus John Smith, dem Abenteurer, war John Smith, der Schriftsteller geworden.

Nach ihrem Tod hatte sein Leben sich jäh verändert. Er war nie wieder nach Neuengland gelangt, obwohl er zunächst geglaubt hatte, er würde wieder an seine Abenteuer anknüpfen können; er hatte sich eingeredet, daß Pocahontas nur einer der Fäden im Muster jenes Lebens gewesen sei – ein sehr wichtiger Faden, gewiß, einer, ohne den das Ganze einst in Stücke zerfallen wäre. Doch dies gehörte der Vergangenheit an. Sie war dahin, und er mußte sein Leben leben.

Er wollte es der Gründung englischer Kolonien widmen, wie er immer gesagt hatte. Virginia sollte sein Erstgeborenes sein. Neuengland sein zweites geliebtes Kind. Und es würde noch andere geben.

In den Wochen nach ihrem Tod hatte er seinen einzigen Trost darin gefunden, sich in die Vorbereitungen für eine neue Seereise zu stürzen. Doch diesmal erwiesen sich die Schwierigkeiten als unüberwindbar, selbst für einen Menschen seiner unbezwingbaren Energie.

Potentielle Geldgeber sagten kopfschüttelnd: »Captain Smith, Ihr seid schon zuvor losgesegelt, und was ist passiert? Ihr habt Neuengland nicht erreicht.«

Sie wichen seinem Blick aus. Sie hielten ihn für einen Pechvogel.

Das war der Grund, weshalb er, obschon noch immer

als Admiral von Neuengland bekannt, enttäuscht zu Hause bleiben mußte, nicht imstande, das für die Ausrüstung einer Expedition nötige Geld aufzubringen.

Francis starb und kurz darauf seine Frau. Sie waren kinderlos geblieben, und John kam sich plötzlich sehr einsam vor, obwohl er die beiden selten besucht hatte. Nahe Angehörige besaß er nicht, doch er hatte genug Geld, um bequem leben zu können, und er machte die Entdeckung, daß er seine Abenteuer wieder zum Leben erwecken konnte, indem er über sie schrieb.

So entstand das Buch mit dem Titel *Eine Beschreibung Neuenglands;* er hatte die für die damalige Zeit einzige Landkarte des Gebietes angefertigt. Er ließ den Band *Neuenglands Bewährung* folgen, der weitere Karten von Virginia und Neuengland enthielt.

Die ganze Zeit über hoffte er, eine Expedition ausrüsten zu können, damit er mit der Arbeit fortfahren konnte, die seiner wahren Berufung entsprach. Er nahm alle Nachrichten aus der Neuen Welt mit größtem Interesse auf, hörte mit großer Freude vom Erfolg der Kolonisten und betrauerte ihre Rückschläge.

Als er 1620 von einer Gruppe von Pilgern hörte, die England auf der *Mayflower* verlassen wollten, um sich eine Heimat in der Neuen Welt zu suchen, wo sie Gott auf ihre Art dienen konnten, imponierte ihm ihr Mut so sehr, daß er ihnen anbot, sich ihnen anzuschließen und in ihre Dienste zu treten. »Ihr zieht in ein Land, von dem ihr wenig wißt, in dem ich jedoch einige Erfahrungen gesammelt habe«, sagte er. »Euer Mut fordert meinen Beifall heraus, wenngleich ich fürchte, daß ihr in jenem Land großen Härten begegnen werdet.«

Die Pilgerväter aber lehnten sein Angebot ab. Er gehörte nicht zu ihrer Glaubensgemeinschaft, ein Mangel, der durch alle Vorteile, die er ihnen bringen mochte, nicht aufgewogen wurde.

Sie wiesen also Hilfe zurück, die für sie von unschätzbarem Wert gewesen wäre, und wieder kam John um die Chance, in die Neue Welt zu fahren.

Er widmete sich weiter seinen Büchern und schrieb *Allgemeine Geschichte Virginias und Neuenglands* und *Die Sommerinseln.*

Aus Virginia kamen schlechte Nachrichten. Opechancanough, der nach Powhatans Tod Herrscher über alle Stämme geworden war, veranstaltete ein Massaker unter den Weißen, möglicherweise als Rache für die Demütigung, die ihm einst widerfahren war, als Captain John Smith ihn vor siebenhundert seiner Krieger am Haarschopf festgehalten hatte. Hunderte Bleichgesichter wurden getötet, ihr Eigentum geraubt und ihre Häuser bis auf die Grundmauern niedergebrannt.

John wurde bei der London Virginian Company vorstellig. »Laßt mich hinfahren«, bat er. »Laßt mich dieses Massaker rächen. Laßt mich Opechancanough zeigen, daß er mit Weißen nicht so unverschämt umspringen kann.«

Aber wieder fehlten die finanziellen Mitte für die Expedition, und im Jahr darauf wurde die Company aufgelöst, so daß die Siedler in Virginia sich selbst überlassen blieben.

Insgeheim frohlockte John, da er wußte, daß die Kolonisten einen Aufschwung erleben würden, wenn sie nur ihr eigenes Fortkommen im Auge behalten mußten und nicht an die Forderungen der Company denken brauchten. Es zeigte sich, daß er recht behalten sollte.

Es waren nun schon einige Jahre vergangen, seitdem er nicht mehr an Abenteuerfahrten dachte. Von dem Schock, bei lebendigem Leib beinahe verbrannt zu sein, hatte er sich nie richtig erholt, und allmählich war ihm klargeworden, daß ihm die Feder ebenso nutzen konnte wie das Schwert.

So stand er nun auf dem Kirchhof zu Gravesend und dachte an Pocahontas und an das, was hätte sein können.

Ihr kleiner Sohn wurde in England erzogen, und John Rolfe, der nach Virginia zurückgekehrt war, hatte eine gewisse Jane Pierce geehelicht, mit der er glücklich zusammenlebte. Er hatte eine Familie, die ihm half, die wenigen Jahre zu vergessen, in denen Pocahontas seine Frau gewesen war.

König James war gestorben und jener Prinz Charles, der so großes Interesse für Johns Abenteuer in Neuengland gezeigt hatte, war ihm auf den Thron gefolgt. Zwischen König und Parlament schwelten jedoch Zwistigkeiten.

John dachte daran, daß er einst zu Francis gesagt hatte: »Virginia ist meine Frau, meine Familie, mein Zuhause.« Und Virginia würde gedeihen, Virginia würde wachsen wie vielleicht auch jene andere Liebe, Neuengland.

Was ihn betraf, so hatte er seine Freunde. Anstatt nach Lincolnshire zurückzukehren, ließ er sich in London nieder, wo er häufig Besucher empfing. Soldaten, die mit ihm in Europa gedient hatten, Männer, die in Virginia und Neuengland seine Gefährten gewesen waren. Es gab aber auch andere, so wie den Freund, in dessen Haus er nun wohnte – Sir Samuel Saltonstall, der bei der Drucklegung von Johns letztem Buch mitgeholfen hatte.

Er schätzte sich glücklich, solche Freunde zu haben. Ihre Häuser standen ihm ständig offen, so daß er keine Einsamkeit kannte. Er hatte seine Schriftstellerei, seine Freunde und seine Erinnerungen. Das war sehr viel.

Er verließ den Kirchhof und ging zurück zu Sir Samuels Haus.

Die Junisonne brannte heiß vom Himmel, und als er die Stadt erreichte, nahm er den Gestank der Gosse, der ihm in die Nase, stieg, kaum wahr.

Er dachte: Die Zeiten ändern sich. Es ist nicht das London, in das ich kam, um Captain Ley aufzusuchen, weil ich hoffte, an seiner Expedition nach Guyana teilzunehmen. Der gegenwärtige Zwist zwischen Volk und Thron verheißt nichts Gutes.

Nun, ich werde es ohnehin nicht mehr erleben, sagte er zu sich, und verschwendete keinen Gedanken mehr daran. Und als er die schmalen Straßen durchschritt, stellte er überrascht fest, daß er Holborn erreicht hatte. Vor dem Gasthaus, an dessen Wand das Schild knarrte, legte er Rast ein.

Das Bild war schon verwittert und verschwommen, doch eine schwache Ähnlichkeit war noch immer zu erkennen. Und während er es betrachtete, schien es ihm, als würden die dunklen Augen ihm zulächeln.

»Sie glaubte, wir würden uns im Jenseits treffen«, murmelte er vor sich hin.

»Fühlt Ihr Euch wohl, Sir?« Es war der Wirt.

»Ja, ja, durchaus.«

»Ach, Captain Smith persönlich. Kommt, Sir, und genehmigt Euch einen Humpen Ale.«

John bedankte sich. »Nein, ich muß weiter.«

Als er weiterging, blickte er sich nicht nach dem Wirtshausschild um und hatte doch das sonderbare Gefühl, daß sie ihn beobachtete.

»Was ist nur über mich gekommen?« murmelte er und lachte über sich.

Er kam im Haus seines Freundes an, in einem Herrenhaus, das prächtiger war als sein eigenes Zuhause, da es ihm nie geglückt war, viel Geld anzuhäufen.

Er betrat die kühle Halle, und einer der Bediensteten kam auf ihn zu und sagte wie zuvor der Wirt: »Fühlt Ihr Euch wohl, Sir?«

Er gab keine Antwort und ließ sich auf dem Stuhl nieder, dem man ihm brachte, er nahm die Halle nicht wahr, auch nicht die Bediensteten und Sir Samuel selbst, den man voller Sorge geholt hatte.

Er glaubte, sie sei vom Schild herabgestiegen, sei neben ihm gegangen und hätte ihn geführt, aber nicht durch die Halle in Sir Samuels Haus, sondern durch die Wälder Powhatans.

Einige Tage später starb er, begraben wurde er in der Pfarrei Holborn in der St. Sepulchre's Church. Es war sein Wunsch, dort seine letzte Ruhe zu finden, unweit des knarrenden Gasthausschildes, das für ihn mehr von Pocahontas barg als die Gruft in Gravesend.

Anmerkung der Autorin

Ich habe mich beim Schreiben dieses Buches, welches das Leben des bedeutendsten Abenteurers Englands erzählt, auf viele Berichte seiner damaligen Weggefährten gestützt. Mein besonderes Augenmerk lag natürlich auf John Smiths eigenen Aufzeichnungen, die von Edward Arber, F.S.A., und A.G. Bradley herausgegeben worden sind. Weitere wichtige Quellen für meine Arbeit waren: *Captain John Smith* von E. Keble Chatterton, *The True Story of Captain John Smith* von Katharine Pearson Woods, *The Adventures of Captain John Smith* von E.P. Roberts und *Captain John Smith* von A.G. Bradley.